红楼梦作者新考

谢志明 著

江西人民出版社
全国百佳出版社

图书在版编目(CIP)数据

红楼梦作者新考/谢志明著.—南昌:江西人民出版社,2012.6
ISBN 978-7-210-05135-0

Ⅰ.①红… Ⅱ.①谢… Ⅲ.①《红楼梦》研究 Ⅳ.①I207.411

中国版本图书馆 CIP 数据核字(2011)第 258761 号

红楼梦作者新考

谢志明 著

责任编辑:蒲 浩
封面设计:章 雷
出版:江西人民出版社
发行:各地新华书店
地址:江西省南昌市三经路 47 号附 1 号　邮编:330006
编辑部电话:0791-86899010
发行部电话:0791-86898815
网址:www.jxpph.com
E-mail:taxue888@foxmail.com
2012 年 6 月第 1 版　2012 年 6 月第 1 次印刷
开本:787 毫米×1092 毫米　1/16
印张:20
字数:300 千
ISBN 978-7-210-05135-0
赣版权登字—01—2011—451
版权所有　侵权必究
定价:38.00 元
承印厂:南昌市印刷九厂
赣人版图书凡属印刷、装订错误,请随时向承印厂调换

序 "谢家幽梦长"

曲沐

前不久,湖南娄底中年学者、娄底《红楼梦》学会会长谢志明先生前来访谈,告诉我他研究《红楼梦》有年,已写了两部书,观点和主流红学家是完全不同的。他提出:《红楼梦》与湖南湘娄文化关系密切,《红楼梦》的背景材料即湘娄谢氏家族的历史史实,《红楼梦》的原始作者不是曹雪芹,而是娄底谢氏家族中的一位名叫谢三娘的女子,曹雪芹只是编修者之一。他还说:他的观点出来以后,不少人认为是奇谈怪论,有的甚至冷讽热嘲,但他始终矢志不移,问我态度如何?我初听是觉得吃惊不少,娄底一个小地方,怎能与《红楼梦》博大精深的历史背景符合起来呢?但他已写了两部书,看来不是空口无凭,不是空穴来风。我就说:奇谈怪论怕什么,只要言之成理,持之有故,至少可成一家之言。正好无独有偶,听朋友说今年七月份在杭州召开了《红楼梦》与杭州西溪文化研讨会,土默热先生提出《红楼梦》与杭州关系密切,《红楼梦》的作者不是曹雪芹,而是清初《长生殿》的作者洪昇,《红楼梦》的文化背景被认为是洪昇家族所在地杭州西溪,《红楼梦》大观园的原型就是洪昇的故乡杭州西溪洪园,"金陵十二钗"的原型就是"西陵十二钗",也即当日西溪名动天下的女子诗社"蕉园诗社"里的十二个女诗人。他的观点也引起许多争议,也有人说是奇谈怪论。我看这都不是坏事,应该说是好事,说明《红楼梦》的文化内涵是异常丰富的。做学问,搞学术,就是要"多歧为贵,和而不同"。否则何能百花齐放、百家争鸣?听说欧阳健先生在会上提出一个发人深省的问题:"包容曹雪芹'异质思维',激活《红楼梦》研讨因子"。谢志明先生根据自己多年的研究,提出自己新的学说,也是一种"异质思维",我觉得应该受到包容,应该受到尊重,应该刮目相看,应该成为一家之言。

志明先生回去之后，很快就给我寄来两部书，一部是已经出版的《红楼湘娄文化考》，孙伟科先生作序；另一部是打印稿《红楼梦作者新考》，嘱我作序，据说年底出版。

我翻阅这两部著作，深深地被书中论述的问题吸引住了，过目即不易放手。"谢家幽梦长"，想不到《红楼梦》与湘娄谢氏家族有那么深厚的历史文化渊源。

我想，为什么关于《红楼梦》的作者不断有人提出新的说法？归根结底，新红学家并没有真正解决《红楼梦》作者问题，留下很多谜团一样的未知数，留下很多的"异质思维"的空间，难怪有些学者另辟蹊径，寻找新的、另一个曹雪芹。

看完这两部著作，我十分钦佩谢志明先生对胡适有关《红楼梦》作者曹雪芹考证的质疑。现在关于曹雪芹，主流红学家多半信从胡适的说法，认为曹雪芹是曹寅的孙子，《红楼梦》写的是曹家的历史，其实，这是靠不住的，不正确的。谢志明先生通过大量的《红楼梦》文本和史料，以及方法论，层层深入，精辟地论证了胡适说法的不实。在《红楼梦》流传史上，早期《红楼梦》的各种本子根本就没有作者题署，就是1921年和1927年的第一次铅印本亚东本《红楼梦》，也没有作者题署，尽管1921年胡适就考证出《红楼梦》作者是曹雪芹，但到1927年以胡适藏的程乙本为底本的亚东本卷端作者仍然阙如，说明胡适对曹雪芹是《红楼梦》作者一事，大概心里不是那么踏实。谢志明先生指出：《红楼梦》书内说作者有几个人，曹雪芹只是"批阅十载，增删五次，纂成目录，分出章回"，并未明言创作；程伟元也是说他"删改数过"，同样未说他是作者。再从史料看，胡适考证曹雪芹使用的最早史料袁枚《随园诗话》，其中矛盾百出，并不可靠。而且在曹寅家族族谱上也根本没有其人，"曹寅家族中主要成员的情况，与《红楼梦》中的人物不相吻合，曹家并非像贾家一样兴盛与败落"；就是敦诚敦敏兄弟的诗中说的曹雪芹，也不是胡适说的曹寅的孙子曹雪芹。谢志明先生经过详细考证认为："敦敏兄弟认识的曹雪芹，生于1736年，即乾隆元年（丙辰年），死于乾隆四十一年，即1776年，即丙申年，敦氏兄弟相交的这位挚友不是《红楼梦》作者曹雪芹"，可能是另外一个同名的曹雪芹。这些见解都是很精到的，很有说服力的。

"谢家幽梦长"，谢志明先生一谈到对湘娄谢氏家族的考察，就充满了激情，对《红楼梦》也充满了激情。他考察出这个家族的历史源远流长。娄底谢氏是东晋谢氏谢安后裔，谢安一支因其家族衰败，"旧时王谢堂前燕，飞入寻常百姓家"，先从金陵乌衣巷迁至江西吉安，后因战乱，于元代迁至湘娄境内，其14代孙绍芳公45岁卒，妻易氏人称"珩玉太婆"者，携子女至桃林湾，见其山清水秀，民风古朴，便定居于此。这便是《红楼梦》的背景原型。

"谢家幽梦长"，这是《红楼梦》中贾宝玉的诗句，受其启发，可以看出《红楼梦》与谢氏家族有着深厚的渊源，有着密切的关系。我十分赞叹，志明将谢氏家族与《红楼梦》作了非常深刻而广泛的对比。《红楼梦》中的人物、风情、习俗、方言、风物，几乎都可以在谢氏家族中找出其原型原貌的相同相似的原生态因子。作者认为在不否认《红楼梦》与江南及南京的密切关系的前提下，"亦不能否认《红楼梦》与湖南的密切关系和渊源"。比如《红楼梦》贾府是九厅结构（九厅十八井，一百六十余间房子），桃林湾乐恺堂正是三进九厅结构，与《红楼梦》惊人的一致。大观园的环境与乐恺堂附近的景观相仿。谢母珩玉太婆就是贾母的原型。珩玉太婆的三个儿子，添荫公是贾赦的原型；添弦公是贾政的原型；添蒸公是贾敬的原型。珩玉太婆的七个孙子中，如运是贾珠原型，如辉是宝玉原型。再如元、迎、探、惜，都有生活原型。将《红楼梦》人物与谢氏族谱比对，似乎皆可对号入座。

"谢家幽梦长"，《红楼梦》的原始素材是由谢家才女谢三娘也叫谢三曼纂成的，由此正好解释何以《红楼梦》有那么多女性气质，再是帮她编纂、修订的还有几个人。添荫公与空空道人暗合；如辉公与孔梅溪暗合；谢振宝，字愚谷，号玉峰，与吴玉峰暗合；曹雪芹也是《红楼梦》编纂者之一。曹雪芹不姓曹，其原型应是谢再诏。谢三娘原始素材写的是吴三桂在衡阳称帝时谢妃与谢家一段昙花一现的兴衰史，吴三桂屯兵长沙，后来失败了，所以"闺阁恨比长沙"。如此等等，谢志明先生做了大量工作，将《红楼梦》文本和湘娄地方史料，谢氏家族史料作了深入细致的比对，工程十分浩繁，令人惊叹，使人耳目一新。这样探讨是否有价值呢？和《红楼梦》与杭州的比对一样，只要言之成理，持之有故，就有存在的理由，就有学术的价值，至少可备一说。我们不一定马上赞同他的结论，但这种思路，这种探讨，是值得肯定的。

"谢家幽梦长"，或许湘娄文化、谢氏家族史料还有更深的蕴涵，需要作更深入更细致更广泛的探研，作更大的发掘，要在历史文献上下工夫，才更有说服力。比如原始作者谢三娘，其背景，其时代，其身世，其精神风貌，还需要作更详细、更具体的论述才能让人信服。看来，谢志明先生还需作更大的努力，更大的投入，再接再厉，百尺竿头更进一步，预祝他获得更大的成功！

2011 年 8 月 22 日于贵州大学百荟书屋

目录

序 "谢家幽梦长"/曲沐 ... 1

前言 再续红楼湘娄文化 ... 1

第一章 胡适先生的考证方法之错误 ... 1

第一节 胡适先生的考证方法论存在问题 ... 3

第二节 胡适先生从曹姓入手的方法错误 ... 4

第三节 胡适先生有关《红楼梦》作者考证的错误 ... 12

第四节 胡适先生对文本与史料随意取舍的错误 ... 21

第五节 胡适先生对《红楼梦》后四十回作者考证的错误 ... 22

第二章 曹学理论体系中适用证据的偏差 ... 27

第一节 《四松堂集》与《红楼梦》 ... 27

第二节 《懋斋诗钞》与《红楼梦》 ... 36

第三节 敦敏兄弟认识的"曹雪芹"的生卒研究 ... 41

第四节 《绿烟琐窗集》与《红楼梦》 ... 49

第五节 《枣窗闲笔》与《红楼梦》 ... 50

第六节 《春柳堂诗稿》与《红楼梦》 ... 58

第七节 《延芬室集》与《红楼梦》　　　　　　　　　　　64
第八节 曹学理论之证据中的避讳分析　　　　　　　　　66

第三章　脂批本浅析　　　　　　　　　　　　　　　　69

第一节 脂批本钞本的版本情况　　　　　　　　　　　　70
第二节 各种版本的方言对比研究　　　　　　　　　　　71
第三节 脂批本的批语分析　　　　　　　　　　　　　　74
第四节 各种钞本章回之间的关系研究　　　　　　　　　120
第五节 列藏本中的异体字研究　　　　　　　　　　　　125
第六节 甲戌本的质疑　　　　　　　　　　　　　　　　136
第七节 其他脂本的分析与总评　　　　　　　　　　　　143
第八节 版本中的南北之争　　　　　　　　　　　　　　146
第九节 对各种钞本探讨的总结　　　　　　　　　　　　147

第四章　《青楼梦》与甲戌本的批语对比分析　　　　　151

第一节 《青楼梦》批语与甲戌本批语的比对分析　　　　151
第二节 《青楼梦》总评与甲戌本前后总评比对　　　　　158
第三节 邹弢与《红楼梦》的渊源与关系　　　　　　　　160

第五章　对胡适先生"曹学"观点的总评　　　　　　168

第一节 胡适先生的"曹学"考证简述　　　　　　　　　168
第二节 对胡适先生"曹学"观点的总评　　　　　　　　169

第六章　再议《红楼梦》与湖湘文化　　　　　　　　174

第一节 《红楼梦》中的湘方言再探　　　　　　　　　　174
第二节 湖湘文化与《红楼梦》的渊源　　　　　　　　　179
第三节 再议《红楼梦》与湖湘风俗及风情、风物　　　　182
第四节 乐恺堂建筑之谜　　　　　　　　　　　　　　　186
第五节 衡阳与《红楼梦》　　　　　　　　　　　　　　191

| 第六节 | 屈原的《九歌》与大观园 | 195 |

第七章 《红楼梦》"村言"与风俗的排他性比对分析　　200

第一节	《红楼梦》中的"村言"与各地方言的比对分析	200
第二节	《红楼梦》的风俗与各地民俗的分析比对	223
第三节	江宁织造府与随园、乌衣巷	224
第四节	"曹雪芹"在北京的故居	228

第八章 《红楼梦》始作者再考证　　229

第一节	《红楼梦》中的女性观	229
第二节	四大家族与扶洲谢氏的关系	231
第三节	再谈桃林湾	233
第四节	谢三娘(曼)生平考证	236
第五节	《红楼梦》人物与谢氏族谱人物的比对分析	238
第六节	一段谜一样的故事	242

第九章 谢氏祖传药方与《红楼梦》药方的对比研究　　244

| 第一节 | 寻找谢氏先人的足迹 | 244 |
| 第二节 | 《红楼梦》中的药方探究 | 245 |

第十章 《红楼梦》作者考证　　253

第一节	添荫公与空空道人	253
第二节	如浑公与"孔梅溪"	254
第三节	舅太婆、再诏公与曹雪芹	255
第四节	元亭公与《红楼梦》的成书与流传	260
第五节	寻找芎泉公等人的历史资料	263
第六节	《红楼梦》的流传与印刷	277
第七节	芎泉公与《红楼梦》后四十回	284

第十一章　红学杂谈　　　　　　　　　　　　286
　　第一节　浅论红学的考证方法　　　　　　　286
　　第二节　我的红学考证方法　　　　　　　　292

编尾语　　　　　　　　　　　　　　　　　　295

跋　读谢志明《红楼梦作者新考》/邓牛顿　　　298

后记　　　　　　　　　　　　　　　　　　　299

前言 再续红楼湘娄文化

红海茫茫,有如天地之无垠,宇宙之无尽。其谜雾团团,玄机重重。多少载来无人能解其谜,无人能定其论。然猎奇之心乃人所共有,愈是迷雾难散、玄机难悟,愈惹人遐思万种;愈是让人如见海市蜃楼,愈使其流连而不知返。

红楼之谜不知引来多少红迷沉醉痴迷;不知引得多少猎奇之人的苦苦探觅;更不知使多少文人墨客深陷其中,却不肯回首……

有如沧海一粟,我亦误入其中,几不能拔。几番探索、几番沉浮、多少冥思苦想,尽湮文山书海之内。一部粗劣之作《红楼湘娄文化考》已掀起一阵阵波涛,招来一片片质疑与非议之声。有人指责我是在为发展地方旅游经济服务;有人认为我是在为了卖书、为了出名;有人认为我的学术研究是肤浅的……更有甚者,视我为"谢老虎",一片打虎之声随之而来。最后,还有人将我列入糟蹋《红楼梦》之列大加诋毁,更有甚者,视我为"魔怔"者,并刻意注明"'魔怔'者,精神错乱之谓也"。

如此种种,其实皆在我意料之中。然是是非非只能由阅者去评论,由历史去检验。

当然,拙见亦不乏支持者,有人认为我在方言与民俗问题方面打开了红学研究的窗口;认为《红楼梦》写的可能就是一个偏远山村的暴发户,只有这样才能解释书中的许多不能解释的现象等等。

其实,我之所以如此执著,是因为我想真正弄清红楼之谜,了解《红楼梦》是否真与湖南及谢氏家族有关。这种不计利益得失的付出,是常人所不能理解的。我虽然很希望得到世人的支持与理解,但不会寄太多的奢望,也不会为流言所止步。种种世俗之见由来有之,口在他人之身,能奈其何?有明月在心,天地为鉴,事实相佐!故不必在乎其流言飞语或毁誉得失。

而今质疑未断,论点未立,我竟又提新论,再议红楼,岂不会招来更多非议？平心而论,我亦犹豫、徘徊,亦曾退缩畏难,恐有俞平伯先生之忧,更恐有无尽的口舌之争,或惹无端之祸……

然我却不曾弃红学研究而半途止步。沿着前人走过斑斑血泪之路,我又一次感悟到了《红楼梦》这部巨著之伟大,体味到了前人之艰辛与无奈。那血腥的历史,仇恨的火花透过沉重的历史扉页,透过《红楼梦》这部巨著的字里行间,又一次将我的心灵启慧,将我的激情点燃,将尘世的俗垢洗涤……每一次荡涤,都消却了萌生的杂念与胆怯,使我又一次勇敢提起拙笔,再谈怪论,而不顾及是否再背骂名,是否会再博取他人之笑了。

今日我所要谈的奇论有二:其一是对《红楼梦》作者曹氏学的批驳。即曹雪芹另有其人,曹氏学说自然也难以成立,而脂批本以及诸多的曹学理论依据自然也不足为论。二是《红楼梦》作者谢氏说的继续考证。既然有谢三娘之说,自然要接前回再论"曹雪芹"其人。倘若此书能为《红楼梦》作者的考证尽一己之力,吾心足矣。

第一章 胡适先生的考证方法之错误

我们要考证《红楼梦》的原作者,就必须先了解胡适先生的曹学理论。

胡适先生是中国近代著名的学者和思想家。胡适先生在红学研究的领域内,堪称一代宗师,他不仅对曹雪芹的原型进行了考证,同时,发现了最早的《石头记》钞本——甲戌本。他通过十多年的努力,对曹雪芹的生卒情况予以了考证;对困扰红学界的许多问题予以了考证和定论,并赢得了当时绝大多数的专家学者的支持与后来的红学爱好者与研究者的追随。随着越来越多的人参与和不断圆其学说,"曹学"已成了"红学"的代名词。从某种意义上来讲,红学家大抵都是"曹学家",其中虽各立门派,但只是各人所采用的方法不同,观点有偏差而已,都是围绕胡适先生的"曹学"在争论。余英时先生就曾指出:"半个世纪以来的'红学'其实就是'曹学'的观点。"①换句话来说,考证红学实质上已蜕变成为曹学了。而胡适先生的"大胆假设,小心求证"的方法,也一直成为人们进行红学研究的"经典"语录与科学的方法。

但红学界亦存不同的看法与观点。有人认为红学研究已经进入了一个死胡同,故寻找新的研究方向,开拓研究视野,从胡适的曹学理论的怪圈中跳出来,就成了一种趋势与必然。

我花了不少的时间拜读胡适先生的大作,对其曹学观点亦不敢苟同盲从。

今日,我斗胆冒天下之大不韪,开篇就对胡适先生早已盖棺定论的理论,提出自不量力与肤浅的管见。

胡适先生从事红学研究并成为一代曹学大师,是带有戏剧性的。胡适先生于

---

① 余英时著:《红楼梦的两个世界》,台北联经出版事业公司1981年增订版,第8、16页。

1921年3月发表的《红楼梦考证》一文并非胡适主动写成,而是在上海亚东图书馆老板汪孟邹的不断催逼下撰写的。胡适先生这篇应汪孟邹之邀,替上海亚东图书馆即将出版的《红楼梦》所写的序言,当初并非真正意义上的学术论文。但始料未及的是,此文发表后在红学界引起巨大反响。由此,胡适先生与《红楼梦》结下了不解之缘,从他三十岁发表这篇文章开始,到四十三岁(1921—1933),对《红楼梦》进行了整整十二年的研究。在这十二年中,他进行了大量的研究与考证工作,先后写了五篇考证的文章,从而奠定了他的曹学基础。

值得指出的是,在胡适先生之先,曹学早已存在,而其他研究《红楼梦》而加以注释,并形成各自门派的非止"曹学"一家。但以三家最为有名:

第一家是索隐派的代表人物王梦阮、沈瓶庵。他们通过研究认为,《红楼梦》是反映清朝开国之君顺治帝与董小婉的爱情故事。书中的男主人公宝玉便是隐射顺治帝,那美丽、多愁善感的女主人公黛玉则隐射董鄂妃。

第二家是最早的说法,也是清代最有影响的一种观点。他们的依据是乾隆帝一句戏言:"此盖为明珠家事作也!"由此推断出《红楼梦》中的贾政的原型是明珠,宝玉的原型是明珠的儿子纳兰性德,宝钗是影高澹人,妙玉即影西溟(姜宸英)等等。

第三家便是时任北京大学校长蔡元培先生的观点。蔡先生认为《红楼梦》是一部隐射汉民族抗满的政治小说。书中所写的故事便是反映整个康熙一朝的政治现象,"宝玉"隐射康熙帝的太子(胤礽),大观园中的诸美人则是暗指当时的名士。例如:"黛玉"便是指"朱彝尊","黛玉"的情敌"宝钗"则暗指高士奇。①

针对这些流传已久的观点,胡适先生勇敢地予以否决,将这些观点斥为"无稽之谈"。他用年轻人的勇气与胆识,另立门户,采用"大胆假设,小心求证"的考证方法,并由此而得出一系列的大胆结论,开始了他的挑战权威之旅。并在以后的十多年内,完成了他的理论体系,确定了他在曹学中的权威地位。

胡适先生在《胡适口述自传》中谈道:

> 否定诸说之后,我也要提出更有建设性的建议。我认为要认识这部巨著,一定要找出作者的身世,并且还要替这部名著的版本问题作出定案。②

这恐怕正是胡适先生进行红学研究的初衷。

然而,胡适先生要推翻前人的观点,他明白仅凭争辩远远不够。为了确立自己的

---

① 详见胡适著,欧阳哲生编:《胡适文集2》,《胡适文存》卷三《红楼梦考证(改定稿)》,北京大学出版社1998年版,第432—439页。
② 胡适口述:《胡适口述自传》,唐德刚译注,华东师范大学出版社1993年版,第237页。

正确性,他必须找到新的证据,才能形成自己的新观点。

为了考证《红楼梦》的作者是谁,胡适先生首先大胆假设作者便是披阅者曹雪芹,假设作者是江南金陵人氏,假设作者姓曹,然后,在这三个不确定的假设前提下,在金陵寻找与原作者身份相符的家族以及有关的历史依据。胡适先生的这个可能错误的假设,原本就是个不严谨的命题,自然从一开始就犯了方向性的错误,所以,其结论是经不住推敲与检验的。下面我们先对胡适先生考证方法存在的错误进行一个粗浅的分析。

第一节
胡适先生的考证方法论存在问题

胡适先生这种考证方法的前提"假设"必须是正确的、小心的。但问题是:胡适先生的假设不一定正确,也可能是"太大胆"了。

对《红楼梦》作者的考证,章太炎先生曾道:

> 昔吴莱有言:"今之学者,非特可以经义治狱,乃亦可以狱法治经。"莱,一金华之业师耳,心知其意,发言卓特。近世经师,皆取是法:审名实,一也;重佐证,二也;戒妄牵,三也;守凡例,四也;断情感,五也;汰华辞,六也。六者不具而能成经师者,天下无有。①

章太炎先生最早引用吴莱的名言,提出学术界要以"狱法治经"的观点。这无疑是一个十分严谨的考证方法。而胡适的这种"大胆假设"的方法,如果"假设"是错误的,那么后面的考证的材料也是靠不住的,结论自然也靠不住。这种现象在我们的学术研究上屡见不鲜。作为一个严谨的学术工作者,自然要引以为鉴。至于那些为了形成自己的"学术"理论而不惜制造假证据、假材料的现象,则不仅是不道德的行为,而且是一种违法犯罪行为。这种行为终将被历史所唾弃。所以,胡适先生的"大胆假设,小心求证"的方法上的错误,应当在"大胆"上。这一方法无疑开了学术研究"大胆假设"之先河,"大胆"者层出不穷,各种"假设"与"考证"迭起。我想,这亦是近百年来,红学研究观点纷呈,"新见"屡爆的原因之一吧。

胡适先生在他的《红楼梦考证》中写道:

> 我现在要忠告诸位爱读《红楼梦》的人:"我们若想真正了解《红楼梦》,必须先打破这种牵强附会的《红楼梦》谜学!"

---

① 章太炎著:《太炎文录初编》卷一,《章太炎全集》(四),上海人民出版社1985年版,第119页。

其实做《红楼梦》的考证,尽可以不用那种附会的法子。我们只须根据可靠的版本与可靠的材料,考定这书的著者究竟是谁,著者的事迹家世、著书的时代,这书曾有何种不同的本子,这些本子的来历如何。这些问题乃是《红楼梦》考证的正当范围。

我们先从"著者"一个问题下手。①

胡适先生从著者的身份入手,去研究《红楼梦》的形成年代、著者的事迹家世、版本等,其方法原本没错。但他却犯了一个十分重要的错误,就是没有认真地研究《红楼梦》的文本,寻找原作者真实的身份的"内证";没有从小说中所提示的"村言"与"风俗"入手去锁定原作者籍贯与范围,而是先入为主地将范围确定在金陵(即南京),而排除了其他的地方。事实上,《红楼梦》中涉及的地名、物名与人名,远不止江南,还有湖南、西安、北京、山东、云南、广东等地,其中,以湖南为最多。胡适先生怎么能摒弃这些客观存在的事实,仅凭书中有"金陵"、"扬州"、"苏州"等就将其确定为金陵人氏所写?这显然是片面与错误的。

这种错误的"假设"导致了胡适先生考证的结论存在方向性的错误。我们知道,《红楼梦》的原作者在当初推出其书时,正是清代文字狱盛行之时,作者或其后人要传抄此书,所面临的政治风险岂是一个"犯罪"二字所能涵盖?所以,他(她)出于保护其家族,自然不会直言其籍贯。《红楼梦》的原作者为了规避"文字狱"的风险,不得不隐其身世。正如书中第一回中写到:"然朝代年纪,地舆邦国,却反失落无考。"

所以,我们不能轻信作者这些书面的陈述,去锁定作者的籍贯与居住范围。

然而,作者却又不甘其书不为后人所知,故定然会将其奥秘隐含在书里,留于笔墨之中,这非知其实情者所不能知。所以,我们可以根据文本中透露出来的其他信息进行考证,比如,他的方言、习惯、活动范围等进行综合分析,做到去伪存真,从中找到真正有价值的线索,而不能为其假象所迷惑。

故胡适先生从江南与金陵入手,去考证原作者身份,而不是在更大范围内寻找,显然是犯了先入为主的错误。有了这种错误,自然便有了其他更多的错误。

第二节
胡适先生从曹姓入手的方法错误

为了对作者问题做出"定案",胡适先生首先要确定作者的姓名,为此,胡适先生先入为主,确定作者是具真名实姓的曹雪芹。胡适先生在《红楼梦考证》中写道:

---

① 胡适著,欧阳哲生编:《胡适文集2》,《胡适文存》卷三《红楼梦考证(改定稿)》,北京大学出版社1998年版,第440页。

我们先"著者"一个问题下手。

本书第一回说这书原稿是空空道人从一块石头上抄写下来的,故名《石头记》;后来空空道人改名情僧,遂改《石头记》为《情僧录》;东鲁孔梅溪题为《风月宝鉴》;后因曹雪芹于悼红轩中,披阅十载,增删五次,纂成目录,分出章回,又题曰《金陵十二钗》,并题一绝,即此便是《石头记》的缘起。诗云:

满纸荒唐言,一把辛酸泪。

都云作者痴,谁解其中味?

第百二十回又提起曹雪芹传授此书的缘由。大概"石头"与空空道人等名目都是曹雪芹假托的缘起,故当时的人多认为此书是曹雪芹做的。①

胡适先生以文本为依据,依照他的主观意愿认为:石头、空空道人、孔梅溪、吴玉峰等都是曹雪芹假托的名字,只有曹雪芹才是其的真名实姓。所以,只要将曹雪芹考证清楚了,所有的问题就解决了。

胡适先生的另一个重要的依据是袁枚的《随园诗话》。胡适先生在《红楼梦考证》中写道:

袁枚的《随园诗话》卷二中有一条说:

康熙间,曹练亭(练当作楝)为江宁织造,每出拥八驺,必携书一本,观玩不辍。人问:"公何好学?"曰:"非也。我非地方官而百姓见我必起立,我心不安,故藉此遮目耳。"素与江宁太守陈鹏年不相中,及陈获罪,乃密疏荐陈。人以此重之。其子雪芹撰《红楼梦》一书,备记风月繁华之盛。中有所谓大观园者,即余之随园也。明我斋读而美之。(坊间刻本无此十字。)当时红楼中有某校书尤艳,我斋题云(此四字坊间刻本作"雪芹赠云",今据原刻本改正):

病容憔悴胜桃花,午汗潮回热转加。

犹恐意中人看出,强言今日较差些。

威仪棣棣若山河,应把风流夺绮罗。

不似小家拘束态,笑时偏少默时多。

我们现在所有的关于《红楼梦》的旁证材料,要算这一条为最早。近人征引此条,每不全录。他们对于此条的重要,也多不曾完全懂得。这一条记载的重要,凡有几点:

(1)我们因此知道乾隆时的文人承认《红楼梦》是曹雪芹做的。

---

① 胡适著,欧阳哲生编:《胡适文集2》,《胡适文存》卷三《红楼梦考证(改定稿)》,北京大学出版社1998年版,第440—441页。

(2)此条说曹雪芹是曹楝亭的儿子。(又《随园诗话》卷十六也说:"雪芹者,曹练事织造之嗣君也。"但此说实是错的,说详后。)

(3)此条说大观园即是后来的随园。

俞樾在《小浮梅闲话》里曾引此条的一小部分,又加一注,说:纳兰容若《饮水词集》有《满江红》词,为曹子清题其先人所构楝亭,即雪芹也。

俞樾说曹子清即雪芹,是大谬的。曹子清即曹楝亭,即曹寅。①

于是,袁枚在《随园诗话》中所写的这段有关《红楼梦》的文字,便成了胡适先生认定《红楼梦》原作者与曹寅家庭有关的历史依据。

时年三十岁的胡适先生,以年青人敢想、敢说的精神,以此为基础,开始了对《红楼梦》的考证。他一开始,便撇开了《红楼梦》文本中所涉及的其他所有作者的问题,而单单根据文本中写到的"后因曹雪芹于悼红轩中披阅十载,增册五次,纂成目录,分出章回"以及红学界早期的一些观点,确定原作者姓曹,并且忽视了真正的原作者,单一地对披阅者进行考证。这显然犯了与确定作者是江南人氏同样的错误。这个错误要从三个方面来剖析:

一、随园主人在《随园诗话》中的记载证据并不可靠

其实,在早期的《红楼梦》研究中,《红楼梦》作者问题存在多种说法,袁枚的这种说法,并不是唯一的观点。胡适先生不过是沿袭了袁枚与张船山等人的观点,并将这一观点得以发扬光大而已。而《随园诗话》中所记的,当初就被人们所质疑,因为:

其一,袁枚的《随园诗话》中连曹雪芹是曹寅之子还是其孙都未弄清,且曹雪芹所写的是《金陵十二钗》而非《红楼梦》,曹寅之子当初所写的《红楼梦》未必就是传世的《红楼梦》,因《红楼梦》传抄之时,是叫《石头记》或《金陵十二钗》,怎么又会与后来的《红楼梦》画等号?这说明袁枚当初并未弄清《红楼梦》与《金陵十二钗》的关系。

其二,有人认为,袁枚的这段有关《红楼梦》的话是坊间刻本的妄加之语,不足以相信。因为《随园诗话》流传的版本很多,各种版本说法不一。

其三,既然曹雪芹有如此才气,却为何只见《红楼梦》一书,而不见其他?

其四,袁枚的说法找不到佐证。

其实,当初想了解《红楼梦》作者身份的人应当是很多的。一种人是当初的红学家及众多的文人墨客与达官贵人,因《红楼梦》在当时已风靡一时,广为流传,曹雪芹成了现时所讲的名人、文豪,众人为附其风雅,自然会想法结交。第二种人是属于探

---

① 胡适著,欧阳哲生编:《胡适文集2》,《胡适文存》卷三《红楼梦考证(改定稿)》,北京大学出版社1998年版,第441页。

秘猎奇类的人,这些人为《红楼梦》作者身份的神秘所吸引,如追星族般来探究原作者的真实身份。第三种人应当是朝廷中的官员,还有秘密特务。因对《红楼梦》感兴趣的不止上述的一些人,还有当初的皇帝如乾隆等。这些官员与特务一方面可能为了弄清其人的身份,在皇上面前邀功;另一方面,也是为了防止汉人的文化反抗,这迫使他们会不惜一切代价,不放过任何机会去寻找与追究《红楼梦》的真正原作者,这一点是肯定的。如果袁枚所说的是正确的,那么,要从曹寅家找到曹雪芹或曹雪芹的原型,岂不是轻而易举之事?

但事实证明,曹家根本就不存在这个人,曹家人写曹家事的说法在当初就被人否定了。清代红学研究者周春,在其钞本《阅红楼梦随笔》之《红楼梦记》中写道:

故曹雪芹赠红楼女校书诗有"威仪棣棣若山河"之句。袁简斋云:"大观园即余之随园。"此老善于欺人,愚未深信。①

可见清代的红学家并不支持这种说法,而袁枚的后人袁翔甫在校改时,将袁枚有关《红楼梦》的说法删去,其理由是此十一字为"吾祖澜言,故删之"。

而胡适的学生顾颉刚对胡适的曹学理论虽忠实地追随,但对胡适引以为据的《随园诗话》中的说法却怀疑甚至反对态度。俞平伯在文章中写道:

颉刚后来又给我两信,直接地证实随园决非大观园。袁枚本是个极肉麻的名士,老着脸说"大观园者,即余之随园也"。被颉刚这一逐细驳辩,真是痛快之至。颉刚说:

袁枚生于一七一六,与曹芹生岁不远。他说,"相隔已百余年矣",可见此老之糊涂!本来我在《江南通志》《江宁府志》及《上元县志》上查,都没有说小仓山是曹家旧业。曹寅是有名的人,往来的名士甚多,他有园,一定屡屡见之诗歌,为什么《楝亭诗钞》里只有一个西轩,别人诗词里也不见说起?可见府志书的不载,正好反证曹家并无此园了。

袁枚所记曹家事,到处错误。大观园不在南京,我日来又续得数证:(1)《续同人集》上,张坚赠袁枚一诗的序中原说,"白门有随园,创自吴氏"。适之先生没有引他的序,而只引他的"瞬息四十年,园林数主易"一语,以为"数"即不止隋袁两家。现在既知尚有吴氏,则吴隋袁三家亦可称"数"了。(2)袁枚《随园记》作于乾隆十四年三月,记上说他的经过次序:(甲)买园,(乙)翻造,(丙)辞官,(丁)迁居。这许多事情必不是三个月所能做的,则买园当然在乾隆十四年之前。但十三年正是他修《江宁

---

① 康保成撰:《〈石头记〉成书过程质疑》,载《河南大学学报》(社会科学版),1984年第02期。

府志》的时候,志书局里的采访是很详的,曹家又是有名人家,如果他们有了这园,岂有不入志之理?他这部志我虽尚没有寓目,但看他《随园记》的不说,后来续纂志的不载,便可推知他的志上也是没有的了。他掌了府志还不晓得,他住入了园内还不记上,而直等看见了《红楼梦》之后方说大观园即随园,这实在教人不能相信!明斋主人《总评》里说:"袁子才《诗话》谓纪随园事,言难征信……不过珍爱备至而硬拉之,弗顾旁人齿冷矣。"恐确是这个样子。

　　他两信所说,真是铁案如山,不可摇动。从此,《红楼梦》之在南京,已无确实的根据,除非拉些书中花草来作证。①

　　从中可以看到,顾颉刚与俞平伯也不赞同他的观点,认为袁枚的说法是不能成立的,大观园在北京而不是在南京。这一方面说明胡适先生的弟子从一开始就未盲从胡适先生的所有观点,另一方面说明,有些曹学家,在各自的观点上有取有舍,承认曹学的正确性,却对所依据的事实进行取舍。既然袁枚有关大观园的观点是荒谬的,不能成立的,那么,袁枚关于《红楼梦》是曹家的"曹雪芹"所写又怎么能取信呢?这是很矛盾的地方。

　　我想,当初的文人以及袁枚的后人不相信袁枚在《随园诗话》中的这种说法,是因为他们当初可以很容易地查证到曹寅家族的历史与人物,随园主人袁枚所言的曹雪芹是曹练亭之子如果属实,那么,似曹寅这等书香门第之家的族谱上应有十分清楚的记载。但人们查证的结果是:在江宁织造曹寅的后裔中根本找不到曹雪芹这样一个人!

　　由此说明曹雪芹是一个子虚乌有的笔名,因曹氏族人不可能随意捏造一个这样的人来认其祖宗。这不单说明曹氏家族高尚可贵的风尚(不是他们的就不去强求),也说明,在严酷的"文字狱"年代,人们对此避之恐不及,谁个会去自报家门,招其祸端?

　　所以,袁枚的这种说法,缺乏重要的佐证,自然就不会被别人所认同。

　　那么,袁枚为什么会有这种说法呢?我认为:一则袁枚的说法可能是道听途说,并未有任何考证。二则他可能与曹家有隙,故意借笔杀人,嫁祸于人。三则可能他是明知其书的来历,却转移官府视线,保护真正作者家族。还有一种可能就是袁枚的《随园诗话》是后人添删增改了的。所以,我们很难认定袁枚先生的这种说法是正确的。

　　综上所述,在胡适先生之前有关《红楼梦》作者的种种猜测与记载,都是不可靠

---

①俞平伯著:《红楼梦辨》,岳麓出版社2009年版,第123-124页。

的。原作者的后人,出于某种历史原因,将原作者的身份一直隐瞒着,而不为世人所知。所以,胡适先生以袁枚先生的说法作依据,就难免犯一叶遮目的错误。

二、从文本来分析,曹雪芹不是原作者

从种种迹象来看,曹雪芹在《红楼梦》的创作史上确有其人、其事,但绝非曹学家们所认定的是江宁织造曹寅之孙曹霑。

《红楼梦》一书开头就写道:

诗后便是此石坠落之乡,投胎之处,亲自经历的一段陈迹故事。其中家庭闺阁琐事,以及闲情诗词倒还全备,或可适趣解闷;然朝代年纪、地舆邦国却反失落无考。

空空道人遂向石头说道:"石兄,你这一段故事,据你自己说有些趣味,故编写在此,意欲问世传奇。据我看来:第一件,无朝代年纪可考;第二件,并无大贤大忠理朝廷治风俗的善政,其中只不过几个异样女子,或情或痴,或小才微善,亦无班姑、蔡女之德能。我纵抄去,恐世人不爱看呢。"①

其后又写道:

空空道人听如此说,思忖半晌,将《石头记》再检阅一遍,因见上面虽有些指奸责佞、贬恶诛邪之语,亦非伤时骂世之旨,及至君仁臣良、父慈子孝,凡伦常所关之处,皆是称功颂德,眷眷无穷,实非别书之可比。虽其中大旨谈情,亦不过实录其事,又非假拟妄称,一味淫邀艳约,私订偷盟之可比。因毫不干涉时世,方从头至尾抄录回来,问世传奇。从此空空道人因空见色,由色生情,传情入色,自色悟空,空空道人遂易名为情僧,改《石头记》为《情僧录》。至吴玉峰题曰《红楼梦》。东鲁孔梅溪则题曰《风月宝鉴》。后因曹雪芹于悼红轩中,披阅十载,增删五次,纂成目录,分出章回,则题曰《金陵十二钗》。

其中明白无误地写到,在曹雪芹之先有"石头"、"空空道人"、"孔梅溪"、吴玉峰等人,创作与传播、修改了《红楼梦》的原始脚本。曹雪芹不过是在其基础之上"披阅十载、增删五次,纂成目录,分出章回",并将其题名为《金陵十二钗》而已。石头、空空道人都是笔名,那么,孔梅溪、吴玉峰或者曹雪芹自然未必就是真名。既然这些人不是真名实姓,作者大可不必故弄玄虚,将自己写作的真相掩盖,而去假托他人曾经创作的历史。如果曹雪芹是真名实姓,那他更没理由埋没自己的功劳。

从此回所写的口气来看,此文不像是篡改者曹雪芹所写,更像是十分熟悉此书来历与经过的第三人所写。也就是说除了上述作者之外,还有在付梓或定稿时的最后

---

① 曹雪芹、高鹗著:《红楼梦》第一回,内蒙古人民出版社2004年版。以下引用该书文字只注回数,特此说明。

作序者。此段文章似序非序,但却是全书的总纲与概要,不是始作者所写,更非曹雪芹本人所作。因没有一个人会说自己于哪里披阅与修纂此书的。同时,我们回过头来看,曹雪芹纂成之书,不仅不叫《石头记》,也不叫《红楼梦》,而是《金陵十二钗》,而将其书名改为《红楼梦》者是吴玉峰或后来之人,而非曹雪芹。这显然与袁枚所记载的及其他人所认定的曹雪芹纂《红楼梦》一书有较大差距。因《红楼梦》是在《石头记》《情僧录》《风月宝鉴》《金陵十二钗》之上整理、编纂而成,也就是说在最后的编纂者曹雪芹之后,还有编纂者,如果说最后的编纂者也是作者,那么,真正的《红楼梦》作者岂不是最后的编纂者,而非曹雪芹?

若他(她)敢具真名实姓,又为何不在前言中一言道破,将其真实情形与身份公诸天下,何必让后人去揣测?他(她)之所以不愿公之于众,其中自然有十分利害的缘由。这种缘由绝不是写清宫秘史这般简单。

胡适先生所依据的内证是文本中所写到的"因曹雪芹先生于悼红轩中披阅十载"而确定作者是曹雪芹。既然胡适先生的依据来自于文本中的"内证",但为何对其他内证视而不见?《红楼梦》一书中不仅写到曹雪芹,而且写到了石头、空空道人、东鲁孔梅溪、吴玉峰等人。连曹雪芹先生自己都未曾将其功劳归于自己名下,胡适先生又有何依据来埋没与剥夺其他作者的创作权,将其武断地确定为"曹雪芹"先生的功劳呢?这种结论显然既不尊重原著,也不尊重始作者,更是对"曹雪芹"的"强迫"!

对曹雪芹是后作者的概念,一向是被人们所接受与认同的,但胡适先生却对此予以否认。

在胡适先生的理论体系中,有一本很重要的书叫《枣窗闲笔》,其中写道:

闻旧有《风月宝鉴》一书,又名《石头记》,不知为何人之笔,曹雪芹得之,以是书所传述者与其家之事迹略同,因借题发挥,将此部删改至五次,愈出愈奇。①

胡适先生在考证时把《枣窗闲笔》作为他曹学理论的重要依据,但对文本中谈及的"又名《石头记》,不知为何人之笔"这种说法视而不见,将作者主观地确定为一个可能不具真名实姓的"曹雪芹",显然是有违事实真相的。

其实,在清代,即使所有相信曹雪芹是作者的人都不否认曹雪芹的《金陵十二钗》是源于《石头记》、源于《风月宝鉴》、源于《情僧录》。曹雪芹在删改之时,将自己所历之事掺杂入书中,编纂成了一百二十回的《金陵十二钗》,说明,曹雪芹并非原始作者,仅仅是纂改者而已。在曹雪芹之先,一定有一个或多个始作者。既然我们要尊重历史,不否认曹雪芹编书阅书的功劳,那么,我们就更不能否认曹雪芹之先的始作

---

①爱新觉罗·裕瑞著:《枣窗闲笔》,上海古籍出版社1984年版,第173页。

者,这是对历史的尊重,也是对作者的尊重。这一点,不单清代红学研究者不否认,在近代的红学研究中,大多也不否认。只是,这始作者是何人,姓甚名谁,无史可考,难以定论而已。

胡适先生撇开这些人,而单独考证曹雪芹,岂不是犯了舍本求末的错误?如果说胡适先生的依据来源于文本,但他却没有完全弄懂文本中内证的真正含义,断章取义地将一个披阅者武断地确定为原作者,显然是背叛了他所依据的"文本"。

从另一层面上来讲,胡适先生既然可以从曹姓入手,将《红楼梦》所有的问题在江南织造府中得以解释,那么,为何不能从孔姓、吴姓,甚至石姓、空姓入手,来破解更多的谜团呢?我想:既然曹氏家族的考证能解释许多问题,那么,孔姓、吴姓、石姓、空姓等家族的考证也能解释很多问题。因为从文本"内证"的排序来看,这些人才是最原始的作者,而曹雪芹不过是披阅者而已。考证始作者或原作者比编纂者显然更为重要。但胡适先生没有从这些入手,而单单从编纂者入手去考证作者与作者的家世,显然这样的考证结果是不全面的,也无法解释《红楼梦》与《石头记》中的许多问题。

在这里,有人会说:文本中所说的孔梅溪、吴玉峰、空空道人、石头等人都是假托的,真正的原作者是披阅者曹雪芹。其依据是来自于文本中的"后因曹雪芹于悼红轩中披阅十载,增删五次,纂成目录,分出章回,则题曰《金陵十二钗》"。曹雪芹披阅十载,其功不可没,自然是原作者。

我想这种观点显然是以文本为"内证",又否认"文本"的做法。你的依据既然是来自于文本,就不能否定文本的其他重要信息,更不能将一个编纂者确定为一个作者,或按一个编纂者的家族,去考证始作者所写的真实情况。要么就是全部否定,要么就得以文本为依据。这是一个十分简单的道理与逻辑。如果所写孔姓、石姓、空姓、吴姓是假托的名字,那么,我们为什么就单独能确定曹雪芹是具真名实姓呢?这样的观点显然是不符合逻辑的,也是错误的。除非有证据证明,孔姓、吴姓也是可考的,是具真名实姓的,不然的话,曹雪芹是真名实姓的观点是难以服众的,而由此考证出来的结论更是难以自圆其说的。

三、在"文字狱"盛行的年代,《红楼梦》原作者绝不可能具其真名实姓

其一,在清代,重诗词歌赋而轻小说,小说被斥为淫秽不能入流的东西。作家在清代的文坛中是没有地位的,难入三教九流之列,文人写作小说大多为仕途不顺,名落孙山者,或不务正业者。故清代很多有名的文人都无小说问世。

其二,在清代"文字狱"盛行。而在长篇小说中,难免会出现隐忍之词,这样就会触及清代严酷的律法,若是被人告发或朝廷察觉,难免有杀身之祸,灭顶之灾,即便是十分正统的作品,也难免会招来奇祸,何况是一本被人认为是"淫书"的《红楼梦》?

写这种小说既不能得名谋利,还要冒杀头与灭族的风险,自然会隐姓埋名,隐其真相。又有哪个会自报家门,自寻死路?

其三,《红楼梦》其书所写的内容是清初所发生的故事,这一点是可以肯定的。因书中所写的吃槟榔的习惯,经考证,最早源于顺治帝时期,而且这些故事又发生在南方。故作者的笔墨中,有许多毁满悼明的情结。如果写的是与政治有关的小说,那么,清朝政府追究下来,岂不是闯下了弥天大祸?即使是皇族、旗人,也难免会受到追究。我想,作者既然能写出《红楼梦》这样的历史巨著,其人绝不是糊涂人,所以给他十个胆,也不敢具真名实姓,更不让说将其家族与根蒂一一泄露于外人,因这是违背常理的。

其四,自清代以来,没有人能真正了解曹雪芹的生卒时间、埋葬地点。即使有某些记载,也不过是道听途说,以讹传讹。

其五,在曹家家族现存的族谱上并无其人、其事的有关记载。

据曹学家们研究,曹寅家族的族谱是存在的,家族成员的脉络是清晰的。因一方面,有清代的官方档案《八旗氏族通谱》等可考。另一方面,有曹氏家谱存在,其中有《辽东曹氏家谱》《五庆堂重修曹氏宗谱》等。如果真如胡适先生所考证的,曹霑系曹雪芹,那么,在曹氏的族谱中,为何不能找到曹霑其人,而只是猜测与假设呢?可见,这个曹雪芹在曹寅的子孙中是根本不存在的。

总之,在过去"文字狱"盛行的年代,许多文学作品因可能触及"文字狱"的禁区,是不敢轻易具其真名实姓,具的大多是笔名。在《红楼梦》最后一回中写道:

"不但作者不知,抄者不知,并阅者也不知。不过游戏笔墨,陶情适性而已!"

所谓"作者不知,抄者不知,并阅者也不知",就连续书者也不知,目的就是让人不知道作者的真实身份,真个是一问四不知。目的就是让人无处可查,无处可考,作者怎么又可能具真名实姓,怎么可能留下如此多的有关作者"曹雪芹"的证据呢?

第三节

胡适先生有关《红楼梦》作者考证的错误

一、胡适先生有关《红楼梦》作者曹雪芹是曹寅之孙的错误

胡适先生明白仅仅将作者确定是曹雪芹一人,将作者锁定为江南人氏还远远不够,他必须找到曹雪芹的原型及其家族。于是,他在自己的努力与学生的帮助下,找到了金陵的曹寅家族,又在曹氏家族找到了创作《红楼梦》的曹雪芹。他在《胡适口述自传》中说道:

在寻找着身世这项第一步工作里,我得到我许多学生的帮助。这些学生后来在

"红学"研究上都颇有名气。其中之一便是后来成名的史学家顾颉刚;另一位便是俞平伯。平伯后来成为文学教授。这些学生——尤其是顾颉刚——他们帮助我找出曹雪芹的身世。雪芹原名曹霑;雪芹是他的别号。

为搜查曹雪芹的家世,我们又找出他的祖父曹寅来。曹寅诗文皆佳,原为康熙皇帝遣往江南来羁縻当地士子的秘密特务。作为清廷的秘密特务,他获任当时南京、扬州一带收入最丰的优差肥缺。他的收入倒不是去赌赂或收买当时的读书人,而是有意的去救济全国的寒士——特别是长江下游,江、浙一带的贫儒寒士。

我所要特别指出的,则是曹雪芹是曹寅的孙子。曹寅的父亲曹玺——也就是雪芹的曾祖——曾在南京做过二十一年的"江宁织造"[一个直属于皇帝的私家账房,内务府,管辖南京一带丝绸纺织工作以备宫廷御用的财务官]。曹寅本来已在苏州做过四年的"苏州织造",后来调往南京,又做了二十一年的"江宁织造"。在此同时他又在扬州四度兼任"两淮巡监御史"。这两项官职是当时大清帝国之中最能充实宦囊的优差肥缺。

曹寅死后,其子曹颙又继承父职,做了三年"江宁织造",死于任上。曹氏殁后,曹颙一位过继的儿子曹頫——可能就是曹雪芹的父亲——又接着出任"江宁织造"至十三年之久。所以他们曹家三代出了四位"织造"。任期加起来,先后逾五十八年。[刚按:在适之先生以前的文章里,他总说曹頫是曹寅的次子。在本章中则说是"过继的儿子",这是他接受周汝昌的说法而改变的。]

任何人读《红楼梦》,都会感受到那[荣、宁二府里]荣华富贵的气氛;一种官宦世家的传统。所以我们必须先要了解那种五十年不断的"江宁织造"家庭背景,然后才能谈到了解这部小说。这便是我考证的另一方面。

但是康熙皇帝死后,诸皇子争位。雍正虽然终承大统,但是他[这位四皇子]也没有什么名正言顺的承继特权。所以他一旦即位之后,便对原先和他争位的弟兄,乃诛囚不遗余力。在这场争夺权斗争中,曹家也受到株连。不但与曹氏有关的皇亲国戚悉被推翻,曹家自己也受了"查抄"之祸。家产充公,婢仆星散,树倒猢狲散,转眼也就穷困不堪。曹雪芹长大之后,正赶上这场不幸,而终至坎坷一生!

这许多遭遇,作者在他的《红楼梦》的前几回中都说得清清楚楚。他也向来没有掩饰这部小说的自传性质。但是我这一自传小说的说法一旦提出之后,却不易为读者所接受。因为一般读者的思想——尤其是知识分子的思想,早已为上述诸家的政治故事、民族意识等说法,先入为主了。因此我和我朋友们,真是历尽艰辛,找出这些传记资料——不但是曹雪芹的传记资料,而且是曹氏一家的资料——来说明这部小说原是一部自传。

这小说中最令人折服的一项自传性的证据,便是那一段描写贾家一皇帝南巡时曾经"接驾"的故事,而且不只是接驾一次,而是接驾数次。史料在这方面是可以作为佐证的。康熙皇帝曾六度南巡;雪芹的祖父曹寅,便曾"接驾"四次。不但"接"了皇帝的"驾",而且招待随驾南巡的满朝文武。康熙在扬州和南京皆驻跸曹家。所以不管曹家如何富有,这样的"接驾四次",也就足够使他们破产了。①

胡适先生通过他的努力找到了这样一个与《红楼梦》可能有关的家族,接下来的事是,他要找到作者曹雪芹的原型,并将他的所有情况考证清楚,这样方能定论。那么,曹雪芹是曹寅的什么人呢?胡适先生否认了袁枚等人关于曹雪芹是曹寅之子的说法,认定曹雪芹是曹寅之孙。胡适先生在他的《红楼梦考证》中写道:

现在我们知道曹雪芹不是曹寅的儿子,乃是他的孙子,最初改正这个大错的是杨钟羲先生。杨先生编有《八旗文经》六十卷,又著有《雪桥诗话》三编,是一个最熟悉八旗文献掌故的人。他在《雪桥诗话续集》卷六,页二三,说:

敬亭(清宗室敦诚字敬亭)……尝为《琵琶亭传奇》一折,曹雪芹(霑)题句有云:"白傅诗灵应喜甚,定教蛮素鬼排场。"雪芹为楝亭通政孙,平生为诗,大概如此,竟坎坷以终。敬亭挽雪芹诗有"牛鬼遗文悲李贺,鹿车荷锸葬刘伶"之句。

这一条使我们知道三个要点:

(一)曹雪芹名霑。

(二)曹雪芹不是曹寅的儿子,是他的孙子。

(三)清宗室敦诚的诗文集内必有关于曹雪芹的材料。②

胡适先生根据敦诚的诗与杨钟羲的推断,就得出曹雪芹是曹寅的孙子,而不是袁枚所说的是曹寅的儿子,其依据并不充分。因为杨钟羲是晚清的人,他的说法是不足为据的,而《四松堂集》的真实性一直是有人质疑的,这一点我将在后面的章节中详述,在此不再多述。

二、胡适先生有关《红楼梦》是曹氏家族自传说的错误

胡适先生不仅要证明作者是曹寅之孙曹霑,还要证明《红楼梦》中写的就是江南曹家的人与事,是一部家族的自传书。于是,他对曹家的族系进行了考证,在他的《红楼梦考证》中写道:

---

① 胡适口述:《胡适口述自传》,唐德刚译注,华东师范大学出版社1993年版,第237-239页。

② 胡适著,欧阳哲生编:《胡适文集2》,《胡适文存》卷三《红楼梦考证(改定稿)》,北京大学出版社1998年版,第446页。

《红楼梦》第二回叙荣国府的世次如下:

自荣国公死后,长子贾代善袭了官,娶的是金陵世家史侯的小姐为妻,生了两个儿子:长名贾赦,次名贾政。如今代善早已去世,太夫人尚在。长子贾赦袭了官,为人平静中和,也不管理家务。次子贾政,自幼酷喜读书,为人端方正直,祖父钟爱,原要他以科甲出身的。不料代善临终时,遗本一上,皇上因恤先臣,即时令长子袭官外,问还有几子,立刻引见;遂又额外赐了这政老爷一个主事之职。令其入部学习,如今已升了员外郎。

我们可用曹家的世系来比较:

曹锡远,正白旗包衣人。世居沈阳地方,来归年月无考。其子曹振彦,原任浙江盐法道。

孙:曹玺,原任工部尚书;曹尔正,原任佐领。

曾孙:曹寅,原任通政使司通政使;曹宜,原任护军参领兼佐领;曹荃,原任司库。

元孙:曹颙,原任郎中;曹𫖯,原任员外郎;曹𫖯,原任二等侍卫,兼佐领;曹天祐,原任州同。这个世系颇不分明。我们可试作一个假定的世系表如下:

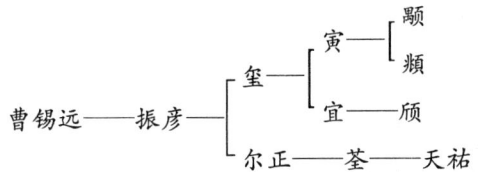

曹寅的《楝亭诗钞别集》中有"辛卯三月闻珍儿殇,书此忍恸,兼示四侄寄东轩诸友"诗三首,其二云:"世出难居长,多才在四三。承家赖犹子,努力作奇男。"四侄即𫖯,那排行第三的当是那小名珍儿的了。如此看来,颙与𫖯当是行一与行二。曹寅死后,曹颙袭织造之职。到康熙五十四年,曹颙或是死了,或是因事撤换了,故次子曹𫖯接下去做。织造是内务府的一个差事,故不算做官,故《氏族通谱》上只称曹寅为通政使,称曹𫖯为员外郎。但《红楼梦》里的贾政,也是次子,也是先不袭爵,也是员外郎。这三层都与曹𫖯相合,故我们可以认贾政即是曹𫖯。因此,贾宝玉即是曹雪芹,即是曹𫖯之子,这一层更容易明白了。①

胡适先生认定,《红楼梦》是曹家的兴衰史,至此,胡适先生完成了他的《红楼梦》考证工作,将曹家的历史与《红楼梦》结合起来,并得出了六条结论:

(1)《红楼梦》的著者是曹雪芹。

---

① 胡适著,欧阳哲生编:《胡适文集2》,《胡适文存》卷三《红楼梦考证(改定稿)》,北京大学出版社1998年版,第452—453页。

(2)曹雪芹是汉军正白旗人,曹寅的孙子,曹頫的儿子,生于极富贵之家,身经极繁华绮丽的生活,又带有文学与美术的遗传与环境。他会做诗,也能画,与一班八旗名士往来。但他的生活非常贫苦,他因为不得志,故流为一种纵酒放浪的生活。

(3)曹寅死于康熙五十一年。曹雪芹大概即生于此时,或稍后。

(4)曹家极盛时,曾办过四次以上的接驾的阔差;但后来家渐衰败,大概因亏空得罪被抄没。

(5)《红楼梦》一书是曹雪芹破产倾家之后,在贫困之中做的。做书的年代大概当乾隆初年到乾隆三十年左右,书未完而曹雪芹死了。

(6)《红楼梦》是一部隐去真事的自叙:里面的甄、贾两宝玉,即是曹雪芹自己的化身;甄、贾两府即是当日曹家的影子。(故贾府在"长安"都中,而甄府始终在江南。)①

那么,胡适先生的曹寅家族自传学说是否经得起推敲与检验呢?

我们不否认《红楼梦》可能与某个家族有关,或有这样一个家庭做生活原型。但我们仔细分析曹氏家族,却发现与《红楼梦》中的人与事矛盾很多,难以吻合。故胡适先生的自传学说是难以成立的。理由如下:

(一)曹寅家族中主要成员的情况与《红楼梦》中的人物不相吻合

我们先来分析一下贾母的原型,如果宝玉是曹頫之子曹霑,那么曹寅便是贾代善的原型,曹寅之妻便是贾母的原型。那么曹寅之妻是何人呢?

据考证:曹寅之妻是苏州织造李煦之妹李氏。曹寅的第一任妻子是江南大户之女顾氏,婚后夫妻很恩爱,不过子嗣上却艰难,始终未得一儿半女。后顾氏病逝,康熙皇帝指婚,曹寅迎娶了李煦的堂妹李氏为继室。曹寅迎娶十八岁的李氏时,已经年过三十。由此可知,曹寅比李氏大十二岁,据研究,曹寅生于顺治十五年(1658),卒于康熙五十一年(1712),享年五十四岁。②那么,李氏便应生于康熙九年(1670),曹寅死时李氏才四十二岁。我没有机会去研究曹氏族谱,所以并不了解李氏到底死于何年,是否有八十多岁。但我想凡是曹学家心中应该是有数的,也是能考证清楚的。这里我只想对李氏的生平与《红楼梦》中的贾母作一个简单的对比。

在《红楼梦》第七十一回中写道:

因今岁八月初三日,乃贾母八旬之庆,又因亲友全来,恐筵宴排设不开,便早同贾

---

①胡适著,欧阳哲生编:《胡适文集2》,《胡适文存》卷三《红楼梦考证(改定稿)》,北京大学出版社1998年版,第457—458页。

②周汝昌著:《红楼梦新证》,人民文学出版社1976年版,第23页。

赦及贾珍、贾琏等商议。

从中可知，贾母在此回中已是八十高寿了，而此时，家中仍无变故。因直到第七十四回才出现抄检大观园的事，所以，贾家的没落在贾母八十岁以后。

那么，贾母的原型李氏的情况与此是否吻合呢？我们知道，李氏生于康熙九年，曹家的衰败始于雍正五年到雍正六年，其时雍正令江南总督范时绎查封曹頫家产，这一年是1728年。按照胡适先生的自传学说，这一年正是书中所写的大观园被抄之年。如果《红楼梦》真是曹家的家族史，那么，李氏其时应年过八旬。但事实上，雍正六年(1728)李氏才58岁，与书中所写的贾母年龄相差二十多岁。

我们再来看看宝玉的原型。据胡适先生的考证，宝玉就是曹雪芹，就是曹家的曹霑。通过对《红楼梦》的解读，我们可以知道：在贾母过八十岁生日时，贾宝玉大约是十四岁，说明贾母与宝玉的年龄差距是六十六岁左右。如果李氏生于康熙九年(1670)，那么，推后六十六年，曹雪芹就应生于雍正十三年左右，即1735年。这个曹雪芹怎么可能经历过曹氏家族的变故，又怎么能创作《红楼梦》呢？这显然是十分矛盾的。

曹頫的家庭成员情况与《红楼梦》中贾政的情况不同。

胡适先生认为，曹頫便是贾政的生活原型。如果是这样，按胡适先生的自传说观点，两者之间的情况应当是相同或相似的。在《红楼梦》第二回中写道：

再说荣府你听，方才所说异事就出在这里。自荣公死后，长子贾代善袭了官，娶的也是金陵世勋史侯家的小姐为妻，生了两个儿子：长子贾赦，次子贾政。如今代善早已去世，太夫人尚在，长子贾赦袭着官，次子贾政，自幼酷喜读书，祖父最疼，原欲以科甲出身的。不料代善临终时，遗本一上，皇上因恤先臣，即时令长子袭官外，问还有几子，立刻引见，遂额外赐了这政老爹一个主事之衔，令其入部习学，如今现已升了员外郎了。这政老爹的夫人王氏，头胎生的公子，名唤贾珠，十四岁进学，不到二十岁就娶了妻，生了子，一病死了。第二胎生了一位小姐，生在大年初一，这就奇了，不想后来又生了一位公子，说来更奇，一落胎胞，嘴里便衔下一块五彩晶莹的玉来，上面还有许多字迹，就取名叫作宝玉。你道是新奇异事不是？

从中可以看到，贾政有三个孩子，即贾珠、贾环、贾宝玉。我们再来看看曹頫的情况：大约在上世纪70年代，北京发现了《五庆堂重修曹氏宗谱》，此谱载有曹寅一系，也载有曹寅之孙曹天祐，但仅仅只此一人，与贾政的情况相差太远。

所以，曹学家通过对曹氏族谱的研究而得出的结论，不仅不能解决这些矛盾，反而使他们越陷越深，难以自圆其说。

(二)曹雪芹不是原作者而是后纂者

胡适先生认定曹雪芹是《红楼梦》的作者,忽视了一个很重要的客观事实,即曹雪芹是后纂者,他不过是在原始作者已成集的文本上,进行编纂而已,小说描写的怎么可能是曹家的兴衰史呢?

(三)曹家并非像贾家一样兴盛与败落

胡适先生在他的《红楼梦考证》中认为,曹雪芹写的是曹家的自传,认为曹家被抄家后,游落至北京,以至于生活贫困,一蹶不起,这种际遇是曹雪芹创作的根本原因,与其自述中所述的相吻合。那么,曹家是否有如胡适先生所认为的是那样境况呢?

1. 曹家虽然任江宁织造,家境不错,但绝非胡造先生认为的那样富甲一方。织造虽是个肥差,却俸禄不高,按《关于江宁织造曹家档案史料》所载:

计开:

织造官壹员曹玺,每年应支俸银壹百叁拾两,除奉捐银陆拾伍两不支外,实支俸银陆拾伍两。又,全年心红纸张银壹佰捌两,俱经议裁不支,理合登明。月支白米伍斗。①

可见,一个织造官,若不贪污,只凭这些俸禄是绝不可能如《红楼梦》中贾家那般富贵、奢华。

在雍正六年三月初二日《关于江宁织造曹家档案史料》之《江宁织造隋赫德奏细查曹頫房地产及家人情形折》中写道:

江宁织造·郎中奴才隋赫德跪奏,为感慕天恩,据实奏闻,仰祈圣鉴事。

切奴才荷蒙皇上天高地厚洪恩,特命管理江宁织造。于未到之先,总督范时绎已将曹頫家管事数人拿去夹讯监禁,所有房产什物一并查清,造册封固。及奴才到后,细查其房屋并家人住房十三处,共计四百八十三间;地八处,共十九顷零六十七亩;家人大小男女,共一百四十口;余则桌椅、床几、旧衣零星等件及当票百余张外,并无别项,与总督所查册内仿佛。又家人供出外有欠曹頫银,连本利共计三万二千余两。奴才即将欠户询问明白,皆承应偿还。

再,查织造衙门钱粮,除在机缎纱外,尚空亏雍正五年上用、官用缎纱并户部缎匹及制帛诰敕料工等项银三万一千余两。奴才核算其外人所欠曹頫之项,尽足抵补其亏空。但奴才接任伊始,今岁新运缎匹实属紧要,现在敬谨趱织,以期无误。至于曹頫名下未完缎匹,若一并补办,恐误新运,容俟今年追完所欠曹頫之项,于新运起解后

---

① 故宫博物院明清档案部编:《关于江宁织造曹家档案史料》,中华书局1975年版,第4页。

即行续机接办,六续解完。奴才不敢擅便,谨请圣训遵行。朱批:据情报部。

再,曹頫所有田产、房屋、人口等项,奴才荷蒙皇上浩荡天恩,特加赏赉,宠荣已极。奴才举家骨肉,自顶至踵,悉皆圣主天恩所赐。奴才感激顶戴之私,镂心刻骨,口笔难尽。惟有竭其犬马之力,图报捐埃,以少中奴才分寸之心。

……

谨薰沐缮折奏闻,伏乞圣鉴。奴才不胜惶悚顶沐之至。谨奏。①

从中可见,曹家家境也是一般,不像胡适先生所认为的那样富甲一方,但也不是胡适先生认为的那样清廉。胡适先生在他的《红楼梦考证》中写道:

我们看曹寅一生的历史,决不像一个贪官污吏,他家所以后来衰败,他的儿子所以亏空破产,大概都是由于他一家都爱挥霍,爱摆阔架子;讲究吃喝,讲究场面;收藏精本的书,刻行精本的书;交结文人名士,交结贵族大官,招待皇帝,至于四次五次;他们又不会理财,又不肯节省;讲究挥霍惯了,收缩不回来,以至于亏空,以至于破产抄家。②

胡适先生认为织造是内务府的一个差使,故不算官,但这些财产的得来绝非一个织造每年的百十两俸禄所能积攒起来的。由此可见曹寅与曹頫并不能算清吏。

同时,曹頫任期内亏空三万一千两,但外人欠曹頫银两,连本带利共计三万二千余两,足可以追回的。故,抵补亏空,尚余千余两。足见曹頫不是因巨额亏空而免职的,家庭也不是胡适先生所讲的是因"爱摆阔架子;讲究吃喝,讲究场面;收藏精本的书,刻行精本的书;交结文人名士,交结贵族大官,招待皇帝,至于四次五次;他们又不会理财,又不肯节省;讲究挥霍惯了,收缩不回来,以至于亏空"而至被抄家而衰败,而是因其他的原因。

乾隆十三年(1748),袁枚在任江宁知县时,购得了隋赫德的这个曾由曹頫家兴建的园子时,不过是三百两银子。这个值三百两银子的园子,一方面说明其规模不大。另一方面说明,曹寅的家庭非胡适先生所说的那样富裕。至于《红楼梦》中的大观园就是随园的真实写照,自然更是不相符的。

2. 曹家不像《红楼梦》的作者曹雪芹的家族一样衰败。

隋赫德在这份奏折中还写道:

---

①故宫博物院明清档案部编:《关于江宁织造曹家档案史料》,中华书局1975年版,第187—188页。

②胡适著,欧阳哲生编:《胡适文集2》,《胡适文存》卷三《红楼梦考证(改定稿)》,北京大学出版社1998年版,第457页。

至曹頫家属,蒙恩谕少留房产以资养赡,今其家属不久回京,奴才应将在京房屋人口酌量拨给,以彰圣主覆载之恩。①

从这段记载中我们可以了解到:一是皇上将曹頫家所有田产、房屋、人口等全部赏赐给了隋赫德。二是曹頫的家属雍正皇帝还是格外关照的,谕令其"留房产以资养赡"。同时"令其家属不久回京,……将在京房屋、人口酌量拨给"。

可见,曹頫虽不再任江宁织造,而房产、田地等也转给了隋赫德,但雍正帝不仅在南京给曹頫的家属安排了房产居住与生活,又在北京安排房屋,安排丫环、管家等人。可见,雍正对这些替他卖命的旗人与奴才,并未薄待,曹家仍过着大户人家的生活。曹雪芹怎么可能无居住之所,无衣食之源,而去风餐露宿、卖画鬻字来维持生计呢?这显然是不符合《红楼梦》作者身份的。

那么,曹寅家族是不是在清雍正、乾隆年间没落呢?回答是否定的。有案可稽的是《八旗氏族通谱》,此谱始修于雍正十三年十二月(1730年),成于乾隆九年十一月(1744年)。据周汝昌先生考证:

《氏族谱》云:"(玄孙)曹天祐,现任州同。"《五庆堂谱》载:"颙……生子天祐。"又"天祐:颙子,官州同。"是天祐即颙遗腹生,而《氏族谱》误列"元孙"。②

其中明确无误地写到曹寅之侄孙或孙子曹天祐官至州同。在这里需要指出的是,根据周汝昌先生的考证,曹天祐并不是如胡适先生所考证的为曹寅的侄孙,而是曹寅的亲孙,曹寅之子曹颙之子。

那州同是什么样的官呢?根据清代的职官编制可知,州同是清代知州的佐官,属于直隶州的相当于同知,属于散州的,则与州判分掌督粮、捕盗、海防、水利诸事,均从六品官。

从胡适先生的考评来看,江宁织造不称为官,织造应是未入品的奴才。而曹寅之侄孙或亲孙,曹雪芹之堂兄弟曹天祐当时官至六品,其家境自然在小康之上。如果曹家因权力斗争得罪了皇帝,在动辄株连九族的清代,曹天祐又怎么会曹家被查之后,在雍正十三年官至州同?

究其原因,在清代,八旗子弟作为维护封建统治的中坚力量,也是既得利益阶层,皇帝岂会让八旗子弟、贵族之后衰败?其后代更不会有"蓬牖茅椽,绳床瓦灶,穷困潦倒"的景象。故胡适先生的推断是无法成立的。

---

①故宫博物院明清档案部编:《关于江宁织造曹家档案史料》,中华书局1975年版,第188页。

②周汝昌著:《红楼梦新证》,人民文学出版社1976年版,第20页。

第四节
胡适先生对文本与史料随意取舍的错误

胡适先生在对原作者的考证上有取有舍,有主观片面的错误。他对于自己的观点形成有利的便予以引证,而对其不利的则视而不见。

在对曹雪芹身份的考证中,胡适对袁枚先生认为《红楼梦》作者是曹练亭之子的记载,就有取有舍。胡适先生一方面认定袁枚先生所说的《红楼梦》是曹姓人所作,另一方面却又主观地否认袁枚关于作者是曹练亭之子的说法,认为:

此条说曹雪芹是曹楝亭的儿子。(又《随园诗话》卷十六也说:"雪芹者,曹练事织造之嗣君也。"但此说实是错的,说详后。)①

胡适先生认为曹雪芹不是曹练亭之子而是其孙的依据是杨钟羲先生的《雪桥诗话》中敦诚的说法。既然《随园诗话》中的说法做不得依据,那么后来的杨钟羲先生引用敦诚的话中又如何做得了依据?

我们要举的第二个例子是,胡适先生对所引材料也有有取有舍、为已所用的现象。

裕瑞在《枣窗闲笔》中写道:

闻旧有《风月宝鉴》一书,又名《石头记》,不知为何人之笔。

胡适先生与曹学家们对《枣窗闲笔》中的这种说法视而不见。

这种对同一个依据取其一,否其二的方法,显然是主观的。胡适这种取舍无非是为了自圆其说,以形成自己的理论。

所以,胡适先生的考证,从一开始就存在主观片面的错误。这种主观片面是因为他们所考证的依据与他所设立的目标之间存在差距,故只能取其有利证据,否其不利史料,方能圆其学说。

综上所述,胡适先生的理论建立在假设原作者是真名实姓的基础上的;假设曹雪芹是江南人氏的基础上的。他的这些假设如果得不到其他证据的支持,便是不能成立的。若是如此,他的理论与结论便可能出现错误。

---

① 胡适著,欧阳哲生编:《胡适文集2》,《胡适文存》卷三《红楼梦考证(改定稿)》,北京大学出版社1998年版,第441页。

第五节

胡适先生对《红楼梦》后四十回作者考证的错误

《红楼梦》后四十回是原作者所写还是后人所添纂,一直是个争论不休的问题。

人们之所以认为后四十回是另有其人,一方面是从高鹗与程伟元的序言中发现,在程甲本与程乙本之前,二人得到的只有前八十回,而后来得到的四十回残本的情况似乎又有些不合常理。另一方面,可能因该书后四十回的修纂者与前八十回的修纂者并非一人,从文风、修辞与方言来看的确有一定的差异。

但很多人认为《红楼梦》的后四十回是来源于同一个人的底本,《红楼梦》一百二十回是完整的,并认为《红楼梦》或《石头记》的作者不仅写完了一百二十回,甚至更多。持这种观点的人认为:"曹雪芹"仅披阅就是十载,为什么不能写成全书,却为一部残书披阅十载而不顾其他呢?这显然不合常理。虽然后四十回与前八十回存在着某种明显的差异,但这只是因添纂者不同,添纂者所处的环境不同,其文风不一致而产生的正常差异。这种差异并不能否认整个《红楼梦》的文本是原作者所写的这一事实。同时,高鹗与程伟元一直是以刊刻者的身份出现在程甲、程乙本中,并没有将其著作权归属于自己。程伟元在程甲本的序中写道:

> 好事者每传抄一部,置庙市中,昂其值得数十金,可谓不胫而走者矣。然原本目录一百二十卷,今所藏只八十卷,殊非全本;即间有称全部者,及检阅仍只八十卷,读者颇以为憾。不佞以是书既有百二十卷之目,岂无全璧,爰为竭力搜罗,身藏书家甚至故纸堆中,无不留心。数年以来,仅积有二十余卷。一日,偶于鼓担上得十余卷,遂重价购之。①

高鹗在其后的序中也印证了这一说法。后人怎么能说后四十回就是高鹗所续呢?然而,最终真正将《红楼梦》腰斩,将《红楼梦》后四十回的著作权确定给高鹗的不是张问陶,也不是俞樾,而是胡适先生与他的追随者们。

我们先来看看胡适先生是如何来立论的。

胡适先生在他的《红楼梦考证》中写道:

> 这是我们现有的一百二十回本《红楼梦》的历史。这段历史里有一个大可研究的问题,就是"后四十回的著者究竟是谁"。
>
> 俞樾的《小浮梅闲话》里考证《红楼梦》的一条说:
>
> 《船山诗草》有"赠高兰墅鹗同年"一首云:"艳情人自说《红楼》。"注云:"《红楼

---

① 曹雪芹、高鹗著:《程甲本红楼梦》,书目文献出版社1992年版,"程伟元序",第1—2页。

梦》八十回以后,俱兰墅所补。"然则此书非出一手。按乡会试增五言八韵诗,始乾隆朝。而书中叙科场事已有诗,则其为高君所补,可证矣。

俞氏这一段话极重要。他不但证明了程排本作序的高鹗是实有其人,还使我们知道《红楼梦》后四十回是高鹗补的。

……

后四十回是高鹗补的,这话自无可疑。我们可约举几层证据如下:

第一,张问陶的诗及注,此为最明白的证据。

第二,俞樾举的"乡会试增五言八韵诗始乾隆朝,而书中叙科场事已有诗"一项,这一项不十分可靠,因为乡会试用律诗,起于乾隆二十一二年,也许那时《红楼梦》前八十回还没有做成呢。

第三,程序说先得二十余卷,后又在鼓担上得十余卷。此话便是作伪的铁证,因为世间没有这样奇巧的事!

第四,高鹗自己的序,说的很含糊,字里行间都使人生疑。大概他不愿完全埋没他补作的苦心,故引言第六条说:"是书开卷略志数语,非云弁首,实因残缺有年,一旦颠末毕具,大快人心;欣然题名,聊以记成书之幸。"因为高鹗不讳他补作的事,故张船山赠诗直说他补作后四十回的事。①

笔者认为:胡适先生的这些考证结论并不可靠,除了我们上面已经说过的理由外,胡适先生的观点还有其他的存疑之处。

1.张问陶所说的"《红楼梦》八十回以后,俱兰墅所补"这句话的真正含义是值得商榷的。"补"与"续"是两个不同的概念。"补"是在原有基础上的修补,与续写的意义是完全不同的。"补"是将残本补全,张问陶所说的话与程伟元在序言中所写的"乃同友人细加厘剔,截长补短,抄成全部"的说法并不矛盾。俞樾与胡适曲解了张问陶的本意,并作立论的依据显然是不能成立的。如果高鹗、程伟元想将续作的著作权归为己有,自己在序言中写明便可,又何必由张问陶来作证?

其实,程伟元、高鹗不可能将别人的作品据为己有,主要的原因是当初的确已有《石头记》或《红楼梦》一百二十回的流传。程伟元在其序中就写道:

然原本目录一百二十卷,今所藏只八十卷,殊非全本。

如果程伟元所言非虚,那么,《红楼梦》原本就是一百二十回,当初肯定有人见过并阅读过一百二十回的《红楼梦》,而这些人在程本成书时应还在世,程伟元、高鹗怎么敢背负骂名来自称是后四十回的作者呢?由此可见,《红楼梦》的后四十回既不是

---

①《胡适文存》卷三《红楼梦考证(改定稿)》,北京大学出版社1998年版,第461页。

程伟元、高鹗创作的,也不是凭空想象的,而是在此之前确有作者的底稿,程伟元与高鹗的补遗截长是在原本基础上完成的。

2. 胡适先生引用俞樾的错误观点,依据俞樾列举的"乡会试增五言八韵诗始乾隆朝,而书中叙科场事已有诗"的错误观点,认为当初《红楼梦》的后四十回还没有做成。其理由是,在后四十回的叙科场事中已涉及诗的写作。

我们不知俞樾先生所说的"而书中叙科场事已有诗"是指哪些内容。后来的研究者认为,俞樾所指的是后四十回中有两段关于科举与诗的文章。

一是在九十七回中有李纨给贾兰改诗。其中写道:

李纨正在那里给贾兰改诗。

二是在第一百一十八回中写道:"宝玉便命麝月、秋纹等收拾一间静室,把那些语录、名稿及应制诗之类,都找出来,搁在静室中,自己却当真静静的用起功来。"其中写到了宝玉在读书考功名时学习应制诗。

俞樾由此得出《红楼梦》是在乾隆年二十一年以后才完成的结论。

胡适沿用俞樾的观点,认为:"因为乡会试用律诗,起于乾隆二十一二年,也许那时《红楼梦》前八十回还没有做成呢。"他说俞樾的这一条不可靠,不是说不能做依据,而是认为这个依据是铁证;认为这不只是证明后四十回是乾隆二十一二年以后做成的,连前八十回也可能是乾隆二十一年以后做成的。

胡适先生的这个观点是不可靠的,他在当初写《红楼梦考证》之时,可能没有认真阅读《红楼梦》的后四十回,或者是视而不见。其实,任何一个红学爱好者只要认真地阅读《红楼梦》的文本,便可知道俞樾与胡适的观点是难以成立的。

其一,俞樾认为后四十回中谈到科举有诗的证据是不成立的。

书中写到李纨给贾兰改诗的事情,这对贾府这些爱好诗歌的人而言是十分正常的现象。在前八十回也谈到诗,甚至比后四十回还多,怎么能说后四十回改诗就一定是乾隆二十一年以后的事呢?同时,李纨给贾兰改诗也没有说到是为了科举,这种推断显然是不能成立的。至于书中写到贾宝玉阅读应制诗的问题,这与科举时考诗是两码事。因为任何一个写八股文的人都会学习诗词歌赋,应制诗作为历代皇帝命题的诗,对写作八股文时引经据典是会有帮助的,宝玉学应制诗不能说明这时的科举中应当考诗。五言八韵诗是试帖诗或赋得体,与书中所写的应制诗是两个不同的类别。应制诗是奉皇帝的圣旨而作,多是一些歌功颂德之类的诗,这在前八十回中的第十七回中也写到过应制之事。所以,读应制诗不能说明科场要考诗。

在这里值得指出的是:如果胡适认定的前八十回也可能是在乾隆二十一年(1756)以后作成的观点成立,这岂不是与胡适自己后来考证的甲戌本成于1754年自相矛盾?

其二,俞樾所说的"乡会试增五言八韵诗始乾隆朝"这一点是真实的,是可考的。《清史稿》卷一百八十,志八十三中记载:

二十二年,诏剔旧习、求实效,移经文於二场,罢论、表、判,增五言八韵律诗。

说明清代科场考诗在乾隆二十二年左右。但问题是,在《红楼梦》中多见的是五言绝句、五言六韵或更多韵的排律,没有一首是后来用于科举的五言八韵之诗。这充分说明作者写的不是乾隆二十一年以后的事,始作者更不是乾隆年出生的人。

其三,俞樾与胡适所说的"而书中叙科场事已有诗"是不正确的。在《红楼梦》第八十一回中写道:

贾政道:"你近来作些什么功课?虽有几篇字,也算不得什么。我看你近来的光景,越发比头几年散荡了,况且每每听见你推病不肯念书。如今可大好了,我还听见你天天在园子里和姊妹们玩玩笑笑,甚至和那些丫头们混闹,把自己的正经事,总丢在脑袋后头。就是做得几句诗词,也并不怎么样,有什么稀罕处!比如应试选举,到底以文章为主,你这上头倒没有一点儿工夫。我可嘱咐你:自今日起,再不许做诗做对的了,单要习学八股文章。限你一年,若毫无长进,你也不用念书了,我也不愿有你这样的儿子了。"遂叫李贵来,说:"明儿一早,传茗烟跟了宝玉去收拾应念的书籍,一齐拿过来我看看,亲自送他到家学里去。"

此回中又写道:

贾政道:"我今日自己送他来,因要求托一番。这孩子年纪也不小了,到底要学个成人的举业,才是终身立身成名之事。如今他在家中只是和些孩子们混闹,虽懂得几句诗词,也是胡诌乱道的,就是好了,也不过是风云月露,与一生的正事毫无关涉。"代儒道:"我看他相貌也还体面,灵性也还去得,为什么不念书,只是心野贪玩?诗词一道,不是学不得的,只要发达了以后,再学还不迟呢。"贾政道:"原是如此。目今只求叫他读书,讲书,作文章。倘或不听教训,还求太爷认真的管教管教他,才不至有名无实的白耽误了他的一世。"

从贾政在第八十一回的话中我们可以看到,书中所记录的是:当初的科举考试并不要作诗,莫说五言八韵诗,便是五言六韵诗也不要做。

贾政在第一段中说道"应试选举,到底以文章为主",并责令宝玉:"自今日起,再不许做诗做对的了,单要习学八股文章。"

在第二段话中贾政又说到宝玉:"虽懂得几句诗词,也是胡诌乱道的,就是好了,也不过是风云月露,与一生的正事毫无关涉。"

而代儒也说道:"诗词一道,不是学不得的,只要发达了以后,再学还不迟呢。"要宝玉取了功名后再来学诗词。

这些记述充分说明《红楼梦》后四十回中不仅没有如俞樾、胡适所说认定的那样"书中叙科场事已有诗",相反书中明确地写到当初的科场根本就不用考诗。由此可见,胡适以此为据得出的结论是值得商榷的。

我们不能否认《红楼梦》有着明显的集体创作的痕迹,也不能否认程伟元、高鹗为《红楼梦》一书所作的"细加厘剔,截长补短"的贡献;亦不能否认后四十回与前八十回在风格上的区别,但这些都不能将这部作品割裂开来。因为其书经过了多人之手,经过了不同地区的人添撰修改,其文风的不同是难以避免的。

通过以上这些分析,我们虽然不能说明作者一定是乾隆二十一年以前的人,但足可以说明《红楼梦》写的是乾隆二十一年以前的事。说明胡适所考证的后四十回是由高鹗续写的,写的是乾隆二十一年以后的事的观点是错误的。难怪俞平伯先生在临终前说:"胡适、俞平伯是腰斩红楼梦的,有罪。程伟元、高鹗是保全红楼梦的,有功。大是大非。"①也许俞平伯后来看到了《红楼梦》后四十回中的这种现象,但悔之晚矣。

可喜的是,通过红学家的研究与论证,对胡适的这一观点红学界已经有了不同看法,在人民文学出版社出版的新版《红楼梦》中,已将高鹗的名字写成了无名氏。这本身就是一种进步,更是对胡适的错误观点的一种纠正。所谓"亡羊补牢,未为晚矣"。

我们尊重前人的研究成果,但并不能墨守其成规,僵化其思想。我们应当尊重权威,但不盲从权威。对胡适先生考证的质疑,有助于我们开阔视野、拓展研究范围;有利于我们为寻找真正的原作者,确立科学的、正确的考证方法。

---

① 详见欧阳健、曲沐、吴国柱著:《红学百年风云录》,浙江古籍出版社1999年版,第612页。

第二章 曹学理论体系中适用证据的偏差

胡适先生用他"大胆假设,小心求证"的方法,以袁枚等人的说法为线索,从江南入手,从曹姓入手,找到这个相似的家族与《红楼梦》的作者曹雪芹的原型曹霑。但他很清楚,仅凭这些尚不具备足够的依据与充分的说服力,胡适先生需要更多证据才能使自己的学说立论。于是,胡适先生通过自己的努力与后来追随者的帮助,曹学家们又找到了除《四松堂集》以外的其他新的佐证。这些是先后出现的《懋斋诗钞》《春柳堂诗稿》《绿烟琐窗集》《枣窗闲笔》《延芬室集》等史料,更重要的是找到了甲戌本与其他脂批本。这些证据材料对曹学理论之成立,起着十分重要的作用。然而,我们通过认真的分析与研究就会发现,胡适先生以及曹学家赖以立论的这些证据亦是存在偏差的。为此,我斗胆在这一章中,先就《四松堂集》等史料与《红楼梦》的关系进行一个分析,有关脂砚斋钞本的问题我们将在以后的章节中单独予以剖析。

第一节 《四松堂集》与《红楼梦》

《四松堂集》是胡适先生考证曹雪芹生平情况的一个重要依据。在这里,我们对《四松堂集》进行一简单的分析与研究,与诸位共同探讨其中的一些问题。

一、《四松堂集》的发现及与《红楼梦》的关系

胡适先生要证明《红楼梦》是真名实姓的曹雪芹,必须要有说服力的证据。他为此找到了对他的学说成立至关重要的《四松堂集》。据考,《四松堂集》为清宗室敦诚所作。

敦诚,雍正十二年(1734)生,乾隆五十六年(1791)卒,字敬亭,号松堂,努尔哈赤第十二子阿济格之五世孙,敦敏之弟。

胡适先生获得《四松堂集》,有着几分离奇。胡适先生从杨钟羲的《雪桥诗话》中得知敦诚有《四松堂集》诗二卷,文二卷,便开始寻找这个文本。他耳闻杨钟羲有《四松堂集》便写信去问杨钟羲先生,但他得到的答复是令他失望的:

他(杨先生)曾有《四松堂集》,但辛亥之乱后遗失了。我(胡适)虽然很失望,但杨先生既然根据《四松堂集》说曹雪芹是曹寅之孙,这话自然万无可疑。因为敦诚兄弟都是雪芹的好朋友。他们的证见自然是可信的。①

但是胡适先生后来还是很幸运地找到了《四松堂集》。胡先生《跋红楼梦考证》中写道:

我那时在各处搜求敦诚的《四松堂集》,因为我知道《四松堂集》里一定有关于曹雪芹的材料。我虽然承认杨钟羲先生(《雪桥诗话》)确是根据《四松堂集》的,但我总觉得《雪桥诗话》是"转手的证据",不是"原手的证据"。不料上海北京两处大索的结果,竟使我大失望。到了今年,我对于《四松堂集》,已是绝望了。有一天,一家书店的伙计跑来说,"四松堂诗集找着了!"我非常高兴,但是打开书来一看,原来是一部"四松草堂诗集",不是"四松堂集"。又一天,陈肖庄先生告诉我说,他在一家书店里看见一部"四松堂集"。我说,"恐怕又是四松草堂罢!"陈先生回去一看,果然又错了。今年四月十九日,我从大学回家,看见门房里桌子上摆着一部退了色的蓝布套的书,一张斑剥的旧书笺上题着"四松堂集"四个字,我自己几乎不信我的眼力了,连忙拿来打开一看,原来真是一部《四松堂集》的写本!这部写本确是天地间唯一的孤本。因为这是当时付刻的底本,上有付刻时的校改,删削的记号。最重要的是这本子里有许多不曾入刻本的诗文。凡是已刻的,题上都印有一个"刻"字的戳子。刻本未收的,题上都贴着一块小红笺。题下注的甲子,都被编书人用白字块贴去,也都是不曾刻的。——我这时候的高兴,比我前年寻着吴敬梓的《文木山房集》的高兴,还要加好几倍了!

……我在四月十九日得着这部《四松堂集》的稿本,隔了两天蔡子民先生又送来一部《四松堂集》的刻本,是他托人向晚晴簃诗社里借来的。果然凡底本里题上没有"刻"字的,都没有收入刻本里去。这更可以证明我的底本格外可贵了。蔡先生对于此书的热心,是我很感谢的。最有趣的是蔡先生借得刻本之日,差不多正是我得着底本之日。我寻此书近一年多了,忽然三日之内两个本子一齐到我手里!这真是"踏

---

① 胡适著,欧阳哲生编:《胡适文集2》,《胡适文存》卷三:《红楼梦考证(改定稿)》,北京大学出版社1998年版,第447页。

破铁鞋无觅处,得来全不费功夫"了!①

　　胡适先生不仅找到了《四松堂集》的钞本,而且从蔡元培先生处见到了《四松堂集》的刻本,胡适先生找到的钞本是刻本的底本,且是"天地间唯一的孤本",胡适先生三日之间连得两个珍贵的古籍善本,可谓是幸运之极。

　　那么,胡适先生这本价值连城的"孤本"到底有何独特之处呢?

　　冯其庸先生对胡适先生的《四松堂集》进行过详细的研究,并因此写了一篇叫《初读〈四松堂集〉付刻底本——重论曹雪芹卒于"壬午除夕"》文章。其中写道:

　　我手头恰好有《四松堂集》的刻本。这本书说来也巧,一九五四年我刚到北京不久,在灯市东口一家旧书店里,在书架的最底层的面上,放着一部《四松堂集》,书上厚厚的一层尘土,我心想可能是同名的书罢,我随手拿起来一看,卷首居然署"宗室敦诚敬亭",开卷就是"嘉庆丙辰长至后五日河间纪昀"序,这是千真万确的宗室敦诚的《四松堂集》,当年胡适花了九牛二虎之力没有买到,还是蔡元培给他借来的,我却不费吹灰之力,而且以极低的价格买下了这部书,实际上书店老板根本不知道这书的价值,所以任其尘封,以后我在各书店一直留意,五十年来竟未能再遇,这次我就拿这部《四松堂集》的原刻本,与胡适的这部《四松堂集》付刻底本对照,验证了胡适的话是大致可信的,刻本比底本少了很多诗,连悼念曹雪芹的那首诗刻本都未收。不过,胡适对于《挽曹雪芹》诗题下的"甲申"两字,却仍有未经深思之处,此事待下文再论。

　　特别是胡适只注意到"付刻底本"删去的诗,却没有注意还有比"付刻底本"增出的诗。据我的统计,"付刻底本"共删去诗43首。但还有一种特殊情况,是在"付刻底本"结束后,刻本又增出15题31首,为"付刻底本"所无。这是以前谁也没有注意到的,甚至胡适认为有了"付刻底本",刻本就没有什么意义了,其实完全不是如此。所以刻本和"付刻底本"对研究来说都是有用的资料,并不是有了"付刻底本"敦诚的诗就尽在于此了。②

　　从冯老先生的这篇文章中,我们可以了解到:

　　1.《四松堂集》的刻本除了蔡元培先生的那一本外,冯其庸先生也在旧书市场购得一本,此本与蔡元培先生的刻本一样。

　　2. 冯老先生看过胡适先生的付刻底本,并与刻本进行了认真的比对,认为两者

---

①胡适著,欧阳哲生编:《胡适文集3》,《胡适文存》卷四,北京大学出版社1998年版,第562-565页。
②冯其庸:《初读〈四松堂集〉付刻底本——重论曹雪芹卒于"壬午除夕"》,载《红楼梦学刊》2006年04期。

是有差距的,这种差距就是两者的诗的数量有所不同。据他统计:"付刻底本"共删去诗43首。但还有一种特殊情况,是在"付刻底本"结束后,刻本又增出15题31首,为"付刻底本"所无。也就是说,"付刻底本"即胡适本中缺少刻本中的几十首诗,但刻本中也缺少"付刻底本"中的一些诗,比如一首十分重要的诗《挽曹雪芹》在刻本中就没有。

那么,《四松堂集》中到底有些什么内容与《红楼梦》有关呢?

《四松堂集》中收录了有关曹雪芹的诗词四首、杂谈一则,现将其辑录如下:

佩刀质酒歌

敦诚

秋晓遇雪芹于槐园,风雨淋涔,朝寒袭袂。时主人未出,雪芹酒渴如狂,余因解佩刀沽酒而饮之。雪芹欢甚,作长歌以谢余。余亦作此答之。

我闻贺鉴湖,不惜金龟掷酒垆。
又闻阮遥集,直卸金貂作鲸吸。
嗟余本非二子狂,腰间更无黄金珰。
秋风酿寒风雨恶,满园榆柳飞苍黄。
主人未出童子睡,罂干瓮涩何可当!
相逢况是淳于辈,一石差可温枯肠。
身外长物亦何有?鸾刀昨夜磨秋霜。
且酤满眼作软饱,令此肝肺生角芒。
曹子大笑称"快哉",击石作歌声琅琅。
知君诗胆昔如铁,堪与刀颖交寒光。
我有古剑尚在匣,一条秋水苍波凉。
君才抑傥欲拔,不妨斫地歌王郎。①

寄怀曹雪芹

敦诚

少陵昔赠曹将军,曾日魏武之子孙。
嗟君或亦将军后,于今环堵蓬蒿屯。
扬州旧梦久已绝,且著临邛犊鼻裈。
爱君诗笔有奇气,直追昌谷披篱樊。
当时虎门数晨夕,西窗剪烛风雨昏。

---

① 爱新觉罗·敦诚著:《四松堂集》卷一,上海古籍出版社1984年版,第171页。

接䍦倒著容君傲,高谈雄辩虱手扪。
感时思君不相见,蓟门落日松亭尊。
劝君莫弹食客铗,劝君莫叩富儿门。
残杯冷炙有德色,不如著书黄叶村。①

赠曹芹圃(付刻底本独有)

满径蓬蒿老不华,举家食粥酒常赊。
衡门僻巷愁今雨,废馆颓楼梦旧家。
司业青钱留客醉,步兵白眼向人斜。
阿谁买与猪肝食,日望西山餐暮霞。②

挽曹雪芹(付刻底本)

四十年华付杳冥,哀旌一片阿谁铭。
孤儿渺漠魂应逐,新妇飘零目岂瞑。
牛鬼遗文悲李贺,鹿车荷锸葬刘伶。
故人惟有青衫泪,絮酒生刍上旧坰。③

挽曹雪芹《鹪鹩庵杂志》

四十萧然太瘦生,晓风昨日拂铭旌。
肠回故垄孤儿泣,泪迸荒天寡妇声。
牛鬼遗文悲李贺,鹿车荷锸葬刘伶。
故人欲有生刍吊,何处招魂赋楚蘅。④

其二

开箧犹存冰雪文,故交零落散如云。
三年下第曾怜我,一病无医竟负君。
邺下才人应有恨,山阳残笛不堪闻。
他时瘦马西州路,宿草寒烟对落曛。⑤

---

①爱新觉罗·敦诚著:《四松堂集》卷一,上海古籍出版社1984年版,第146页。
②胡适著,欧阳哲生编:《胡适文集3》《胡适文存》卷四《跋红楼梦考证》,北京大学出版社1998年版,第563页。
③胡适著,欧阳哲生编:《胡适文集3》《胡适文存》卷四《跋红楼梦考证》,北京大学出版社1998年版,第564页。
④周汝昌著:《红楼梦新证》,人民文学出版社1976年版,第275页。
⑤周汝昌著:《红楼梦新证》,人民文学出版社1976年版,第275页。

其中，《赠曹芹圃》是付刻底本中独有的，《挽曹雪芹》出自付刻底本与《鹪鹩庵杂志》钞本。《四松堂集》"付刻底本"的发现，无疑成为胡适先生与曹学家们研究曹雪芹生平与曹学立论的重要依据之一。

二、对《四松堂集》文本的分析

对《四松堂集》的真伪之争，由来有之，从现存的刻本与钞本来看，有些内容的确是值得质疑的。

（一）对《四松堂集》"付刻底本"发现的质疑

自从胡适的《四松堂集》"付刻底本"被发现后，当初的学者就对此本产生质疑，其代表人物，是台湾的老红学家潘重规先生。潘重规先生在他的《红楼梦血泪史》一书中指出：

> 照前面胡先生说的这样的奇遇，究竟和高鹗、程小泉的奇遇，可能性的大小有多少差别呢？胡先生似乎从未怀疑过自己这样奇遇是作伪的铁证，何以硬要说这是高鹗作伪的铁证呢？硬要说"到了乾隆五十六年至五十七年之间，高鹗和程伟元串通起来，把高鹗续作的四十回同曹雪芹的原本八十回合并起来，用活字排成一部，又加上一篇序，说是几年之中搜集起来的原书全稿"呢？（语见《重印乾隆壬子末红楼梦·序》）在我看起来，像这种巧事，和买奖券马票中头奖的情形颇为类似，不过程小泉、高鹗中的是第一期头奖，莫友芝中的是第二期头奖，而胡先生中的却是第三期头奖，这三个头奖全是可以凭券领款，用不着怀疑的！倘或胡先生坚持程小泉、高鹗定是作伪；那么，再过三两百年，服膺胡先生文学的人们便会"以其人之道，还治其人之身"，可能要怀疑胡先生叙述的《四松堂集》这段经过，也是胡先生作伪的铁证。为什么呢？"因为世间没有这样奇巧的事！"甚至于后世的人怀疑到胡先生作伪的可能性还比高程的来得大。为什么呢？因为高鹗程小泉的作品，他们如果愿意署名，是他们的本分；如果他们不愿署名，他们也不用藏头露尾，扭扭捏捏。而胡先生呢，为着《红楼梦》的作者问题，和前辈论战，和同辈论战，和后辈论战，似乎更有作伪必要，而作伪的"可能性"、"或然性"来得更大。到那里，真要令人兴"九原不作"之叹了！①

从潘重规先生的文章中，我们可以看到，红学界对《四松堂集》的真伪一开始便存在争议，有人甚至公开指出作伪者就是胡适本人。

我并不完全赞同潘重规先生的观点，我认为，《四松堂集》是存在的，但非敦诚的原稿，是一个后撰本，这个后撰本还是有一定的文献价值。而《四松堂集》"付刻底本"的真实性，却是值得质疑的。

---

①潘重规著：《红楼梦血泪史》，广西师范大学出版社2006年版，第65-66页。

(二)刘大观的序言存在疑点

刘大观(1753—1834),字正孚,号松岚、刘什,别号斥邱居士。山左临清州(今属河北省邯郸市)邱县邱城人,乾隆丁酉拔贡。初仕广西永福县令,署理象州、马平、贺县,调补天保。丁忧,服阕,先委治承德,旋补开原县知县,升宁远州知州,捐任山西河东兵备道,兼管山、陕、河南三省盐务,二署山西布政使。著有《玉磬山房诗文集》十七卷。

据研究刘大观的学者发现,刘大观与吴玉松是生死之交,与张船山、高鹗等有很深的交情。刘大观与芎泉公亦是好友,曾替谢振定的《知耻斋诗文集》作序,当然,这些与《红楼梦》是否有联系,是一个值得进一步研究的问题。

刘大观是一个值得研究的人物,他似乎同所有与《红楼梦》研究有关的人物都有某种联系。刘大观与敦诚、敦敏兄弟的交往及《四松堂集》的联系,一直为红学家所关注。

在胡适先生找到的敦诚的《四松堂集》钞本的卷首,有这样一篇序文:

昔贾长江自注其《送无可上人》诗云:"二句三年得,一吟双泪流。知音如不赏,归卧故山秋",可见古今攒眉摇膝之人得一真赏识固非易事也。

观初阅四松堂诗,以为不过偶然遣兴而已,非如《谈龙录》所云"诗中有人,言外有事"也。及读其文,如《笔麈》,如《记梦》,如《南村记》,如《注来笔札二十余帖》,忽为漆园之达,忽为柱下之元,忽为释迦维摩之通透,忽为正言庄论如陆贽,忽为旁引曲喻如淮南,忽为悲歌慷慨如易水之荆卿,忽为弄月吟风如濂溪之茂叔。相由心造,情随景生。一切欢喜烦恼之因,升沉聚散之感,悉于三寸管城子,宣泄而无遗。夫然后乃知居士胸中固无物不有,其诗亦无义不该,向之所谓"偶然遣兴"者非徒遣兴已也。

自古金枝玉叶耽志风雅,如昭明太子而外,则唯唐之李才江、宋之赵松雪耳。才江爱贾岛为诗,铸其像,事之如神。吾今欲奉居士如岛,而窃僭拟于江,未知无本禅师塔下尘,容我敝帚一扫否?乾隆壬子(1792)闰四月中浣。

山左后学刘大观①

这篇写于乾隆五十二年(1787)的序文,细细分析,却不免有些让人生疑。

其一,敦诚生于雍正十二年(1734),卒于乾隆五十六年(1791),如果刘大观此时替敦诚的《四松堂集》作序,按常理,序文中必有凭吊之辞,以示敬仰、追思作者之意,而此文毫无朋友的情感,似有不合情理之处,更像是后人添撰之作。

---

①敦诚著:《四松堂集》付刻底本,跋。现藏于北京图书馆,上次去京未能一睹,甚憾。其文录自刘大观研究会《玉磬山房诗文集外集》。

其二，邵福亮先生在《刘大观生平年谱初考》中写道：

1791年辛亥，乾隆五十六年，三月二十日寅时，大观的父亲曰燮卒，享年七十岁。丁父忧。"端阳后二日，(刘大观)袖诗"拜见袁枚。同年冬，为桂未谷题一门帖。时39岁。①

从邵福亮先生的研究来看，《四松堂集》的序言落款时，刘大观在江南替其父守孝，并没有有关他北上的记载。此时，敦诚已病故一年了。而敦诚始终寓居京城，未曾南下。那么，刘大观又怎么能有分身之术，来替《四松堂集》作序呢？可见，《四松堂集》这个文本是存在着问题的，其序也不排除有人利用刘大观与敦诚、敦敏的关系进行撰造的可能。

（三）对《四松堂集》"付刻底本"独有诗的疑问

敦诚的《四松堂集》中共有四首关于曹雪芹的诗，分别是《寄怀曹雪芹》（霑）、《赠曹芹圃》（雪芹）、《佩刀质酒歌》《挽曹雪芹》（甲申年）。

在这四首诗中，刻本中只有《寄怀曹雪芹》《佩刀质酒歌》两首，其余两首出现在"付刻底本"之中。在"付刻底本"中出现了曹雪芹即曹霑的标注，又出现了曹芹圃即曹雪芹的标注，于是有些学者作出了曹霑＝曹雪芹＝曹芹圃的推断。将这三者合为一体的是胡适先生的《四松堂集》"付刻底本"中的《赠曹芹圃》，而将曹雪芹生卒予以确定的是其中的《挽曹雪芹》（甲申年）。由此可见，胡适先生发现的他自认为"天地间唯一的孤本"的"付刻底本"就成了证明曹雪芹身份与生卒的"铁证"了。难怪"付刻底本"对曹学家而言是如此重要！

我认为这两首诗的来历与标注，是不可靠的。

其一，"付刻底本"是一个孤本，也就是说这两首诗上反映的信息是一个不能得到佐证的孤证，如果缺乏其他证据的支持，其证据是很难采信的。

其二，胡适先生关于"付刻底本"是"天地间唯一的孤本"说法让人难以置信。胡适先生得到的是一个手钞本，很可能是一个传钞本，虽与刻本不同，但如脂批本一样，可能非止一本。胡适先生为何能肯定这是"天地间唯一的孤本"呢？如此肯定，除非如他人所质疑的胡适先生就是"付刻底本"的炮制者或知情者。

其三，"付刻底本"中如此重要的诗与标注为何在刻本中没有，而独独只有"付刻底本"中存在，如果是有人刻意添加上去，甚至其诗也是后人的"杰作"，那么，这种证据还有"佐证"作用吗？有人指出：最需要这种证据的不是别人，可能就是胡适本人。

---

① 刘大观著：《玉磬山房诗文集》卷一"前序"，邵福亮撰：《刘大观生平年谱初考》，刘大观研究会2008年影印集。

其四，从后面我们要研究的敦敏的《懋斋诗钞》来看，曹芹圃与曹雪芹是不同的两个人。作为敦敏不会为同一个人写诗，一会写成曹雪芹，一会写成曹芹圃，正如我们写小说一样，会尽量避免将人物重叠，以免造成混乱。在这些不多的诗篇中，敦敏用得着用两个名字去写一个人吗？而《四松堂集》"付刻底本"却似乎更愿意将三人说成是一个人，其中的用意自然是要使三者串连到一起，形成一个完整的"证据链"。这让人对《四松堂集》"付刻底本"中的这两首诗更生疑窦。

综上所述，由于胡适先生的"付刻底本"是个孤本，其真实性无法从其他途径得到印证，人们要持怀疑态度是有理由的，因为有《四松堂集》刻本的存在或者说即使《四松堂集》刻本是真实的，也不一定能证明胡适先生的"付刻底本"不是伪作。从"付刻底本"与刻本不一致的地方我们可以认为，"付刻底本"可以以刻本为底本，由人抄纂而成，并在其中添加或删改部分内容，为其所用。胡适根据这个"举世无双"的付刻底本对曹雪芹的身份与生卒进行认定，显然难以立论。

（四）《四松堂集》中《寄怀曹雪芹》（霑）一诗的矛盾

在《四松堂集》中有《寄怀曹雪芹》一诗，诗后加有标注（霑）字，有人认为是后人有意将其沾（霑）在一起，而非原著者本意，其目的是将曹雪芹与曹芹圃"沾"到一起。

《四松堂集》的流传与成书时间一直是个谜，在流传与编校时，如果有人要做点手脚，自然是轻而易举的事。而《四松堂集》的抄者有意将三者嫁接到一起，将三人同时已名扬天下的"曹雪芹"说成是一个人，除了校注者要抬高这文集的身份之外，也许还有更为不可告人的秘密。即便是《四松堂集》是敦诚的原稿，我们也不能认定敦诚所说的曹雪芹便是写作编纂《红楼梦》的作者曹雪芹。

《四松堂集》中另一个十分矛盾的现象也是在《寄怀曹雪芹》一诗中，其诗下注有"雪芹曾随其先祖寅织造之任"这句话，如果这是真的，显然是大有问题的。我们已经知道：曹寅，生于顺治十五年（1658），卒于康熙五十一年（1712）。

如果按照曹学家的考证，曹雪芹最早生于1715年，一个在曹寅在世时尚未出生的"曹雪芹"怎么可能随其祖父曹寅去江宁织造府呢？这显然是不可能的。敦诚作为曹雪芹的挚友，定然不会不知道曹雪芹的父亲是谁，其祖父是多大年龄。但这句话可能就是敦诚的原话，因为这种说法与袁枚的说法相一致，由于《四松堂集》刻本非止一本，所以无法篡改，故只能留下。但这恰恰说明胡适先生手中的"付刻底本"上的《挽曹雪芹》（甲申年）诗后的"甲申"二字，是后人别有用心地添加上去的，目的是将曹雪芹与这个北京的曹雪芹对号入座；是想将曹雪芹考证成乾隆年间而不是康熙年间的人，其用心显而易见。

(五)《鹪鹩庵杂志》中的两首诗的疑问

《鹪鹩庵杂志》中有两首《挽曹雪芹》的诗,第一首与《四松堂集》"付刻底本"中的同名诗相差不大,用的是同一韵"九青",其内容略有改变。而第二首诗却与之完全不同,但与《四松堂集》"付刻底本"的这一首《挽曹雪芹》相互佐证。《鹪鹩庵杂志》原是张次溪先生所藏,后由吴恩裕先生借出,但令人生疑的是,如此重要的史料,现在却不清楚其下落。这两首诗是由周绍良先生、吴恩裕先生辑录下来的。那么,人们不禁要问:这个孤本为何又会神秘失踪呢?这个孤本是不是真本?不过我们知道周绍良先生与吴恩裕先生定然是看过的,不然怎么辑录?但问题是,这个孤本不在了,其真伪难辨,口说之事,何以为证?所以,我们没有必要去要几位老先生以人格担保作依据了。

综上所述,《四松堂集》的"付刻底本"的真实性是值得质疑的。我们相信杨钟羲先生的话没错,史上的确有《四松堂集》其书,敦诚、敦敏、刘大观这些人在历史上也是实实在在有史可考的人物,但我们很难相信现在的《四松堂集》为最原始的传抄本,此《四松堂集》也许已非敦诚原创的《四松堂集》了。

第二节
《懋斋诗钞》与《红楼梦》

《懋斋诗钞》是曹学家考证曹雪芹生平的一个重要依据。这本钞本是红学泰斗周汝昌先生于1947年在燕京大学图书馆找到的,周汝昌先生从其中找到了六首与曹雪芹有关的诗作。作为当年燕京大学汉语系学生的周汝昌,在发表了《曹雪芹生卒之新推定——懋斋诗钞中之曹雪芹》后,在学术界造成了很大的影响,并得到了胡适先生的肯定与鼓励。由此使周汝昌走上了红学研究之路,并成了一代红学大师。

我们先来了解一下《懋斋诗钞》的情况。《懋斋诗钞》是《四松堂集》的作者敦诚之兄敦敏所写,按序中所说写于乾隆二十九年(1764)至三十一年(1766)之间。

敦敏(1729—?),字子明。努尔哈赤第十二子英亲王阿济格五世孙,理事官瑚玑长子。

那么,《懋斋诗钞》中到底有什么内容与曹雪芹有关呢?在敦敏的《懋斋诗钞》中有几首似乎与曹雪芹有关的诗。现辑录如下:

赠芹圃

碧水青山曲径遐,薜萝门巷足烟霞。
寻诗人去留僧舍,卖画钱来付酒家。
燕市哭歌悲遇合,秦淮风月忆繁华。
新秋旧恨知多少,一醉酕醄白眼斜。①

访曹雪芹不值

野浦冻云深,紫厣晚烟薄。
山村不见人,夕阳寒欲落。②

河干集饮题壁兼吊雪芹

花明两岸柳霏微,到眼风光春欲归。
逝水不留诗客杳,登楼空忆酒徒非。
河干万木飘残雪,村落千家带远晖。
凭吊无端频怅望,寒林萧寺暮鸦飞。③

题芹圃画石

傲骨如君世已奇,嶙峋更见此支离。
醉余奋扫如椽笔,写出胸中块垒时!④

小诗代简寄曹雪芹

东风吹杏雨,又早落花辰。
好枉故人驾,来看小院春。
诗才忆曹植,酒盏愧陈遵。
上巳前三日,相劳醉碧茵。⑤

除了这几首诗之外,还有一篇诗文,《懋斋诗钞》中写道:

芹圃曹君(霑)别来已一载余矣,偶过明君(琳)养石轩,隔院闻高谈声,疑是曹君,急就相访,惊喜意外! 因呼酒话旧事,感成长句。

---

①爱新觉罗·敦敏著:《懋斋诗钞》,上海古籍出版社1984年版,第54-55页。
②爱新觉罗·敦敏著:《懋斋诗钞》,上海古籍出版社1984年版,第58页。
③爱新觉罗·敦敏著:《懋斋诗钞》,上海古籍出版社1984年版,第120页。
④爱新觉罗·敦敏著:《懋斋诗钞》,上海古籍出版社1984年版,第38页。
⑤爱新觉罗·敦敏著:《懋斋诗钞》,上海古籍出版社1984年版,第90页。

> 可知野鹤在鸡群，隔院惊呼意倍殷。
> 雅识我惭褚太傅，高谈君是孟参军。
> 秦淮旧梦人犹在，燕市悲歌酒易醺。
> 忽漫相逢频把袂，年来聚散感浮云。①

我们不妨对这些诗词的内容逐一予以分析。

我们先看看《懋斋诗钞》中有关曹雪芹的文章。《懋斋诗钞》中写到了敦敏与芹圃、曹君（霑）交往的经过，从中我们可以得知，曹芹圃字霑。如果《懋斋诗钞》是真实的，那么这个曹芹圃或者曹霑应当也确有其人，曹学家们的考证是正确的，因敦敏没有必要隐瞒这个人的真实身份与姓名。如果真有其人，我们只要去曹寅家的族谱中寻找，必有记载，但我们从曹氏现存的族谱上无法找到其人，也许有一天，我们扩大对曹氏族谱的研究，料不定在其他的曹氏族谱上真能找出曹芹圃其人，但我们会得出此人不是《红楼梦》作者曹雪芹的结论。曹霑也不等于曹芹圃，不等于曹雪芹，曹芹圃也不等于曹雪芹，这是毋庸置疑的。

我们再来看看敦敏有关曹雪芹的诗。第一首诗是《赠芹圃》，这首诗怎样理解呢？

第一句"碧水青山曲径遐"是指敦敏去一处依山傍水的山中寻找曹芹圃。

第二句"薜萝门巷足烟霞"是指房门巷道长满杂草薜萝，显得十分凋零颓败，其中"足烟霞"指的是人在高山，如在云雾之中，表示山势很高。那么，在这样一个荒凉的深山峻岭之上"寻诗人去留僧舍"，敦敏来求诗，却见人去舍空，唯留下曹芹圃的诗文在房舍之中，说明曹芹圃是一个僧人或者是寄居在寺庙中，居无定所的落魄文人。

第四句"卖画钱来付酒家"写曹芹圃这样一个落魄文人靠的是卖画写字来维持生计。

第五句"燕市哭歌"用的是一个典故，这个典故来自于唐·李涉《送魏简能东游》的一句诗"燕市悲歌又送君，国随征雁过寒云"。这句诗，指的是战国时期荆轲到了燕国，喜欢燕国的狗屠及善于击筑的高渐离。荆轲嗜酒，常与二人在街上豪饮，酒酣时，高渐离击筑，荆轲和而歌之，动情之时相对而泣，旁若无人。从这段典故说明敦敏与曹芹圃是患难之交，而曹芹圃虽然落魄，却怀荆轲报国之志。

第六句"秦淮风月忆繁华"指的是回忆过去的风流不羁与家族曾经的繁华，说明曹芹圃也是一个由盛至衰的没落家庭的子弟。

最后两句则是喟叹作者借酒消愁的情怀。

---

① 爱新觉罗·敦敏著：《懋斋诗钞》，上海古籍出版社1984年版，第37—38页。

从这首诗来看，这位落魄文人或僧人虽与小说中的曹雪芹际遇相似，但他绝不可能是曹学家们考证的曹寅家的"曹雪芹"。因曹寅家既无此人，也不至于如此败落。其人怀荆轲之心复仇之志者，亦非曹寅受皇恩而思报效之心者所能比的。

我们要了解的第二首诗便是《访曹雪芹不值》。

这是一首用入声作韵脚的古风。从中我们可以了解到，这个名叫"曹雪芹"的人居于一个人烟稀少的贫困小山村，其景象极为凄凉落寞，但此人怎么可能与曹芹圃是同一个人呢？敦敏不至于曹芹圃与曹雪芹都不分，明明是两个人，我们在考证时，为何非得将二人说成是一个人，如果其中还有曹芹溪、曹雪圃，是不是只要是姓曹的人，都是曹雪芹，都是《红楼梦》的作者？这显然是行不通的。而据以考证的结论，自然也是牵强附会的。

同时，与《红楼梦》作者曹雪芹同名同姓的人在同一时期何止千百个？难道不能是人们将"此曹雪芹"误认为"彼曹雪芹"？这种误会在现实生活中屡见不鲜。

因此，单从这样一首敦敏访曹雪芹的诗，就断定与敦敏是至交的曹雪芹就是《红楼梦》作者曹雪芹，显然缺乏依据。同时，我们要认识到，凡是这种以纪实写作的人物，都是有真名实姓与实人的，愈是写到曹雪芹其人，愈是说明其人不是写《红楼梦》的曹雪芹。因为曹雪芹仅仅是个笔名。

我们再来看看其中的第三首诗《河干集饮题壁兼吊雪芹》。

这首诗是敦敏在河堤上与友一起饮酒时所做，为凭吊曹雪芹之文，其中写道"河干万木飘残雪，村落千家带远晖"。诗中所写的"河干"指的是河堤，在《懋斋诗钞》中有诗句"料峭东风洒薄寒，千丝万绪拂江干"为证，这里的"江干"是指河堤，而不是有些红学研究者认为的"河干"是个地名。

为何义人都要相聚在河堤上集体饮酒呢？我想这首诗应当是《小诗代简寄曹雪芹》一年之后写的，也就是第二年的三月三日写的。因为每年三月三（即上巳时）是汉族传统的节日，有流杯聚会与射礼、踏青的习俗。每逢这一日，很多文人聚集在一起，在河边溪旁聚会，曲水流觞，作诗吟赋。这一天，是历代文人的盛大节日，历史上便有晋代王羲之与四十二位朋友三月三日相聚会稽山阳兰亭修禊的故事。

敦敏写诗的这一年的这一日，是他的好友曹雪芹逝世一年后，敦敏与众友又在河干相聚，却少了曹雪芹一人，忆及去年与曹雪芹在此聚会的情景，自然触景生情，因而作诗、题壁以示凭吊。由此可见，这个曹雪芹常与文人相聚，故不应是那个高深莫测、神龙见尾不见首、隐姓埋名的高人曹雪芹了。

第四首是《题芹圃画石》。从这首诗与前一首"卖画钱来付酒家"来分析，这个"芹圃"应当是一名未出名的画家，而不是以写作为乐的"曹雪芹"。

第五首是《小诗代简寄曹雪芹》,从这首诗来看,这个曹雪芹与芹圃不一样。芹圃是画家,而曹雪芹却是文人。同样的特色是好酒,但这个曹雪芹却是能饮之士,不像芹圃酒后失态,狂歌乱舞,不拘小节。

诗中写道"诗过忆曹植,酒盏愧陈遵",已将其描写得十分鲜活。从中,我们还可以看到作者的无限遗憾。"东风吹杏雨,又早落花辰"指二月的杏花被风一吹,遍地落英,满枝残花。"好枉故人驾,来赏小院春",可惜辜负了老朋友大驾光临,来赏我家院中春色,因春已去,花已凋。

"上巳前三日,相劳醉碧茵",其中"上巳"指传统节日三月三。三月三前三天他们就聚集在一起,流觞豪饮,相互犒劳,一醉郊外,自然也是文人施展才华之时。这首诗反映了敦敏与这个曹雪芹的确是认识的,他们不仅认识,而且关系不错。敦敏和他与其他文人一同郊游,所以,认识这个曹雪芹的人不止敦敏一人。这个曹雪芹与敦敏写的曹芹圃看来不是同一人。

在敦敏的诗中,写到曹雪芹的诗有三首,即《访曹雪芹不值》《小诗代简寄曹雪芹》《河干集饮题壁兼吊雪芹》。从这三首诗来看,这个曹雪芹是一个居住在山村的落魄文人,常与敦敏以及朋友聚会、喝酒、作诗、踏青,虽有才干,却是一个怀才不遇、名气不大的人。而敦敏的诗钞中写到的曹霑、曹芹圃应当又是另外一个人。在敦敏的诗中有三首诗写到曹芹圃,即《赠芹圃》《题芹圃画石》《感成长句》(姑且称之)三首。从这三首诗中可知,曹霑、曹芹圃是一个以卖画为生的落魄文人或不守清规的游方僧人,是个住的是破庙,吃穿靠卖画,喝酒靠朋友的人。

由此可见,《懋斋诗钞》中的曹芹圃(霑)与曹雪芹是不同的两个人。

那么,曹雪芹或曹芹圃(霑)是不是《红楼梦》的作者曹雪芹?回答是不足立论。

除了我上述谈及的理由之外,还因为《懋斋诗钞》中没有写到这个"曹雪芹"与曹霑、曹芹圃与《红楼梦》有关的任何信息,如果这个"曹雪芹"真是《红楼梦》的作者曹雪芹,这是他一生最大的成就,作为《红楼梦》作者曹雪芹至友的敦敏,为何只字不提曹雪芹与《红楼梦》的关系呢?我认为原因只有两个:一个是敦敏为攀上曹雪芹这个名人,杜撰这样的诗句,以提高自己的身价。如果真是这样,那他的目的真的达到了。其二,就是这个"曹雪芹"与写作《红楼梦》的作者曹雪芹根本就扯不到一块,不过是敦敏同名同姓的朋友,是曹学家们误读其文,如获至宝,将一个北京的普通文人曹雪芹考证成了隐姓埋名的《红楼梦》作者曹雪芹了。

综上所述,《懋斋诗钞》中的曹芹圃(霑)与曹雪芹是两个不同的人,没有证据表明敦敏所认识的这个曹雪芹就是《红楼梦》的作者曹雪芹。

第三节
敦敏兄弟认识的"曹雪芹"的生卒研究

关于曹雪芹的生卒日期,曹学家一直存在着很大的争议,那么,我们从《四松堂集》与《懋斋诗钞》的研究中,又能发现曹雪芹生卒的什么线索呢?

一、曹雪芹死亡日期考辨

对于曹雪芹死亡日期曹学家有两种说法:

一就是胡适先生的壬午说。其依据是根据甲戌本上的脂批:

能解者方有辛酸之泪哭成此书。壬午除夕,书未成,芹为泪尽而逝。余尝哭芹,泪亦待尽。每意觅青埂峰再问石兄,余不遇癞头和尚何!怅怅!……甲午八月泪笔。①

二是周汝昌先生的癸未说。周汝昌先生在他的《红楼梦新证·雪芹生卒》中是这样论证的:

敦敏的《懋斋诗钞》里在乾隆二十八年(一七六三)癸未春天作的《小诗代简寄曹雪芹》,说:

东风吹杏雨,又早落花辰。好枉故人驾,来看小院春。诗才忆曹植,酒盏愧陈遵。上巳前三日,相劳醉碧茵。

这就发生了问题:如果雪芹真在二十七年除夕死了,敦敏如何还能在二十八年上巳前三天约他去赏花饮酒?再看这本诗集排到乾隆二十九年甲申春,敦敏才有《河干集饮题壁兼吊雪芹》一诗,这一点再与敦诚《四松堂集》的《挽曹雪芹》诗,下面注明"甲申"而且是甲申开年的第一首诗这个事实来合看,则雪芹本系二十八年(一七六三)癸未除夕死去的,次年敦敏兄弟才挽吊他,绝无可疑。

我初次得见的《懋斋诗钞》,是个清钞本,年月次序,清楚明白,诗是编年顺录的,按内容推到这首《小诗代简寄曹雪芹》,是癸未年春天。而其前二首的题下也正注明"癸未"二字;同年十一月二十日一诗又有自注云:"先慈自丁丑见弃,迄今七载。"自丁丑越七年,正是癸未(注意传统算法,凡说越几年,都指"连头带尾"共包括几个年头,经历几个干支,不是"核实"了满十二月才为一年的意思)。因此敢说癸未年并无错误。②

---

① 曹雪芹著:《脂砚斋甲戌抄阅再评石头记》卷一,上海古籍出版社1985年版,第9页,眉批。
② 周汝昌著:《红楼梦新证》,人民文学出版社1976年版,第66页。

周汝昌先生的这篇文章在当时引起巨大反响,并由此奠定了他的理论基础。那么,周汝昌先生根据敦敏的《懋斋诗钞》中的这首《小诗代简寄曹雪芹》与敦诚在《四松堂集》的《挽曹雪芹》一诗中的标注来推断曹雪芹的卒年的方法是否正确呢?

我们知道,"代简"的含意是邀请的意思,这首诗是敦敏为邀请雪芹来给敦诚过生日而写的。周汝昌先生根据这首可能写于癸未的诗,便推测曹雪芹卒于癸未。又根据敦诚在《四松堂集》的《挽曹雪芹》一诗中注有"甲申"二字,说明曹雪芹是死于1764年以前。于是,敦敏的《懋斋诗钞》中的这首《小诗代简寄曹雪芹》与敦诚《四松堂集》的《挽曹雪芹》这两首诗便成了曹雪芹死于癸未年的"铁证"。

我们姑且不去论这个曹雪芹是否编纂过《红楼梦》,单从其诗来分析,敦诚、敦敏兄弟笔下的曹雪芹到底是不是死于癸未年呢?

周汝昌先生的考证是依据敦敏的《懋斋诗钞》中的这首《小诗代简寄曹雪芹》这首诗的年序,还有敦诚的《四松堂集》中的《挽曹雪芹》诗后的"甲申"的标注,来断定曹雪芹卒于乾隆二十八年(1763)除夕。周汝昌先生认为:诗是编年顺录的,按内容推测到敦敏的这首《小诗简寄曹雪芹》是写于癸未(1763)。因这首诗的前两首诗题下注有"癸未"二字,因此这首诗肯定也是写于癸未,由此推断出曹雪芹的卒年。

但此观点也存在争议。赵冈先生在他的《〈懋斋诗钞〉的流传》中指出:

(1)此原钞本,曾经后人增删,而且很是残缺,是由人剪贴粘接而成。剪接共有五十一处之多。

(2)原钞本上有"燕野顽民"的题识,此题识在过录本上未抄。

(3)原钞本首页第一行书"懋斋诗钞"四字。第二行写"宗室敦敏子明"。第三行开始就是敦敏的《东皋集》序言。过录本也是这样抄的。

(4)诗钞中所收者,既非到庚辰夏为止,也非到癸未夏为止,还有癸未以后各年之诗。而《古刹小憩》这首诗下所注的"癸未"二字,也是经人挖补改写而成。过录本此处也照抄"癸未"二字。原钞本首页有三个图章印鉴,可以帮助我们追查这钞本之流传。[1]

他认为是后来的收藏者富察恩丰(字席臣,满洲人)将《古刹小憩》一诗下的"庚辰"两字挖改为"癸未",同时又把《东皋集》序中的"庚辰"两字改成"癸未"。

赵冈先生通过考证认为《懋斋诗钞》并非敦敏亲手按年份有条不紊地抄写的,而是后人随意编辑的,次序存在错排的现象,并在研究中得到印证。因而,周汝昌先生等人由此推断曹雪芹卒于癸未年的说法"到此可以完全取消了"。

---

[1] 赵冈:《〈懋斋诗钞〉的流传》,载《红楼梦研究集刊》,1980年第2辑。

从赵冈先生的考证中,我们大抵可以知道,所谓的《懋斋诗钞》不过是后人校对与编纂原钞本的产物,并不是敦敏的手书原稿。这一点,周汝昌先生也是不否定的。周先生在《红楼梦新证》(旧版)中写道:

> 这部诗钞,不是敦敏的底稿本,而是钞本和一些旗人的作品收在一起,叫做《八旗丛书》,纸墨都是很新的,是清末人所录。①

所不同的是,周汝昌先生认为这些过录本都是按照时间顺序来进行抄录的。这是他之所以认为曹雪芹卒于癸未年的最主要的依据。但正如赵冈先生所言,既然是过录本,难免就会产生次序混合的现象。如果是这样,周汝昌先生的议论基础岂不是很松垮?

我们且不要去过多地去阐述周汝昌先生与赵冈先生的这个观点的细节。在这里我仅仅想就曹雪芹卒年谈谈自己的管见。

第一,周汝昌先生认为这个曹雪芹卒于癸未年的除夕,即公元1764年2月1日的观点是不能成立的。

就按周汝昌先生推断的敦敏的《小诗代简寄曹雪芹》是作于癸未春天。但是,在这首诗中将敦敏邀曹雪芹来家,一同饮酒赏春,过3月3这个传统节日的事写得很清楚。按照诗中所述,曹雪芹不仅来了,而且在上巳(3月3)与众才子踏青饮酒。曹雪芹在这时怎么又可能死了呢?是周汝昌先生没有认真地细读其诗,还是错会其意?其诗之意,我在前面已解释得很清楚。如果曹雪芹此时死了,敦敏请不到人,定然知道消息,定然不会有这种心情去饮酒作乐。我想大凡懂诗的人都知道,这是一首朋友相聚、饮酒、赏春的纪念诗,绝非吊亡之诗。而曹雪芹也在这群朋友之中,一条鲜活的生命,怎么可能被周先生理解为死了呢?

周汝昌先生的根据是敦诚在甲戌年作《挽曹雪芹》诗的注记中写到"前数月伊子殇,因感伤成疾"。② 这个曹雪芹也不可能是死于"癸未"除夕。因第二年与前一年除夕相隔不只"数月",而是近一年。按正常的表达应成"去岁初"或"一年前",可见,周先生关于曹雪芹卒于"癸未年除夕"的说法不准确。

那么,《四松堂集》中有关曹雪芹卒年的推断是怎样的呢?

在《四松堂集》钞本的文集卷上中,有敦诚的《寄大兄》一文,其中写道:

> 每思及故人,如立翁、复斋、雪芹、寅圃、贻谋、汝猷、益庵、紫树,不数年间,皆荡为寒烟冷雾。曩日欢笑,那可复得?时移事变,生死异途,所谓此中日夕只以眼泪洗面

---

① 周汝昌著:《红楼梦新证》,棠棣出版社1953年版,第35页。
② 周汝昌著:《红楼梦新证》,人民文学出版社1976年版,第21页。

也。即前在乐安堂,尚自联床相慰藉,今于席村野寺,狐啸蛩吟之际,蒲团佛火,只影孤樽,即此数日前恍如一劫,不几梦中说梦,何时出此幻境耶?因悟凤孽皆因,奚逃恶果,慧锋无利,焉靳情根,故於悲泣之余,又增一重公案。虽欲急忏,都无是处,奈何奈何!日月跳丸,半百将至,鬓发苍浪牙齿竦,不觉身年四十七,乐天岂为弟咏乎?人北回,聊书近况奉寄,兄不鏖念是幸。①

我们知道敦诚生于雍正十二年(1734),卒于乾隆五十六年(1791),这一点是不存在争议的。从他的这篇文章中,我们得知,这篇文章写于26日出京的路上,其时,他已"鬓发苍浪牙齿竦,不觉身年四十七",说明这篇文章是写于乾隆四十六年(1781)。这一点也是无可争议的。

同时,在这篇文章之前,有《寄汪易堂》之诗,其中写道:

于癸巳春卧病间,居今又八年矣。②

癸巳为乾隆三十七年(1772),"居今又八年矣"正是辛丑年,可见,这篇《寄大兄》的文章是写于辛丑年,即乾隆四十六年(1781)。在《寄大兄》一文中写道:

每思及故人,如立翁、复斋、雪芹、寅圃、贻谋、汝猷、益庵、紫树,不数年间,皆荡为寒烟冷雾。③

可见,曹雪芹等敦诚的好友(8人),皆数年之内先后去世。这个"数年"应是指"数年之间",相距不会超过三五年,而不是十数年间。这是有依据的,我们首先来看看其中所提及的龚紫树死于何时。在《四松堂集》中敦诚有一篇祭龚紫树的文章,其中写道:

呜呼,紫树兄别我辈去几月耶,今持鲁酒一樽,过夕照寺祭于旅榇尊灵之前。

呜呼,兄犹记初晤交时甲午重九小园薰集。

所恨者与兄交止三年耳……呜呼紫树,吾以此三年为一日可也,以三年为日首亦可也。一棺长闭此生。④

从其中我们可得知敦诚与龚紫树相识甲午年重阳,即乾隆三十九年(1774),敦诚称他为大兄。而龚紫树殁于与敦诚相识的三年之后,即乾隆四十二年(1777年),距离这首诗《寄大兄》一文不到五年。

而另一个人敦诚诗文中所谈到的汝猷,在其中有《跋汝猷弟书后》一文,其跋中

---

① 爱新觉罗·敦诚著:《四松堂集》卷三,上海古籍出版社1984年版,第302页。
② 爱新觉罗·敦诚著:《四松堂集》卷三,上海古籍出版社1984年版,第301页。
③ 爱新觉罗·敦诚著:《四松堂集》卷三,上海古籍出版社1984年版,第302页。
④ 爱新觉罗·敦诚著:《四松堂集》卷四,上海古籍出版社1984年版,第371页。

写道:

> 独可哀者,仅年四十一便溘然长逝。①

从中可看到,汝猷死于四十一岁,比敦诚至少小一岁以上,便是按汝猷比敦诚小些月份来算,敦诚四十六岁所作诗之时,离汝猷之死最多也是五年。

在《四松堂集》中还写到了立翁其人。立翁也是在"不数年"内死去的人之一。那么立翁又是殁于何年呢?其书中有《送周导之扶立翁先生柩归滇南二首》。在第二首"岂是轻于别故岑"后标注:"先生于乙未归里,戊戌复北上。"那么说明,周立翁应殁于戊戌年即乾隆四十三年(1778)以后,离敦诚所写的那篇文章不过三年而已。

在敦诚的《四松堂集·寄大兄》一文中所提及的第四个人便是贻谋。在敦诚的《四松堂集》中,有《杂感四绝·悼贻谋》诗四首,第四首写道:

> 射兔君如王武俊,爱鹰我亦似支公。
> 南原昔日经行地,落日秋风野烧空。

其下有注:

> 乙未初冬暨羸斋呼鹰于沙陇之天宫苑,余不能猎,但心喜逐后而已。②

从中可见,乙未年即乾隆四十年(1775),贻谋仍在。此时离敦诚写《寄大兄》一文不过六年。另《山游纪事》写道:

> 贻谋善痾于西山,折柬相约。三月初二日戊辰束装西行……前岁甲午同复斋来避雨门下,尔时山涨骤发,万山响应……前岁甲午同复斋来避西门下……望玉泉裂帛,诸胜历历指顾间。辛卯织局之役会、泛舟湖上已七年事矣。

其后又写道:

> 庚午早食罢,与苊庵、别羸斋、桐崖出山,贻谋就医亦随以东。③

从中可以看到,此游记写于乾隆四十二年(1777)。其时贻谋虽病,却尚未死,故贻谋死于1777年之后,不过三五年之间。

从这段话中,我们也可知,复斋在乾隆三十九年仍在,而此时亦未提及复斋已死,故复斋大抵也是死于乾隆四十二年(1777)前后。在敦诚的《哭复斋文》中写道:

> 未知先生与寅圃、雪芹诸子相逢于地下作如何言笑,可曾念及仆辈悼忘友之情否?④

---

① 爱新觉罗·敦诚著:《四松堂集》卷三,上海古籍出版社1984年版,第281页。
② 爱新觉罗·敦诚著:《四松堂集》卷二,上海古籍出版社1984年版,第219页。
③ 爱新觉罗·敦诚著:《四松堂集》卷四,上海古籍出版社1984年版,第344-348页。
④ 爱新觉罗·敦诚著:《四松堂集》卷四,上海古籍出版社1984年版,第370页。

从这段话可知,复斋是死于寅圃与雪芹等人之后。我们通过对《四松堂集》诗文的分析可知,敦诚所言的"不数年间"先后去世的八个人中,寅圃(敦诚宗兄)、雪芹先死,后是复斋(1777)、汝猷、紫树(1777)、贻谋(1778)、立翁(1778),益庵不详。

由此可见,"不数年"应当指"不到几年",也就是"三五年"之内。如果这个曹雪芹卒于1763年或1762年,那么距离敦诚的这首诗的时间已是18-19年,敦诚怎么会用这个词来形容呢?应当是用"十数年"而非"不数年"来表述。可见,这个曹雪芹是卒于1775年以后,而非周先生所考证的1763年。

我一直认为《四松堂集》与《懋斋诗钞》的内容中诗文部分绝大部分应当是出于敦诚与敦敏之手,但那些标注却是出于后人之手。一方面,标注者可能因不了解这些情况而误注,另一方面,也许出于其他目的而刻意篡改。但怎么样去改都难以改变文本的内容,因这些误注甚或假注是经不住推敲的。

二、从《四松堂集》与《懋斋诗钞》中看曹雪芹的生年

对于曹雪芹的生卒及年龄问题,曹学家有两种说法。一种是胡适为代表的观点:认为曹雪芹卒于1763年,享年45岁。所以,曹雪芹生于1719年。另一种是以周汝昌为代表的,曹雪芹卒于1764年,享年40岁,所以生于1724年。

胡适先生是根据甲戌本上的脂批得出的结论。而周汝昌即是依据《四松堂集》与《懋斋诗钞》中的诗与标注所作的结论。

那么,我们先就《四松堂集》与曹雪芹生年的关系进行一个有益的探讨。《懋斋诗钞》与曹雪芹生卒问题的关系待后再分析。

我们且不要去分析《四松堂集》中的曹雪芹与脂砚斋批中的"芹"、"芹溪"是否是同一人,又是否是真正的作者,单从《四松堂集》的内容来分析,看《四松堂集》中的曹雪芹到底生于何时,卒于何时。

前面我们已经分析到,这个曹雪芹应是在1781年前几年死的。这里便有一个问题,为什么在敦诚的《挽曹雪芹》一诗中注明是甲申年呢?这的确是一个值得深思的问题。

我们应当深信不疑的是文本,因诗文要造假,比在诗文后添加几个字难度大得多。从前面的分析中,我们认为曹雪芹是1775年以后死的,因敦诚的《寄大兄》一文就是一铁证。但为什么在《挽曹雪芹》诗后会加注"甲申"二字呢?我们先来了解一下标注是怎么一回事。在冯其庸先生的《〈初读四松堂集〉付刻底本——重论曹雪芹卒于"壬午除夕"》文章中对《挽曹雪芹》一诗中"甲申"纪年问题,冯其庸先生是这样说的:

题下原有"甲申"两字纪年,付刻前又用小纸将"甲申"两字盖掉,但据查那张白

纸只覆盖住了"甲"字,而"申"字毫无遮盖,且清晰如故。①

那么,被遮盖的到底是"甲"字还是其他字,到底为何要去覆盖呢?这个问题自然值得深思。我想,被遮盖的原因恐怕不外乎两个:第一,校抄者觉得这个"甲申"年做的诗与事实不符,故予以遮盖。其二,可能是别有用心者,在原底稿上故意添加上去,但事后又觉得对他的观点不利,故予以遮盖。若是如此,添加者之心便让人难以琢磨。

那么,《四松堂集》中的曹雪芹到底生于哪年呢?

在敦诚的《挽曹雪芹》一诗中写道:

四十年华赴杳冥,哀旌一片阿谁铭。

孤儿渺漠魂应逐,(前数月伊子殇,因感伤成疾。)新妇飘去目岂瞑。

牛鬼遗文悲李贺,鹿车荷锸葬刘伶。

故人惟有青衫泪,絮酒生刍上旧坰。②

在《鹪鹩庵杂志》钞本里也有二首《挽曹雪芹》的诗。

其一:

四十萧然太瘦生,晓风昨日拂铭旌。

肠回故垅孤儿泣,(前数月伊子殇,因感伤成疾。)泪迸荒天寡妇声。

牛鬼遗文悲李贺,鹿车荷锸葬刘伶。

故人欲有生刍吊,何处招魂付楚蘅。③

其二:

开箧犹存冰雪文,故交零落散如云。

三年不第曾怜我,一病无医竟负君。

邺下才人应有恨,门阳残笛不堪闻。

他时瘦马西州路,宿草寒烟对落曛。④

从"四十年华赴杳冥"与"四十萧然太瘦生"两句意义相差不大的诗句中,我们可以了解到敦诚好友曹雪芹应是死于四十岁,而不是有些人理解的四十多或四十五岁。其理由是:

---

① 详见冯其庸:《初读〈四松堂集〉付刻底本——重论曹雪芹卒于"壬午除夕"》,载《红楼梦学刊》,2006年第4辑。
② 胡适著,欧阳哲生编:《胡适文集3》,《胡适文存》卷四,北京大学出版社1998年版,第564页。
③ 周汝昌著:《红楼梦新证》,人民文学出版社1976年版,第275页。
④ 周汝昌著:《红楼梦新证》,人民文学出版社1976年版,第275页。

(1) 敦诚在诗文中对好友的死亡年龄把握得十分准确。如写汝猷便写:"仅年四十一,便然溘长逝";如对紫树的死期写得也很具体:"初晤交时甲午重九小园讌集,所恨者与兄交止三年耶",将二人的死亡年份、年龄写得十分具体。在他的《寄大兄》一文中,他把自己"不觉身年四十七"的情况交代得很清楚。所以,他绝不会把这个曹雪芹死亡之时的年龄弄错。

(2) 敦诚所作的虽然是诗,但大凡懂诗的人都知道,作者有很多的方式可以表明与记载所要写的内容。如果这个曹雪芹如胡适先生所考证的是四十五岁,作者完全可以写成"四五年华",这样不影响平仄,也不影响对仗。如果是四十多岁便可写"四十余年",如果考虑平仄的问题,可将起句的平仄进行调整,而不会因平仄问题影响作者对内容的真实表示。

(3) 据统计,在清代这个时期的人平均寿命为53—55岁。如果曹雪芹死于45岁之后,或者是49岁,那就不叫"太瘦生"了,属于很正常的死亡年龄。

综上所述,我认为诗中所讲的"四十年华"就是指这个曹雪芹是死于四十岁,而非45—49岁。如果按这个曹雪芹死于乾隆四十年(1775)乙未年以后,乾隆四十二年(1777)即丁酉年以前,我们就可以初步推断:这个曹雪芹是死于乾隆四十一年,即1776年,丙申年。由此来分析,那首《挽曹雪芹》诗下的标注"甲申"二字中的"申"字不假,惟有"甲"字是由"丙"字改写而来。

至此,《四松堂集》中的曹雪芹的卒年已十分明了,即此曹雪芹卒于丙申年(1776),与敦诚所言的"不数年"相吻合。此曹雪芹卒时正好四十岁。由此推断,曹雪芹生于1736年,即乾隆元年(丙辰年)。

然而,从《红楼梦》流传时间来看,根据甲戌本上的落款,有人考证出《红楼梦》最早在1754年就已定稿,如果此人便是创作《红楼梦》的作者,那么,他必须在8岁时就开始《红楼梦》的创作,方可能在十年后的1754年编纂成书,并流传于世,这是不可能的事情。这说明要么甲戌本等钞本上所写的成书时间有假,要么,就是这个曹雪芹不可能是《红楼梦》的真正作者。甲戌本的问题我将在以后的章节中再议。

而这种结果,不仅与脂批本中对曹雪芹生卒的简述相矛盾,而且也与事实相违背。所以,我们完全可以排除《四松堂集》与《懋斋诗钞》中所写的曹雪芹是《红楼梦》的原作者的可能。敦敏、敦诚所讲的曹雪芹也许真有其人,但此人与《红楼梦》是绝无关系的,只不过是他的名字恰好与《红楼梦》的作者的笔名相同而已。

其实,我们反过来讲,若此曹雪芹真创作了《红楼梦》,其朋友在诗文中详述其名讳,家庭情况,这种做法在文字狱盛行的清代,岂不是将他送上断头台,使他的家族蒙受惊天奇祸?这还是朋友的作为吗?而且,自己还会惹祸上身,遭人盘诘,这样做岂不是自寻死路？

事实上，敦诚在诗文中根本就没有写到此人写过《红楼梦》，这种"考证"与推断显然是盲目与牵强的，故胡适先生与周汝昌先生依此对曹雪芹的生平进行考证而得出的结论难以成立。

综上所述，敦敏兄弟认识的"曹雪芹"生于1736年，即乾隆元年（丙辰年），死于1776年，即乾隆四十一年（丙申年）。敦诚兄弟相交的这位挚友不是《红楼梦》的作者曹雪芹。

第四节
《绿烟琐窗集》与《红楼梦》

在富察明义的《绿烟琐窗集》中，有一段与《红楼梦》有关的文章以及一些诗词。在《题红楼梦》标题后，有批注：

> 曹子雪芹所撰《红楼梦》一部，备记风月繁华之盛，盖其先人为江宁织府，其所谓大观园者，即今随园故址，惜其书未传世，鲜知者，余见其钞本焉。①

现在，我们必须认真地分析这段话的由来。袁枚在《随园诗话》中写道："明我斋读而羡之（坊间刻本无此七字）。当时红楼中有某校书尤艳，我斋题云（此四字坊间刻本作'雪芹赠云'，今据原刻本改正）。"②

袁枚的这段话，说明《随园诗话》中有关曹雪芹写作《红楼梦》的传说，可能与富察明义的这种说法有关。但从富察明义将《红楼梦》中的某个人物看做是校书（妓女）来看，富察明义看的未必就是由《石头记》或《风月宝鉴》经曹雪芹修改而成的《红楼梦》，而是类似于《青楼梦》之类的同名小说。这与袁枚所说的"康熙间，曹练亭为江宁织造……其子撰《红楼梦》一书，备记风月繁华之盛"的说法相吻合。可见袁枚所讲的与明义所讲的可能都是一部有关青楼女子与风流公子的风月小说，而非后来的《红楼梦》，这是其一。

其二，我们还应当注意一个问题，《红楼梦》在刊印之前，是以《石头记》的书名流传的，而且流传极盛。富察明义怎么能说"惜其书未传"呢？

其三，曹雪芹所披阅定稿的是《金陵十二钗》，而非《红楼梦》。《红楼梦》是高鹗、程伟元之后的名称，袁枚所说的可能是同名小说的记录，岂能成为《红楼梦》研究的重要依据？在《随园诗话》中，袁枚仅引用了富察明义的两首诗，但在《绿烟琐窗集》

---

① 富察明义著：《绿烟琐窗集》，上海古籍出版社1984年版，第105页。
② 袁枚著：《随园诗话》卷二，见《闲情偶寄·随园诗话》，三秦出版社2007年版，第237页。

中有二十首诗之多,虽然诗都是七言绝句,且其水平不高,但有些诗却是与后来的《红楼梦》有关的批注,如"佳园结构类天成,快绿怡红别样红;怡红院里斗娇娥;潇湘别院晚沉沉;红楼春梦好模糊,不记金钗正幅图;伤心一首葬花词,似谶成真自不知"①等等,写的都是《红楼梦》中的人物与景观,这是没有看过《红楼梦》的人所不能写出来的,这些都是证明明义是看过《红楼梦》的。但他到底是看的那一种版本的《红楼梦》却是值得考证的。

同时,我们要看到:《绿烟琐窗集》是一本很晚才出的钞本,不是富察明义的原始手笔,对于其真伪学术界亦有不同的看法,甚至有人对《绿烟琐窗集》的真实性产生质疑。我不敢贸然论其是非,但有一点,我是这样认为的:没有证据证明富察明义与曹雪芹有过交往,其所看的书不一定是曹雪芹所改的《金陵十二钗》,故其所说不足以作为曹雪芹是曹寅之孙,写的就是《石头记》或《金陵十二钗》的铁证。

第五节
《枣窗闲笔》与《红楼梦》

印证《红楼梦》是曹氏所作的另一个重要证据,便是裕瑞的《枣窗闲笔》。爱新觉罗·裕瑞,字思元,号思元斋主人,清初豫亲王多铎五世孙、豫良亲修龄第二子,生于乾隆三十六年(1771),卒于道光十八年(1838),终年65岁,乾隆六十年(1795)封为不入八分辅国公,曾任副都统、护军等职,是清宗室文人。

裕瑞在《枣窗闲笔》中写到有关《红楼梦》与曹雪芹的评论,成为研究红学的重要资料,并成为"曹学"立论的基础与确定脂批本《石头记》真实的重要依据。《枣窗闲笔》中有这样几段文章:

《红楼梦》一书,曹雪芹虽有志于作百二十回,书未告成即逝矣。诸家所藏抄八十回书及八十回书后之目录,率大同小异者,盖因雪芹改《风月宝鉴》数次,始成此书,抄家各于其所改前后第几次者,分得不同,故今所藏诸稿本未能划一耳。此书由来非世间完物也,而伟元臆见,谓世间必当有全本者在,无处不留心搜求,遂有闻故生心思谋利者,伪续四十回,同原八十回抄成一部,用以贻人。伟元遂获赝鼎于鼓担,竟是百二十回全装者,不能鉴别燕石之假,谬称连城之珍,高鹗又从而刻之,致令《红楼梦》如《庄子》内外篇,真伪永难辨矣。不然即是明明伪续本,程高汇而刻之,作序声明原委,故捏造以欺人者。斯二端无处可考,但细审后四十回,断非与前一色笔墨者,其为补者无疑。作《后红楼梦》者遂出,……多杀风景之处,故知雪芹万不出此下下

---

① 富察明义著:《绿烟琐窗集》,上海古籍出版社1984年版,第105-110页。

也。观前五十六回中,写甄家来京四个女人见贾母,言甄宝玉情性并其家事,隐约异同,是一是二,令人真假难分,斯为妙文。后宝玉对镜作梦云云,明言真甄假贾,仿佛镜中现影者。讵意伪续四十回家,不解其旨,呆呆造出甄、贾两玉,相貌相同情性各异,且与李绮结婚,则同贾府俨成二家,嚼蜡无味,将雪芹含蓄双关极妙之意荼毒尽矣。吁!雪芹用意,岂惟至五十六回而始发哉?其于第二回贾雨村与冷子兴言,其在金陵甄家处馆时,见甄宝玉受责呼姐妹止痛,及惟怜爱女儿情性等语,已先为贾宝玉写照矣。伪续之徒,岂得梦见?①

《后红楼梦书后》一段中写道:

闻旧有《风月宝鉴》一书,又名《石头记》,不知为何人之笔。曹雪芹得之,以是书所传述者,与其家之事迹略同,因借题发挥,将此部删改至五次,愈出愈奇,乃以近时之人情谚语,夹写而润色之,借以抒其寄托。曾见钞本,卷额本本有其叔脂研斋之批语,引其当年事甚确,易其名曰《红楼梦》。此书自钞本起至刻续成部,前后三十余年,恒纸贵京都,雅俗共赏,遂浸淫增为诸续部六种,及传奇、盲词等等杂作,莫不依傍此书创始之善也。

雪芹二字,想系其字与号耳,其名不得知。曹姓,汉军人,亦不知其隶何旗。闻前辈姻戚有与之交好者。其人身胖头广而色黑,善谈吐,风雅游戏,触境生春。闻其奇谈娓娓然,令人终日不倦,是以其书绝妙尽致。闻袁简斋家随园,前属隋家者,隋家前即曹家故址也,约在康熙年间。书中所称大观园,盖假托此园耳。其先人曾为江宁织造,颇裕,又与平郡王府姻戚往来。书中所托诸邸甚多,皆不可考,因以备知府第旧时规矩。其书中所假托诸人,皆隐寓其家某某,凡性情遭际,一一默写之,唯非真姓名耳。闻其所谓宝玉者,尚系指其叔辈某人,非自己写照也。所谓元迎探惜者,隐寓原应叹息四字,皆诸姑辈也。②

又闻其尝作戏语云:"若有人欲快睹我书,不难,惟日以南酒烧鸭享我,我即为之作书"云。③

这几段评论中将有关曹雪芹的相貌特征、言谈举止、生活习惯、作品的由来、艺术价值,以及曹雪芹的家世、脂砚斋的情况等作了一个系统的介绍,故一直为红学界所重视。

---

① 爱新觉罗·裕瑞著:《枣窗闲笔》,上海古籍出版社1984年版,第161—168页。
② 爱新觉罗·裕瑞著:《枣窗闲笔》,上海古籍出版社1984年版,第173—177页。
③ 爱新觉罗·裕瑞著:《枣窗闲笔》,上海古籍出版社1984年版,第179-180页。

一、对《枣窗闲笔》的疑问

(一)潘重规先生的观点

对于《枣窗闲笔》的真伪问题学术界一直存在着争议,最先提出不同观点的是潘重规先生。潘重规指出:

> 晚近数十年来,胡适之、俞平伯诸氏考证《红楼梦》,旁求博访,举凡有关红学资料,片言只字,无不视同拱璧。于是,脂评旧本暨乾嘉间满人诗文杂记,如敦诚之《四松堂集》《鹪鹩庵笔麈》,敦敏之《懋斋诗钞》,永忠之《延芬室集》,明义之《绿烟琐窗集》诗选,裕瑞之《枣窗闲笔》,相继校印行世,残编断简,尘封蠹蚀之余,竟得寰宇风行,洛阳纸贵,可不谓诸人之厚幸耶?①

潘重规先生对胡适先生以来出现的各种真伪杂糅、真假难辨的所有红学史料提出过异议,包括胡适先生得来的《四松堂集》。对这种不辨真伪、通通列为学术研究的"珍贵史料",并以此作出研究结论的现象进行了批评。

同时,潘重规先生又对《枣窗闲笔》提出了质疑,他指出:

> 裕瑞《闲笔》论曹雪芹及《红楼梦》脂批者尤多,顾独不闻有集传世。十馀年来,余羁栖海外,偶得裕瑞手书《萋香轩文稿》一册,凡史论及游记杂文廿余篇,篇末多缀当时名士法式善、杨芳灿、张问陶、吴鼒、谢振定诸家手评,自序成于嘉庆八年三月,盖裕瑞中年以前之作也。近人吴恩裕《考稗小记》云:"余于厂肆得裕瑞所书自作《风雨游记》,瑛宝为绘《风雨游图》手卷一轴,当时题跋者不下数十家,如观保、法式善、翁同龢(规案:同龢乃道光以后人,年代不相及,疑翁方纲之误)、钱樾、钱载、成亲王等。"今观此稿首载《风雨游记》,复有《书风雨游记后》云:"庚申夏郊外散步遇雨,一时乘兴,偶作《风雨游记》,一画友见之,遂为作图,前书此记,余复乞诸名家题跋,以光卷轴。后复有为作图者,余思仍书前记,不无重赘,故又作数语以志之。"知吴氏所见,正与后记所言合,且瑛宝所图外,更别有一图也。此稿真行书颇具晋唐人笔意,且所附评语亦均同时名士手笔,则此稿殆亦裕瑞自书。文学古籍社影印《枣窗闲笔》,原稿字体颇拙,且有怪谬笔误,如"服毒以狗"之"狗"误为"狥",显出于抄胥之手,谓为原稿,似尚可疑,读者试取二稿比对观之,当可得其真际也。②

潘重规先生认为,《萋香轩文稿》有诸多名人题记,是真本无疑。相比之下,《枣窗闲笔》则"字体颇拙,且有怪谬笔误",其"显出于抄胥之手,谓为原稿,似尚可疑"。故对其真实性提出了不同的看法。这种看法其实十分正常,因历史上有不少的伪本

---

① 《影印〈萋香轩文稿〉序》,香港中文大学新亚书院中文系1966年。
② 《影印〈萋香轩文稿〉序》,香港中文大学新亚书院中文系1966年。

流传于世,古籍市场鱼龙混杂的现象屡见不鲜。

(二)周汝昌先生对这种资料表示过质疑

周汝昌先生曾在他的《红楼梦新证》中指出过:

> 裕瑞生得不晚,可是《枣窗闲笔》是部很晚的书,作年虽不可考,但书内评及七种《续红楼梦》和《镜花缘》,可知已是嘉道年代的东西,离雪芹生时却很远了。作者论高本后四十回之为续书,推崇雪芹原作,斥高氏续貂以及后来"续梦"之流的恶劣,极为淋漓透彻,眼光犀利,实是《红楼梦》考证辨证之第一人。但可惜他提到关于雪芹家事的掌故,不免望风捕影,不尽靠得住!单就此处所引数语而言,其中即有错误:脂砚斋本是恢复《石头记》一名的人,他却说是由脂砚而易名《红楼》,其谬可知。他说曾见钞本带脂砚斋的批,这该不假。但他只知"卷额"眉批是脂批,而不知道句下双行夹注批更是脂批。他说脂砚是雪芹的叔叔,其立说之因,大约在于他所说的:"闻其所谓宝玉者,尚系指其叔辈某人,非自己写照也。"他既然相信了这个传"闻",又见脂砚与"宝玉"同口气同辈数,故此才说脂砚也是雪芹的叔辈。他这个"闻"本身也不过是"自传说"的一种变相(可称之为"叔传说"),小小转换,本质无殊,因此思元斋的推论说脂砚是"其叔"也不过是附会之谈。①

周汝昌先生认为裕瑞所"提到关于雪芹家事的掌故,不免望风捕影,不尽靠得住","脂砚斋本是恢复《石头记》一名的人,他却说是由脂砚而易名《红楼》,其谬可知",而他"推论说脂砚是'其叔'也不过是附会之谈"。所以,周汝昌先生从一开始就不相信裕瑞的说法。连坚信《红楼梦》是曹雪芹所写、写的是曹氏家族的自传史的周先生都认为《枣窗闲笔》中的这种说法荒谬,别人又怎么会相信这部晚出的书中所言呢?

(三)欧阳健、曲沐与吴国柱先生对《枣窗闲笔》的质疑

欧阳健、曲沐与吴国柱先生对《枣窗闲笔》、脂批本等提出了全面的质疑,他们指出:

其一,从版本的角度来看,可以判定《枣窗闲笔》是一部很晚的书,"此本的历史,最早可追溯至民国以后"。

其二,从内容来看,《枣窗闲笔》存在很多问题。

其三,从史实的考证来看,《枣窗闲笔》亦存很多的疑点。

欧阳健、曲沐与吴国柱先生从版本、内容、史实等三个方面提出了很多的质疑,认为《枣窗闲笔》有许多的破绽,认为:

---

① 周汝昌著:《红楼梦新证》,棠棣出版社1953年版,第548-549页。

《枣窗闲笔》乃是"出于后人之伪托",而裕瑞的"手稿"。①

由此可见,无论是红学界内部还红外学专家,对《枣窗闲笔》的形成年代、所载内容的可靠性,从一开始就有人表示怀疑。

二、主真派的辩驳与主伪派的交锋

欧阳健、曲沐等人的观点自然不能被其他的学者所接受。唐顺贤先生在《红楼梦学刊》上发表了《裕瑞曾见脂批甲戌本浅考——兼辨〈枣窗闲笔〉"伪书"说》一文,对欧阳健等人的观点进行了批驳。

唐顺贤认为:欧阳健先生未能实事求是地分析文本,在论证上有断章取义、为我所用的地方,其质疑是毫无依据的。他认为:裕瑞的《枣窗闲笔》是可靠的,尤其是裕瑞说看到过脂本和脂批的话。其依据是:

1. 从社会关系上来看,裕瑞的亲友可能与曹雪芹有某种关系,故裕瑞的话应有一定的依据。

2. 从裕瑞的《枣窗闲笔》"考证出裕瑞'曾见'卷额有脂砚斋批语的钞本,就有传世现今的《脂砚斋重评石头记》甲戌本"。证据有三个方面:

(1)裕瑞说他"曾见"脂砚斋批语的《石头记(易其名曰〈红楼梦〉)》钞本,这话不假。

从裕瑞的生活经历来看,裕瑞见过脂砚斋批语的《石头记》钞本,不仅见过,而且还读过:

裕瑞一生经历了八十回钞本至百二十回刻本的时代,又经历了"一时风行,几于家置一集"的嘉庆时期。在乾隆五十六年(1791)程、高刻本(程甲本)问世,裕瑞正当弱冠之年,并以他的宗室王公身份,他完全有可能见到过《红楼梦》钞本。他非但精读、细读了八十回钞本,而比对程高后续四十回,继而社会上流传的各种续书,进行了潜心的研究、分析、比较,鉴别其真伪、善丑。②

且裕瑞所见的八十回钞本是早于刻本的。

其理由是裕瑞在文中说过:

余曾于程高二人朱刻《红楼梦》版之前,见钞本一部,其措辞命意与刻本前八十回多有不同。钞本中增处、减处,直接处、委婉处,较刻本总当。

---

① 详见欧阳健、曲沐、吴国柱著:《红学百年风云录》,浙江古籍出版社 1999 年版,第 556 - 561 页。

② 唐顺贤:《裕瑞曾见脂批甲戌本浅考——兼辨〈枣窗闲笔〉"伪书"说》,载《红楼梦学刊》,1994 年第 4 辑。

这说明钞本在前,刻本在后,而且当时人们已严格分了八十回钞本与一百二十回刻本。说明钞本与刻本属两个不同的版本类型。故脂批本是存在的。

(2)裕瑞与曹雪芹不同时,何以知道曹雪芹在创作《红楼梦》时"书未告成即逝矣","书未告成而人逝矣"?此种文字语气,完全套用《脂砚斋重评石头记》甲戌本卷一朱笔眉批"书未成芹为泪尽而逝"句衍化而来。

(3)甲戌本中对作者起的谐音名称,与裕瑞在《枣窗闲笔》中的说法相一致。如"吴新登","元迎探惜"分别寓"无星戥"和"原应叹息"。

3. 唐顺贤先生最后认为:

周汝昌、陈毓羆、刘世德诸红学家虽则都说过《枣窗闲笔》是"一部很晚的书",但晚到什么时候,他们都认为在"嘉道年代"。远没有像欧阳健先生所说,竟晚到胡适以后!

他的理由是:

(1)从红学史上来看,《红楼梦》续书最活跃盛行的时期是在嘉庆朝。这个时期人们对各种续书的评论也极为常见。"假若《枣窗闲笔》一书是胡适以后有人托名伪造,他相隔一个半世纪的人去伪造评论嘉庆续作,有什么现实意义呢?"

(2)《枣窗闲笔》是在胡适发现的甲戌本影印前六年即1955年便已影印。那么这个伪造者又是从哪里看到甲戌本上的批语,并抄写于《枣窗闲笔》的呢?

(3)从甲戌本评语在裕瑞《枣窗闲笔》中被摘引的情况来看,证明当时确有脂砚斋批语《红楼梦》钞本,存在着脂批甲戌本。再从现存的甲戌本印证《枣窗闲笔》所说不假,确系裕瑞的文学评论集。

(4)欧阳健先生说甲戌本不避讳,是民国以后的产物。那么《枣窗闲笔》中有避讳字,怎么能说是胡适以后的产物呢?所以,《枣窗闲笔》不可能是后人的伪作。

对此观点欧阳健先生在他与曲沐、吴国柱合著的《红学百年风云录》中逐一予以回应。欧阳健对唐顺贤的三条证明裕瑞见过的钞本就是现存的甲戌本的观点予以反驳。他认为:唐顺贤所列举的证据之一是"裕瑞所见八十回钞本是在刻本之前的说法是对的,但结论是错误的。因钞本不等于脂本,认定钞本就是脂批本,甚至就是甲戌本,逻辑前提是靠不住的。唐顺贤先生的证二,裕瑞说"书未告成即逝矣"、"书未告成而人逝矣"这些话都是从甲戌本朱批、眉批"书未成芹为泪尽而逝"句上"沥化而来"的。欧阳健认为这是推测与想象的,两者不是一回事。对于唐顺贤提出的第三点证据,欧阳健先生认为自嘉庆以来,猜测《红楼梦》中人名、物名之类的谐音寓意者大有人在,焉知裕瑞不是抄自别本而非抄甲戌本不可?又焉知甲戌本之批不是抄自别本而非得出之于曹雪芹的"口授"?

最后，欧阳健等人认为，对《枣窗闲笔》的真实性应当进行鉴定，同时认为："唐文说过一句耐人寻味的话：《闲笔》评论'基本符合今人的审美要求'，足见其为近代人插手的可能性不能排除。因此，在尚未对《闲笔》作出严格的版本鉴定之前，它至少不应被当作可靠的红学史料加以使用。"①

在这场争论中，主真派与主伪派各执一词，针锋相对，似乎谁都难以说服谁。其实这些争论不管谁对谁错，对红学研究还以本来面貌是有益的。

三、对《枣窗闲笔》钞本学术价值的个人管见

（一）《枣窗闲笔》的真伪辨

《枣窗闲笔》到底是真本还是伪本，或者是一个过录本，这是一个值得研究与认真甄别的问题。笔者认为：

其一，对《枣窗闲笔》进行鉴定是有必要的。因为这个并不复杂，裕瑞的真迹并未绝迹。如潘重规先生所得手书便是很重要的参照物。若与真迹相比对，其孰真孰伪不就昭然而揭？

不过在这里问题又来了，有人认为《枣窗闲笔》是出自裕瑞的手迹，反倒是潘重规先生所发现的《萋香轩文稿》是钞本，难道《萋香轩文稿》中名士的题记也是伪造的？看来这些问题如同一团乱麻，越研究越复杂。所以，我们需要的是最权威的鉴定。我想，鉴定专家不至于连嘉庆年间与民国年间的钞本都分不清。当然，即使证明《萋香轩文稿》不是真本，也不能说明《枣窗闲笔》就是裕瑞的亲笔真迹。

其二，孙楷第所藏的《枣窗闲笔》若是如有些人所言，是由脂批本造假之人炮制出来的，以便相互伪证。那么这个问题就值得我们深思了。

孙楷第虽说是早年所藏，但没有证据表明，他所藏的是在胡适先生1927年发现脂批本之后的1954年才公布的。其间，定然有想象的空间。若此作伪者就是甲戌本等脂本的作伪者，那孙楷第所藏的《枣窗闲笔》是在胡适先生的甲戌本发现前，还是在其后，又有什么意义？因为这些都有可能是他们一手炮制出来的，哪能不知其端详？这种两者之间传抄关系，反而证明此本是有疑点的。

然而，即便是脂批本被指证为伪本，也难以认定《枣窗闲笔》是伪本。因脂批本的批语也可能从《枣窗闲笔》等类似的钞本上抄录而来。但《枣窗闲笔》被指为伪本，那脂批本就绝对是有问题的，因脂批本的发现比《枣窗闲笔》的公布早。脂批者没有见过枣窗闲笔，而《枣窗闲笔》的作伪者没有见过脂批本，就怎么会知道脂研（砚）斋其人，又怎么会有如此雷同的批语？所以，学术界对《枣窗闲笔》的真伪的争论实际

---

①欧阳健、曲沐、吴国柱著：《红学百年风云录》，浙江古籍出版社1999年版，第565页。

上是对脂批本真伪以及近百年来红学研究的观点,特别是对曹学能否成立的争论。

但这场争论的结果是:主伪派无法找到有人为了胡适先生的理论立论,而制造"史料依据"的证据。同样,主真派也不能完全排除有人连同脂本一起作伪的可能。因脂本存在的疑点太多,如果有人要自圆其说,炮制一系列证据,将其材料相互伪证,就难免不会使人上当受骗。

其三,裕瑞看到的不可能是脂批本或甲戌本,因甲戌本是《脂砚斋重评石头记》,而非《红楼梦》,裕瑞看到的是一本"卷额本本有其叔脂研斋批语,引其当年事确,易其名《红楼梦》"①的《红楼梦》钞本,与脂批本根本就是两回事。这也说明当年的裕瑞没有看过脂批本,因脂批本都叫《石头记》,怎么会出现《红楼梦》的钞本呢?所以,裕瑞所见的《红楼梦》钞本是在程甲、程乙本后的钞本,而非之前。

其四,在《枣窗闲笔》中,不仅有欧阳健先生指出的"基本符合今人的审美要求"的现代词外,《枣窗闲笔》中还有"且与李纨结婚"一段评论。其中有"结婚"一词,亦有近现代意义。从这些方面来看,我认为,人们对《枣窗闲笔》的文本进行质疑是有理由的,同时,我们也应当相信,真的假不了,假的真不了,对其进行鉴定又何妨呢?

(二)《枣窗闲笔》对红学研究的作用

如果撇开文本的问题,或者说认可这个文本是真实的,那么,文本对《红楼梦》研究或对曹学的理论会有多大的帮助呢?我认为:

其一,文本中所说的内容,难以置信。从裕瑞的记录中可以看到,他试图将《红楼梦》作者是谁,曹雪芹的情况如何写清楚。但从裕瑞与曹雪芹的关系来看,裕瑞并不认识曹雪芹,更不知道曹雪芹为何许人。因他在其书中写道:

> 雪芹二字,想系其字与号耳,其名不得知。曹姓,汉军人,众不知其录何族。②

可见,他连曹雪芹是何名字都不知,又怎么会与曹雪芹相识呢?然而,他在其后的文章中却又写道:

> 闻前辈姻戚有与之交好者。其人身胖头广而色黑,善谈吐,风雅游戏,触境生春。闻其奇谈娓娓然,令人终日不倦,是以其书绝妙尽致。③

裕瑞自称听先辈戚友讲过有曹雪芹其人,且此人的形象性格写得十分具体,但到底曹雪芹的真实姓名是什么,却一无所知。这就让人奇怪,若其前辈与曹雪芹为戚友,焉有不知姓名之理?岂有查不清其来历、籍贯之理?

---

① 爱新觉罗·裕瑞著:《枣窗闲笔》,上海古籍出版社1984年版,第173-174页。
② 爱新觉罗·裕瑞著:《枣窗闲笔》,上海古籍出版社1984年版,第174-175页。
③ 爱新觉罗·裕瑞著:《枣窗闲笔》,上海古籍出版社1984年版,第175页。

其二，《枣窗闲笔》所写的内容，说明曹雪芹不是《红楼梦》的原作者。

《枣窗闲笔》中写道：

闻旧有《风月宝鉴》一书，又名《石头记》，不知为何人之笔。曹雪芹得之，以是书所传述者，与其家之事迹略同，因借题发挥，将此部删改至五次，愈出愈奇，乃以近时之人情谚语，夹写而润色之，借以抒其寄托。①

从中我们可以了解到，裕瑞与当时所有的红学研究与评论者一样，除不知道曹雪芹的真实身份外，还不知道曹雪芹之先的作者是何人。裕瑞认为曹雪芹不过是对《红楼梦》的删改、润色，并在《石头记》或《风月宝鉴》的基础上进行二次创作，并未否定曹雪芹之前的原作者。这种说法与《红楼梦》其书中所说相一致。从这一点来看：一方面说明裕瑞所了解的仅仅局限于《红楼梦》的文本，对曹雪芹与《红楼梦》始作者的情况并不了解。另一方面说明胡适先生有关《红楼梦》是曹氏家族的自传说，是站不住脚的。因为曹雪芹所披阅的原稿并非曹雪芹所写，且原作者所写的可能不是曹家的事，原作者也不一定姓曹，所以《枣窗闲笔》对胡适先生的"曹学"理论帮助有限。

其三，《枣窗闲笔》如果是真实的，并不能肯定脂批本是真实的。因为造假者可能在此之先，见过《枣窗闲笔》或听过诸如此类的传说，他便完全可能依照《枣窗闲笔》中所载炮制出脂批本来。所以，两者并没有相互印证其真实性的效能。至于裕瑞其他有关《红楼梦》的评论，对《红楼梦》作者的研究无关紧要。

其四，天下大乱的清末与民国之初难免有赝品的存在，我们不能排除这种人为制造的因素。

综上所述，我们对所有出现的史料都有必要进行认真的甄别。在没有足够证据证明《红楼梦》在曹雪芹之前没有原作者，证明曹雪芹姓曹的情况下，贸然将作者的著作权确定给曹寅之孙曹霑是草率的。

第六节
《春柳堂诗稿》与《红楼梦》

《春柳堂诗稿》为清人张宜泉所撰，对张宜泉其人的身份难以查考。根据替《春柳堂诗稿》作序作跋的是旗人的现象，有人认为张宜泉是汉军旗人。在《春柳堂诗稿》中有《怀曹芹溪》《和曹雪芹〈西郊信步憩废寺〉原韵》《题芹溪居士》《伤芹溪居士》四首诗，这些诗成为近代研究红学的重要资料之一。

---

①爱新觉罗·裕瑞著：《枣窗闲笔》，上海古籍出版社1984年版，第173页。

一、《春柳堂诗稿》与《红楼梦》的关系简析

《春柳堂诗稿》是20世纪后一向被红学界视为重要的研究资料,人们一直未怀疑其真实性。直至1993年,欧阳健先生在《明清小说研究》上才公开发表他的观点,质疑此诗集的可信性与真实性,随后,台湾的魏子云和刘广定也陆续发表论文,讨论这一问题。而大陆的学者如刘世德、贾穗、蔡义江、严云受等人则相继发表反驳意见。① 由此,引发了一场有关《春柳堂诗稿》真伪的大争论。争论的主要焦点问题是《春柳堂诗稿》作者究竟是谁,是张宜泉还是兴廉?如何解释张宜泉与其孙子张介卿的年龄差距问题?《春柳堂诗稿》中关于曹芹溪的字号及其注解是否正确合理?《春柳堂诗稿》的作者是否做过官及其活动范围等。我们且不去管这场争论的结果如何,先来了解一下《春柳堂诗稿》中有关曹雪芹的诗到底反映了一些什么样的信息。《春柳堂诗稿》中有关曹雪芹的诗一共有四首:

怀曹芹溪

似历三秋阔,同君一别时。
怀人空有梦,见面尚无期。
扫径张筵久,封书晋雁迟。
何当常聚会,促膝话新诗。②

和曹雪芹《西郊信步憩废寺》原韵

君诗曾未等闲吟,破刹今游寄兴深。
碑暗定知含雨色,墙颓可见补云阴。
蝉鸣荒径遥相唤,蛩唱空厨近自寻。
寂寞西郊人到罕,有谁拽杖过烟林?③

题芹溪居士

(原注)姓曹名霑,字梦阮,号芹溪居士。其人工诗善画。

爱将笔墨逞风流,庐结西郊别样幽。
门外山川供绘画,堂前花鸟入吟讴。
羹调未羡青莲宠,苑召难忘立本羞。

---

① 详见欧阳健、曲沐、吴国柱著:《红学百年风云录》之《宜泉〈春柳堂诗稿〉真伪之争》,浙江古籍出版社1999年版。
② 高兰墅著:《春柳堂诗稿》,上海古籍出版社1984年版,第53页。
③ 高兰墅著:《春柳堂诗稿》,上海古籍出版社1984年版,第103页。

借问古来谁得似？野心应被白云留。①

伤芹溪居士

（原注）其人素性放达，好饮，又善诗画，年未五旬而卒。

谢草池边晓露香，怀人不见泪成行。

北风图冷魂难返，白雪歌残梦正长。

琴裹坏囊声漠漠，剑横破匣影铓铓。

多情再问藏修地，翠叠青山晚照凉。②

二、《春柳堂诗稿》的作者身份之谜

对《春柳堂诗稿》到底出于何人之手，学术界一直存在着较大的争议，有人认为此书是一名叫兴廉的人所写。兴廉，字宜泉，内务镶黄旗宫人，官至台湾鹿港同知。但也有人持反对意见。张书才先生经过研究、考证，认为兴廉并非《春柳堂诗稿》的作者，因为：

其一，兴廉中举做官，酣战名场，而张宜泉功名未就，课徒为生，两人的人生经历不同。张书才先生列举了《春柳堂诗稿》中的许多诗词说明，张宜泉虽怀报国成名之志，到头来却还是"自惭沾世德，未获还家声"、"至死未博一第，未结一官，靠舌耕授徒糊口"、"幸得饥寒免，游闲了一生"。这种落魄的经历与兴廉的经历无一处相合，故绝非一人。③

其二，从兴廉五十岁前后在福建做官，与张宜泉五十岁前后在京师做教馆的情况来分析，张书才先生认为兴廉这个时期在福建而张宜泉在北京，他列举了书中大量与北京有关的地点、物名，并认为这些地名、物名都与北京有关。因而，兴廉与张宜泉一个在福建，一个在北京，是两个不同的人。张书才先生于2006年发表于《红楼梦学刊》第三期的《此兴廉不是彼宜泉——〈春柳堂诗稿〉释疑之一》这篇文章，否定了张宜泉便是兴廉的观点。

张书才先生精通历史，其观点亦极具说服力。至此，张宜泉的身份又成了一个谜团。到底有没有这个人，是虚构的还是假冒的，至今仍不见分晓。但我们从张宜泉所交往的人来看，张宜泉所交往的大多是无名小卒，查无可考的人物。所以，即便有张宜泉其人，此人应当是一位名不见经传的小人物，当然，这与他的才华不成正比例。

---

① 高兰墅著：《春柳堂诗稿》，上海古籍出版社1984年版，第105页。
② 高兰墅著：《春柳堂诗稿》，上海古籍出版社1984年版，第105页。
③ 详见张书才：《此兴廉不是彼宜泉——〈春柳堂诗稿〉》，载《红楼梦学刊》，2006年第3期。

对于张宜泉的身份，我们无法找到更多的史料记载来了解其情况，故只能从其文本本身来进行分析与考究了。从文本中透露出来的信息分析，他应在广西长大，在北京长期生活。

《春柳堂诗稿》的"自序"中写道："垂髫时受业于西江。"①西江是珠江的主干流，位于广西东部、广东西部。狭义的西江是指梧州市至思贤滘地段。从张宜泉的自序可知，他少年时就在西江读书，说明张宜泉是两广地出生或生活过的人。其"自序"中写道："后从金台李夫子游举业外及诗艺。勤勤勉勉，殆以积年于斯。"②从中可知张宜泉曾学于金台李夫子门下。金台可能就是北京的金台。因后来，张宜泉长期在北京居住，其诗词中多见北京景物。

"自序"中又写到："奈家门不幸，书剑飘零三十年来，百无一就，命也。"③可见，张宜泉原来家境不错，但其青年时代家中遭遇变故，以至于后来一生穷困潦倒，一事无成，以教馆为生。从这些情况来分析，我们可以依据文本对张宜泉下此定义：

张宜泉，出生富家子弟，年少时在两广读书，受业于西江詹先生。后迁北京，从金台李夫子处学习诗文。后因家遭变故，不得功名，一生以教馆为生，抑郁不得其志，为无名之士。其生卒不详，生平难考。

我想，这是对《春柳堂诗稿》作者张宜泉其人的最客观的定位。

三、《春柳堂诗稿》与《红楼梦》的关系

学者通过对《春柳堂诗稿》中四首有关曹雪芹的诗的分析，大多都认为：

第一，这个张宜泉与《红楼梦》的作者曹雪芹是同时代的人，且与曹雪芹交往不浅，因为其中写到了他与曹雪芹西郊同游共憩的诗文。

第二，芹溪居士，姓曹名霑，字梦阮。这与《四松堂集》中敦诚《寄怀曹雪芹》（霑）的曹雪芹，姓曹名霑相吻合，这无疑又是一个铁证。同时，在甲戌本《脂砚斋重评石头记》第十三回末总批中写道：

> 秦可卿淫丧天香楼，作者用史笔也。老朽有（可卿）魂托凤姐，贾家后事一件，嫡是安富尊荣，坐享人能想得到处，其事虽未漏，其言其意则令人悲切感服。姑赦之。因命芹溪删去。④

其中写到了芹溪其人，与《春柳堂诗稿》中的芹溪居士看上去是同一人。于是，

---

① 高兰墅著：《春柳堂诗稿》，上海古籍出版社 1984 年版，第 9 页。
② 高兰墅著：《春柳堂诗稿》，上海古籍出版社 1984 年版，第 9 页。
③ 高兰墅著：《春柳堂诗稿》，上海古籍出版社 1984 年版，第 9 页。
④ 曹雪芹著：《脂砚斋甲戌抄阅再评石头记》卷三，上海古籍出版社 1985 年版，第 138 页。

曹雪芹就是曹霑,就是芹溪居士了。

第三,我们从《春柳堂诗稿》中的《访芹溪居士》中知道,芹溪居士其人素性放达,好饮,又善诗画,年未五旬而卒。

于是,曹学家们把这些可能相关的"证据"组织起来,得出了曹雪芹姓曹,名霑,字梦阮,号雪芹,又号芹圃、芹溪的结论。这样,通过《四松堂集》《春柳堂诗稿》《懋斋诗钞》、甲戌本把几个不同姓名,名号的"曹雪芹"串连到一起,完成了对曹雪芹生平的考证与曹雪芹姓名、家族的定位及考证。

四、《春柳堂诗稿》真伪的争论

欧阳健先生曾对《春柳堂诗稿》的真实性提出过质疑,刘广定先生也曾在《红楼梦学刊》上发表过文章,指出《春柳堂诗稿》的曹雪芹与曹芹溪是不同的两个人。但这种观点遭到了蔡义江先生等人的驳斥与批评。欧阳健先生也回驳了其观点,认为敦诚与敦敏所说的曹雪芹与《春柳堂诗稿》中的曹雪芹绝非一人,并列举了很多理由,从其名、字、号、年龄、家世等进行了论辩。论辩双方各持高见,进行一场激烈而有益的争论。

个人认为:《春柳堂诗稿》中所载是否与《红楼梦》的作者曹雪芹有关值得商榷。

理由之一:《春柳堂诗稿》中的"曹雪芹"若真是写《红楼梦》的曹雪芹,必是如雷贯耳、名噪天下之名人。但张宜泉是一位不知名的小文人,且张宜泉所交往的众多文人与亲友中,无一人能登大雅之堂,为何他独独与写作《红楼梦》的曹雪芹是密友,而与当初的其他名流无一人相识?比如谢振定先生相交的朋友中,大都是社会名流。而张宜泉所记之人,无一名才子与名士,让人生疑,这个与他如此深交的朋友怎么可能是学富五车、大名鼎鼎的《红楼梦》作者曹雪芹?让人难以置信。看来,此曹雪芹非彼曹雪芹。

理由之二:《春柳堂诗稿》的张宜泉并未有只字说到《红楼梦》是此曹雪芹所作,我们又凭什么认定此曹雪芹便是《红楼梦》的作者呢?

理由之三:《春柳堂诗稿》中的曹雪芹与曹芹溪是否是同一人,值得商榷。书中共有四首诗,其中只有一首是有关曹雪芹的,其余三首都是写曹芹溪。如果是同一人,在同一书中如何要写两个人的名字?若是同一人,校者或作者都应该注明的,不可能故意混淆视线,这是文者之忌。要想证明他们是同一个人,必须有其他相关的证据才行。我们不能草率地认定曹雪芹 = 曹芹溪。

理由之四:《春柳堂诗稿》中有关曹芹溪的诗后标注有些蹊跷。在《题芹溪居士》

诗后,标注有"其人素性放达,好饮,又善诗画,年未五旬而卒"①。这些标注与《懋斋诗钞》的曹芹圃(霑)、《四松堂集》中对曹雪芹的描述相吻合。曹学家由此推断曹芹溪＝曹雪芹＝曹芹圃,因为曹芹圃＝曹霑,所以有了曹霑＝曹雪芹＝曹芹溪＝曹芹圃的结论。这种推断看起来天衣无缝,顺理成章的。但是,我们应当看到:

第一,我们有同样的理由证明,此曹霑不一定等于彼曹霑。

第二,在《春柳堂诗稿》中有一个很奇怪的现象:在张宜泉的诗词中涉及詹先生、李夫子、希睿、李四兄、家大兄、李二、沈家四世兄、吴三兄、孔曾唐大兄、刘二弟、洪九兄、冷公、夏先生、董先生、孟二先生、简玉公、叶肯堂、张次石、段纯一、郭元度、欧阳先生、张秀、刘桂岩、丁旭林、龙二府、穆县令、景星四兄、周鲁瞻、肖三甥、内兄刘大舅、田先生等三十余人,但有名有姓的只有寥寥数处,且这些人的后面并无此人的批注说明。为何独独在曹芹溪的诗后附注得如此清楚,且与《四松堂集》对曹雪芹的解释十分一致?且这种写法也有藏头缩尾之嫌,古本中少有这种写法,因一般都会写明姓与字号,甚至籍贯等情况,这里只注曹芹溪的情况而不注其他的人,难免让人质疑。

理由之五:写跋的济澄,写序的贵贤、延茂等人是八旗子弟,都是进士出身。而张宜泉不过是一个布衣寒士,名不见经传,其诗文也极为平常,后代中亦不见高官名士,他的诗文为何被众人所推崇,并为其作序作跋呢?此事难免有画蛇添足之嫌。

理由之六:在该书有关曹雪芹的诗后的标注中芹溪居士"年未五旬而卒"的说法,与《四松堂集》中有关曹雪芹死亡的年龄是相矛盾的。在敦诚的《挽曹雪芹》诗中,写到"四十萧然太瘦生",说明这个曹雪芹只有寿年四十岁左右,而《春柳堂诗稿》中的《伤芹溪居士》中写道:"年未五旬而卒。""年未五旬"应该指不到五十,但应是近五十的年纪。

理由之七:即便如主真派认为的《春柳堂诗稿》是清末(1889年)的刻本,那么这个后刻而非原本的刻本中,又有多少内容是真实的,多少内容是添加的呢?这些"证据"有如复印件,难以为证。

另外,欧阳健先生就《春柳堂诗稿》作者张宜泉,其孙张介卿的年龄进行了推算,认为张宜泉不太可能与《红楼梦》的作者曹雪芹是同时期的人,这一点其实难以为证。因为其时张介卿也可能是六十岁的人,或者其父是六十岁以后才生他,未免就得二三十岁生他。其观点在此不再多议。②

有关《春柳堂诗稿》中不避讳的现象,待后再议。

---

① 高兰墅著:《春柳堂诗稿》,上海古籍出版社1984年版,第105页。
② 详见欧阳健、曲沐、吴国柱著:《红学百年风云录》,浙江古籍出版社1999年版,第568页。

总之,《春柳堂诗稿》中存在的问题让人不得不慎重对待。

第七节
《延芬室集》与《红楼梦》

一、《延芬室集》简介

《延芬室集》是清乾隆时期宗室文人永忠的诗文特别集。永忠是康熙第十四子胤禵的孙子(1735—1793),字良辅,又字敬轩,号臞仙、蘗仙,又号栟榈道人,延芬居士。按照永忠的年龄,这个钞本应在清乾隆年间。

永忠以曾祖胤禵因权力斗争而身陷囹圄为鉴,潜心于内学,以僧道为侣,以林泉为游,以声色为娱,不问世事,兴"禅悦"之风。于是,清代涌起了一批学有所成的皇室文人,文忠便是其中的代表之人。文忠著作盛多,其中的《延芬室集》中有一组《墨香得观见红楼梦小说吊雪芹》的诗①,可能是关于《红楼梦》在贵族中流传情况的最早记录,素为红学家所重视。

永忠的这组诗写于乾隆三十三年(1768),共三首:

其一:

传神文笔足千秋,不是情人不泪流。
可恨同时不相识,几回掩卷哭曹侯。

其二:

颦颦宝玉两情痴,儿女闺房语笑私。
三寸柔毫能写尽,欲呼才鬼一中之。

其三:

都来眼底复心头,辛苦才人用意搜。
混沌一时七窍凿,争教天下赋穷愁。

永忠从墨香(敦诚之叔,额尔赫宜)处,借到《红楼梦》其书,细读之后大为感叹,作此三首诗,以寄怀《红楼梦》的作者曹雪芹。

二、《延芬室集》是有价值的古籍钞本

通过对永忠的《延芬室集》的分析研究,我们可以发现,永忠的《延芬室集》应当是清中期的钞本无疑,因为我们从中发现:其一,其中的俗体字较少,用字规范,比较符合清中期钞本的抄写方式。其二,所有的"玄"字都避讳,包括"弦"、"眩"、"瓜"、"孤"、"狐",还有"真"字也避讳。其三,"宁"字用"寗"字,而不避道光讳。

---

① 下引诗见爱新觉罗·永忠著:《延芬室集》,上海古籍出版社1990年版,第778页。

从这些方面来分析,《延芬室集》的这些特征与清中期的钞本相吻合。

三、《延芬室集》对《红楼梦》研究的意义

因《延芬室集》是一个清代的钞本真本,故对研究《红楼梦》的流传是有着一定的价值的。但对研究曹雪芹到底是何人,却无多大意义。因为:

1. 我们知道在高鹗、程伟元刻印《红楼梦》之先,一直是以《石头记》的钞本流传的,所以永忠看到的是程甲本后的钞本而非早期钞本。

2. 人们从永忠的"可恨同时不相识"这句诗中,我们可以了解到:

其一,永忠并未见过曹雪芹其人,自然对作者并不了解。虽然这些诗对研究曹雪芹的真实身份并无多大意义,但我们从永忠的诗中可以了解到:《红楼梦》的作者应当是生活在雍正至乾隆年间的人;作者高深莫测,不肯透露其真名实姓;其人深居简出,无人知其真实身份,连皇族宗室的人也交往不到,何况一般文人?

其二,从永忠的这句诗句中可见,这些文人名士与宗室成员都以不能认识曹雪芹为憾。他们自然会四处打听与寻访,若作者真如敦诚、敦敏所言,是他们的深交挚友,又在北京,似永忠这等以游赏交友为乐的宗室文人,哪有不去登门拜访之理?在敦敏、敦诚的诗中有《题瞵仙(永忠宗兄)小照二绝》二首①,还有数处与永忠有关的记载。说明敦诚与永忠关系不俗,且是同辈宗兄弟,而敦诚、敦敏的叔父便是墨香,永忠便是通过墨香才读到《红楼梦》的。同时,明义又称墨香为姐丈,从这些关系来看,永忠要想见《红楼梦》的作者曹雪芹,岂不是轻而易举之事,何必"恨不相识"呢?便是曹雪芹不在北京,而在金陵,像永忠这种以游山为乐,以交友吟诗为喜者,拜访到金陵后,曹雪芹又焉能不相见,或呼之即来?可见,敦诚、敦敏与明义所讲的"曹雪芹"绝不是《红楼梦》的作者,而是另一个同名同姓的人而已。同时,说明曹雪芹不过是个虚构的名字,也说明这个不具真名实姓的曹雪芹生性清高,因有着某种特殊原因,使他不敢具其真名实姓,自甘埋没,而非广交文友、游山玩水、高谈阔论、好酒贪杯、巴结权贵,与敦诚、敦敏相交的曹雪芹或"曹芹圃"。

但我们从中可以了解到《红楼梦》在清代中期的流传与影响情况。永忠的堂叔瑶华道人(名弘旿,字卓亭,号醉迂)在《延芬室集》的眉批中写道:"此三章诗极妙,弟红楼梦非传世小说,余闻之久矣,而终不欲一见,恐其中有碍语也。"②从这条眉批中,我们可以窥见,《红楼梦》一开始是作为艳情小说在私下传布,并未为官方所认可,同时,《红楼梦》的来历不明,未经朝廷审查,皇族宗室中虽盛为流传,却有人恐怕此书

---

① 爱新觉罗·敦诚著:《四松堂集》卷一,上海古籍出版社1984年版,第189-190页。
② 爱新觉罗·永忠著:《延芬室集》,上海古籍出版社1990年版,第778页。

有政治问题,不敢阅读与收藏。因在清代"文字狱"盛行,若收藏与阅读禁书,难免会惹祸上身。弘晔作为乾隆皇帝的堂兄弟,自然不敢轻越雷池,故羡之而不敢阅之,由此可知,《红楼梦》流传之初其合法性并未得到朝廷的认可。

第八节
曹学理论之证据中的避讳分析

　　避讳是封建社会的一项严格的制度。所谓避讳,就是封建时代,晚辈对长辈、臣下对皇帝不能直书、直呼其名,在行文时凡是涉及本朝的皇帝、自己的长辈及尊崇的人名时,每每避而不用该字,而以改字、空格、缺笔等方法代替。避讳制度是我国封建制度的独特产物,体现的是皇权至上的统治制度。避讳这种制度源于周,这种体现森严的等级制度的独特制度,在封建社会里,历代传承,从未中断过。

　　避讳的种类可分四种:一是避国姓,避当朝皇帝、皇后或先帝的名讳。二是要避长官本人及其父母、祖父母的名讳,以视敬重,甚至一些骄横的官吏,还规定其手下百姓要避其名讳。陆游的《老学庵笔记》中写到,一个叫登的州官不准下属及当地百姓叫他的名字,也不准写他的名字,一年到正月十五时,写布告的小吏不敢写灯字,以避"登"讳,改为本州依例放火三天。由此,便有了"只许州官放火,不许百姓点灯"的典故。所以,过去的人起名,都有姓、名、讳。三是避圣贤,主要指避至圣先师孔子和亚圣孟子的名讳,有的朝代也避中华民族的始祖黄帝之名,有的还避周公之名,甚至有避老子之名的。四是避长辈,即避父母和祖父母之名。

　　清朝的避讳,始自于康熙年间,最为严格的是雍正乾隆年间,"雍乾之世,避讳至严"。雍正、乾隆两朝,利用避讳制度,大搞文字狱,最为有名的是乾隆四十二年(1777)的王锡侯《字贯》案。①

　　王锡侯因"直书康熙、雍正、乾隆的名字",不避国姓讳而遭滔天大祸,由此,我们可知,清代的避讳制度是十分严酷的。避讳不仅是官僚、贵族、士大夫要严格遵守的,潦倒文人、市井小民也都必须严格遵从,否则,轻则被人视为不敬不孝,重则就有家破人亡,株连家族的危险。

　　所以,清代的文人都不敢不遵从避讳制度,特别是皇帝的名讳。我们知道,在清代中期,对国讳"玄"字、"真"字、"历"字是要严格避讳的,如"玄"字的避讳要求最后一笔缺写,这一点不写,还有凡是带"玄"字偏旁的字,如弦、炫、泫等字,最后这一点,

---

① 关于王锡侯《字贯》案的详细描述,可参考李治亭著:《清史》,上海人民出版社2002年版,第847页。

也要缺笔,以至于有人不知道"玄"字类避讳字,末后还有一笔。

因而这种极具特色的避讳成了古籍鉴定与断代研究中一个最基本的方法之一。《懋斋诗钞》《四松堂集》《枣窗闲笔》《绿烟琐窗集》《春柳堂诗稿》《延芬室集》这几个钞本与刻本,按考证都是清代的文人所写所刻。所以,这些文本应当严格遵守避讳制度。那么,这些文本的避讳情况到底如何呢?现列举如下:

1.《懋斋诗钞》　　严格避"玄"字、"真"字讳。"宁"字避。
2.《绿烟琐窗集》　严格避"玄"字、"真"字讳。道光"宁"字避与不避。
3.《枣窗闲笔》　　严格避"玄"字、"真"字讳。"宁"字避。
4.《延芬室集》　　严格避"玄"字、"真"字讳。"宁"字不避。
5.《四松堂集》　　"玄"字避,"宁"字不避,对国姓之讳在避与不避之间。
6.《春柳堂诗稿》　"玄"字无。"弦"字避、"泓"字不避,避道光"宁"字讳。

可见《春柳堂诗稿》对国姓的讳同《四松堂集》一样在避与不避之间。

从这六个文本来看,《懋斋诗钞》《枣窗闲笔》《绿烟琐窗集》《延芬室集》四个是手抄本,《四松堂集》与《春柳堂诗稿》是刻本。

我们首先从钞本的避讳情况来进行一个简单的分析。

清代的各种手钞本,对国讳因抄者的笔误等原因,可能会出现避讳不严格的现象,我们可以从现存的大量可考的清代钞本中得到证实,但这大多是在避与不避之间。同时,避讳以避当朝皇帝的讳最为严格。从《懋斋诗钞》的避讳情况来看,避"玄"字、"真"字讳,道光"宁"字避。仅从这一点来看,是符合钞本抄写于道光年或以后的特征。但问题是,《懋斋诗钞》的作者是乾隆年间的人,怎么可能知道要避道光的讳呢?有人会说在乾隆年间甚至以前宁字的避讳字早就存在,这一点不假。像郑板桥的书法中就有"寕",这实际上是一种在书法上的异体字。但在乾隆年间的钞本,一般是不避"宁"字讳的,存在个别的避讳字很正常,因这个字是异体字,不是为了避讳。但所有的字避道光讳,从古籍鉴定的常识上来讲,我们就应当把这种钞本作为道光年间或以后的钞本。由此说明《懋斋诗钞》是传抄本而不是作者的手抄本。

而《绿烟琐窗集》对乾隆的讳是避的,对道光讳在避与不避之间,仅仅从避讳上是很难判断这个钞本的写成时间,需要结合其他方面的鉴定方法方可得出结论。

从《枣窗闲笔》避"玄"字、"真"字讳,还避"宁"字讳来看,我们应当将其初定为是清末甚至是民国以后的钞本。

综上所述,四个手钞本中《懋斋诗钞》与《枣窗闲笔》的抄成年代单从避讳来分析,可能是过录本,抄成时间在清末甚至晚至民国。

我们再来研究一下《四松堂集》与《春柳堂诗稿》两个刻本的避讳情况。从两刻本的避讳来看，《四松堂集》对乾隆讳在避与不避之间，对道光的讳不避，而《春柳堂诗稿》对乾隆的讳在避与不避之间，对道光的讳避。

作为《春柳堂诗稿》是光绪年间的刻本，这种避讳不严格的现象在清末民初是存在的。所以，我们没有必要对其刻成的年代作过多的研究。

但《四松堂集》作为清嘉庆年间的刻本，为何会不避乾隆的讳呢？如"孤"字等都是不避的，这是一个不可思意的现象。对于一般的民间钞本来讲，出现一处、二处不避讳的现象可能是出于抄者不小心所致，而作为清代中期的刻本，人们都小心遵从避讳制度，不敢冒天下之大不韪而擅自越雷池半步，因这是一件事关身家性命的大事，任何刻本的刻者都不可能公然与朝廷对抗，授人以口柄。事实上，清代中期的刻本大多是循规蹈矩的，虽然也出现个别地方不避讳的刻本，但大多是出现在坊刻本中，其原因是刊刻者的笔误，不可能全不避讳。这一点，我们可以去图书馆翻阅这个时期的刻本，像谢振定的《知耻斋诗文集》是道光年间刊刻的，对这种讳也是严格遵守的。至于不避宁字讳也不能断定这是道光以前的刻本，在清末民初的许多刻本中就出现这种现象，特别是坊刻本与家刻本中。从《四松堂集》的这种避讳情况来分析，与清末民初刻本的避讳特征十分吻合。由此看来，《四松堂集》不太可能是清嘉庆年间的刻本，而可能是清末民初的坊刻本，这一点是有足够依据的，大家不妨去找一些清末民初的刻本来研究一下就一目了然了。

我们通过避讳分析可以看到，《四松堂集》应当是一个靠不住的"后编本"。而《懋斋诗钞》与《枣窗闲笔》也是清末民初的过录本而非作者的手稿，故对其中有关曹雪芹的说法，应认真地甄别后方可定论。

那么，《春柳堂诗稿》《四松堂集》与甲戌本之间是否有什么联系呢？我认为三者之间有着密切的关系。

首先，《春柳堂诗稿》与甲戌本是孪生姐妹，《春柳堂诗稿》中为数不多的诗中，却有十分重要的注记说明曹芹溪"姓曹名霑，字梦阮，号芹溪居士"与甲戌本中的芹溪遥相呼应，相互印证，两者有着直接的关联，让人产生联想，或者说，只有希望证明曹芹溪就是曹雪芹，且是写《红楼梦》的曹雪芹才会这样去做。

其次，在《春柳堂诗稿》《四松堂集》中不避国讳的现象与甲戌本如出一辙，这种现象不仅不能证实三者的真实性，反而说明三个稿本可能是同一时期、同一群人的"杰作"。

由此可见，曹学家赖以立论的两个最重要的证据材料，都存在疑点。

第三章 脂批本浅析

要研究《红楼梦》,我们首先要了解的是《红楼梦》的原著,其次是熟悉《红楼梦》的各种版本,因为红学界很多人的研究与考证结论是来自于版本的研究,这是每一个想跨入红学大门的人的必经之道,必备之课。

脂本与脂批是曹学家赖以立论与考证的基石。自胡适先生以来,各种文章与书籍可谓汗牛充栋,各种观点更是精彩纷呈。不过这些观点大多是以胡适先生所奠定的曹学大厦为基础,从不同的视角为其添色增色、修缮加工而已。脂本的研究者虽新见迭出,却未能跳出胡适先生曹学理论的窠臼。

人们在以往的研究中,虽然也对脂批本存在各种质疑,但红学界的曹学派以压倒多数的优势占据上风,曹学家正说《红楼梦》,其他与之相左的观点,一向斥之为奇谈怪论,而被拒之门外。红学的问题,在曹学的研究上,似乎都得到了解决,各种不同的观点与"邪说"也当戛然止声了。

然而,随着人们对《红楼梦》的研究不断深入,各种曹学研究中不能解开的谜团与问题也随之而来。近几年来,对脂砚斋批本的真伪争议越来越大。

其实,这种争议自从胡适先生在1927年发现甲戌本以来就一直存在。包括胡适先生自己在发现与研究过程中,也对脂本产生过质疑。但随着庚辰本、己卯本等脂本的陆续发现,对甲戌本起到了相互印证的作用。脂批存在的真实性,似乎已不容置疑。然而,随着红学研究的深入,以及各种影印版的流行,使更多的人有机会接触脂本,也就有了更多不同的观点。这种对脂本真伪的争论,如同对真理问题的争论一样,变得愈来愈激烈。不仅是红学外,红学界内部对脂本的真伪与形成的年代也存在不同的观点。

冯其庸先生在研究甲戌本时,就对几例脂批及甲戌本的年份等问题提出过一些不同的鉴定意见,而以欧阳健先生、曲沐先生为代表的学者,对脂批本公开质疑,在红学界掀起一场大的争议。这种主真与主伪的争议至今并消停之象。

我作为一个后学之辈,也曾十分迷信于胡适先生关于脂批的研究,相信脂批的真实性。在拙作《红楼湘娄文化考》中,我就曾列举了谢氏家族中一些文人与脂批中的人物有暗合的现象。今日,我重新认真地研究了脂批本后才发现,脂批本的确有值得研究与商榷的地方。

第一节
脂批本钞本的版本情况

自从胡适1927年在上海首次发现脂本(此版后称甲戌本)以来,在以后的几十年中陆续发现了十余种钞本:

1. 甲戌本,1754年抄,1927年发现,题名《脂砚斋重评石头记》16回。
2. 己卯本,1759年抄,1959年补齐,题名《脂砚斋四阅评本石头记》43回。
3. 庚辰本,1760年抄,1933年发现,题名《脂砚斋四阅评本石头记》78回。
4. 蒙古王府本(简称王府本),1960年发现,题名《石头记》120回。
5. 列宁格勒本,又称列藏本、俄藏本,1832年被带至俄国,1964年发现,题名《石头记》80回。
6. 靖藏本,1959年发现,题名《石头记》,原存80回,后全部散佚。
7. 甲辰本,又名梦觉本,1784年抄,1953年发现,题名《红楼梦》80回。
8. 红楼梦稿本,又称梦稿本,1959年发现,题名《红楼梦稿》120回。
9. 舒序本,又称己酉本,1789年抄,题名《红楼梦》残存40回。

10-13. 戚序本即戚蓼生序本,现存四种:

A. 戚沪本,为张开模旧藏本,发现于上海古籍商店,题名《石头记》残存40回。

B. 南京本,题名《石头记》80回。

C. 有正书局石印大字本。

D. 有正书局石印小字本,《红楼梦》120回。

张开模旧藏本即戚沪本,为有正本的母本。有正本为过录本。

14. 郑藏本,曾由郑振铎收藏,题名《红楼梦》仅存23、24回。①

这些钞本一直是研究《红楼梦》版本与作者的重要资料,但近年来,对各种版本

---

① 详见林冠夫等著:《正说红楼梦》,蓝天出版社2006年版,第114-115页。

的真实性,学术界出现了不同的观点与看法。一些学者除了对其真实性与抄成时间产生质疑外,还对不同版本的研究价值与文献价值有着不同的评价。

不管这些质疑正确与否,我想每一个红学研究者与爱好者都有必要对这些版本进行全面与客观的了解与研究,这样,不仅有益于我们去研究《红楼梦》的流传,以便我们进一步走近原本,而且还有利于我们去伪存真,用批判的眼光去研究《红楼梦》(《石头记》)的各种版本,使我们更深入地研读《红楼梦》,更准确地了解《红楼梦》的文化基因及其复杂的历史背景。

在以下的章节中,我将对各种版本进行一个较为系统的比对分析。

第二节
各种版本的方言对比研究

我一直认为《红楼梦》所用的语言中使用了大量的方言,其基本语素来源于湘方言。如果说我的这种观点是正确的,那么,独特的湘方言在《红楼梦》各种文本中的变化情况如何?其相互之间的关系又如何呢?在这里我列举了二十五条方言或词组进行比对分析(见表3-1)。需要说明的是,这些版本除了十个脂批本钞本外,还包括了程甲本与程乙本。同时,有正本与南京本因与戚沪本相一致,所以,只以戚沪本作代表(说明见表后)。

表3-1 部分方言在各种版本中的情况对照列表

方言	甲戌本	己卯本	庚辰本	梦稿本	甲辰本	列藏本	王府本	郑藏本	舒序本	戚序本	程甲本	程乙本
松泛(17回)	开心	开心	开心	开心	开心	开心	无此回	开心	开心	开心	开心	松泛
退步(17回)	退步	退步	退步	退步	退步	退步	无此回	退步	退步	退步	退步	退步
村你(63回)	无此回	蠢你	蠢你	撞你	村你	蠢你	蠢蠢的你	无此回	无此回	蠢蠢你	村你	村你
葳葳蕤蕤(33回)	葳葳蕤蕤	葳葳蕤蕤	葳葳蕤蕤	委委琐琐	葳葳蕤蕤	葳葳蕤蕤	葳葳蕤蕤	无此回	葳葳蕤蕤	葳葳蕤蕤	葳葳蕤蕤	委委琐琐
葳蕤(26回)	葳蕤	无此回	葳蕤	葳蕤	葳蕤	葳蕤	无此回	葳蕤	葳蕤	葳蕤	葳蕤	葳蕤
是人(6回)	世人	世人	世人	世人	是人	无此回	世人	无此回	还比人大	世人	是人	是人
磁瓦子(61回)	无此回	磁瓦子	磁瓦子	磁瓦子	磁瓦子	磁瓦子	无此回	无此回	无此回	磁瓦子	磁瓦子	磁瓦子
笑两阵(8回)	笑两阵	笑两阵	笑两阵	笑两阵	笑两阵	笑两阵	无此回	笑两阵	笑两阵	笑两阵	笑一阵	笑一阵

续表

方言	甲戌本	己卯本	庚辰本	梦稿本	甲辰本	列藏本	王府本	郑藏本	舒序本	戚序本	程甲本	程乙本
快些(8回)	快呢	快些	快些	快些	快些	遵些	信些	无此回	遵些	快些	快些	快呢
才合式(24回)	无此回	无此回	先有后删	缺此句	才合式	才合式	才合式	无此回	才合式	才合式	才合式	才合式
不大出房(21回)	无此回	无此回	不大出房	也不出房	不大出房	也不出房	不大出房	无此回	也不出房	不大出房	也不出房	也不出房
借当(74回)	无此回	借当	借当	借当	借当	借当	借当	无此回	无此回	借当	借当	借当
道路(33回)	无此回	道路	道路	道路	道路	道路	道路	无此回	道路	道路	道路	道路
拘了来(43回)	缺此回	缺此回	拘来	拘了来	拘了来	拘了来	拘了来	无此回	无此回	拘了来	拘了来	拘了来
尺寸地方(43回)	缺此回	尺寸地方	尺寸地方	尺寸地方	尺寸地方	尺寸地方	尺寸地方	无此回	无此回	尺寸地方	尺寸地方	尺寸地方
文风没动(29回)	缺此回	无此回	纹风没动	文风没动	文风没动	文风没动	公然不动	无此回	无此回	公然不动	闻风不动	文风没动
竹信子(45回)	无此回	无此回	竹心子	竹信子	竹心子	竹信子	竹信子	无此回	无此回	竹信子	竹信子	竹信子
一壁(6回)	无此回	一壁	一壁里	一壁	一面走	一面笑	缺此回	无此回	一壁走,一壁笑	无此回	一壁	一壁
从新(14回)	缺此回	从新	从新	从新	从新	从新	从新	无此回	从新	从新	从新	从新
着实(34回)	缺此回	着实	着实	着实	着实	着实	着实	无此回	着实	着实	着实	着实
听的近(40回)	无此回	旁添见字	又听得见	听的近	听的近	听的近	听的近	无此回	听的近	听的近	听的近	听的近
要得(10回)	无此回	要得	要得	那儿要得	要得	要得	要得	无此回	要得	要得	要得	要得
也有好深的(40回)	无此回	也有好深的	也有好深的	也有好深的	也有好深的	也有好深的	也有好深的	无此回	也有好深的	也有好深的	也有好深的	也有好深的
不大管事(6回)	不大管事	不大管事	不大管事	不大管事	无此回	不大理事	不大管事	无此回	不大管事	不大管事	不大理事	不大理事
晓得(3回)	晓得	晓得	晓得	晓得	晓得	晓得	晓得	无此回	晓得	晓得	晓得	晓得
一副板(13回)	一副板	一副板	一副板	一副板	一副板	一副板	一副板	无此回	一付板	一付板	一付板	一付板

注：以《红楼湘娄文化考》中列举的部分湘方言为例。

注：列藏本中用"腄"字旁注有"低"字。"村你"，在庚辰本中用"蠢你"，旁边注有"撞"字，

在列藏本中用"蠢你",旁注有"吃你"。"一壁"在王府本与戚序本中写成"一壁笑着",无"一壁里走"。

我们从对比中可以发现,各种版本之间对方言的表述与理解基本一致,说明《红楼梦》的版本虽经大量传抄与修改,加入了很多其他地方方言元素,但仍难改南方方言,特别是湘方言在《红楼梦》中为基本语素的特征。

所谓"百变不离其宗",任何高水平的修改者,无法将一部几十万字小说中的原貌完全改变。对方言也是如此,再如何修改,也不能改变南方方言的语境。但是,各种版本之间,这些方言的运用又存在着明显的差异。我们不妨举例分析如下:

(1)"松泛"

"松泛"一词是十分典型而又冷僻的湘方言①。这句方言很少有外省人能听懂。但在程乙本中,就运用得十分恰当与贴切,而其他版本中的运用就显得僵硬,与湘方言的鲜活生动形成了鲜明的对比。

(2)"村你"

"村你"是地道的湘方言,使用范围很窄,一般用于晚辈顶撞长辈,下级顶撞上级,有时也用于批评对方,有不敬不尊之意。在各种版本中,程甲本、程乙本、甲辰本较为准确地运用了这句方言,而戚序本中写成了"蠢蠢你",在列藏本中定成"蠢你"。"蠢你"与"村你"在湘方言中发音虽然基本一致,但"蠢"的意思表达显然离开了湘方言及语境,容易使人产生错觉,这种运用是不妥当的。同时,湘方言中的"村你"是一种意思表示,不会用"村村你"来表达,说明抄者不懂湘方言及方言表达的内涵。而王府本抄写成戚序本时,将"蠢蠢你"改成了"蠢蠢的你",这显然更是词不达意。己卯本改成了"蠢你",列藏本与庚辰本在旁注改为"吃你",梦稿本写成"撞你",从这一点上,我们可以看出,己卯本、列藏本、庚辰本属于同一系列,庚辰本与列藏本的内容应抄自己卯本,但列藏本的抄手与校对者显然根本不懂湘方言,改出"吃你"这种全不能表达原作者意思的生造之词,显然,列藏本绝非原始的钞本,只是某个钞本的过录本。

从庚辰本中写的"蠢你"改为"撞你"的情况来看,我们可以得出这样一种结论:庚辰本是先按己卯本照抄的,但拿来校对的却又是梦稿本系列,如此,就出现了这种混乱的现象,且这种现象不止一处,说明这些脂本是来源于两个或两个以上的底本,而绝非独立完成的"原稿"。

---

①详解见谢志明著:《红楼湘娄文化考》,文化艺术出版社2008年版,第100-101页。

(3)"是人"

"是人"也是很独特的湘方言,指的是所有的人的意思。与"世人"是两个不同的概念。《红楼梦》第六回中写道:

周瑞家的听了道:"嗐!我的姥姥,告诉不得你呢。这位凤姑娘年纪虽小,行事却比是人都大呢。如今出挑的美人一样的模样儿。"

"是人"一词十分妥帖地运用了湘方言,并显现出了湘语语境的特点。而在其他钞本中都写成了"世人"。单从这一点上来看,程甲、程乙与甲辰本应是最接近于原始版本的版本。

(4)"又听的近"

"又听的近"这个也是很典型的湘方言,但在庚辰本、己卯本中,抄者将"听的近"改为了"听得见"。这显然与湘方言表达的意思完全不同。

(5)"不大理事"

"不大理事"是有特色的湘方言,在湘方言中"不太深"、"不太远"、"不太狠"等中的"太"字全用"大"字来表达。"管事"一般说成"理事",从列表中我们可以看到,程甲、程乙、甲辰本为"不大理事",其他钞本全是"不太管事"。显然,程甲、程乙、甲辰本更能准确地表达湘方言的意思。

从上述分析来看,我们可以得出这样一种结论:程甲本、程乙本、甲辰本是最接近于湘方言的版本,而其他的钞本与湘方言的语法与特点,存在较大的差异。这一点是毋庸置疑的。从这一点上并不足以否认其他各种钞本是在程甲本、程乙本之前的观点。然而,如果我们假设《红楼梦》的方言是湘方言,那么,各种脂本就不可能是在程甲、程乙本之前的钞本,只能是程甲、程乙后的篡改本或传抄本,更不可能是原始作者的底本。从这一点上来看,我是支持程前脂后的观点的。当然,我的观点建立在《红楼梦》的原始作者是湖南人,写的"村言"是湘方言为主要语言的基础之上的,而这种假设不是毫无依据与基础的。

第三节

脂批本的批语分析

我们现在找到甲戌本、列藏本、己卯本、庚辰本、王府本、梦觉本、梦稿本、舒序本、戚序本、郑藏本等十多个钞本影印资料,这些资料有助于我们分析与研究各种脂批本之间的关系。

我们首先要做的是对各脂批本的批语进行对照分析,但我们没有必要将所有的脂批进行列举,只需将脂批本的部分章回进行分析对比,就能了解各种脂批本的关系与传抄渊源,这样可以更细致、更具体地研究《红楼梦》的各种钞本与其中的脂批。

我们随机抽取了第六回、第十五回、第十六回、第二十七回,将所有钞本中这四回的批语列举出来,然后以某一脂本为底本,按先后编成序号,再列表予以逐项分析。

一、《脂砚斋重评石头记》十六回中的脂批列举分析①

1. 己卯本②

(1)为下文伏线。

(2)所谓好事多磨也。(脂研)

(3)一段收拾过阿凤心机、胆量,真与雨村是一方乱世之英雄。后文不必细写其字,知其平生之作为回首时,无怪乎其惨痛之愁,使天下痴心人同来一警,或与其共入怡然自得之族。(脂研)

(4)眼前多少热闹文字,不写却从万人意外撰出一段悲伤,是别人不屑写者,亦别人之不能处。

(5)大奇至妙之文。都用宝玉一人连用玉为何隐过多少繁笔势利等文。试思若不如此,必至种种写到,其死板拮据、琐碎杂乱,何可胜哉?故只借宝玉一人如此一写,省却多少闲文,却有无限烟波。

(6)不如此,后文秦种死去将何以慰宝玉。

(7)又从天外写出一段离合来。总为掩过宁荣两处许多琐细闲笔,处处交代清楚,方好启大观园也。

(8)世界上亦如此不读书中瞬息观此,便可省悟?

(9)略一点代玉性情,赶忙收住,正留为后文地步。

(10)补阿凤一句最不可少。

(11)独这一句不假。(脂研)

(12)又明断法方妙,盖世此文断不可无,亦不可太多。

(13)垂涎如此,试问兄宁不有玷平儿者乎?

(14)这世面二字单指女色也。

(15)奇谈,是阿凤口中,方有此等语句。

(16)又一样称呼,各得神理。

(17)补前文未到,且并将香菱身分写出。(脂研)

(18)仅曾不是主子姑娘?盖卿不知来历也。作者必用阿凤一赞,方知莲卿尊重

---

①以己卯本为底本,其他版本作补充,不重复引用。
②曹雪芹著:《脂砚斋重评石头记》(己卯本),上海古籍出版社1981年版。

不虚。

(19)一段纳庞之文,偏于阿凤口中补出,亦尖滑幻妙之至。

(20)必有此一问。

(21)一段平儿见识作用,不枉阿凤平日刮目,又伏下多少后文,补尽前文后到。

(22)百忙之中又点出大家规范,所谓无所不内详,无不贴切。

(23)宝玉之李嬷嬷,此处偏又写赵嬷嬷时,时犯不犯。先有犁香院一回,而两两遥对,一笔相重,一事合掌。

(24)一段赵妪讨情闲文,却引出通部脉络,所谓由小及大,譬如声高必有自卑之意。细思大观园一事,若从如何奉旨赶造,又何分中人。从头细细一直写将将来。几千样细事,如何能顺笔一气写清,又将落于死板拮据之乡。故只用琏凤夫妻二人一问一答上。用赵妪讨情作引,下用蓉蔷来说事作收。余者随笔,顺笔写一点染,则耀然洞彻矣。此是避难法。

(25)二字醒眼之极,却只如此写来。

(26)忙字最要紧。特于凤姐口中写出此字,可知事关钜要,是书中正眼矣。

(27)问得珍重,可知是外方人意外之事。(脂研)

(28)如此故顿一笔更妙,见得事关重大,非一语又了者,亦是大篇文章抑扬顿挫之致。

(29)补近日之事,启下回之文。

(30)于闺阁中作此语,直与击壤回声。(脂研)

(31)又一样布置。

(32)一段闲谈中补明多少文章,真是费长房壶中天地也。

(33)忽接入此句,不知何意,何属无味。

(34)忙字妙,上文说起未必未宏想,看去则说疑阙,殊不知,正是传神处。

(35)点出阿凤所有外国奇玩等物。

(36)甄家正是大关键,大节目,勿作泛泛口头语看。

(37)最要紧语,人若不自知,能作是语者,吾未尝见。

(38)再不略让一步,正是阿凤一生断处。(脂砚)

(39)写贾蔷秘处。(脂研)

(40)阿凤欺人处如此,忽又写到利弊,真令人一叹。(脂砚)

(41)(山子野)妙号,随事生名。

(42)天下本无事,庸人自扰之。世上人个个如此,又非此秦钟意切。

(43)从茗烟口中写出省却多少闲文。

（44）顿一笔方不板。

（45）目睹萧条景况。

（46）妙,这婶母弟兄是特来等分绝户家私的,不表可知。

（47）余亦欲泣。

（48）看到此一句令人失望。再看到后面数语,方知作者故意借世俗愚谈愚论设譬,喝醒天下人,翻成千古未见之奇文、奇笔。

（49）扯谈之极,令人发一大笑,余谓指诸公莫叹,且请再忍。

（50）更属可笑,更可痛哭。

（51）忽从死人心中补出活人原由更奇奇了。

（52）如闻其声,试问谁曾见都判来观此则,又见一都判出来调侃世情园深,然游戏于笔墨,一至于此,真可压得古今说,这才算是小说。

（53）调侃宝玉二字妙极。（脂研）

（54）神鬼也,讲有益无益。

（55）更妙,愈不通愈妙,愈错会意愈奇。（脂砚）

（56）只此句便是矣。

（57）谁不悔迟?

（58）若是细述一番,则不成石头记之文矣。

2. 甲戌本①第十六回：

（59）好笔,伏的好机轴！

（60）忽然接水月庵似大脱泄及读至后,方知紧收此大段,有如歌急调追之际,忽闻之际,忽闻戛然檀板截断,真见其力道处却便于写宝玉之人。（眉批）

（61）娇言如闻,俏态如见,少年夫妻常有事,的确有之。

（62）此等文字作者尽力写来,若诸公认识阿凤,好看后文,不以为泛泛看过。（眉批）

（63）阿凤带琏兄,如弄小儿可思之至。

（64）用平儿心头语言写补菱卿一项实事,并无一丝痕迹,而作者有多少机括。（眉批）

（65）卿何尝谎言的,是补菱姐正文。

（66）总是补遗。

（67）平姐看其欺书人了。

---

① 曹雪芹著：《脂砚斋甲戌抄阅再评石头记》,上海古籍出版社1985年版。

(68)千真万真是没有一笑。

(69)大观园一篇大文,千头万绪从何处起,今故用贾琏夫妻问答之间,闲闲叙出,观者已省大半,后再用蓉蔷二人,重一渲染,便省却多少膏瘤笔墨,此避难法。

(70)赵嬷一问是文章家进一步门庭法则。(眉批)

(71)又截得好。

(72)是不总本之言。

(73)射利人微露心迹。

(74)此等称呼,令人酸鼻。

(75)补明使观者如身临足到。

(76)园中诸景最要紧是水,亦写明方妙。

(77)余最鄙近之修造园亭者,徒以顽石土堆为佳,不知引泉一道至丹青,惟知乱作山石树木,不知画家之法不是恨事。

(78)偏于大无闹处,写大不得意之文,却无丝毫牵强,且有许多令人笑不了,哭不了,叹不了,悔不了,惟以大白酬我作者。

(79)世人见宝玉而不动心者为谁。(眉批)

3. 庚辰本①第十六回(朱批)

(80)勿笑,这样无能,却是写与人看的。

(81)所谓老鸦窝里出凤凰,此女是在十二钗之外付者。

(82)如何消机造业者不知自有知者。

(83)不只美夫妻。

(84)泼天喜事,却如此开宗,出人意料外之文也。——壬午季春(眉批)

(85)慈母爱子,写尽回廊下。

(86)伫立与日暮,倚芦仍张望,对景全掩卷而泣。

(87)字眼留神亦人之常情。

(88)日暮倚芦仍怅望,南汉先生句也。(眉批)

(89)的的真真宝玉。

(90)凡用宝玉收什,俱是大关键。

(91)三字宝玉心中。

(92)写得尖利刻薄。

(93)却是为下文作引。

---

①曹雪芹著:《脂砚斋重评石头记》(庚辰本),人民文学出版社1975年版。

(94) 一言答不上,蠢才。

(95) 三字是得意口气。

(96) 得意之极口气。

(97) 酒色之徒。

(98) 如闻。

(99) 如见如闻。

(100) 可见凤姐竟被他哄了。

(101) 疼极反骂。

(102) 何处着想,却是自然有的。

(103) 补点不到之文,像极。

(104) 为蔷蓉作引。

(105) 有鬼乎。

(106) 会送情。

(107) 可鬼。

(108) 有是语,像极毕肖,乳母护子。

(109) 大观园用省亲事出题,是大关键事,方见大手笔行文立意。——畸笏

(110) 自政老生日用降旨截住贾母等进朝。如此热闹用秦业死岔开,只写几个如何将泼天喜事交代完了,紧接代玉回琏凤闲话,以老妪句出省余事来,其千头万绪合笋贯连,无一毫痕迹。如此等是书多多不能枚举,想兄在青埂峰上经锻炼后,参透重阅至恒河沙数如否。

(111) 文忠公之嬷。

(112) 既如舜巡,而又说热闹,此妇人女人口头也。

(113) 又要瞒人。

(114) 应前胡葫案。

(115) 余曰:"万不能有此机括,有此等笔力",恨不得面问果否。叹叹。——丁亥春·畸笏叟(眉批)

(116) 口气如闻。

(117) 点正题正文。

(118) 极力一写,非夸说也,可想而知。

(119) 真有是事,经过,见过。

(120) 对证。

(121) 是不无本之言。

(122)好顿挫。

(123)简净之至。

(124)固其乃一部之主,必当如此写情。

(125)后一图伏线,大观园系玉兄与十二钗之太虚玄境,逢不所索。

(126)应前贾琏口中。

(127)园已定矣。

(128)画蔷一回伏线。

(129)凡各物事工价重大,兼伏隐自情字者,莫如此件,故园定后,便先写此一件,余便不必细写矣。

(130)有神。

(131)勾下文。

(132)射利语,可叹是亲侄。

(133)好称呼。

(134)石头记中多作心传神会之文,不必道明白,便入庸俗之套。(眉批)

(135)象极的阿凤。

(136)又作此语,不犯阿凤。

(137)好文章,一句内隐两处若许事情。

(138)从头到尾细看阿凤之待蓉蔷,可为一律,幸觉。然尚作如此语欺蓉,其待他人可知矣。

(139)这边少不得的一篇文字,省下笔来好作别样。

(140)一笔不漏。

(141)点常去。

(142)李贵亦能道此等语。

(143)写杀了。

(144)石头记一部中皆是近情近理,必有之事,必有之言,又如此等荒唐不经之谈问,亦了之,是作者故意游戏之笔耶,以破色取笑,非如别书认真说鬼话也。可想鬼不读书,信已哉。

(145)名曰捣鬼。

(146)世人见宝玉而不动心者为谁?(眉批)

(147)观者至此,不料秦钟另至异样奇谈,然却只以此二语为嘱,试思若不如此,此为嘱,不但不近人情,亦且太露穿凿,读者则知全是悔迟之恨。

(148)非玉兄之知己。

4. 王府本①

(149)厕净之至,园基乃一部主,兄当如此写耳。

(150)真是强将手下无弱兵,至精至细。

5. 甲辰本②

(151)秦氏生魂先告凤姐矣。

(152)此处系平儿倒鬼。

(153)照应胡芦。

(154)不可发笑。

6. 列藏本③

(155)金哥可称烈女,凤婆娘不称淫货。此二人真义夫节榜也。(眉批)

7. 戚序本④

(156)大家正惊醒之际,忽尔使洋洋盈腮,忽尔个个面上皆有得意之状。曰洋洋得意,作者深文也。今本不解此意,全行删去。(眉批)

(157)一闻降旨,合家如有所失,闻喜信,合家有所得。于正得意之际,对插入此段中意事。如此妙文,非作者剖心绞脑不能有此。故曰:因此宝玉心中怅然如有所失。夫宝玉心中所得者果何物,所失者果何物,用意极深,皆为宝玉玩心之妙乐也。今本却改作怅怅不乐,抑何浅陋乃尔。(眉批)

(158)此回专写悲喜变幻,为人世情态。故曰悲喜交接,岂有悲喜交集?一成语作者不知,而劳后人改正也,一笑。

(159)大哭一阵后,致喜庆之词。正写悲喜变幻,无有穷尽。作者真是喜庆改作慰庆,全失本旨矣。(眉批)

(160)"品度"二字好,今本作"忖度"非是。

(161)此下8行今本皆无之。秦钟云"今日我才知误了"一语,是书中要旨,何得删去。(眉批)

从上述列举可知,各种脂批本在十六回中共有各种不同的批语161条,其中不包括相同的批语。现将此回的脂批对照分析如下:

---

①曹雪芹著:《蒙古王府本石头记》,书目文献出版社1986年版。
②曹雪芹著:《甲辰本红楼梦》,沈阳出版社2006年版。
③曹雪芹著,中国艺术研究院红楼梦研究所、苏联科学院东方学研究所列宁格勒分所编:《石头记》(列藏本),中华书局1986年版。
④曹雪芹著:《戚序本石头记》,人民文学出版社1975年版。

表 3-2 各种版本脂批对照列表

第十六回表以己卯本为准

序号	列藏本	甲戌本	己卯本	庚辰本	王府本	梦觉本	梦稿本	舒序本	戚序本	郑藏本
(1)		有	有	有	有		全回无脂批	全回无脂批	有(全回无脂研)	
(2)		有(缺脂研)	有	有	有(少字)				有	
(3)		有(少脂研)	有	有(无脂研)	有(无脂研)				有	
(4)		有	有	有	有				有	
(5)		有	有	有	有					
(6)		有	有	有	有(改)					
(7)		有	有	有	有					
(8)		有	有	有	有					
(9)		有	有	有	有					
(10)		有	有	有	有					
(11)		有(缺脂研)	有	有	有(缺脂研)				有	
(12)		有	有	有	有					
(13)		有(缺脂研)	有	有	有(缺脂研)				有	
(14)		有	有	有	有					
(15)		有	有	有	有					
(16)		有	有	有	有					
(17)		分写,(无脂研)	有	有	有(无脂研)				有	
(18)		有	有	有	有				有	
(19)		有	有	有	有				有	
(20)		有	有	有	有				有	

续表

序号	列藏本	甲戌本	己卯本	庚辰本	王府本	梦觉本	梦稿本	舒序本	戚序本	郑藏本
(21)		有	有	有	有				有	
(22)		有	有	有	有				有	
(23)		有	有	有	有				有	
(24)			有	有	有				有	
(25)		有	有	有	有				有	
(26)		有	有	有	有				有(加细浅二字)	
(27)		有(无脂研)	有	有	有(无脂研)				有(无脂研)	
(28)		有	有	有	有				有	
(29)		有	有	有	有				有	
(30)		有(无脂研)	有	有	有				有	
(31)		有	有	有	有				有	
(32)		有	有	有	有(少中字)				有	
(33)		有	有	有	有				有	
(34)		有	有	有(改动)	有(改)				有	
(35)		有	有	有	有				有	
(36)		有	有	有	有				有	
(37)		有	有	有	有				有	
(38)		有(无脂研)	有	有	有(无脂研)				有	
(39)		有(无脂研)	有	有	有(缺脂研)				有(无脂研)	
(40)		有(无脂研)	有	有	有(缺脂研)				有	
(41)		有	有	有	有					

续表

序号	列藏本	甲戌本	己卯本	庚辰本	王府本	梦觉本	梦稿本	舒序本	戚序本	郑藏本
(42)		有	有	有(落畸笏叟款)	有					
(43)		有	有	有	有					
(44)		有	有	有	有					
(45)		有	有	有	有					
(46)		有	有	有	有					
(47)		有	有	有	有					
(48)		有	有	有	有					
(49)		有	有	有	有					
(50)		有	有	有	有(少3字)					
(51)		有	有	有	有					
(52)		有	有	有	有(无脂研)					
(53)		有	有	有	有(无脂研)					
(54)		有	有	有	有					
(55)			有	有	有(少脂研)					
(56)			有	有	有					
(57)			有	有	有					
(58)			有	有	有					
(59)			有							
(60)			有		有(无脂研)					
(61)			有		有(改)					
(62)			有		有(改)					

续表

序号	列藏本	甲戌本	己卯本	庚辰本	王府本	梦觉本	梦稿本	舒序本	戚序本	郑藏本
(63)		有		有						
(64)		有								
(65)		有								
(66)		有								
(67)		有								
(68)		有								
(69)		有			有(改)					
(70)		有								
(71)		有								
(72)		有								
(73)		有								
(74)		有								
(75)		有		有						
(76)		有		有						
(77)		有		有(加脂批)						
(78)		有								
(79)		有		有						
(80)				有						
(81)				有						
(82)				有						
(83)				有						
(84)				有						
(85)				有						
(86)				有						
(87)				有						
(88)				有						

续表

序号	列藏本	甲戌本	己卯本	庚辰本	王府本	梦觉本	梦稿本	舒序本	戚序本	郑藏本
(89)				有						
(90)				有						
(91)				有						
(92)				有						
(93)				有						
(94)				有						
(95)				有						
(96)				有						
(97)				有						
(98)				有						
(99)				有						
(100)				有						
(101)				有						
(102)				有						
(103)				有						
(104)				有						
(105)				有						
(106)				有						
(107)				有						
(108)				有						
(109)				有						
(110)				有						
(111)				有						
(112)				有						
(113)				有						
(114)				有						
(115)				有						
(116)				有						
(117)				有						

续表

序号	列藏本	甲戌本	己卯本	庚辰本	王府本	梦觉本	梦稿本	舒序本	戚序本	郑藏本
(118)				有						
(119)				有						
(120)				有						
(121)				有						
(122)				有						
(123)				有						
(124)				有						
(125)				有						
(126)				有						
(127)				有	有					
(128)				有						
(129)				有	有					
(130)				有						
(131)				有						
(132)				有						
(133)				有						
(134)				有						
(135)				有						
(136)				有	有					
(137)				有						
(138)				有						
(139)				有						
(140)				有						
(141)				有						
(142)				有						
(143)				有						
(144)				有						
(145)				有						
(146)				有						

续表

序号	列藏本	甲戌本	己卯本	庚辰本	王府本	梦觉本	梦稿本	舒序本	戚序本	郑藏本
(147)				有						
(148)				有						
(149)					有					
(150)					有					
(151)						有				
(152)						有				
(153)						有				
(154)						有				
(155)	有									
(156)				有	有				有	
(157)				有					有	
(158)				有					有	
(159)				有					有	
(160)				有					有	
(161)									有	
合计(条)	1	74	58	139	66	4			65	

从列表中可知,各种钞本在此回中有批语的有甲戌本、列藏本、己卯本、庚辰本、王府本、梦觉本、戚序本等七个钞本,共有各种批语161条。其中:甲戌本有74条,己卯本有58条,庚辰本有139条,王府本有66条,梦觉本(甲辰本)有4条,戚序本有65条,列藏本有1条。梦稿本①、舒序本②无批,郑藏本③无此回。

在有批语的钞本中,列藏本与梦觉本的批语是独立的,与其他五个钞本无交叉重合现象。在甲戌本、己卯本、庚辰本、王府本、戚序本这五个钞本中我们通过对比分析可知:

第一,己卯本与庚辰本最为接近,其脂研或脂砚的落款与改变均相一致,故这两个脂本应是来源于同一母本,或是一本为另一本的母本(父子或兄弟关系)。

---

①曹雪芹著:《乾隆抄本百廿回红楼梦稿》(杨藏),人民文学出版社2010年版。
②曹雪芹著:《舒序本红楼梦》,中华书局1987年版。
③曹雪芹著:《郑振铎藏残本红楼梦》,书目文献出版社1991年版。

第二,从批语的文字内容来分析,甲戌本、庚辰本似乎与己卯本最接近,王府本与戚序本最为接近。

如第三十四条己卯本是"未必宏想"①,王府本为"未必是粗心"②;第六条王府本将"不如此,后文秦钟死去将何以慰宝玉",错写成"不知此"③;第十八条④中的"尊重"的"尊"字写成"遵"字,从这一点来看,王府本的抄者水平不高。

在第三十九条中,己卯本是"写贾蔷私处",而王府本是"写贾蔷私处如见"⑤,己卯本少了"如见"二字,且少了"脂研"二字。而庚辰本、甲戌本中此条与己卯本相同,戚序本与王府本相同。从这一点来看,再次说明甲戌本、庚辰本、己卯本是最相接近的钞本,而王府本与戚序本最为接近。

第三,在戚序本中,将第69条与第29条合为一条写成:

补近日之事,起下回之文。大观园一篇大文,千头成绪,从何处写起。今故用贾琏夫妻问答之间,闲闲叙出。观者已又醒大半,后再用蓉蔷二人一一渲染,便省却多少赘瘤笔墨,此是避难法。⑥

王府本⑦与戚序本的批语内容相同,而甲戌本将第29条与第69条分开来写的。

第四,在此回中,王府本与戚序本的批语大多一致,批语中多无脂砚斋或脂研斋三字,而其他脂批本多有三字,或有其他落款,如畸笏叟。可见王府本有别于其他钞本而更接近戚序本。

由此可知,甲戌本应是己卯本的母本,而甲戌本与戚序本、王府本又可能属同一钞本系列。几者之间的关系错综复杂。

二、第六回脂批各种批语及对照表⑧

1. 甲戌本

(1)数句文完,一回题纲文字。

(2)写出袭人身分。

(3)伏下晴雯。

---

①曹雪芹著:《脂砚斋重评石头记》(己卯本),上海古籍出版社1981年版,第303页。
②曹雪芹著:《蒙古王府本石头记》卷二,书目文献出版社1986年版,第566页。
③曹雪芹著:《蒙古王府本石头记》卷二,书目文献出版社1986年版,第549页。
④曹雪芹著:《蒙古王府本石头记》卷二,书目文献出版社1986年版,第555页。
⑤曹雪芹著:《蒙古王府本石头记》卷二,书目文献出版社1986年版,第572页。
⑥曹雪芹著:《戚序本石头记》卷二,人民文学出版社1975年版,第541页。
⑦曹雪芹著:《蒙古王府本石头记》卷二,书目文献出版社1986年版,第563页。
⑧以甲戌本为底本,其他版本作补充。

(4)一段小儿女之态,可谓追魂摄魄之笔。

(5)一句接住上回红楼梦大篇文字,另起本回正文。

(6)略有些瓜葛,是数十回合后之正脉也,真千里伏线。

(7)妙嫌,是石头口角。

(8)与贾雨村遥遥相对。

(9)两呼两起,不过欲见者自醒。

(10)石头记中公(功)勋世宦之家,以及草莽庸俗之族,无所不有自能,各得其妙。

(11)音老出偕欢字笺,称呼毕肖。

(12)病此病人不少,请来看狗儿。

(13)自红楼梦一回至此,则珍馐中之?耳。(眉批)

(14)能两亩薄田度日,方说的出来。

(15)妙称,何肖之至。

(16)此口气何处得来。

(17)为纨裤下针,却先从此等小处写来。

(18)好看煞。(眉批)

(19)骂死。

(20)骂死。

(21)便抵一篇世家传。

(22)前文之未到处。

(23)调侃语。

(24)口声如闻。

(25)音光去声游也,书偕声字正文。

(26)街名。本地风光妙。

(27)须字神奇。

(28)不知如何想来,又为侯门三等豪叹写照。

(29)有年纪人诚厚,亦自然之理。

(30)如何想来,合眼如见。

(31)因女眷又是后门,故容易。

(32)引。

(33)如此口角从何处来。

(34)问的有情理。

(35)刘婆亦善于权变应酬矣。

(36)在今世周瑞妇算是个怀情不忠的正人。

(37)自是有罢人声口。

(38)好口角。

(39)略将荣府中带一带。

(40)也要显美句,为后文作地步也。陪房本心本意实事。

(41)我亦说不错。

(42)一丝不乱。

(43)略点一句伏下后文。

(44)写出阿凤劳动冗杂,并骄矜珍贵等事来。

(45)文字真极文雅则假。

(46)着眼,这也是书中一要紧人,红楼梦内虽未见有名,想亦在副册内者也。

(47)写阿凤勤劳等事,然却是虚笔,故于后文不犯。(眉批)

(48)暗透平儿身份。

(49)是刘姥姥鼻中。

(50)是刘姥姥身子。

(51)是刘姥姥头目。

(52)六字尽矣,如何想来。

(53)记情。

(54)写豪门侍儿。

(55)字法。

(56)从刘姥姥心目中略一写。

(57)毕肖。

(58)从刘姥姥心中竟幻拟出奇文怪文字。

(59)从刘姥姥心中目中设譬概想,真是镜花水月。

(60)三字有劲。

(61)写得出。

(62)细,是己字。

(63)写得侍仆妇。

(64)从后门写来。

(65)至平宝至奇。

(66)一段阿凤房室起居器皿,家常正传,奢侈珍贵好奇货,注脚写来真好看。

(67) 稗官中未见此笔。

(68) 这一句是天然地设，非别文杜撰妄拟者。

(69) 神情宛肖。

(70) 此等笔墨真可谓追魂摄魄。

(71) 凤姐云，不敢称呼周瑞家的，云那个姥姥。

(72) 只三四句一气读下，方是凤姐声口。

(73) 阿凤真真可畏可恶。

(74) 二笑。

(75) 如闻。

(76) 三笑。

(77) 一笔不肯落空的是阿凤。

(78) 不落空家务事却不细写，妙极，妙极。

(79) 何如？余批不缪。

(80) 惯用此等横云断水法。

(81) 如此纨裤写照。

(82) 老妪有忍耻之心。故后有招大姐之事，作者并非泛写，且为求亲靠友，下一棒喝。（眉批）

(83) 大写凤姐好奖誉。

(84) 又一笑，凡五。

(85) 妙，却是从刘姥姥身边目中写来。度至下回。

(86) 传神之笔，写阿凤跃之纸上。

(87) 又一笑，凡六。自刘姥姥来，凡笑五次，写得阿凤乖滑伶俐，合眼如立在前。若会说话之人，便听他说了。阿凤利害处正在此问。看官常有将挪移借贷已说明白了，彼仍推聋装哑，这人为阿凤若何。呵呵一叹。

(88) 穷亲戚来看是好意，思余又自石头记中见了。叹叹。

(89) 点不待上门就该有照应，发此话亦于石头记再见话头。

(90) 王夫人数语，令余几哭出。（眉批）

(91) 也是石头记再见了，叹叹。

(92) 可怜，可叹。

(93) 可怜，可叹。

(94) 这样常理亦再见。

(95) 赧颜如见。

(96)与前眼色真对,可见文章中无一个闲字,为财势一哭。

2. 王府本(侧批)

(97)加杂世态,巧伏下文。

(98)强认亲的榜样。

(99)总是用过近法。

(100)贫苦人多有此等景象。

(101)英雄失足千古同,才笑煞天下一切。

(102)故有错用盎字之说,的的是此句章本。

(103)天下事无有不可为者,总用打不破,若打破时何事不能罢。请看到府就他故,故疏远起来,想当初我和女儿还去过。姥姥一篇识论,便应解得些个才是。

(104)打嘴现世等字,误尽多少苍生也,能成全多少事体。

(105)画初当日品行。

(106)世家奴仆,个个皆然,形容区真。

(107)转换法,写门上豪奴,不能写是规矩,故用转换法,则不强硬而笔气自显。

(108)刘姥姥此时一团要紧事在心,有问不得,不答还转递进。不敢涉然看之,令人可怜。而大英雄亦有若此者,所谓欲图大事,不据小节。

(109)实有此等情理。

(110)礼势必然。

(111)偏不就进去,又添一番议论,从中又伏下多少线索,方是得大家势派,出入不易,方见得周瑞家的处事详细。即到后文故事写凤姐方不唐突,仍用冷子兴说荣宁旧笔法。

(112)非身临其境者不知。

(113)有曰:富贵不返乡,如衣锦足行,今日周瑞家的遇刘姥姥,实是可谓谅不下度行者。

(114)三等奴仆。

(115)各自各自的身分。

(116)是写宁荣豪华,还是写刘姥姥粗夯,大抵村舍人家,见此等气象,未有不胆惊心迷,魄醉魂者,刘姥姥犹能念佛,已自出人头地矣。

(117)不知不觉先拜大姐寝室,岂是有缘?

(118)的真有此情理。

(119)刘姥姥不认得,偶不令问明时,即凤奶奶下来的结局,是画云龙的手。

(120)白描入神。

(121)还不请进来？五字写尽天下富贵人代(待)穷亲戚之态度。

(122)偏会如此写来,教人爱煞。

(123)点醒多少势利鬼。

(124)老之一字细极。

(125)听事者故自不凡。

(126)开口告个难。

(127)试想以前的丰态,其心思用念作者无一笔不巧,无一事不丽。

(128)凤姐能事,在能体贴王夫人的心,托故周全无过不及之弊。

(129)口角春风,如闻其声。

(130)不自量者每每有之,而总不露圭角形诸无事,凤姐亦可谓人豪矣。

3. 戚序本

(131)打劫偷去不成？打劫是一事,偷是一事,此系口头成语。今本删法偷字不合。

(132)老脸碰一碰,今本作碰一碰,碰字与脸字照应,仍以碰字为是,便是没银子挈来四句,今本删去不合。

(133)跃跃跃三字活画此孩子神情,今本删去不可解。

(134)便作了主意,今本有一个字不通。

(135)你就带进来,今本改为带进,现此句法不安。

(136)应前在家时教导句。

(137)心里便突突的一句,万不可少。今本却偏删去。

从各种钞本的第六回中,我们共整理出137条不同的脂批,其情况比对如下：

表3-3 各种版本脂批对照列表

第六回表(以甲戌本为准)

序号	列藏本	甲戌本	己卯本	庚辰本	王府本	梦觉本	梦稿本	舒序本	戚序本	郑藏本
(1)	缺此回	有		此回无批		此回无批		无批	无批	无此回
(2)		有								
(3)		有								
(4)		有								
(5)		有								
(6)		有								

续表

序号	列藏本	甲戌本	己卯本	庚辰本	王府本	梦觉本	梦稿本	舒序本	戚序本	郑藏本
(7)		有								
(8)		有	有							
(9)		有								
(10)		有								
(11)		有								
(12)		有								
(13)		有								
(14)		有								
(15)		有								
(16)		有	有							
(17)		有								
(18)		有								
(19)		有								
(20)		有								
(21)		有								
(22)		有								
(23)		有								
(24)		有								
(25)		有								
(26)		有								
(27)		有								
(28)		有								
(29)		有								
(30)		有								
(31)		有								
(32)		有								
(33)		有								
(34)		有								
(35)		有								

续表

序号	列藏本	甲戌本	己卯本	庚辰本	王府本	梦觉本	梦稿本	舒序本	戚序本	郑藏本
(36)		有								
(37)		有								
(38)		有								
(39)		有								
(40)		有								
(41)		有								
(42)		有								
(43)		有								
(44)		有								
(45)		有								
(46)		有								
(47)		有								
(48)		有								
(49)		有								
(50)		有								
(51)		有								
(52)		有								
(53)		有								
(54)		有								
(55)		有								
(56)		有								
(57)		有								
(58)		有								
(59)		有								
(60)		有								
(61)		有								
(62)		有								
(63)		有								
(64)		有								

续表

序号	列藏本	甲戌本	己卯本	庚辰本	王府本	梦觉本	梦稿本	舒序本	戚序本	郑藏本
(65)		有								
(66)		有								
(67)		有								
(68)		有								
(69)		有								
(70)		有								
(71)		有								
(72)		有								
(73)		有								
(74)		有								
(75)		有								
(76)		有								
(77)		有								
(78)		有								
(79)		有								
(80)		有								
(81)		有								
(82)		有								
(83)		有								
(84)		有								
(85)		有								
(86)		有								
(87)		有								
(88)		有								
(89)		有								
(90)		有								
(91)		有								
(92)		有								
(93)		有								

续表

序号	列藏本	甲戌本	己卯本	庚辰本	王府本	梦觉本	梦稿本	舒序本	戚序本	郑藏本
(94)		有								
(95)		有								
(96)		有								
(97)					有					
(98)					有					
(99)					有					
(100)					有					
(101)					有					
(102)					有					
(103)					有					
(104)					有					
(105)					有					
(106)					有					
(107)					有					
(108)					有					
(109)					有					
(110)					有					
(111)					有					
(112)					有					
(113)					有					
(114)					有					
(115)					有					
(116)					有					
(117)					有					
(118)					有					
(119)					有					
(120)					有					
(121)					有					
(122)					有					

续表

序号	列藏本	甲戌本	己卯本	庚辰本	王府本	梦觉本	梦稿本	舒序本	戚序本	郑藏本
(123)					有					
(124)					有					
(125)					有					
(126)					有					
(127)					有					
(128)					有					
(129)					有					
(130)					有					
(131)									有	
(132)									有	
(133)									有	
(134)									有	
(135)									有	
(136)									有	
(137)									有	
合计(条)		96	2		34				7	

此回以甲戌本为底本,有脂批137条。甲戌本有批96条,己卯本2条,内容与甲戌本相同。王府本有批34条,戚序本有批7条,王府本与戚序本的批语与甲戌本无涉。列藏本缺此回。而梦稿本、甲辰本(梦觉本)、舒序本、庚辰本此回均无脂批。

从这一回来看,我们只能看到甲戌本与己卯本的某种渊源。

三、第二十七回脂批各种批语及对照表①

1. 庚辰本

(1)画多人秘诀。

(2)四字刻煞颦儿也。

(3)补写却是避繁文法。

(4)所谓久病床前少孝子是也。

(5)本是旃檀泥,是金沙才用得。

---

①以庚辰本为底本,其他版本作补充。

(6)桃杏燕莺是这样用法。

(7)写凤姐随大众一笔不见。红玉一段则认为泛文,为人又一丝不滴若此。——畸笏。(眉批)

(8)前批写画美人秘诀,今竟画出金闺夜坐图来了。

(9)无论节之有无,看去有理。

(10)数句写省亲一回文字,反觉句句有趣,有画的话。

(11)一人不漏。

(12)安插一处好写一处,至一张口难说两家话也。

(13)道尽二玉连日事。

(14)可是一味知书识理,女夫子行止。

(15)写宝钗无不相宜。

(16)若玉兄在,有许多张罗。

(17)原是无可无不可。

(18)这桩风流案又一体写法甚当。己卯冬夜。(眉批)

(19)岂敢。

(20)贼起飞志不假。

(21)四字写尽宝钗守身如此。

(22)道尽矣。

(23)闺中弱女,机变如此之便,如此之急。

(24)象极好致、好妙,焉得不拍案叫绝。

(25)这是自将自法,好极,惯用除笔如此。壬午夏雨窗。(眉批)

(26)此节实借红玉反写宝钗也,勿得认错作者章法。(眉批)

(27)像极是极。

(28)象极。

(29)是极。

(30)真弄婴儿轻,便知如此,即余至此亦要发笑。

(31)宝钗身分。

(32)实有这一句的。

(33)移东挪西,任意写去却是真有的。

(34)二句系代玉身份。

(35)勉强话。

(36)反如此问。

(37)问那小姐为此。

(38)夸赞语也。

(39)二件。

(40)小点缀,一笑。

(41)妙极。

(42)又一折。

(43)必有此数句者引出称心得意之语来。

(44)再不用本院人,见小红此罢口,几分遂心得意,称心如意,在此一条荷包。

(45)虽是醋语,却与下无痕。

(46)两件事完了。

(47)又一润色。

(48)写死假斯文。

(49)贬杀骂杀。

(50)红玉听见了吗。

(51)红玉此刻心内想可惜晴雯等不在傍。

(52)不假。

(53)所以说比你大的。

(54)晴雯说过。

(55)总是追足红玉十分心事。

(56)千愿意,万不是愿意之言。

(57)有话。

(58)好答。

(59)截得真好。

(60)好,接得更好。

(61)奸邪婢岂是怡玉,应答者故即逐之,前良儿后？儿便是却证,作者又不得可也。(己卯冬夜)(眉批)

(62)此系未见,抄后岳神庙诸事,故有此是批。丁亥月,畸笏。(眉批)

(63)又一下计。

(64)明知无事,不可不作开设。

(65)到象不曾看见的。

(66)毕真不错。

(67)二玉文字岂是容易写的,故有此载。

(68)是移一处语。

(69)道不原告悬心。

(70)石头记用截法、岔法、突然法、伏线法、四近渐远法、将繁改简法、重作轻抹法、虚构实应法，种种诸法，总在人意料之外，且不曾见一丝牵强。（眉批）

(71)老爷叫宝玉再无喜事，故园中合宅皆知。

(72)怕繁文。

(73)是论物是论人，看官着眼。

(74)所谓信手拈来，无不是是也，己卯冬夜。（眉批）

(75)若无此，一岔二至，和合则成嚼蜡文字，石头记得力处正此。——丁亥夏，畸笏叟（眉批）

(76)指环哥。

(77)补遗法。（墨笔）

(78)截得好。

(79)兄妹话虽久长，心事总未少歇，接得好！

(80)这一节特为兴利陈弊一回伏线。（眉批）

(81)收得干净。

(82)怕人说笑。

(83)新鲜。

(84)诗词文章，试问有如此行笔者罕。

(85)不因见芸，并宝玉如何突至埋香冢？如何写葬花吟？石头记无闲文，正此。——丁亥夏，畸笏叟（眉批）

(86)开生面，立新场是书不止红楼梦一回。是回更生更新，且读去非阿颦无是，且吟非石兄断无。是章法行文愧杀古今小说家也。——畸笏（眉批）

(87)余读葬花吟，凡三阅其凄惨感慨，令人身世两忘。提笔再曰，不能加批。先生想身宝玉，何得下笔？即字字砌图料。兼遂颦儿之意，后为道至玉兄，后文再批意喜客，亦石头记化来之人。故掷笔以待。（眉批）

2. 甲戌本

(88)补潇湘馆常文也。

(89)缺数句大观园景，倍胜省亲一回，在一园人俱得闲闲寻乐，只看被（彼）时只有元春一人闲耳。

(90)无闲纸闲笔之文。

(91)操必胜之权，红儿机括志量，自知能应阿凤使令意。

（92）嗳哟怪道四字，是玉兄手下无能为者，前文打谅生的干净，俏丽，四字合而观之，小红则活现于纸上矣。

（93）岔一人是不受用意。

（94）非小红夸耀，往昔尔等逼出来的，离怡红意已定矣。

（95）众女儿何苦讨之。

（96）交代不在盘架下了。

（97）又知前红玉云，就把那按奶奶的主意。主意是善佥，但恐累赘耳，故阿凤有是问，彼能细答。

（98）又一门。（三句）

（99）红玉今日方遂心如意，却宝玉后伏线。

（100）管家之女，而晴卿辈挤之，招祸之媒也。

（101）用得是阿凤嘴。

（102）真真不知名，可叹。

（103）传神。

（104）有悌弟之心。

（105）好答。可知两处俱是未见。

（106）且系本意，岳神庙回内。

（107）不见宝玉阿颦，断无此一段闲言，总在欲言不言，难禁之意，了却情，情之正文也。

（108）横云截岭，好极，妙极。二玉文原不易写，石头记得力处在兹。

（109）非谎也，避繁也。

（110）何至如此写，妒妇信口逗。

（111）开一步妙妙。

（112）作书人调侃耶。

（113）至埋香塚方不牵强。好情理。

（114）奇文异文，俱出石头记上，且念出愈奇文。

（115）岔开线络活泼之至。

（116）诗词歌赋，如此章法写于书上者乎。

（117）开生面，立场是书多多矣，惟此回处生更新，非颦儿断无是信吟，非石兄断无是情聆。难为了作者，故留以慰之。

（118）余读之葬花吟，至再至三回，其凄楚感慨，令人身世两忘，举笔再叹，不能下批。有客曰，先生身非宝玉，何能下笔即字字只图批词通仙，料难遂颦儿之意，俟看玉兄之后文,再批,意唏阻余者想亦石头记的,故停笔以待。

3. 王府本

(119)不知物力,艰难公子口气。

(120)兄妹之舌,难久长,心事必未少,款接得好。

(121)至理香塚方不牵强,好情思。

4. 戚序本

(122)此回目今本作宝钗戏彩蝶,黛玉泣残红。却佳。(眉批)

(123)自泪自干,写出潇湘无限深愁。今本改为自泪不干,无味之至。末句今本删,却不知删却此句,则"宝玉笑道:"两句话说了一语未免尚觉唐突。(眉批)

(124)罢了二字写出宝钗满腹猜忌,今本删去。一只玉蝴蝶今本改为一双。

(125)金蝉玉蝶亦为金玉姻缘,谓作者无心,未之能信。

(126)只此数语便为黛玉结下一冤孽,谓为无意,吾不信也,紧接下凤姐一层亦有深意。

(127)早为遇鸳鸯张本是何神笔。

(128)晴雯又自结一冤孽,凡小红传须知皆为黛晴而作。

表3-4 各种版本脂批对照列表　　　　第二十七回表

序号	列藏本	甲戌本	己卯本	庚辰本	王府本	梦觉本	梦稿本	舒序本	戚序本	郑藏本
(1)		有		有						无此回
(2)				有						
(3)				有						
(4)				有						
(5)		有		有						
(6)		有		有						
(7)				有						
(8)				有						
(9)				有						
(10)				有						
(11)				有						
(12)		有								
(13)				有						

续表

序号	列藏本	甲戌本	己卯本	庚辰本	王府本	梦觉本	梦稿本	舒序本	戚序本	郑藏本
(14)		有,与第15条连一起		有						
(15)		有		有						
(16)		有		有	有					
(17)				有						
(18)		有		有						
(19)				有						
(20)				有						
(21)		有		有	有					
(22)				有						
(23)				有						
(24)				有						
(25)				有						
(26)				有						
(27)				有						
(28)				有						
(29)				有						
(30)				有						
(31)		有		有						
(32)				有						
(33)				有						
(34)				有						
(35)				有						
(36)				有						
(37)				有						
(38)				有						
(39)				有						
(40)				有						

续表

序号	列藏本	甲戌本	己卯本	庚辰本	王府本	梦觉本	梦稿本	舒序本	戚序本	郑藏本
(41)				有						
(42)				有						
(43)				有						
(44)				有						
(45)				有						
(46)				有						
(47)				有						
(48)				有						
(49)				有						
(50)				有						
(51)		有		有						
(52)		有		有						
(53)				有						
(54)				有						
(55)		有		有						
(56)				有						
(57)				有						
(58)				有						
(59)				有						
(60)				有						
(61)				有						
(62)				有						
(63)				有						
(64)		有		有						
(65)				有						
(66)		有		有						
(67)				有						
(68)				有						
(69)				有						

续表

序号	列藏本	甲戌本	己卯本	庚辰本	王府本	梦觉本	梦稿本	舒序本	戚序本	郑藏本
(70)				有						
(71)		有		有						
(72)				有						
(73)		有		有						
(74)				有						
(75)				有						
(76)				有						
(77)				有	有					
(78)				有						
(79)		有		有						
(80)				有						
(81)		有		有						
(82)		有		有						
(83)				有						
(84)				有						
(85)				有						
(86)		有		有						
(87)		有		有						
(88)		有								
(89)		有								
(90)		有								
(91)		有								
(92)		有								
(93)		有								
(94)		有								
(95)		有								
(96)		有								
(97)		有								
(98)		有								

续表

序号	列藏本	甲戌本	己卯本	庚辰本	王府本	梦觉本	梦稿本	舒序本	戚序本	郑藏本
(99)		有								
(100)		有								
(101)		有								
(102)		有								
(103)		有								
(104)		有								
(105)		有								
(106)		有								
(107)		有								
(108)		有								
(109)		有								
(110)		有								
(111)		有								
(112)		有								
(113)		有								
(114)		有								
(115)		有								
(116)		有								
(117)		有								
(118)		有								
(119)					有					
(120)					有					
(121)					有					
(122)									有	
(123)									有	
(124)									有	
(125)									有	

续表

序号	列藏本	甲戌本	己卯本	庚辰本	王府本	梦觉本	梦稿本	舒序本	戚序本	郑藏本
(126)									有	
(127)				有	有				有	
(128)									有	
合计(条)		43		88	6				7	

此回以庚辰本为底本,共有批语128条,郑藏本、己卯本无此回,梦稿本、列藏本、梦觉本、舒序本无批语。其中,甲戌本有批语43条,与庚辰本相同的22条;庚辰本共有88条批语,与王府本相同的有3条;王府本共有6条批语,有3条与庚辰本相同,有2条与甲戌本交叉相同,4条为自本独有;戚序本共有7条批语,与其余三本无涉。

而庚辰本的第14、15两条批语,在甲戌本中写成了一条,说明甲戌本与庚辰本、王府本有过录传抄关系,同时,说明抄手在抄写时有随意抄写的现象,其批语更是有取有舍,随意性很强。

在这里,又有一个值得深思的问题,便是我们在第十六回中发现,王府本更接近戚序本,而这一回却似乎与戚序本无涉,却与甲戌本、庚辰本有关,如果说甲戌本是王府本的底稿,但第十六回中的批语为何又与甲戌本不同,而与戚序本批语相同呢?我们只能这样解释,因为王府本是个晚出的钞本,所以它的底本可能同时是戚序本与甲戌本或庚辰本,也说明王府本的抄手掌握了两个以上的钞本底稿。

四、第十五回脂批各种批语及对照表①

1. 甲戌本

(1)对换此一句,如见其形。

(2)钟爱之至。

(3)妙极,开口更是西仑体,宝玉闻亡宁不刮目哉。

(4)千百件忙事,内不漏一丝。

(5)此一句宝玉不依,阿凤真好才情。

(6)凡膏粱子弟,齐来看眼。

(7)也盖因未见之故也。

(8)聪明人自是一喝即悟。

(9)如闻其声,观其形。

---

①以甲戌本为底本。

（10）的是宝玉性生之言。

（11）处处点睛，又伏下一段后文。

（12）四字有文章，人生离聚亦未尝不如此也。

（13）大凡创业之人，无有不为子孙深谋至细，今后辈伏一时之荣显，犹自不足，另生枝叶，虽华丽过先。无奈不常保亦足，可叹争及祖宗为儿子之心细如此，先人之常保其朴，浮华子弟来着眼。

（14）所谓源远水则浊，故叶繁果则稀，余谓天下痴心祖宗为子孙谋千年业者痛哭。

（15）妙在艰难就安分，富贵则不安分矣。

（16）真真辜负祖宗体贴子孙之心。

（17）不用说阿凤，自然不肯将就一刻的。

（18）前人诗云，纵有千年铁门限，终须一个土馒头，是此意，故不远三字有文章。

（19）伏一笔。

（20）虚陪一个胡姓，妙言是胡涂之人所为也。

（21）补出前文未到处，细思秦种近日在茶府所为可知矣。

（22）总作如此等语。

（23）不爱宝玉却爱秦钟，亦是各有情孽。

（24）如闻其声。

（25）二语毕肖，如闻其语。观者已自酥倒，不知作者从何着想？

（26）开口称佛，毕竟可叹可叹。

（27）才字妙。

（28）俱从财一字上发生。

（30）守备一闻便问，断无此理。此不过张家惧府尹之势，必先退定礼，守备方不从或有之，此时老尼只欲与张家完事，故将此言遮饰，以便退亲受张家之贿也。

（31）如何便急了，话无头绪，可知张家礼缺，此系作者巧摹老尼无头绪之语，莫认作者无头绪，正是神处奇处，摹一人，一人必到纸上话见。

（32）如何的是张家要与府尹攀亲。

（33）坏极，妙极，若与府尹攀了亲，何惜张财不能再得小人之心，如此良民遭害如此。

（34）五字是阿凤的心迹。

（35）阿凤欺人如此。

（36）总写阿凤聪明中痴人。

(37)忽又作如此评断,似自相矛盾,却是最妙之文,若不如此隐去,则又有何妙文可写哉。这方是世人竟料不到之大奇笔。若通部中万件细微之事俱备,石头记真亦太觉死板矣。故特用此二、三件隐事借石之末见真切,淡淡隐去,越觉得云烟渺茫之中,无限丘壑在焉。

(38)一想便有许多好处。

(39)真好阿凤。

(40)世人只云一举两得,独阿凤一举更添一得。

(41)不细。

(42)一语过下。

(43)过至下回。

2. 庚辰本

(44)谦的妙。

(45)八字道尽玉兄等方是玉兄正文写照。——壬午季春(眉批)

(46)转出没调教。

(47)有层次,好看煞。

(48)细心人自因如是。

(49)有气有声,写形有影。

(50)有次序。

(51)真毕真。

(52)天生地设之文。

(53)三字如闻。

(54)忙中闲笔却伏下文。

(55)玉兄身分。本心如此。

(56)写玉兄正文总可此等处,作者良苦。——壬午季春(眉批)

(57)一忙字,二阴笑字,写玉兄是在女儿分上。——壬午季春(眉批)

(58)妙在不见。

(59)妙在此时方见错馆之妙如此。

(60)若说话便不是石头记中文字也。(眉批)

(61)石头记总于设要紧处闹二、三。(眉批)

(62)笔写正文筋骨,看官当用巨眼不为被瞒过方好。——壬午季春(眉批)

(63)口是心非,如闻已见。

(64)一叹转出多少至恶不畏之文来。

(65)批书人深知卿有是心,叹叹。

(66)欺人太甚。

(67)闺阁营谋,说事往往被此等语惑了。

(68)对如是之奸妮阿凤不得不如是语。

(69)实表奸淫尼庵三事如此。——壬午季春(眉批)

(70)此处写小小风波事,亦在人意外。谁知为小秦伏线,大至根处,还是不肯叫。

(71)请掩卷细思,此刻形景真可喷饭,历来文字可至如此趣味者。

(72)前头二字称智能,今又称玉兄,看官细思。

(73)若历写完,则不是石头记文字了。(眉批)

3. 王府本

(74)诡丫头是技痒,是多是自己生活,恐至损坏宝玉,此时一片心神另有主张。

(75)若是好好等语写语段无穷,夹明豪烈者,学而不喜杀,而不怒或可过此等技法。

(76)请问此等光景是强是顺,一片呆态,自与凡常不同,细致妙极。

4. 甲辰本

(77)所谓纵有千年铁门限,终需一个土馒头,此意可会。

5. 戚序本(眉批)

(78)坐车者言下骑而坐车也。此句极合京语口吻,令本改作同车未免直率。

(79)北地灰重,下乡尤甚,故有抖灰二字,今本删去者,殆不知北地情形乎。(眉批)

表 3-5 各种版本脂批对照列表　　　　第十五回表

序号	列藏本	甲戌本	己卯本	庚辰本	王府本	梦觉本	梦稿本	舒序本	戚序本	郑藏本
(1)		有	有	有(同己卯)	有(同己卯)	无批	无批		有(如此)	无批
(2)		有	有	有	有				有	
(3)		有	有	有	有				有	
(4)		有								
(5)		有	有(改)	有(同己卯)	有				有	
(6)		有	有	有	有				有	

续表

序号	列藏本	甲戌本	己卯本	庚辰本	王府本	梦觉本	梦稿本	舒序本	戚序本	郑藏本
(7)		有		有	有				有	
(8)		有	有	有	有(喝写成唱)				有	
(9)		有								
(10)		有								
(11)		有	有	有	有				有	
(12)		有	有	有	有(文意)				有(文意)	
(13)		有	有	有	有				有	
(14)		有	有	有	有				有	
(15)		有	有	有	有				有	
(16)		有	有	有	有				有	
(17)		有	有	有	有				有	
(18)		有	有	有	有				有	
(19)		有	有	有	有				有	
(20)		有	有(伏笔)	有	有(伏笔)				有(伏笔)	
(21)		有	有	有	有				有	
(22)		有	有	有(少细字)	有				有	
(23)		有	有(加奇字)	有	有				有	
(24)		有	有	有	有				有	
(25)		有	有	有	有					
(26)		有	有	有	有				有	
(27)		有	有	有	有				有	
(28)		有	有	有	有				有	
(29)		有	有(改)	有(财一)	有				有(一财字)	

续表

序号	列藏本	甲戌本	己卯本	庚辰本	王府本	梦觉本	梦稿本	舒序本	戚序本	郑藏本
(30)		有	有	有	有				有	
(31)		有	有	有	有				有	
(32)		有	有	有	有				有（如何）	
(33)		有	有	有					有	
(34)		有								
(35)		有	有	有	有				有	
(36)		有	有	有	有				有	
(37)		有	有	有(万万件)	有				有	
(38)		有	有(第38、39写成一条)	有(同己卯本)	有(38、39同)				有	
(39)		有		有	有				有	
(40)		有	有	有	有					
(41)		有	有	有	有				有	
(42)		有	有	有	有					
(43)		有	有	有						
(44)				有						
(45)				有						
(46)				有						
(47)				有						
(48)				有						
(49)				有						
(50)				有						
(51)				有						
(52)				有						
(53)				有						

续表

序号	列藏本	甲戌本	己卯本	庚辰本	王府本	梦觉本	梦稿本	舒序本	戚序本	郑藏本
(54)				有						
(55)				有						
(56)				有						
(57)				有						
(58)				有						
(59)				有						
(60)				有						
(61)				有						
(62)				有						
(63)				有						
(64)				有						
(65)				有						
(66)				有						
(67)				有						
(68)				有						
(69)				有						
(70)				有						
(71)				有						
(72)				有						
(73)				有						
(74)					有					
(75)					有					
(76)					有					
(77)						有				
(78)									有	
(79)									有	
合计(条)		43	38	69	41	1			37	

注：己卯本第29条中先写"财一字"，后改成"一财字"

本回以甲戌本为底本，此回共有79条批语。其中：甲戌本43条，己卯本38条，庚辰本69条,王府本41条,梦觉本1条,戚序本37条,列藏本、舒序本、梦稿本无批。

在此回中,我们可以看到,甲戌本、己卯本、庚辰本、王府本、戚序本的批语大部分重合,其传抄关系十分明显。而另一个特殊的现象是梦觉本出现了与其他脂本相似的批语。现分析如下:

第一,梦觉本的批语与其他脂本第18条相似。梦觉本77条中写道:"所谓纵有千年铁门限,终需一个土馒头,此意可会。"①而甲戌本第18条中写道:"前人诗云,纵有千年铁门限,终须一个土馒头,是此意,故不远二字有文章。"②从这一点来分析,梦觉本与甲戌本有一定的联系。

第二,从批语的内容来看,戚序本、己卯本、庚辰本、王府本四个脂本的批语相一致,这说明这四个脂批本应来自同一母本,或其中的一本是其他三本的过录母本。

第三,从过录的情况来看,各脂本存在差异。如在第20条中,甲戌本写成"伏一笔",③而戚序本、己卯本、庚辰本、王府本全是写"伏笔",而第一条中甲戌本是"如换此一句,如见其形",④其余四个钞本中全是"如换此一句,如此其形",⑤可见四脂本在这一回中是传抄关系更为密切。

又如甲戌本第28条"俱从财一字上发生"⑥这一条,在戚序本是"俱从一财字上发出",⑦而其余四个钞本全抄成"财一字上发出"。从这一点上来分析,这些钞本是互为传抄关系,如果说甲戌本是"最早"的钞本,那么,其余三个钞本自然是以讹传讹。值得注意的是,在己卯本中,这一条又用符号进行了修改,将"俱从财一字上发出"改为"俱从一财字上发出"。⑧己卯本不仅传抄了其他钞本的脂批,也参考对照了戚序本,说明这些钞本同时存在这些人的手里。这是一个值得研究与令人深思的地方。

再如在甲戌本第12条中的"四字有文章,人生离聚亦未尝不如此也"⑨,庚辰本、己卯本与甲戌本相同,都写成"四字有文章",而戚序本与王府本写成"四字有文意",⑩再一次说明,戚序本与王府本属于同一个钞本系列,其关系更为接近。

---

① 曹雪芹著:《甲辰本红楼梦》,沈阳出版社2006年版,第449页。
② 曹雪芹著:《脂砚斋甲戌抄阅再评石头记》,上海古籍出版社1985年版,第155页。
③ 曹雪芹著:《脂砚斋甲戌抄阅再评石头记》,上海古籍出版社1985年版,第155页。
④ 曹雪芹著:《脂砚斋甲戌抄阅再评石头记》,上海古籍出版社1985年版,第151页。
⑤ 曹雪芹著:《甲辰本红楼梦》,沈阳出版社2006年版,第303页。其他不再列举。
⑥ 曹雪芹著:《脂砚斋甲戌抄阅再评石头记》,上海古籍出版社1985年版,第157页。
⑦ 曹雪芹著:《戚序本石头记》卷二,人民文学出版社1975年版,第507页。
⑧ 曹雪芹著:《脂砚斋重评石头记》(己卯本),上海古籍出版社1981年版,第283页。
⑨ 曹雪芹著:《脂砚斋甲戌抄阅再评石头记》,上海古籍出版社1985年版,第154页。
⑩ 曹雪芹著:《戚序本石头记》卷二,人民文学出版社1975年版,第500页。

5. 戚序本与其他脂批本的比对分析

(1)戚序本与甲戌本相同的批语共有 55 条,占戚序本总批语的 47.4%；

(2)戚序本与庚辰本相同的批语共有 99 条,占戚序本总批语的 85.3%；

(3)戚序本与己卯本相同的批语共有 92 条,占戚序本总批语的 79.3%

(4)戚序本与王府本相同的批语共有 95 条,占戚序本总批语的 81.9%。

从上述这些对比中我们可以了解到:

(1)甲戌本与庚辰本最为接近,占 48.8%。

(2)己卯本与庚辰本最为接近,占 98%。

(3)王府本与庚辰本最为接近,占 70.5%。

(4)戚序本与庚辰本、王府本最为接近,占 85% 与 81.9%。

从这些数据来看,我们还有一个值得注意的问题是,戚序本中的批语虽然与庚辰本有 85.3% 的相近,但庚辰本有 296 条批语,而王府本只有 146 条批语,只占庚辰本的一半。所以,王府本更接近戚序本。

通过对这些脂批的对比分析,我们可以初步得出如下结论:

第一,这五个脂批本互有传抄关系,属于同一脂本系列,但各个钞本中都有自己独特的批语,使人们很难判断哪个钞本究竟抄自何本。

第二,王府本与戚序本有较为密切的传抄关系,但也与甲戌本、庚辰本有密切的传抄关系。

第三,甲戌本、庚辰本、己卯本有更密切的传抄关系。在各种钞本系列中,甲戌本、己卯本、庚辰本在文本上与批语上更为接近。戚序本与王府本更为接近。五个脂批本又相互参照,形成一个脂本系统。而甲戌本、己卯本、庚辰本是署有脂研款的真正意义上的"脂本"。

第四,从各个钞本复杂的传抄关系与脂批的交叉重叠现象来看,我们有理由相信,这些脂批钞本是由一个人或一群人共同抄录与收藏的。当然,也可能是一个家族内部进行传抄的。

因为这些钞本若是原封不动地抄于某钞本,说明两者之间是有某种传抄关系的。但这些抄者非得标新立异,要显示此钞本是与众不同的"孤本",故几种钞本的内容皆抄了一些,于是一个钞本的批语中有两个以上其他钞本的批语,这就不得不让人对脂批本的抄成时间产生质疑。我们不管其抄成的时间是何时,但有一点是肯定的,这个抄手抄写的过程中,手头一定有两部以上的"脂批本",只有这样,才有可能在批语中既有甲本,又有乙本的内容。这是一个明证。

在清代中期这些钞本是十分珍贵的,莫说找几本,就是找到一本或一回亦是如获至宝。这些钞本来自不同时期,藏于不同人手中的,藏在不同地方,但令人奇怪的是:这些钞本却同时出现在一个抄胥者的手中,这比胡适先生几日之内连得二本《四松堂集》更困难,这显然是有史以来最大的奇迹!

所以,脂批本中脂批的这种相互交叉与重叠现象,难免让人对这些脂批本的抄成时间与来源产生争议。

综上所述,在各种钞本中,严格上来讲,属于脂批系列的应是戚序本、甲戌本、王府本、己卯本、庚辰本。甲辰本、列藏本属于类脂本系列。而其余几个钞本,属于《红楼梦》钞本系列。同时,各种钞本的抄成时间与真实性是值得认真甄别的。

第四节
各种钞本章回之间的关系研究

一、第十七回、第十八回分开与否对照

表3-7　第十七回、第十八回分开与否对照表

版本 分开否	舒序本	己卯本	庚辰本	列藏本	王府本	梦稿本	梦觉本	戚序本
	已分开	未分开	未分开	已分开	已分开	已分开	已分开	已分开

从第十七回与第十八回的分开与否来看,十个钞本中除甲戌本、郑藏本无此回,其余八个钞本中,未分开的有己卯本与庚辰本。其余六个钞本均已分开。但王府本却保留了"此回宜分二回方妥"的句子。这可能是王府本抄手在抄写回前、回后批的评论中,误以为是评语而照实抄录而至。从这一点来看,王府本是一个杂合几种版本的低质量的过录本,绝非藏家所说的其钞本来源蒙古王府。

仅从第十七回、第十八回分开的情况来看,我们可以得出这样一个初步的评估结果,即己卯本与庚辰本更接近,而王府本也与之有紧密的传抄关系。

二、第一回开头部分内容比对分析

(一)《红楼梦》开头一段情况列举分析

(1)甲戌本

列位看官,你道此书从何而来?说起根由,虽近荒唐,细谙则深有趣味……便袖了这石同那道人飘然而去。

(2)己卯本

此回无开头段。

(3)甲辰本

此开卷第一回也,作者自云……复可悦世之目,破人愁闷……亦是此书立意本

旨。

(4) 庚辰本

此开卷第一回也,作者自云……复可悦世人之目,破人愁闷……亦是此书立意本旨。与甲辰本相同。

(5) 列藏本

此乃开卷第一回也……作者自云……复可悦世之目,破人愁闷……

(6) 王府本

"此开卷第一回……作者自云……复可悦世之目",但缺"此回中凡用'梦'用'幻'等字,是提醒阅者眼目,亦是此书立意本旨"一段。与戚序本、列藏本同。

(7) 梦稿本

"此开卷第一回……"同列藏本。

(8) 戚序本

"此开卷第一回……作者自云……复可悦世之目",缺"此回中凡用'梦'用'幻'等字,是提醒阅者眼目,亦是此书立意本旨"一段。与王府本同。

(9) 舒序本

此开卷第一回……故曰贾雨村云云……本旨。与 庚辰本、甲辰本、列藏本同。

(10) 程甲本①

此开卷第一回……却是此书本旨兼寓提醒阅者之意。

(11) 程乙本②

此开卷第一回也……却是此书本旨兼寓提醒阅者之意。与程甲本相同。

(二)《红楼梦》开头一段的比较

我们对《红楼梦》的开头一段,进行分析比较,就可以发现:

1. 程甲本、程乙本属于同一类别,其开头一段相同。

其开头写的是:此开卷第一回也,作者自云……破一时之闷,醒同人之目不亦宜乎?故曰贾雨村云云,更于篇中用梦幻等字,却是此书本旨,兼寓提醒阅者之意。

2. 梦稿本、甲辰本、庚辰本、舒序本开头相同。其开头写的是:

此开卷第一回也,作者自云……可悦世之目,破人愁闷,不亦宜乎?故曰假语村言云云。此回中凡用"梦"用"幻"等字是提醒阅者眼目,亦是此书立意本旨。

3. 王府本、戚序本、列藏本开头相一致。其开头写的是:

---

① 曹雪芹、高鹗著:《程甲本红楼梦》,书目文献出版社1992年版。
② 曹雪芹、高鹗著:《程乙本红楼梦》,北京图书馆出版社2007年版。

此乃开卷第一回也,作者自云……又何妨用假语村言敷演出一段故事来,亦可使闺阁昭传,复可悦世之目,破人愁闷,不亦乐乎?故云贾雨村云云。

4. 甲戌本自成一个体,开头一段无。

5. 甲戌本与郑藏本无开头一段,无法来判定其属于哪一个类别。

仅从众版本的开头来看,各个脂本与程甲、程乙本相互之间存在着千丝万缕的联系,既有相同部分,也有不同之处。从中我们可以看到脂本中梦稿本、甲辰本(梦觉本)、舒序本之间有着某种传抄的关系。而王府本、戚序本、列藏本三本之间,又是另一种传抄关系。至于这些版本中,是以哪一个为底本,或者说三者共同的底本是何本,是一个值得探讨与研究的问题。但有一点能肯定的是,舒序本与梦稿本、庚辰本、甲辰本之间,戚序本、列藏本、王府本之间有着某些渊源与联系。

从庚辰本的情况来看,庚辰本应是其他版本的过录本。如甲辰本中写到:"可悦世之目"①,原本好像是显有些不通。而庚辰本亦照抄后发现不通,于是,在旁边添上"(可)以","(世)人"二字。②

庚辰本之所以抄后再改,是其抄者擅自修改的,是以现代人的眼光去看古典文学写作方式。其修改虽看上去通顺,却显现出抄者的古典文学水平不高,从这一点上看,足以说明庚辰本是晚于其他钞本的。

三、甲戌本十六个章回的回前回后批评探讨

我们研究脂本,很重要的一点,就是找出各脂本之间的相似性和差异性,分析与研究各脂本之间的异同,从而,进一步了解其脂本之间的渊源与联系。在这里,我想就甲戌本整个十六个章回的回前回后批语与总评,同其他脂批本同一回的批评情况做一个比对与分析。

---

① 曹雪芹著:《甲辰本红楼梦》,沈阳出版社2006年版,第一回,第26页。
② 曹雪芹著:《脂砚斋重评石头记》(庚辰本),人民文学出版社1975年版,第一回,第4页。

表 3-8　有无回前回后诗与批评比较表

回数	甲戌本	己卯本	庚辰本	甲辰本	王府本	列藏本	梦稿本	舒序本	戚序本	郑本、程甲、程乙本
第一回					有回后总评				有回前总评	
第二回					有回前回后评				有回前、回后评	
第三回					有				有	
第四回					有	有回前诗			有	
第五回		有回前诗			有,与戚本同		有回前诗	有回前诗	有	
第六回	有回前评	有回前诗			有回前回后批		有回前诗		有	
第七回	有回前诗				有				有	
第八回	有回前评				有				有	
第十三回	有				有				有	
第十四回	有				有				有	
第十五回	有				有				有	
第十六回	有				有				有	
第二十五回	有回后总评				有				有	
第二十六回	有回后总评				有				有	
第二十七回	有		有回后评		有				有	
第二十八回	有		有回前评		有				有	

从上表我们可以看到：

第一，有回前回后评语的脂本有甲戌本、庚辰本、王府本、戚序本；仅有回前诗的有己卯本、列藏本、梦稿本、舒序本。而甲辰本、郑藏本、程甲、程乙本无回前回后批语。在有回前、回后评语的脂本中，庚辰本仅有2条，甲戌本有11条，而戚序本与王府本的回前、回后评论完全一致。

第二，庚辰本的两条脂批，一条是第二十七回中的回后评论："葬花吟是大观园……只取其韵耳"，①与王府本、戚序本的评论相同，与甲戌本相似。第二条是第二十八回的评论："茜香罗红……添病也。"②亦与戚序本、王府本③相同，与甲戌本大同小异。

第三，甲戌本在二十八回回后评中庚辰本、戚序本、王府本等三个脂本有相同之处，如也有一段"茜香罗红……添病也"，但亦有不同之点。其一，这段评论是在回后总评，而不像其余三个脂本在回前。其二，在这段评论的后面，又加上了一段长的评论"前玉香国中……系伏线之文"④一段。

从这里我们可以看到：甲戌本与戚序本、庚辰本、王府本是同一脂本传抄系列。同时，甲戌本又有其独创性，这些独创性批语，具有很大的随意性，更像是所有脂本的母本，其中的传抄关系如何、孰早孰迟还得认真甄别。但从这里我们可以看到这四个脂本应当是有某种联系的。

第四，从脂本的回前、回后评论来看，王府本与戚序本结合更为紧密，而庚辰本似乎有所变异，但均来自同一个模板。这一点是毋庸置疑的。

第五，己卯本、列藏本、梦稿本、舒序本的回前诗分析。

在己卯本、列藏本、梦稿本、舒序本这四个脂本中，己卯本与梦稿本各有两首回前诗，出现在第五回与第六回，列藏本有一首回前诗，出现在第四回。舒序本有一首回前诗，出现在第五回。我们将两首回前诗进行一个简单的比对分析。

己卯本第五回中有回前评："春困葳拥绣衾，恍随仙子别红尘。问谁幻入华胥境，千古风流造业人。"⑤与舒序本、梦稿本在此回的回前评相同。从这里，我们可以看到舒序本与梦稿本、己卯本有一定的联系。

在第六回中又有一首回前诗云："朝叩富儿门，富儿犹未足。虽无千金酬，嗟彼

---

①曹雪芹著：《脂砚斋重评石头记》（庚辰本），人民文学出版社1975年版，第605页。
②曹雪芹著：《脂砚斋重评石头记》（庚辰本），人民文学出版社1975年版，第627页。
③曹雪芹著：《蒙古王府本石头记》卷三，书目文献出版社1986年版，第1053页。
④曹雪芹著：《脂砚斋甲戌抄阅再评石头记》卷六，上海古籍出版社1985年版，第二十回，第244页。
⑤曹雪芹著：《脂砚斋重评石头记》（己卯本），上海古籍出版社1981年版，第82页。

胜骨肉。"①这与梦稿本、甲戌本、戚序本、王府本相同。

列藏本第四回写有:"捐躯报君恩,未报躯犹在。眼底物多情,君恩或可待。"②这一首回前诗,与其他脂本的回前诗并不相同。

综上所述,甲戌本、己卯本、王府本、舒序本、梦稿本、庚辰本等脂本之间有着密不可分的关系。

第五节
列藏本中的异体字研究

列藏本《石头记》据说为道光年间(1830-1832年)Л·库尔梁德采夫所得。1962年苏联汉学家Ъ·Л·里弗京(李福清)于苏联亚洲研究所列宁格勒分所发现(故称列藏本),1964年撰文介绍,始为人所知。其本现藏俄罗斯圣彼得堡东方学研究所。③

列藏本的出现,给脂本主真说,似乎提供了无可争辩的事实。而且,列藏本其源头清楚,早在民国以前就存在,其脂批与其他脂本大同小异,有相互印证的作用。如果说有人对国内发现所有脂本质疑,那么,列藏本是道光年间的真品,其他脂本又如何会做出与道光年间相同或相似的批评来?看来,列藏本成了脂批本主真派的铁证。

但人们在研究中却发现,列藏本的奇特出现也是存在问题的。有些专家对列藏本的抄成时间提出了不同的看法,认为列藏本的入馆时间是一个很大的疑问,如此珍贵的钞本,放在博物馆无人问津,直到1962年才发现,也属不正常,同时,对列藏本入馆的签名问题,学术界也存在争议。

而冯其庸老先生与周汝昌、李侃在1984年去苏联考察时,虽然时间十分匆忙,但冯老先生等人对列藏本也发现了与其他钞本的不同之处,认为纸质不够薄,且显光亮,从甲戌本、己卯本、庚辰本等乾隆钞本的纸质和黄脆程度来看,似乎都显得新了点,纸质也较粗糙。同时,认定其钞本是经重新装订的,认定其书的抄成时间可能在乾隆末年或嘉庆初年,且后者的可能性更大,而重装的时间必在嘉庆末道光初。④ 最后,他们通过对笔迹的鉴定与研究后认为,列藏本的字体有行楷、楷体、行书,以楷书

---

①曹雪芹著:《脂砚斋重评石头记》(己卯本),上海古籍出版社1981年版,第107页。
②曹雪芹著,中国艺术研究院红楼梦研究所、苏联科学院东方学研究所列宁格勒分所编:《石头记》(列藏本),中华书局1986年版,第153页。
③曹雪芹著:《石头记》(列藏本),中华书局1986年版,"序",第1页。
④曹雪芹著:《石头记》(列藏本),中华书局1986年版,"列宁格勒藏抄本《石头记》概述"。

为主。① 这些鉴定应当说是客观的,但对列藏本准确的入馆时间与抄成年代并没有得出一个十分确切的结论。因而,难以避免学术界对列藏本的质疑。

列藏本到底是不是道光年的钞本,我想对其进行一个粗浅的探讨与研究。

一、列藏本中对异体字涂改现象的原因分析

我们知道,古籍钞本中存在异体字的现象由来有之,我曾对各种脂批本进行了一个异体字的粗略统计,书写最规范的是舒序本、戚序本,其中的异体字最少,异体字最多的为梦觉本与己卯本。异体字的多少并不能成为甄别古籍钞本真伪的依据,同一时期的古籍钞本有的异体字非常多,有的较少,甚至只有极个别的异体字,如《聊斋志异》的钞本中就极少有异体字。这种现象的出现是因为不同的抄者有不同的风格与个性,而且,还与抄者本身的文化素养有关。

列藏本中的异体字是几个钞本中较多的,其实这也不能说列藏本是一个晚出的本子,但有一种现象是很不正常的,那就是其抄手将异体字或简体字改为繁体字的现象。我们从第五册中可以看到,仅这一册就有数十处添改的痕迹,现列举如下:

(1)2282 页,将简体字"几"涂改成繁体字"幾"。

(2)2356 页,将简体字"环"修改为繁体字"環"。

(3) 2372 页,将简体字"云"修改为繁体字"雲"。

(4)2374 页,将简体字或异体字"听"涂改成繁体字"聽"。

(4)2377 页,将简体字"机"涂改成繁体字"機"。

(5)2393 页,在简体字"筹"旁边添注繁体字"籌"。

(6)2393 页,在简体字"窃"旁边写上繁体字"竊"。

(7)2396 页,将简体字"画"改去,在旁添写繁体字"畫"。

(8)2397 页,在简体字"断"旁边添写繁体字"斷"。

(9)2397 页,将简体字"这"改为繁体字"這"。

(10)2400 页,将异体字"处"改写为繁体字"處"。

(11)2402 页,将简体字"齐"改写为繁体字"齊"。

(12)2410 页,将简体字"礼"改为繁体字"禮"。

(13)2416 页,将简体字"辞"改写为繁体字"辭"。

(14)2418 页,将简体字"体"改写为繁体字"體"。

(15)2418 页,将简体字"犹"涂改为繁体字"猶"。

---

①曹雪芹著:《石头记》(列藏本),中华书局 1986 年版,"列宁格勒藏抄本《石头记》概述",第 16 页。

(16)2421 页,将简体字"边"涂改为繁体字"邊"。

(17)2429 页,将简体字"过"涂改为繁体字"過"。

(18)2429 页,将简体字"与"涂改为繁体字"與"。

(19)2429 页,将简体字"过"涂改为繁体字"過"。

(20)2432 页,将简体字"列国"的"国"在旁添繁体字"國"。

(21)2433 页,将简体字"觉"涂改,在旁添繁体字"覺"。

(22)2555 页,将简体字"泪"字涂改,在旁添繁体字"淚"。

(23)2500 页,将简体字"怜"涂改,在旁添繁体字"憐"。

(24)2500 页,在通假字"代"旁添繁体字"黛"。

(25)2504 页,将简体字"才"涂掉,在旁添繁体字"纔"。

(26)2504 页,将简体字"还"涂掉,在旁添繁体字"還"。

(27)2508 页,将简体字"买"涂掉,在旁添繁体字"買"。

(28)2510 页,将简体字"园"涂掉,在旁添繁体字"園"。

(29)2511 页,将通假字或简体字"宝"涂掉,在旁添繁体字"寶"。

(30)2514 页,将简体字"乱"改为繁体字"亂"。

(31)2517 页,将简体字"坏"改为繁体字"壞"。

(32)2544 页,将简体字"当"改为繁体字"當"。

(33)2544 页,将简体字"环"改为繁体字"環"。

(34)2549 页,将简体字"罢"改为繁体字"罷"。

(35)2554 页,将简体字"变"改为繁体字"變"。

(36)2563 页,将简体字"声"改为繁体字"聲"。

(37)2586 页,将简体字"报"改为繁体字"報"。

(38)2682 页,将简体字"鸥"改为繁体字"鷗"。

(39)2685 页,简体字"划"改为繁体字"劃",错改为繁体同音字"韄"。

(40)2676 页,将简体字"伙"改为繁体字"夥"。

(41)2694 页,将简体字"响"改为繁体字"響"。

(42)2706 页,将简体字"斋"改为繁体字"齋"。

(43)2723 页,将简体字"丧"改为繁体字"喪"。

(44)2756 页,将简体字"穷"改为繁体字"窮"。

(45)2766 页,将简体字"吊"改为繁体字"弔"。

(46)2773 页,将将错写的"剂"字改写成繁体字"擠"。

(47)2821 页,将简体字"难"改为繁体字"難",但繁体字却错写了。

(48) 2429 页,将简体字"点"改写成繁体字"點"。
(49) 2501 页,将简体字"党"字改写成繁体字"黨"。
(50) 2501 页,将简体字"权"字改写成繁体字"權"。
(51) 2508 页,将简体字"灵"字改写成繁体字"靈"。

以上列举的例子,仅仅是列藏本由异体字改写为繁体字的一部分。但从上述举例来看,已足以说明问题。列藏本既然是清代的钞本,其中的异体字又是当初人们能看懂的通用字,抄者为何又要将其改为繁体?这种画蛇添足、藏头缩尾的改法,却使我们不得不对列藏本形成的年代产生怀疑。我们或可以这样判断列藏本可能是一个现代的抄手去参照某一个"脂批本"进行抄写,用现代人的字体与简写字进行十分蹩脚的抄录,而其中有人或者就是委托者,发现简化字太多,会使收藏者产生怀疑,故在旁添注修改,但当初尚未发现这种错误非止一处,故就只改其中一部分,而放弃了其他部分的修改。但这名"高人"的古文功底不高,虽然改正了一部分,但这部分中亦出现繁体字错改错写的现象。所以,列藏本最多不过是一个民间常见的抄录本而已,甚至可能是一个近现代的抄录本。

同时,我们看到诸如"国"字这种在民国以后才常用的简体字,却出现在列藏本中,也让人对此本抄成的时间生疑。

二、列藏本中的简化字现象分析

有些特殊的字体,在过去是同音不同义的,这种字只有在出现简化字后,我们才称其为异体字,而在古代却是两个不能通用的字。但列藏本中却出现了这种只有现代人才能准确运用的字体,这是其他古籍钞本中所不常见的。如几与幾、舍与捨、才与纔、干与幹、斗与鬥等。

才:指才能。纔:指刚才的意思。
几:表示茶几。幾:指的是数量。
舍:指房屋。捨:是指捨弃。
干:指一干犯人。幹:指干湿与干事。

这些字在清代是不能通用的,只有在近代简化以后才通用。但在列藏本中,却能将其简化字十分妥帖地简化运用,这就不得不让人觉得奇怪了。

三、列藏本中的错别字现象分析

我们不妨再来看看列藏本中对错别字的删改现象。限于篇幅,在这里我们仅对列藏本第五册(第五十四回至第六十六回)①的十三个章回进行一个简单的分析。

在列藏本第五十四至六十六回中,有多处错别字的现象。除了上述我列举的将简体字改为繁体字的现象外,还出现错写繁体字与用谐音字(别字)的现象。我们先来看看其中繁体字错写的现象。

(一)列藏本中第五十四至六十六回中繁体字错写现象的列举分析

(1)2593页,将"戲"字繁体写成了"虧"繁体,后改正。

(2)2651页,将"伤"字繁体错写,后改正。

(3)2682页,将"鹃"字繁体错写,后改正。

(4)2643页,将"盥沐"错写,后改正,但"沐"字仍错写成"沭"字。

(5)2636页,将"疏"字的繁体字错写,后改正。

(6)2621页,将"屜"字的繁体字错写,后改正为简体"屉"字。

(7)2618页,将"盏"字写成了"盛"字,后改正。

(8)2622页,将"粤"字错写,后改正。

(9)2620页,将"婿"字写成错字,后改正。

(10)2616页,将"网"的繁体字写成了"纲"字,改正后仍错。

(11)2614页,将"曠膩"字写成了"逛贼"字,后改正。

(12)2607页,将"替"字错写,后改正。

(13)2606页,将"買"字错写成了"贾"字,后改正。

(14)2724页,将"碟"字错写,后改正。

(15)2743页,将"华"字的繁体错写,后改。

(16)2731页,将"篩"字错写成了"節",后旁边改正。

(17)2720页,"挈"字错写成了"絮"字,后改正。

(18)2712页,将"回"字错写成了"两"字,后改正。

(19)2706页,将"莹"字错写,后改正。

(20)2697页,将"橙"错写成了"橙"。

(21)2695页,将"耽"字错写,后改正。

(22)2697页,将"僻"字错写,后改正。

(23)2680页,将"珥"字错写,改后仍然错写。

(24)2667页,"氏"写成"氐",后改为氏。

①曹雪芹著:《石头记》(列藏本),中华书局1986年版,第2279-2886页。以下引用该范围内的内容不再标注。

(25)"2754 页,将"自己竟不知回帖"错认错抄为"自已经不知回帖",后改正了"竟"字,但"已"字仍未改。

(26)2764 页,将"囊"字错写,后改正。

(27)2743 页,将"蘼"字错写,后改正。

(28)2760 页,将"类"字繁体错写,后改为"類"。

(29)2736 页,将"聚"字错写,后改正。

(30)2737 页,将繁体"签"字错写,后改写为"籤"。

(31)2689 页,将"畢(毕)"字错写,后改正。

(32)2734 页,将"麝"字错写,后改正。

(33)2706 页,将"瓢"字错写,改后又错。

(34)2768 页,将"靚"写成"现"字,后改。

(35)2767 页,将"声"字繁体字错写,后改正。

(36)2766 页,将"枢"字错写。

(37)2764 页,将"孝"字错写成"教"字,后改正。

(38)2767 页,将"姨"字错写,后改。

(39)2759 页,将"槛"的繁体字错写,后改正。

(40)2683 页,将"阄儿"错写,改后依然错改。

(41)2689 页,将"宪"字繁体错写,后改正。

(42)2689 页,将"捣"字繁体错写,改写后依然错误。

(43)2693 页,将"烛"字的繁体错写,后改正。

(44)2696 页,将"即"字错写成"既"字,后改正。

(45)2704 页,将"鬥"错写,改后又错改。

(46)2710 页,将"鍋"字错写,改后又错。

(47)2596 页,将"耍"错写成"要",后改正。

(48)2288 页,将"妄想"写成谐音"忘想",后改正。

(49)2714 页,将"洼"字错写,改后仍错。

(50)2721 页,将"鬼鬼祟祟""错写成"鬼鬼崇崇",后改正。

(51)2725 页,将"狠"字错认为"狼"字,后改正。

(52)2340 页,将"巡"错写,后改正。

(53)2351 页,将"苦"字错写成"若"字,后改正。

(54)2725 页,将"狠"字错认为"狼"字,后改正。

(55)2372 页,将"籠"字繁体错写,后改正。

(56)2381页,将"辩"错写成繁体"辦"字,后改正。

(57)2727页,将"麵"字错写,后改正。

(58)2748页,将"图"字繁体错写,后改正为"圖"。

(59)2418页,将"蹈"错写成"踏"字,后改正。

(60)2427页,将"齊整"写成谐音"齊正",后改正。

(61)2748页,将"图"字繁体错写,后改正为"圖"。

(62)2433页,将"搅"字错写。后改正。

(63)2764页,将"裹"字错写,后改又错。

(64)2511页,将"樂"字繁体错写成"藥",后改正。

(65)2515页,将"包袱"写成"包衬",后改正。

(66)2515页,将原本写对了的"益发",改写为"亦发"。

(66)2516页,将"跑"字错写成:"跪"字,后改正。

(67)2525页,将"香皂"写成"香炮",后改正。

(68)2530页,将"發獃(呆)"错写成谐音"發怠",后改正。

(69)2543页,将"贾"字错写成"要"字,后改正。

(70)2547页,将"硝"字错写,后改正。

(71)2547页,将"眈"字错写,后改正。

(72)2548页,将"诸"字错写成"诸"字,后改正。

(73)2771页,将"烂"字繁体错写,后改为"爛"。

(74)2563页,将繁体"緣"字错写,后改正。

(75)2580页,将"泡"字错写,后改正。

(76)2587页,将"豎"字错写,后改正。

(77)2779页,将"蹄"字错写,后改正。

(78)2600页,将"混账"写成"浑账",后改正。

(79)2784页,将"雪雁"写成"雪鹰",后改正。

(80)2607页,将"给"字错写成象形字"捨"字,后改正。

(81)2608页,将"孽"字错写,后改正。

(82)2608页,将"溜"字错写,后改正。

(83)2794页,将"闰"字的繁体错写,后改正为"閏"。

(84)2613页,将"逛"字错改。

(85)2796页,将"醢"错写,后改仍错。

(86)2616页,将"网"字错写成"纲"字,后改又错。

(87) 2620 页,将"标致"错写成"缥经"。
(88) 2627 页,将"馋(馋)"字错写,后改又写错。
(89) 2633 页,将"還"写成"反",后改正。
(90) 2638 页,将"盤問"的"盘"字繁体错写,后改正。

我们列举了列藏本中的部分错字,不是由于抄者笔误所致的部分,而是他对繁体字的书写时出现的错误部分。从这些错误来看,我们认为这个抄手一方面从文化水平来讲不高,识字能力太差;另一方面,可以认为他很少写过繁体字,甚至对有些繁体字的结构根本就不了解,对一些繁体字不认识,所以出现乱写乱画的现象。

我们知道,过去凡读过古书的人,自小就一笔一画地练习写字,特别是对繁体字的抄写,更是认真。因为要写好字,必须从最难的字练起。我们可以去比对一些清代钞本就可以看到,这些钞本中越是复杂的繁体字,抄者写得越清晰,且字的大小比例控制得很好,这样,看上去才显整齐美观。如果你是个现代人去写复杂的繁体字,会出现几个问题:一是笔法生硬,如填写般;二是字体结构搭配不合理,写出来的字往往比其他字体大许多,甚至是一倍以上;三是笔画混乱与错误;四是有些人不懂繁体字的书写,在抄写过程中因认错繁体字而将繁体字写成其他类似的字体,出现错别字,这是常见的现象。

很难解释的是列藏本第五十四至六十六回的抄者,像近代人一样去抄写繁体字的现象。而更让人生疑的是,另一位"高人"见字不对,便将其错别字同样进行更正,在其更正的过程中,他自己也出现繁体字错写的现象,这种现象更让人难以理解。

(二)列藏本中的谐音字抄写现象

列藏本中的另一个现象便是写成谐音与同音字或别字,尔后又有人对其进行修正。如:

(1) 2766 页,将"旨"字写成谐音"俭"字。
(2) 2776 页,将"带"字写成"代"字,后改正。
(3) 2785 页,将"桌"写成了"卓"。
(4) 2646 页,将"合"写成了谐音字"和",后改正。
(5) 2335 页,将"此是"写成"此事"。
(6) 2732 页,将"驼"用同音字"酡"字代替。
(7) 2735 页,将"声"字写成了谐音字"春"。
(8) 2747 页,将"格"字写成了"阁"字,后改正。
(9) 2750 页,将"扰"字写成了"饶"字,后改正。
(10) 2759 页,将"翠"字写成了"萃"字。

(11)2766页,将"蓉"字写成了"荣"。

(12)2821页,将"已经"写成"已竟"。

(13)2666页,将"赏(賞)"字写成了"堂"。

(14)2675页,将繁体"与"写成了"于"字,后改为"與"。

(15)2676页,将"陪"写成了"配",后改正。

(16)2676页,将"抄"字写成了"超",后改正。

(17)2821页,将"调戏"写成"嘲戏"。

(18)2729页,将"轻易"的"易"字写成了谐音字"意",后改正。

(19)2730页,将"察"写成了谐音字"查",后改正。

(20)2731页,将"棉"字写成了同音字"绵",后改正。

(21)2612页,将"椅"字写成谐音"畸"字,后改正。

(22)2613页,将"萄"字写成了"桃"字。

(23)2615页,将"墜"字错写成"赘",后改正。

(24)2622页,将繁体"鐘"字写成了"中"字,其后改正。

(25)2622页,将"谈"字写成了"淡"字。

(26)2625页,将"情"字写成了"行"字,后改正。

(27)2632页,将"晕"字写成了"荤"字,后改正。

(28)2638页,将"方"字写成了同音字"芳"字,后改正。

(29)2642页,将"催"字写成同音字了"推"字,后改正。

(30)2644页,将"舅舅"的"舅"字写成了"舊"字,后改正。

(31)2676页,将"道"写成了"到"字,后改正。

(32)2734页,将"阖"字写成了"喝"字。

(33)2665页,将"值"写成谐音字"岂",后改正。

(34)2713页,将"箭"写成"剪",后改正。

(35)2719页,将"狭"字写成"狎"字,后改正。

(36)2728页,将"以后"写成"已后",后改正。

(37)2729页,将"读书"写成"读出",后改正。

(38)2775页,将"其"字写成"岂"字,后改正。

(39)2805页,将"巴结"写成"巴给",后改正。

(40)2806页,将"俞禄"这个姓名写成同音字"愈禄"。

(41)2863页,将"胎"字写成"贴"字,后改正。

(42)2883页,将"嗓"写成同音字"搡"字,后改正。

(43)2434页,将"诧異"错写成"叱意",后改成"陀異",又错改。
(44)2413页,将"强"字写成谐音"蔷"字,后改正。
(45)2601页,将"耳朵"写成谐音字"耳躲",后改正。
(46)2598页,将"左"字写成"佐"字,后改正。
(47)2430页,将"殊"错写成"除",后改正。
(48)2288页,将"再不"写成谐音"在不",后改正。
(49)2308页,将"娄"字写成谐音"楼"字,后改正。
(50)2764页,将"照顾"写成谐音"照姑",后改为繁体"顾"。
(51)2326页,将"捂"字写成谐音"侮"字,错改成"握着嘴"。
(52)2412页,将"富餘"写成谐音"甫餘",后改正。
(53)2365页,将"尊重"的"尊",写成谐音"遵从"的"遵",后改正。
(54)2666页,将"荷包"写成谐音"和包",后将"和"改为"荷"字。
(56)2659页,将"正经"写成"正景",后在"景"字旁改为"经"字。

　　如此多的例子在这十三回中最为多见,这种现象不能用两者是通假字来解释的,只能说明:一方面这个钞本的抄手在抄写时是不认真的,更不像是原作者十年寒窗逐字逐句精心打磨之钞本。另一方面,我们可以这样认为,抄手出现如此多歧义与错误,是因为他有时没有去看底稿,抄手的身边有一人在念稿,而他只是照抄。虽然这样可以减少误抄,节约时间,但却因此会出现这种谐音字频现的现象。

　　对于这种现象,列藏本的专门研究者也有所发现,在"列宁格勒藏抄本《石头记》概述"中写道:

　　还有一组改动能确定抄本的某些重要方面,如第五一回中经常把"只"字改作"这",在第五二、五三、五六回也有这种改正。在五六、五七回中又把"这"改作"只",在第五五回中又把"这"改作"至"。同时这种改正在不同的抄写人中都有(如抄写人A、B、C、E都有),因此我们发觉以上四位抄写人在发音上有混淆现象。北方方言中"至"、"只"与"这"的发音不一样,这就引起了上面这种改动,这种混淆只能发生在抄写人用方言时分不清"至""只"和"这"的发音。而适应《红楼梦》(《石头记》)各种抄本的方言,最可能是扬州方言。这就证明这个抄本是扬州抄的(至少大部分)也可能全部在扬州抄的,也就是十八世纪中叶曹雪芹家居住过的地方。①

　　从这段概述中,我们可知研究者认为:列藏本的抄手是听不懂念稿人发音而引起

————————
①曹雪芹著:《石头记》(列藏本),中华书局1986年版,"列宁格勒藏抄本《石头记》概述",第20页。

在抄写时出现混淆现象,只是他未说穿而已。实际上,列藏本绝不是一个创作者所写的版本,而是一个完完全全的抄录本。在抄录时,一人在念稿,一人在抄。这个念稿者用"扬州"方言在念,抄手听不明白,其文化水平有限,故可能出现了上述的情况。另一个现象却说明抄手对《红楼梦》根本上就不了解,如在上述列举中将"俞禄"写成"愈禄"、将"娄氏"写成"楼氏",这绝不可能是《红楼梦》或《石头记》的作者所能犯的错误。所以,单从这一点来看,列藏本顶多是一个过录本而已,这种水平的抄者不仅不可能对《红楼梦》(《石头记》)进行二次创作,反而会掺杂许多背离原著的东西,其价值不得而知。

概述中写道:"这就证明这个抄本是扬州抄的(至少大部分)也可能全部在扬州抄的,也就是十八世纪中叶曹雪芹家居住过的地方。"这种观点是没有理由成立的,但有一点我倒是认同的,那就是抄胥者正是吴方言区的人,也许,所有的抄手都来自于这个地区,所有的"脂批本"与扬州、苏州、无锡制造有关,只有这样,胡适先生才能轻易得到与发现,其他地方与其他人就没这个"运气"了。

红楼梦研究所的专家对列藏本实际已经进行了很细致的研究,以冯其庸先生为首的红学家以红楼梦研究所的名义写的"序"中就明确指出:

此钞本另一个重要特点是,六十四、六十七两回不缺和七十九、八十两回未分开。按国内各本第六十四、六十七回有的还保留着残缺,如《己卯本》《庚辰本》。有的则已补齐,如《戚本》《王府本》等等。经初步考查,此钞本的六十四、六十七回,或亦出于《戚本》系统。至于七十九、八十回未分开这一情况,为各本所无,至今还是《石头记》钞本中仅见之现象。大家知道,曹雪芹当年创作《石头记》,并不是按回目逐回撰写的,而是下笔一气写出好多文字,然后"纂成目录,分出章回",因此这未分章回未纂目录的本子,自然绝大可能是早期的本子(指所据底本而言)。检之《庚辰本》,这两回已经分开,只是八十回尚无回目,则可见《庚辰本》这两回又似乎当晚于此本。由此可以想象,此钞本底本的若干个部分,应是早于《庚辰本》(这部分所占的比例不大,现在还只能确指七十九、八十回),而其他部分当晚于《庚辰本》。也就是说,此本在钞写之时,所借底本,有可能不是一个来源,而是借用几种钞本合成的,否则就难以解释以上这种矛盾现象。①

从上述分析来看,红学专家早就认为这个钞本是个拼凑起来的版本,在抄写的过程中,同时借用了数个钞本,"否则就难以解释以上这种矛盾现象"。这与我对己卯本的脂批研究中发现的现象一样,己卯本的抄手,必须参照两个以上的脂本底本才可

---

① 曹雪芹著:《石头记》(列藏本),中华书局1986年版,"序",第4—5页。

能抄出那样的批注来,否则,也难以解释那样的现象。这种钞本之间存在的相互参照、互为底本的现象,就更证实了我的判断:这些脂批本是掌握在一个分工严密的团体手中,这个团体也许是在乾隆、嘉庆、道光年间,也许在清末民国初,或更晚,而后两种可能是完全存在的。

对于该钞本的抄成年份,冯其庸等红楼梦研究所的专家在序言中也有论述,现辑录如下:

此钞本所用的衬纸,是清高宗的《御制诗》第四第五集。按《御制诗》四集刻于乾隆四十八年(1783),第五集刻成于乾隆六十年(1795),则此衬纸,当系重装时衬入,其重装时间必在嘉末道初。总之,当在其钞毕装成后相当一段时间内再行重装,则其时必已晚于乾隆六十年甚久,否则,庶民钞书装书,岂敢犯封建皇家帝之"天威"!①

从红学家的最初研究中,我们便可知,这个钞本是一个后装本,装订时间必在乾隆六十年(1795)以后很久,理由是:"庶民钞书装书,岂敢犯封建皇家帝之'天威'!"我想这个分析与判断无疑是十分正确的,但有两点疑问:其一,钞本抄成时为什么不可能是在"晚于乾隆六十年甚久"呢?因为,我们不能排除其可能性。其二,既然御制诗是不能随意钞书装书的,那么,到道光年间也未必可以,为什么我们不能推断其为清末民国初衬装的钞本呢?这种可能性可能会更大,更能解释这种现象。所以,列藏本的钞成时间与装衬的时间是一个值得重新探讨的问题。

综上所述,列藏本是由多人分工协作,参照某一"脂批本"进行抄录而成的过录本。其一,从异体字上分析,存在着太多的疑点;其二,从抄手对繁体字的辨读与书写能力来看,亦像是近现代的抄手所为;其三,从抄手对谐音的误听误抄与对《红楼梦》人物的不了解来看,此本是一个抄写水平不高、离原作很远的钞本;最后,我认为列藏本的形成年代存在太多的问题,故对列藏本的抄成时间与衬装的时间有作进一步专业鉴定的必要。

第六节
甲戌本的质疑

甲戌本是一个对曹学立论至关重要的文本,对胡适先生发现的这个珍贵的史料,学术界一直存在不同的声音。有人认为甲戌本不可能是最早的钞本,抄成的时间与其中的批语也是值得质疑的。有关这方面的争议在此不需多谈,现仅就个人通过对此本的学习与探讨后,谈点个人愚见。我认为甲戌本确有疑问之处:

---

① 曹雪芹著:《石头记》(列藏本),中华书局1986年版,"序",第5页。

其一，甲戌本中脂批如麻，且字迹鲜丽，颜色新润，这更像是后人所添加。我们可以想象，一个真正要传阅或付梓的钞本，又是个凡四阅过的誊清本，批者为何要如此改得面目全非？如果是草稿还能说得过去，但作为誊清稿，绝不可能如此一批再批。

其二，从脂批来看，批者似乎是想将作者的真实身份、生卒年月、出生地（写到江南）批注在其中。但我们知道，原作者在那种严酷的文字狱年代，既不敢具真名实姓，又不敢自暴身份，为何要用数百条批注来透露自己的身份与姓名、地址？这是于理不通的，即使有脂批，也是虚假的信息，不可能说真话。

其三，甲戌本脂批中写道：

曹雪芹旧有个《风月宝鉴》之书，乃其弟棠村序也，今棠村已逝，余睹新怀旧，故仍因之。①

从脂砚斋的批语来看，曹雪芹有其弟棠村其人，是亲弟而不是堂弟。这人身份应当是明确与公开的。若真如胡适先生所考证的曹雪芹是曹寅之孙，那么在曹寅的孙子中为何不见曹棠村与曹雪芹或曹霑其人呢？便算是脂批本是真实的，也不能说明胡适先生的"曹学"理论是正确的，所谓曹雪芹、曹棠村是曹寅之孙完全是不存在的，脂批本中这种说法，显然是不能自圆其说的。

脂批本的批语中还写到芹溪其人，有人将芹溪考证为曹雪芹，其依据是瑞裕的《枣窗闲笔》中写到脂砚斋是曹雪芹之叔。而《春柳堂诗稿》中又有曹芹溪其人，曹芹溪＝曹霑＝曹雪芹。由此说明脂砚斋是存在的，脂批本是真实的。这种推理粗看起来十分合理，似乎两处史料相互佐证，但这个结论成立的大前提是两个资料必须是真实的。令人深思的是，甲戌本与《春柳堂诗稿》一样受到一些学者的质疑，而《春柳堂诗稿》中不避国讳，与甲戌本如出一辙，如同一对孪生姐妹，这种现象也是一些研究者对两个稿本的真实性产生质疑的原因之一。

其四，从回前诗来看，其对仗方式与原作者的风格存在较大的差距。"凡例"中写道：

浮生养甚苦奔忙，盛席华筵终散场。
悲喜千般同幻渺，古今一梦尽荒唐。
漫漫红袖啼痕重，更有情痴抱恨长。
字字看来皆是血，十年辛苦不寻常。②

---

① 曹雪芹著：《脂砚斋甲戌抄阅再评石头记》卷一，上海古籍出版社1985年版，第9页。
② 曹雪芹著：《脂砚斋甲戌抄阅再评石头记》卷一，上海古籍出版社1985年版，"凡例"，第4页。

从其诗句的对仗风格来看,与《红楼梦》中的诗句字字斟酌、句句典故、寓意深邃相比,存在一定的反差。如"漫漫"与"更有"这两个宽对的词组,在《红楼梦》诗词中是很少出现的。这种不工整的诗句,应当是批者的添撰。而耐人寻味的是在第十五回、第十六回的回前写有"诗云"二字,底下却没有诗词。如果是脂砚凡四阅过的本子,又是经曹雪芹十年编纂的定稿,岂能在此处不写诗而空下来。唯一的可能是:后作者的古诗词水平太差,没有想到合适的诗句,只好暂时空在这里,再寻新句,又因急于出手,未及补上,就留下此处漏洞,或者因其诗的水平与原作者相距太远,有某种担心才会如此。

其五,曹雪芹所披阅成书的是《金陵十二钗》而非《石头记》。

在《红楼梦》的开头明确写道:"后因曹雪芹于悼红轩中披阅十载,增删五次,纂成目录,分出章回,则题曰《金陵十二钗》。"从中可以看到,《石头记》为原始作者"石头"所记。曹雪芹所编纂,并分出章回的是《金陵十二钗》,而后流行于世的脂批本却大书《石头记》之名,说是曹雪芹所编,这显然是矛盾的。既然曹雪芹将其书改为了《金陵十二钗》,在他的定稿中,怎么可能不见《金陵十二钗》的书名,而只有《石头记》的书名?这无疑是一个值得深思的问题。

其六,甲戌本不避国讳的现象值得谨慎对待。

对于甲戌本不避国讳的现象,红学界争议很大,刘广定、欧阳健先生认为这是甲戌本为伪本的铁证,但遭到了很多人的反驳。① 这场争论实际上是对脂真还是脂伪的一场大讨论。在这里我们再来谈谈这个敏感的话题。

避讳的分析是古籍鉴定的一个最重要的手段之一,这个问题前面我们已经论述过了,在此不再重述。从古籍的避讳情况来分析,钞本的避讳没有刻本严格,但并不是无规律可循。我们从大量的钞本中可以看到,乾隆以后的清代钞本中,绝少有不避国讳的,即使有也不过是一二处笔误。

那么甲戌本的避讳是一种什么样的情况呢?我们可以通过文本看到,甲戌本中"玄"字不避讳,"真"字避与不避之间,"宁"字避讳,"历"字避讳。对甲戌本的避讳问题有很多的解释,有人认为:第一,小说这种民间钞本在避讳问题上是不严格的,即使刻本,也存在避讳不严格的现象,这在清代中期的古籍中可以找到例证。第二,"宁"的避讳写法不仅乾隆年间存在,在此之前的朝代中也存在,这是一种书法写作上的异体字。故"宁"字的避讳与否,不能作为古籍断代的依据。

---

①详见欧阳健、曲沐、吴国柱著:《红学百年风云录》之"关于脂本不避国讳争论的展开和深化",浙江古籍出版社1999年版。

上海图书馆古籍鉴定专家、国家文物鉴定委员会委员陈先行先生在2008年的浙江与江苏图书馆举办的古籍鉴定会上就曾指出：

利用避讳字鉴定抄本，主要留意清代尤其是康、雍、乾三朝，明代抄本避讳不严。譬如清代避康熙帝玄烨讳、乾隆帝弘历讳，人们即以"玄"字是否缺笔或改为"元"字、"弘"字是否缺笔或改为"宏"字来判断该本是抄在清初抑或之后、是旧抄还是新抄。（见江苏古籍保护网）

可见对钞本抄成年代的鉴定，避讳无疑是最重要的一个手段，特别是对于避讳最严格的康、雍、乾三朝。这个方法可不是红学家杜撰的，而是古籍界早有共识。其实，我们从大量的古籍钞本可以看到，不仅康、雍、乾三朝存在这种严格的避讳现象，在清代后期甚至在民国初期的钞本中仍存在这种现象。可以说对于最为严格与普遍的"玄"字的避讳，避是绝对的，不避是相对的。也就是说由于抄胥者的不小心，出现一二处不避的现象是正常的，也是存在的，但一处都不避是十分罕见的，在康、雍、乾三朝出现则更是不正常的。如果钞本中出现这种绝对不避讳的现象，我们就有足够的理由对其抄成的年代产生怀疑。所以，学术界出现对甲戌抄成年代的争议应当说也是有科学依据的。

如果要排除人们对甲戌本真伪的这种怀疑，除非证明甲戌本是康熙早期或康熙朝以前的钞本，但我们通过对甲戌本分析与研究，认为这种可能性是不存在的，因为甲戌本不仅避"宁"字讳，也避"真"字、"历"字讳，即避雍正（真字）、乾隆（历字）、避道光（宁字）的讳。如果说"历"字与"宁"字的避讳写法在清乾隆年以前是存在的，不足以说明这个钞本的抄成年代，但真字的避讳，却能说明这个钞本不可能是康熙年间的，而是在雍正以后抄成的。

由此看来，甲戌本对"玄"字的不避讳现象，是一个无法解释的现象。

其七，胡适先生的陈述不能解释甲戌本中存在的诸多疑问。

首先，人们对胡适先生这个本子的来历一直持怀疑态度，这个花了不少钱的本子，按理是应当会搞清其来龙去脉的，但胡适先生对此却似乎在故意隐瞒其真相。他在《跋乾隆甲戌〈脂斋砚斋重评石头记〉影印本》一文中写道：

我在民国十六年（1927）夏天得到这部世间最古的《红楼梦》写本的时候，我就注意到首面前三行的下面撕去了一块纸：这是有意隐没这部抄本从谁家出来的踪迹，所以毁去了最后收藏人的印章。我当时太疏忽，没有记下卖书人的姓名地址，没有和他通信，所以我完全不知道这部书在那最近几十年里的历史。①

---

①胡适著：《胡适红楼梦研究论述全编》，上海古籍出版社1986年版，第338页。

但是,有人从后来发现的胡适先生的书信中,却发现了胡适先生与卖书者胡星垣的信函。为什么胡适先生要隐瞒这本"世上最古的"书的来历?难道其中有不可告人的秘密?这不得不让人产生联想。

而让人更觉得不可思议的是,这个在胡适先生发表《红楼梦考证》后六年才得到的本子,其中许多的脂批,竟与胡适先生的观点相互印证!

他在《红楼梦考证》中写道:

康熙帝六次南巡的年代,可与上两表参看:

康熙二三	一次南巡	曹玺为苏州织造
二八	二次南巡	
三八	三次南巡	曹寅为江宁织造
四二	四次南巡	同上
四四	五次南巡	同上
四六	六次南巡	同上

颉刚又考得"康熙南巡,除第一次到南京驻跸将军署外,余五次均把织造署当行宫"。这五次之中,曹寅当了四次接驾的差。又《振绮堂丛书》内有《圣驾五幸江南恭录》一卷,记康熙四十四年的第五次南巡,写曹寅既在南京接驾,又以巡盐御史的资格赶到扬州接驾;又记曹寅进贡的礼物及康熙帝回銮时赏他通政使司通政使的事,甚详细,可以参看。①

其后又写道:

第三,《红楼梦》第十六回有谈论南巡接驾的一大段,原文如下:

凤姐道:"……可恨我小几岁年纪,若早生二三十年,如今这些老人家也不薄我没见世面了。说起当年太祖皇帝仿舜巡的故事,比一部书还热闹,我偏偏的没赶上。"

赵嬷嬷(贾琏的乳母)道:"嗳哟,那可是千载难逢的!那时候我才记事儿。咱们贾府正在姑苏扬州一带,监造海船,修理海塘。只预备接驾一次,把银子花的像淌海水是的。说起来——"

凤姐忙接道:"我们王府里也预备过一次。那时我爷爷专管各国进贡朝贺的事,凡有外国人来,都是我们家养活。粤、闽、滇、浙所有的洋船货物,都是我们家的。"

赵嬷嬷道:"那是谁不知道的?……如今还有现在江南的甄家,——嗳哟,好势

---

① 详见胡适著,欧阳哲生编:《胡适文集2》,《胡适文存》卷三之《红楼梦考证(改定稿)》,北京大学出版社1998年版,第444页。

派!——独他们家接驾四次。要不是我们亲眼看见,告诉谁也不信的。别讲银子成了粪土;凭是世上有的,没有不是堆山积海的,'罪过可惜'四个字,竟顾不得了。"

凤姐道:"我常听见我们大爷说,也是这样的。岂有不信的?只纳罕他家怎么就这样富贵呢?"

赵嬷嬷道:"告诉奶奶一句话:也不过拿着皇帝家的银子往皇帝身上使罢了。谁家有那些钱买这个虚热闹去?"

此处说的甄家与贾家都是曹家。曹家几代在江南做官,故《红楼梦》里的贾家虽在"长安",而甄家始终在江南。上文曾考出康熙帝南巡六次,曹寅当了四次接驾的差,皇帝就住在他的衙门里。《红楼梦》差不多全不提起历史上的事实,但此处却郑重的说起"太祖皇帝仿舜巡的故事",大概是因为曹家四次接驾乃是很不常见的盛事,故曹雪芹不知不觉的——或是有意的——把他家这桩最阔的大典说了出来。这也是敦敏送他的诗里说的"秦淮旧梦忆繁华"了。但我们却在这里得着一条很重要的证据。因为一家接驾四五次,不是人人可以随便有的机会。大官如督抚,不能久任一处,便不能有这样好的机会。只有曹寅做了二十年江宁织造,恰巧当了四次接驾的差。这不是很可靠的证据吗?①

他在《跋乾隆庚辰本〈脂斋砚斋重评石头记〉抄本》中写道:

我从前曾指出《红楼梦》十六回凤姐谈"南巡接驾"一大段即是追忆康熙南巡时曹寅四次接驾的故事。这个假设,在甲戌本的批语上已得著一点证明了(《文存三集》五七四;或《文选》四三七—四三八)。此本的南巡接驾一段也有类似的批语:"咱们贾府只预备接驾一次"一句旁有批语云:

不要瞒人。

"现在江南的甄家……独他家接驾四次"一段旁有朱云:

点正题正文。

又批云:

真有此事,经过见过。

这更可证实我的假设了。甄家在江南,即是三代在南京做织造时的曹家;贾家即是小说里假托在京都的曹家。《红楼梦》写的故事的背景即是曹家,这南巡接驾的回

---

① 详见胡适著,欧阳哲生编:《胡适文集2》,《胡适文存》卷三之《红楼梦考证(改定稿)》,北京大学出版社1998年版,第451—452页。

忆是一个铁证,因为当时没有别的私家做过这样的豪举。①

　　从甲戌本与庚辰本中的脂批情况来看,胡适先生简直是未卜先知的神仙或者这两个钞本就是为胡适先生量身订制的。因为,胡适先生六年前的所有推断都在这里得到证实,如胡适先生认为《红楼梦》中贾家接驾的事,就是曹寅家数次接驾的真实记录,都在甲戌本多处批注中将这一事实写入其中,甚至连"接驾四次"这样的字也出现在脂批中。其中还有胡适先生有意或无意没列举进去的脂评,如甲戌本第十六回的回前总评中写道:

借省亲事写南巡,出脱心中多少忆昔感今?②

　　这更明确了《红楼梦》中写省亲一事,借用的是"康熙南巡"的事情写成的。这对胡适确立曹家就是贾家尤为重要,因为这样就能解释江南曹家与北京省亲的矛盾问题;解释《红楼梦》中语言与民俗、风情南北杂糅的现象。同时,也印证了胡适先生的推断是正确的。不仅如此,胡适先生还通过庚辰本中"按四下乃寅正初刻,'寅'此样(写)法,避讳也"的夹批,来证实作者是曹雪芹,因"作者雪芹是曹寅孙子,所以避'寅'字讳"。③ 但实际上,在脂批本中不避"寅"字讳的非止一处,可看出胡适先生的这种观点也是站不住脚的。

　　其八,甲戌本仅仅是过录本。

　　胡适先生在《跋乾隆庚辰本〈脂斋砚斋重评石头记〉抄本》中写道:

甲戌本也是过录之本,其底本写于"庚辰秋定本"之前六年,尚可以考见写定之前的稿本状况,故最为可贵。甲戌本所录批语,其年代有"甲午八月"(1774)年,又在此本最晚的批语(丁亥)之后七年,其中有很重要的追忆,使我们因此知道曹雪芹死在壬午除夕,知道《红楼梦》所记本事确指曹家。④

　　从胡适先生的这段描述来看,他不仅知道甲戌本是过录本,还从中知道"《红楼梦》所记确指曹家"。

　　那么,胡适先生为何能未卜先知这个甲戌本是个过录本,写的又是曹家的事呢?

――――――――――

①胡适著,欧阳哲生编:《胡适文集5》,《胡适文存》卷三,北京大学出版社1998年版,第327页。

②曹雪芹著:《脂砚斋甲戌抄阅再评石头记》,卷十六,上海古籍出版社1985年版,第161页。

③胡适著,欧阳哲生编:《胡适文集5》,《胡适文存》卷三,北京大学出版社1998年版,第327页。

④胡适著,欧阳哲生编:《胡适文集5》,《胡适文存》卷三,北京大学出版社1998年版,第324页。

其实，胡适先生也知道，如果说这个钞本是曹雪芹的手迹定然是说不过去，唯有说成是过录本才能使人相信，这正是胡适先生的聪明之处。胡适先生关心的不是这个，他最需要证明的是《红楼梦》写的是曹家之事、证明他的结论是正确的，于是，甲戌本无疑成了最重要的证据。

然而，人们不由会质疑，既然甲戌本是过录本，那么，最原始的版本又去了哪里呢？既然不是最原始的版本，这些批语又是后来的人陆续批注的，又怎么能断定这些批书人与作者曹雪芹非亲即故呢？这些批语为什么不可以是后来的人随意添撰的呢？这些后来加上去的，而不是最原始的批语怎么可能成为考证作者的证据材料？人们为何又不能怀疑，这个最早的钞本是后人写成的最原始的杜撰本，是其他"脂批本"最原始也是"天底唯一"的底本呢？

胡适先生不仅发现了"世间最古的《红楼梦》写本"，还幸运地得到了另一个世间的孤本——《四松堂集》付刻底本，这些材料都在证实胡适先生在《红楼梦考证》中所有观点的正确性，胡适先生可谓是幸运之极。

胡适先生可谓是天底下最幸运的人与最聪明的人了，但世上哪有这样巧合的事？胡适先生若没预先见过这些材料，其结论与证据哪能如此相符？故人们就难免会怀疑胡适先生为了证明自己观点的正确，在后来的考证中陆续制造"证据"，为其自圆其说了。

从上述学术界存在的一些不同看法来分析，我认为：甲戌本抄成时间是值得再研究与鉴定的。如果脂批的内容不能显露出原作者真实身份的信息，那么，我们对其研究愈久，可能离考证的事实真相越来越远。

第七节
其他脂本的分析与总评

一、庚辰本的脂批真伪的争论

对庚辰本成书时间的争议甚多，很多人对庚辰本的脂批提出质疑。其实，庚辰本与甲戌本一样，在脂批中都透露《石头记》未完之象。庚辰本第七十四回之尾有"乾隆二十一年五月初七对清，缺中秋诗俟雪芹"①的批语。从这句批语来看，疑点甚多。

其一，我们知道曹雪芹不可能是真名实姓，在二百多年的考证中，我们并没有准确地了解曹雪芹真实的身份。"俟雪芹"之说显然是伪说。

其二，《石头记》经曹雪芹批阅十载，修改数次，又经脂砚斋凡四评过，怎么连一

---

①曹雪芹著：《脂砚斋重评石头记》（庚辰本），人民文学出版社1975年版，第1831页。

首中秋诗都没有写完呢？以一个作者正常的写作方法来看,是先打框架,写成草稿(包括诗),再加修改润色,经过如此琢磨的《石头记》,岂能独缺此首中秋诗呢？

其三,落款更有问题。古人落款,一般在某本末落上甲戌或己卯之类的干支年款。这种落款显然不符合古本的落款形式,故亦值得质疑。

其四,钞本的错别字与异文窜行现象明显。

其中,多次将"邢夫人"写成"刑夫人",①说明抄者对《红楼梦》中的人物很不了解,单从这一点来看,庚辰本就不可能是饱读诗书的曹雪芹或有能力指点《石头记》的"脂砚斋"所修改的原本。

其五,从"此回未成而芹逝矣"的批语中又见其矛盾。

在庚辰本第二十二回结尾,有一段畸勿叟的批语,其中写到"此回未成而芹逝矣"之句,这句话让人生疑。我们知道,曹雪芹是花了十载的时间来批书,他怎么可能只写了二十二回就死了？这显然是后人在胡批乱改。如此看来,要么是《石头记》不是曹雪芹所写,要么是这个脂批者在撒谎。

由此看来,庚辰本的脂批显然是照抄其他钞本,其独特的批语更是后人杜撰的。这些画蛇添足的批语,不仅不能证明其不是最原始的钞本,反而说明这是一个后抄本。

二、对己卯本脂批的争议

对己卯本的真伪,学术界争议比较大,不知孰是孰非。但有几点是值得我们进一步去研究的。

1. 己卯本中出现脂研与脂砚、脂砚斋三种不同的落款,而且是同一笔迹。如果说己卯本当初写上这些落款,是为了证明其钞本是早期的手钞本,且是原作者身边的所题,那么,这就让人生疑了。我们知道,一个人有自己的签名习惯,也许可能用一个别名,但不可能连用三个不同的名字,落于同一钞本之中。如脂砚斋的署名错写成了"指砚",难道批者连自己的名字都会弄错？脂研斋与脂砚斋等落款其字迹不相一致,却与钞者的笔迹相一致,但从批评的时间与抄写的时间来看,却相差十余年,可见其中存在很多的疑问。

从这一点来看,己卯本抄手是在刻意杜撰"脂研"其人还是道听途说地编写脂批,就值得研究了。至此,我们只能将其解释为其"真本"的"过录本",这种"过录本"不过是无多大史料价值的"复制品"而已。

2. 己卯本批语中的另一个问题是,其脂批的内容让人生疑。

---

①曹雪芹著:《脂砚斋重评石头记》(庚辰本),人民文学出版社1975年版。

在第六十一回回前写到"内缺六十七、六十四回"一条。① 我们知道,脂批本是经脂砚斋凡四阅过的本子,怎么会缺两回呢?如果真缺两回,也应由"曹雪芹"先生补齐啊!文章章回尚且不齐,何来凡四批阅之说?即使缺二回,作为真本,又岂会在回前写如此批注?故这种不打自招的做法,恰恰说明这些加注的"脂批"是后人随意添加的批注,己卯本也仅仅是一个后人传抄的"过录本"而已,绝非真的原本。

3. 两个批本中有畸笏叟等人的批语,但字迹却出自一人之手。这说明这些批语是过录的而已。

综上所述,己卯本也只是一个后期的过录本而已。

三、蒙古王府本是否是脂砚斋原本

我们知道王府本是蒙古王府的藏品,如果蒙古王府本是曹雪芹的手稿,并是经脂砚斋凡四批过的底稿,那么这个手稿一定是十分工整地誊写的版本,绝不会出现太多的错误。如果有错误,也应当改在底稿上,而不是一条条空泛的批语。但从我们的分析与研究中发现,其中有许多的问题值得研究。

第一,该钞本抄写的字迹潦草,出现多次的错别字与异文现象。如果是有人将此本送到王府,绝对是不敬的。过去,王府对进贡之物,要求甚为严格,像一件瓷器,稍有瑕疵,就要砸毁重烧。《红楼梦》钞本在当初只是一本普通的书稿而已,绝没有像今天这样价值不菲。送书稿应当是将民间的钞本中最好的钞本贡上,岂能呈上如此粗糙之本?

第二,通过我们前面的研究可知,王府本是一个戚序本系列钞本,该本是戚序本后的版本,故不可能是原作者"曹雪芹"与"脂砚斋"手抄的版本,而钞本透露出来的信息对解开《红楼梦》之谜的价值不大。

第三,如果是蒙古王府请人抄写的版本,其抄手绝对是书法大家,一笔一画认真工整,不敢轻易出错。但从该钞本来看,异文错字频见,可见其抄手水平并不高,且不止一个抄手。王府本作为一个蒙古王府的藏本,按理是不应有太多的错文漏字、脱节衍文现象的,但在王府本中,这种现象却屡屡出现。除了我上面列举的几条例子外,我们还发现王府本中出现了很多的错字别字。如在脂批中将尊重的"尊"字写成"遵"字,将"喝"字写成"唱"字。王府本除了抄者的文字平常外,其文化水平与古文功底也极差。因而,说这个钞本是王府钞本,是出自王府,显然是难以自圆其说的。

第四,在王府本中我们还发现了抄写页码的错误。在第五十八回第二二三八页、二二三九页与二二四零页,二二四一与二二四四次序混乱,出现倒装的现象。② 这种

---

① 曹雪芹著:《脂砚斋重评石头记》(庚辰本),人民文学出版社1975年版,第509页。
② 曹雪芹著:《蒙古王府本石头记》卷六,书目文献出版社1986年版,第2238-2245页。

错误的出现,说明所谓的王府本做工是十分粗劣的。其源于"王府"的说法是值得怀疑的。

至于第七十一回回末总评页背面的"柒爷王爷"①的款也可以视为古董商为善其价,而精心添写的伪款。所以,我们仅凭钞本中所写的"柒爷王爷"与疑似王府的印鉴就定论为蒙古王府内的真品,显然是有些草率的。

由此,我们认为蒙古王府钞本应是一个以戚序本作为母本,以已卯本与庚辰本为父本的过录本而已,其学术价值并不高。

第八节
版本中的南北之争

从脂本的批语中,我们可以发现一个值得注意的现象,就是钞本中透露的版本的南北之争问题。我们从脂本的批语中就能清晰地看到这种现象。甲戌本、已卯本、庚辰本更为趋向于南方,趋向于说明原始作者是南方人,是与江南金陵的曹寅家族有关的,如甲戌本的脂批中写道"是金陵"②(第一回),而在庚辰本中第五十二回的夹批中写道:"按四下乃寅正初刻,'寅'此样法,避讳也。"③即避曹寅之讳。从这些批注来看,其目的是证明,《红楼梦》(《石头记》)写的是金陵之地,记录的是曹氏家族之事。

而另一类钞本,就似乎要说明其原始的作者是北方人,写的是北方与京城中的事件。在戚序本中第十五回中写道:"坐车者立下骑而坐车也,此句极合京语口吻,今本改作同车未免直率。"④同一回中又写道:"北地灰重,下乡尤甚,故有'抖灰'二字。今本删去者,殆不知北地情形乎?"⑤其中似乎在向人们说明《红楼梦》写的是北方的事,用的是北方的方言。而王府本中第七十一回末总评一页的背面有"柒爷王爷"之草书,似乎在告诉人们《红楼梦》与清王府有着密切的关系。而庚辰本被人直接考证出与康熙第十三子允祥及其子弘晓有关。

从这些脂批的情况来看,有些可能是原有的,但大多数应是后人所加,这些批语反映了一些学者对《红楼梦》的作者出生何地,写的何处,存在着较大的分歧。有些学者抄手为图一己之私,在其钞本上胡写乱添的情况自然也在所难免。

---

① 曹雪芹著:《蒙古王府本石头记》卷八,书目文献出版社1986年版,第3778页。
② 曹雪芹著:《脂砚斋甲戌抄阅再评石头记》卷六,上海古籍出版社1985年版,第9页"夹批"。
③ 曹雪芹著:《脂砚斋重评石头记》(庚辰本),人民文学出版社1975年版,第1226页。
④ 曹雪芹著:《戚序本石头记》卷二、三,人民文学出版社1975年版,第495页"眉批"。
⑤ 曹雪芹著:《戚序本石头记》卷二、三,人民文学出版社1975年版,第499页"眉批"。

我一直认为,《红楼梦》是一部不同于任何其他小说的文学作品,编纂者也有着各自的经历,包容了很多不属于原始作者所写的其他内容,包括方言、风俗等。但其底色却是无法掩盖的,这种体现在文学上的底色就是南方方言。

戚序本中虽然多次提到今本错改,且说今本是别人将北方方言改成了南方方言。但这恰恰暴露戚序本的漏洞:

其一,"今本改为其他语言"的这种说法,说明戚序本之人在抄写时,在眉批之时,《红楼梦》已成册流行。他批注时所处的时代应已经很晚了。

其二,既然他手中有可供参考的带京腔京味的版本,他为何又要来苦心抄一本?他只需将那一本交出来就是,或说明其钞本是何人所抄,何时留下的就行了。但这些都没有,又怎么能说明他的旧本是真有其事呢?看来,这也不过是抄者为善其作而故弄玄虚罢了。

其三,批者所指的旧本,没有证据来证明旧本比"今本"优,或是最原始的版本。他只不过是在说明《石头记》的南方方言是由北京方言修改而成的,其所写的地方是北方而已。其用心自然不言自明。

那么,《石头记》的原始语言真是以北京方言为主,而后经南方人删改而成的吗?回答是否定的,这个问题我在《红楼湘娄文化考》中已作了大量的论述,在以后的章节中也将再述,故在这里不再多议。

在这里,我只想举一个例子,就是我们在前面分析的方言"要得"一词中,其他版本在第十回中①,都写"哪里要得",但梦稿本却将这句通俗的南方方言改成了带京味的"哪儿要得"。②

这种南腔北调的篡改,恰恰说明了《红楼梦》(《石头记》)在传抄过程中掺糅进了大量的北方方言,而非南方人将北方方言改成南方方言。

第九节
对各种钞本探讨的总结

一、对脂批本的个人管见

我从方言、脂批、避讳等方面对各种《红楼梦》或《石头记》的钞本进行了初步的研究与分析,并对一些局部现象以自己认为正确的方法与角度去进行了分析,形成了自己对各种钞本的看法。

---

①曹雪芹、高鹗著:《程甲本红楼梦》,书目文献出版社1992年版,第314页。
②曹雪芹著:《乾隆抄本百廿回红楼梦稿》(杨藏),人民文学出版社2010年版,第125页。

1. 舒序本、戚序本接近于程甲、程乙本,其年份应在清代,极可能是其他脂本的母本。

2. 舒序本、梦稿本、郑藏本无脂批,故不能认定为脂批本,戚序本是很常见的传抄夹批本,这些都是一些《红楼梦》或《石头记》的手抄本,不应列入脂批本之列。

3. 列藏本的抄成年份存在较大的疑点,有些扉页可能抄成于建国以后。

4. 所有脂批本应当都是过录本,其中有许多过录者自撰的批语。

5. 甲戌本、己卯本、庚辰本、列藏本是相对接近的钞本,而戚序本与王府本是亲缘关系最近的版本,同时,这几种版本之间相互联系,为其父本或母本、子本或孙本关系,是属于同一个体系,即所谓的"脂本系列"。

6. 各种钞本的抄成时间与真实性有进一步甄别的必要。

通过对脂批本的分析研究,我们发现,所有的脂本都不是最早的最原始的版本,更不是曹雪芹先生的亲笔钞本,只是一些过录本而已。我们应当承认,一些脂批本是有一定的文献价值的,使我们能从这些史料中了解人们红学研究的情况与历史,但对我们去研究《红楼梦》的原作者,去破解《红楼梦》的谜团并无多大的意义。如果我们不能认真甄别真伪,就可能被一些靠不住的批语所误导陷入其中而不能自拔。

二、脂批本的真伪之争

红学界对脂砚斋本的真伪一直争论不断,不论是主流红学还是在野学派的研究者,对此各执一词,难辨是非。其实,对于批书者是否存在,学术界当是有一定共识的,因为《红楼梦》作为一部经历十余年撰成的巨著,有明显的集体创作痕迹,经多人批改、点评与传抄是肯定的。

但也有人提出质疑,不仅认为脂批本是后人撰造的,而且认为脂砚斋也是一个子虚乌有的人,所有的脂批本是清末或近现代的人抄写点评而成,毫无学术研究价值。

学术界为何会有如此大的争议呢?这恐怕与曹雪芹的生平考证有关。

胡适先生的观点之所以形成立论的重要依据,就是对甲戌本的考证。胡适先生在曹学研究上的最大突破是发现了甲戌本,并从中找到了破解《红楼梦》作者之谜的密码。从甲戌本中,他找到了曹雪芹是何处人氏,以及其生卒年月的依据,又找到了批书人的姓名。胡适先生通过对甲戌本等脂本的研究,解决了《红楼梦》研究中多年未能解决的疑难问题,也由此建立起了他的"曹学"大厦,成为一代红学大师。而他的追随者们,又竭尽全力地一头钻进脂批与曹寅家族研究的"迷阵"之中,苦苦地探究与考证,得出了各种观点,使胡适先生的理论似乎更加完善,更加坚不可摧。

但是,胡适先生的观点自从问世以来,就遭到了蔡元培、潘重规等著名学者的质疑,学术界也一直为曹学研究的各种观点争论不休。曹学研究中有许多无法自圆其说的地方,特别是曹雪芹的生卒年月,曹雪芹到底是不是江南的曹寅家族中的人,曹雪芹是曹寅的儿子还是孙子,曹雪芹到底姓不姓曹,至今仍有各种看法与观点。而曹学的研究也似乎因找不到足以说服人的证据而陷入了死胡同,曹学所建立的基础,也让人越来越质疑,特别是人们对各种脂批本内容的真实性与抄成时间的怀疑。这种怀疑并非毫无依据,因为:

其一,不排除有人制造赝品的可能,且并不是每一个脂本都是可靠的,故对其抄成时间与史料价值有重新评估的必要。

其二,即使脂批是真实的乾隆年间钞本,那么,这些钞本与真正的"曹雪芹"的手稿或曹雪芹原本的批本到底有多大距离,与我们考证《红楼梦》的真实作者,又有多大关联与作用?这些,也是我们需要理性分析的。

脂假派与脂真派的争论,不仅仅是一个文本上的真伪鉴定问题,而是对胡适先生以来的曹学理论的大挑战,也是对学术真理的大检验。

其实,红学界内部也有各种各样的观点。作为胡适的得意门生俞平伯先生研究了一生的《红楼梦》,到他晚年时方幡然醒悟,进而对自己几十年的红学研究忏悔不已。

他在《乐知儿语说〈红楼〉》中说:

《红楼梦》好象断纹琴,却有两种黑漆:一索隐,二考证——自传说是也,我深中其毒,又屡发为文章,推波助澜,迷误后人。这是我生平的悲愧之一。①

他在《甲戌本与脂斋砚》一文中写道:

自胡适的"宝贝书"出现,局面于是大变。我的"辑评"推波助澜,自传之说风行一时,难收覆水。《红楼》今成显学矣,然非脂学即曹学也,下笔愈多,去题愈远,而本书之湮晦如故。窃谓《红楼梦》原是迷宫,诸评加之帷幕,有如词人所云"庭院深深深几许,杨柳堆烟、帘幕无重数"也。②

他在《宗师的掌心》一文中又写道:

一切红学都是反《红楼梦》的。即讲的愈多,《红楼梦》愈显其坏,其结果变成"断烂朝报",一如前人之评春秋经。笔者躬逢其盛,参与此役,谬种流传,贻误后生,十分悲愧,必须忏悔。③

---

①俞平伯著:《俞平伯全集》之《乐知儿语说〈红楼〉》第六卷,花山文艺出版社1997年版,第403页。

②俞平伯著:《俞平伯全集》之《乐知儿语说〈红楼〉》第六卷,花山文艺出版社1997年版,第420页。

③俞平伯著:《俞平伯全集》之《乐知儿语说〈红楼〉》第六卷,花山文艺出版社1997年版,第417页。

他在1985年《关于治学问和做文章》一文中,更进一步指出:

我看"红学"这东西始终是上了胡适的当了……现在红学方向就是从"科学的考证"上来的;"科学的考证",往往就是烦琐考证。《红楼梦》何须那样大考证?又考出了什么?①

特别是俞平伯老先生在临死之前说道:

胡适、俞平伯是腰斩红楼梦的,有罪。程伟元、高鹗是保全红楼梦的,有功。大是大非,千秋功罪,难于辞达。②

俞平伯先生的话让红学界震惊,他的这番"人之将死,其言也善"的话,无疑是向世人昭示,胡适先生对作者的考证与对脂本的研究并没有解决红学中的根本问题,他的结论让他最忠实的追随者也后悔与质疑。胡适先生的曹学理论使俞平伯这位忠实的追随者最终感到上了当。如果胡适的理论真的站不住脚,那么,胡适精心打造的曹学大厦何止使俞平伯先生一人上当?但这千千万万的"上当"者中,能像俞平伯对胡适先生的曹学理论有深入了解、能洞察其玄妙的又有几人?能幡然醒悟者能有几个?

我一直认为,在《红楼梦》成书的历史上也许真的有一群人参与了《红楼梦》的修改批纂,但现在存世的这些脂批本是值得认真的甄别与鉴定的。我相信,这些脂批的真实与否,抄成时间如何,终有一天会得到一个科学的鉴定结论。

我们通过对脂批本与胡适先生的其他各种证据的分析与研究,以及对胡适先生以前的各种观点的了解与分析,至此,可以这样说,胡适先生的曹学理论以及各种索隐派的观点都难以自圆其说的。旧红学家也好,新红学家也罢,在作者的问题上都是在猜谜,他们的这些猜测与汗牛充栋的"考证",也许根本就没有与真正的原作者搭界。表面上"铁证如山",实际上他们并没有找到任何与原作者有关的证据;并没有找到破解《红楼梦》作者之谜的钥匙。所以,在这里我想告诉大家,对《红楼梦》作者的考证,在此之前,可以说是一片空白,所有有关《红楼梦》作者的考证与传说,都不足以立论。

---

①详见欧阳健、曲沐、吴国柱著:《红学百年风云录》,浙江古籍出版社1999年版,第612页。
②欧阳健、曲沐、吴国柱著:《红学百年风云录》,浙江古籍出版社1999年版,第612页。

第四章 《青楼梦》与甲戌本的批语对比分析

为了进一步了解《红楼梦》研究与续书的历史,我找到了清末民国初的一些与《红楼梦》有关的作品,其中有《一层楼》(尹湛纳希)、《新石头记》(我佛山人,即吴研人)与《青楼梦》等书。我希望通过对这些作品的阅读能开阔自己的视野,并寻找其与《石头记》《红楼梦》的相关性。

当然,对这些作品,我只是粗粗掠过,看后很不以为然,因其作品的文学水平与《红楼梦》相去甚远。但当我阅至《青楼梦》时,不觉眼前一亮,一种似曾相识的批注与评语跃然眼前,这些批注与评语不正与脂砚斋批语似吗?于是我对《青楼梦》进行一番细究,并归类分析,现斗胆将拙见谈来,以供诸位专家研究时参考。

第一节
《青楼梦》批语与甲戌本批语的比对分析

我们姑且不去分析《青楼梦》与《石头记》的脂批本是否有关系,但我们知道,《青楼梦》与《红楼梦》却是有着密切的关系的。

《青楼梦》[①]又名《绮红小史》,全本六十四回,成书于1878年(光绪四年),作者俞达(?-1884),字吟香,自号慕真山人,江苏长州(今苏州市)人。除了《青楼梦》外,尚著有《醉红轩笔话》《花间棒》《吴中考古录》《闲鸥集》《吴公百艳图》《醉红轩诗稿》等。[②]

[①]慕真山人著,潇湘馆侍者评:《青楼梦》,三秦出版社1988年版。
[②]慕真山人著,潇湘馆侍者评:《青楼梦》,三秦出版社1988年版,第543页。

俞达家道原本殷实,然"中年沦落苏台,穷愁多故,以疏财好友,家日窘而境日艰"。①

俞达以教馆为业,无涉仕途,一生放荡不羁,好游好乐,常与歌妓舞女相交,他对这些歌妓舞女的遭遇深为同情,却不能救其于水火之中。更因生计所迫,并于中年沦落之时,潜隐山林之机,仿《红楼梦》其书成此《青楼梦》。虽然其书的思想境界与文学造诣与《红楼梦》相比逊色不少,其影响自然也无法与《红楼梦》相提并论,但在众多的仿《红楼梦》写作手法的书籍中,却有其独特的特点,故也流传一时。

与其他作品不同的是,有一位在晚清小有名气的文人邹弢参与其中,为《青楼梦》作批、作评,并对其吹捧有加,使这一文学作品添上了一层独特的色彩。

在这里,我们自然要了解一下邹弢其人其事。②

邹弢,字翰飞,号潇湘馆侍者,又名瘦鹤词人、司徒旧蔚、玉愁生。晚年自号酒丐,又号守死楼主。江苏无锡人。平生著书立说,是一位颇具声望并为里人所敬仰的文人学者。邹弢1850年生,1931年正月卒,终年82岁。他家世代务农,幼起田间,18岁从师勤读于姑苏。清光绪元年考中金匮县秀才,以后却怀才不遇,屡试不第,为生计所迫,而设馆授教,从此与文字结缘。1880年去上海,初入报界,三年后任《益闻录》报馆编辑时,仿《聊斋志异》笔调,著《浇愁集》《申江花史》《蛛隐琐言》,连续刊载,风靡二十多年,名动中外。其后,又往陕西、湖南、山东和北京等地,任幕府记室。邹弢思想较进步,拥护维新变法。因与康有为、江建霞等有交往,1898年戊戌变法中几被株连,避居教堂方得以免。此后,他就致力教育,不问政事,于上海启明女校执教达17年,培育人才颇多,启明女校停办遂离职。1921年冬,于苏州祝好友舒问梅70寿辰,跌伤右足,治之不愈,行走艰难。至1923年夏,为避沪渎之尘嚣,喜家乡之清静,乃归无锡故里后宅。

当时无锡县划分为十七个市乡,后宅镇为泰伯市下扇,泰伯市图书馆在后宅镇创建,颇具规模。邹弢回归故乡后,由于他是晚清老学士,里人请他出任泰伯市图书馆馆长。邹弢掌馆后,整理书籍二千多种,一万余册,精细编排目录,竭尽心力。他在沪时,于民国元年曾同吴中高太痴等组织诗文社团"希社",以期交流学术,昌明文化,入社者四百余人,多属各省文人。每年印有《希社丛编》一期。1919年,高太痴故,希社中落,社友星损马散。邹弢身归故乡,仍不忘诗词文章,遂约希社社友邹纬辰、舒问梅等重兴社务,订新章,于1924年夏登报申述中兴"希社",被众推为社长,接纳新社

---

① 慕真山人著,潇湘馆侍者评:《青楼梦》,三秦出版社1988年版,第543页。
② 慕真山人著,潇湘馆侍者评:《青楼梦》,三秦出版社1988年版,第543页。

友四十余人。1925年刊出《希社中兴续编》(即《希社丛编》第八册)。与此同时,又创办函授学校一所,专攻骈文诗词,培育文才。

邹弢居乡里,除执掌泰伯市图书馆及刊印《希社丛编》外,更以余力与泰伯下扇扇董邹茂如创办《泰伯市报》,邹茂如任报馆馆长,他自己任总编辑。

邹弢生平以真挚感情为文章,所作骈文,典丽工整,洋洋数千言,其诗词情意缠绵。晚年文字,由绚丽而归平淡。生前著书,有《三借庐剩稿》《笔谭》二十卷、《万国近政考》八卷、《断肠碑》(又名《海上尘天影》)六十卷、《速成文诀》《诂词骈文捷径》六卷、《五朝诗学津梁》十二卷,并著有《尺牍课选》《国文课本菁华》等教科书。以上诸作,生前都出版,尚有《散文》十六卷、《洋务管见》八卷,未刊印,其稿早已遗失。

邹弢与俞达堪称莫逆之交。他不仅给俞达的《青楼梦》作序,还给全本逐章逐节予以批注与评论,对俞达的作品大加赞赏,并舒同感之情,同见之景,与之随行同唱,让阅者为之耳目一新,为其情感所染濡。这正是《青楼梦》不同于其他仿《红楼梦》作品的不同之处。

如果说俞达所写的《青楼梦》底稿是一颗青涩之果,那么,邹弢之评阅使其添成熟之色。两者相互补衬,让我们感悟到比文学作品本身更为重要的友情。

邹弢与俞达皆为真正的"红谜",那么,他们与《红楼梦》是否有联系呢?上面我说到,《青楼梦》的批语与脂批本中的批语有相似之处,这种相似性又在何处呢?我们且不管《青楼梦》与脂批本中的批语有何关系,先将其批语列举出来,与脂批本中"最早"的钞本甲戌本的批语进行一个比对。在比对的过程中我们惊奇地发现,甲戌本中的批语有许多竟与《青楼梦》中的批语相同或相似,现列举出如下。

表 5-1 甲戌本《红楼梦》与《青楼梦》批语比较

序号	甲戌本中回数	甲戌本中的批语	《青楼梦》中回数	《青楼梦》中相同或相似的批语
(1)	第一回	自占地步。	第九回	更为明日见小素地步。
(2)	第一回	断不可少。	第五十七回	此段文字断不可少。
(3)	第一回	妙极,是石头记口气。	第二回	妙极,宛似丽仙怕差光景。
(4)	第一回	从小至大,是此书章法。	第五十四回	与挹香死去复生,作对章法。
(5)	第一回	点红玉好字。	第六十二回	点逗三生石事也。
(6)	第一回	石头记得力处在此。	第十三回	挹香欺人处在此。
(7)	第一回	人情如此,风俗如是也。	第五十四回	民心之感如是。
(8)	第二回	一丝不乱。	第二回	表情性情,一丝不乱。

续表

序号	甲戌本中回数	甲戌本中的批语	《青楼梦》中回数	《青楼梦》中相同或相似的批语
(9)	第二回	点睛妙笔。	第六十四回	点睛之法。
(10)	第二回	为葫芦案伏线。	第八回	一路写来,皆为下文伏线。
(11)	第二回	一语道尽。	第四十九回	一语道破。
(12)	第二回	真千古奇文、奇情。	第三十六回	孝堂改为寿堂,千古奇文,千古奇事。
(13)	第二回	如闻其声。	第六十五回	如闻其声。
(14)	第二回	又为冷子兴作。	第六十五回	已为挹香弃绝红尘作引。
(15)	第三回	写出心事。	第二十三回	心事如画。
(16)	第三回	可怜。	第三十一回	可怜。
(17)	第三回	此笔亦不可少。	第三十三回	此笔不可少。
(18)	第三回	是极。	第二十二回	是极,是极。
(19)	第三回	为后茗菱伏脉。	第十二回	伏脉甚远。
(20)	第三回	为阿凤写照。	第二十九回	为众美写照。
(21)	第三回	亦是真话。	第二十五回	却是真话。
(22)	第三回	又出一警幻,皆大关键处也。	第二十八回	二句即可知挹香进学之为爱卿,实一部之大关键处。
(23)	第四回	可怜,真可怜。	第三十三回	可怜,可怜。
(24)	第五回	又伏下千里伏线。	第四十回	为下文归班一节伏线。
(25)	第五回	此句写宝母。	第四十五回	此句说众美。
(26)	第五回	借贾母心中定评。	第十一回	"狂癫"二字,挹香定评。
(27)	第五回	元春消息动矣。	第十二回	消息动矣。
(28)	第五回	一段叙出宁荣二公,足见作者深意。	第三十回	带爱卿去,原来如此,作者具有深意。
(30)	第六回	口声如闻。	第三回	如闻声口。
(31)	第六回	一丝不乱	第五回	一丝不乱
(32)	第六回	三字有劲	第三回	三字可怜
(33)	第六回	传神之笔,写阿凤跃然纸上	第六回	传神之笔
(34)	第六回	可怜,可叹	第四回	说得美人可怜可叹

续表

序号	甲戌本中回数	甲戌本中的批语	《青楼梦》中回数	《青楼梦》中相同或相似的批语
(35)	第七回	奇奇怪怪,真如云龙作雨	第三十一回	奇奇怪怪,宛似梦境
(36)	第七回	使挈凤不知何如治之	第五十二回	云衢门俱有此等人,不知何以治之。
(37)	第七回	"古怪"二字正是宝卿身分	第十三回	"只得"二字妙,抬碗卿身分。
(38)	第七回	妙极,又一花样	第三十回	妙甚,又是一桩花样
(39)	第七回	这是为后协理宁国伏线	第四十回	为下文归班一节伏线
(40)	第七回	一字一泪,一泪化一血珠	第四十回	一字一泪
(41)	第七回	答得妙	第五十一回	错得妙
(42)	第七回	是极	第二十二回	是极,是极
(43)	第八回	未必	第六十二回	未必
(44)	第八回	前回中总用草蛇灰线写法	第八回	草蛇灰线,不着痕迹
(45)	第八回	点冷香丸	第六十二回	点三生石事也
(46)	第八回	不漏	第六回	一笔不漏
(47)	第八回	断不可少	第五十七回	此段文字断不可少
(48)	第八回	从何设想,奇笔奇文。	第九回	说明当时,暗伏以后,真是奇笔奇文。
(49)	第十三回	伏后文	第三回	伏后文无数文字
(50)	第十四回	传神之笔	第六回	传神之笔
(51)	第十四回	又伏下文	第九回	又伏下文
(52)	第十四回	纯是体贴人情	第五十三回	可谓洞达人情
(53)	第十四回	接得好	第五十三回	发落得好
(54)	第十五回	妙在艰难就安分	第九回	妙在能使竹卿倾心
(55)	第十五回	如闻其声	第十四回	如闻其声
(56)	第十五回	总作如是奇语	第二十七回	反说许多奇语、险语
(57)	第十五回	"才"字妙	第九回	"微"字妙
(58)	第十六回	为下文伏线	第八回	皆为下文伏线
(59)	第十六回	所谓好事多磨也	第二十一回	所谓人有旦夕祸福也
(60)	第十六回	一段收拾阿凤心和胆量	第五十九回	收拾全部挹香行乐余波

续表

序号	甲戌本中回数	甲戌本中的批语	《青楼梦》中回数	《青楼梦》中相同或相似的批语
(61)	第十六回	千真万真,是没有一叹	第二十六回	妙,宛似千真万真
(62)	第十六回	又一样布置	第十九回	又一样叙法
(63)	第十六回	此等称呼令人酸鼻	第三十三回	道出深情,令人酸鼻
(64)	第十六回	余亦哭	第三十三回	我欲哭矣
(65)	第二十五回	八字写尽蠢坯	第四十二回	二句写尽当时情景
(66)	第二十五回	文字到此一顿,狡猾之甚	第二十五回	做在梦仙身上,拜林狡猾之极
(67)	第二十五回	已伏金钏回矣	第五十四回	已伏出家之恨
(68)	第二十五回	写贾珍等一笔妙	第十三回	补一笔妙
(69)	第二十五回	四字写尽政老	第四十二回	二句写尽当时情景
(70)	第二十五回	念书是应如此	第六十回	求道原应如是
(71)	第二十六回	岔开正文,为正文作引	第五十三回	又提过青田,为下文诊视铁山病,拜礼朝真玉斗二段作引。
(72)	第二十六回	更不解	第二十七回	此却不解
(73)	第二十六回	是遂心语	第二十五回	是发急语
(74)	第二十六回	武夷九曲之文	第四十回	珠穿九曲
(75)	第二十六回	可叹,可叹	第八十三回	只重衣衫不重人,可叹,可叹。
(76)	第二十六回	余亦不解	第二十五回	我亦不解
(77)	第二十七回	宝钗身分	第二十七回	大媒身分
(78)	第二十七回	众女儿何苦自讨之	第二十六回	拜林何苦骗人
(79)	第二十八回	奇文,奇语	第五十三回	奇语、奇文,惊动众人。
(80)	第二十八回	忙极	第六回	忙极矣
(81)	第二十八回	仍丢不下,叹、叹。	第五十九回	良人未免丢不下。
(82)	第二十八回	甄家正是大关键	第二十八回	实一部之大关键处
(83)	第二十八回	笔写筋骨,看官当用巨眼,不为瞒过方好。	十二回总评	其文字狡猾省笔处,阅者勿被他瞒处(总评)
(84)	第二十八回	双关语妙	第二十三回	双关语妙甚

甲戌本共有批语约1105条，《青楼梦》有批语约2803条，甲戌本的批语只占《青楼梦》的三分之一多，但我们却能毫不费力地从甲戌本的批语中找到与《青楼梦》相同或相似的批语近百条。这只是一个粗略的对比，但有了这些批语，就足以说明问题。

从中，我们可以发现，《青楼梦》的批语与甲戌本有着某种联系。

其一，两书中的批语有些是完全相同的。如"可怜"、"未必"、"又伏下文"等等。

其二，语法与口气相同。

其三，语气的使用雷同。

我们怎么去解释这些现象呢？有人会认为，在清代所有的批评风格均是大同小异，往往会出现这种看似雷同的现象。故这种现象不足为怪，且一千余条批语中，仅有百十余条相同或相似，不能说明甲戌本与《青楼梦》有什么关系。同时，可能是《青楼梦》批评者邹弢也许见过甲戌本，或类似的本子，其后参照其批评《青楼梦》的。

我想这种观点能说明其表面的现象，却不能解释其内在的联系。因为我们知道，即使是一个人批阅一部小说，采用同样的笔法，也不至于有如此多的重复。像甲戌本本身就有批语重复使用的现象，却不至于有如此之多。因批评者大多有这样一个习惯，在批阅过程中，往往会自觉与不自觉地避免重复、啰嗦的批语，这是一个正常与常见的现象。但同一个批阅者或作者在不同的小说中批阅时，就难免将自己的行文习惯与批阅风格重现于一部小说之中。既然甲戌本的批评者在批评甲戌本中运用同样的或相似的评语不多，但为何与《青楼梦》有如此多相同的口吻呢？这不得不让我们产生联想。这种相似或相同性只有四种可能：

一个是甲戌本是一个十足的伪本，其批语抄自《青楼梦》，并自行加改而成。

二是《青楼梦》批语抄自甲戌本。这种可能基本不存在，因为甲戌本的发现晚于《青楼梦》。如果那时邹弢见过或手头有甲戌本或其他脂批本，他肯定会提及的。

三是甲戌本与《青楼梦》的批语可能来自同一个可参照的批评本，这种可能性是不大的。

那么，第四种可能是《青楼梦》的批阅者与甲戌本的批阅者是同一人，即是邹弢本人或者是邹弢身边的人。

这仅是推测，要确定邹弢是否与甲戌本有关，还需要更多的证据。如果甲戌本的批语真与邹弢及其亲友有关，那么，甲戌本就成了百分之百的伪本了。我想在没有新的证据之前，谈这个观点似乎太早了，但作为一个疑点提出，却是无可厚非的。

第二节
《青楼梦》总评与甲戌本前后总评比对

我们带着对甲戌本中脂批疑问的目光,将甲戌本与《青楼梦》中的批语进行了一个简单而直观的比对。既然甲戌本中的批语与《青楼梦》中的批语有雷同之处,那么,《青楼梦》的总评与甲戌本又有何相同或相似之处呢?

甲戌本有回前与回后总评。但《青楼梦》却只有回前评,这也许是两者的区别之一。在前面,我们对《石头记》所有脂批本的总评进行过比对分析。其中甲戌本与己卯本、庚辰本、王府本、列藏本等脂本之间存在着相同的传抄关系。那么,甲戌本与《青楼梦》之间是否存在某种联系呢?在这里我们不妨将两者有关回前总评中相似的内容辑录如下,以供诸位研究时参考。

(1)《青楼梦》第十四回:

此回写挹香与爱卿定情,却先定做诗,次写吃酒,又写伪醉。[①]

《红楼梦》第二回:

未写荣府正人,先写外戚,是由远及近,由小及大也。[②]

(2)《红楼梦》第六回:

此回借刘妪却是写阿凤正传,并非泛文,且伏二递三递及巧姐之归着。[③]

《青楼梦》第二回:

写挹香与丽仙之好,不写二人淫事,但写春宫。写春宫,即写二人也。[④]

(3)《红楼梦》第十四回:

写巧姐珍贵,写凤姐之英气,写凤姐之声势,写凤姐之心机,写凤姐之骄大。昭儿回,并非林文、琏文,是黛玉正文。[⑤]

《青楼梦》第十二回:

叙月素,叙挹香,叙花神,叙月老,其实叙爱卿也。[⑥]

(4)《红楼梦》第十五回:

宝玉谒北静王,辞对神色方露出本来面目,迥非在闺阁中之形景。北静问玉上

[①] 慕真山人著,潇湘馆侍者评:《青楼梦》,三秦出版社1988年版,第125页。
[②] 曹雪芹著:《脂砚斋甲戌抄阅再评石头记》卷二,上海古籍出版社1985年版,第21页。
[③] 曹雪芹著:《脂砚斋甲戌抄阅再评石头记》卷六,上海古籍出版社1985年版,第81页。
[④] 慕真山人著,潇湘馆侍者评:《青楼梦》,三秦出版社1988年版,第10页。
[⑤] 曹雪芹著:《脂砚斋甲戌抄阅再评石头记》卷十四,上海古籍出版社1985年版,第138页。
[⑥] 慕真山人著,潇湘馆侍者评:《青楼梦》,三秦出版社1988年版,第103页

字。果验否？政老对以未曾试过，是隐却多少捕风捉影闲文。北静王论聪明伶俐，又年幼，时为溺爱所累，亦大得病源之语。①

《青楼梦》第二十九回：

金谷园杀妓饮酒，抱翠园欢及侍儿。一善一恶，相去奚啻天壤，石季伦富过王侯，风流亦不过如此，反造恶孽。金挹香以小康之家，竟能潇洒如是，使众人归心诚服，狭游烟花，庶不愧风流队首也。②

(5)《红楼梦》第二十六回收尾：

此回乃颦儿正文，故借小红许多曲折琐琐之笔作引。③

《青楼梦》第四十三回：

此回挹香怀美，为上半部遨游做一收束，为下半部出俗作一引子。④

(6)《红楼梦》第二十七回的总评中写到：

《石头记》用截法、岔法、突然法、伏线法，由近渐远法，将繁改俭法、重作轻抹法、虚稿(构)实应法……种种诸法，在人意料之外，且不见一丝牵强。所谓信手拈来，无不是是也。⑤

《青楼梦》第十三回的回前批中写到：

此回文字有闲笔，有反笔，有伏笔，有隐笔，无一笔顺接。如挹香本要见爱卿，却不说爱卿，先叙到婉卿、月素家去，此文章之闲笔也。⑥

从这几回总评的比对中，我们可以看到甲戌本与《青楼梦》的语言习惯与风格十分相似。有人也许会说，过去的八股文风格大抵相同，其总评中有相似的评语也十分正常，但对这种看法，我却有不同的看法。我们知道，一个人的笔法与语言习惯是很难改变的，有些内行的人，看到某篇文章，就能猜到其文是由何人所写，因为每一个作家都有自己的语言习惯与风格；要改变自己的语言习惯与风格是十分困难的。在一个人的作品中，即使他刻意去改变自己的风格，或隐藏事实的真相，但都会在自觉自或不自觉中透出他原有的风格。

---

① 曹雪芹著：《脂砚斋甲戌抄阅再评石头记》卷十五，上海古籍出版社1985年版，第150页。
② 慕真山人著、潇湘馆侍者评：《青楼梦》，三秦出版社1988年版，第248页。
③ 曹雪芹著：《脂砚斋甲戌抄阅再评石头记》卷二十六，上海古籍出版社1985年版，第209页。
④ 慕真山人著、潇湘馆侍者评：《青楼梦》，三秦出版社1988年版，第363页。
⑤ 曹雪芹著：《脂砚斋甲戌抄阅再评石头记》卷二十七，上海古籍出版社1985年版，第223页。
⑥ 慕真山人著、潇湘馆侍者评：《青楼梦》，三秦出版社1988年版，第112页。

通过上述对比,我们有理由相信《青楼梦》的批评与甲戌本中脂批的总评或者有着某种渊源与联系。

第三节
邹弢与《红楼梦》的渊源与关系

一、邹弢的人生轨迹及其《红楼梦》研究

前面论到《青楼梦》与甲戌本的批评似曾相识,从而,对《青楼梦》的批评者邹弢与脂批甲戌本的关系产生许多联想。但要真正了解成本《石头记》与《青楼梦》及《青楼梦》批评者邹弢的联系,我们有必要再对邹弢的情况,做一个初步的了解。

邹弢一生可谓怀才不遇,却风流不羁,他与《青楼梦》的作者俞达是生死至交。

邹弢早年辗转陕、湘、鲁、京对挚友俞达的《青楼梦》进行点评而小有名气外,他还有多部作品传世,而最为有名的是,他据以真人真事摹仿《红楼梦》的笔法而创作的《海上尘天影》。邹弢于光绪十八年(1892)在上海结识妓女汪瑗。两人竟生真情,其情日笃。光绪二十年(1894),始作《海上尘天影》,及光绪二十一年(1895)返沪时,却已人去楼空。汪瑗已从良嫁人。此际,全书已成52章,因汪瑗已嫁别人,故失落悲痛之下,将原稿悉行删改,又续增数章作结,易名《断肠碑》,书中的男主人公系作者邹弢原型,而女主角为名妓汪瑗。

从邹弢的《海上尘天影》来看,他与湖南似乎有十分深的渊源。这部小说,就是他在湖南期间创作而成的。在《海上尘天影》的《寄幽贞馆主人书》中写道:

丙申十月朔,从湘幕归,甫抵上海,即赴友人家,询主人近状。郑君善之,华君子似曰君若何迟耶?主人于中秋后一日,已适万姓,或云曹姓,将嫁前屡遣媪蹀躞至此来问君归否。意欲一诉离情,然后脱然以去。既而媪遂绝迹,盖已绝而深入侯门矣。令旧媪金珠,仍在清和坊旧处,已从役他人。君往访之必知其确,

余闻言如汤沃雪,华复出主人告别函,读未竟,堕泪吞声,宛转欲绝。急访金珠,不能询一语,金珠曰:"中秋前十日姑婢先以离别书嘱华寄君,华以即日将归末寄,于十日以后,望眼欲穿。十六适人,临行留言曰:我去后,有邹某严某来记,必当痛哭。汝但嘱其珍重,再结来生缘。勿以所适何人,及里居实告,恐彼此缠扰,情累丛生,我不能安于室也。"

时余代刻主人印章甚多,并主人所托代征幽贞馆写韵图,所题诗词及画,皆名士手笔。凡数十页,又有文具箱、茄楠珠、茶杯、酒盒、暖碗,皆刻主人别号者,凡数十件,并书籍十余种。此皆无可以送,因商于金珠将断肠碑稿,及册页图章送去,并附短笺云:恨恨生致书于幽贞馆主慧鉴:十月朔自湘中归,得悉主人已藏金屋,无穷怨悔,为

平生第一伤心,从此死别生离,不能再面。回想在湘一载,著书辛苦,尽付西风。初三日遇见旧婢阿珩,彼绝不能慰籍语,固知其非情天来者,惟拟送各物。兹只将印章册页奉上,其余文具玩物,均留自用。非吝也,恐主人睹物怀人,致乱方寸耳。子仪代交,函中嘱改书中结尾,统当遵命。惟欲改去。①

他又在《海上尘天影珍锦》中写道:

司徒旧尉将之楚南,依依临别,不能无言,率赋两章,联当骊唱。即请吟坛教正。

櫜笔长征意洒然,嘉宾贤王两情联。

凭君高着衡文眼,珊网宏搜到九渊。

秋风着意送行旌,饯别先持酒一尊。(注:是夕邀君持螯)

指点江山千尺水,那能写得此离情。

畹根呈草②

从中可以看到邹弢的《海上尘天影》是在湖南任幕府记室时所写而成的。其中既有对名妓汪瑗的思恋与寄托,又融入了他在湖南时的所见所历。而他的风格却是摹仿《红楼梦》,这或许与他在这片有浓郁红楼气息的土地所受的熏陶有关。这种似曾相识的风情风物与方言民俗,也许正是给邹弢以灵感的源泉之所在。这从他的笔名潇湘馆侍者中,可以说明他与《红楼梦》及与湖南有不解情结。

邹弢不仅摹仿《红楼梦》进行创作,同时,也是一位最忠实的《红楼梦》研究者,是晚清有名的"红学家"之一。我们不仅能从他的创作与《青楼梦》的批注中,知其对《红楼梦》的痴迷非常,还能从邹弢与朋友为《红楼梦》而几挥老拳的故事中了解到,邹弢为坚持自己对《红楼梦》的研究观点,所表现出来的固执与偏见。这则故事说道:邹弢与许伯谦是朋友。邹弢拥林贬薛,而许伯谦尊薛贬林。两人各执一词,争论不休。

邹弢在《三借庐笔谈》中写道:一日,两人相聚,又谈及《红楼梦》,言至此话题,竟"一言不合,互相龃龉,几挥老拳。而毓仙(二人之友)排解之"③,两人虽未经朋友劝解,未拳脚相加,但两人从此以后,见面誓不共谈《红楼梦》。

从两人的争论中,我们可以看到文人对《红楼梦》研究与探究的认真程度,而邹弢之倔强个性,由此可略见一斑。

在邹弢的这本《三借庐笔谈》中写到了有关《红楼梦》的几篇文章,现辑录如下,

---

①邹弢著:《海上尘天影》,内蒙古人民出版社1998年版,第20-21页。
②邹弢著:《海上尘天影》,内蒙古人民出版社1998年版,第9页。
③邹弢著:《三借庐笔谈》刻本,卷十一,上海文明书局1881年,湖南图书馆藏书,页十四。

以供诸位在研究时参考。在《三借庐笔谈·石头记》一文中写道:

《樗散轩丛谈》云:"《红楼梦》实才子书也,或言是康熙间京师某西席孝廉某所作。巨家故间有之,然皆钞本。乾隆时苏大司冠家,因此书被鼠伤。遂付琉璃厂书坊装订,坊贾籍以抄出付梓,世上始有刊本惟,惟止八十回。"临桂倪云癯大令鸿言曾亲见之,其四十回不知何人所续。或谓高兰墅(鹗)所补,又谓无锡曹雪芹添补,皆无确据。洞庭王雪香先生,取此诗加以评语,亦无出色。

最可笑者,龙潭厂云友批本,共数百条。泛论迂谈,无理取闹,谓欲表作者之苦心。吾不信也,惟顾恩思义一则,及说黛玉身子是干净无瑕,故不许其嫁而死。又说黛玉生日,打扮宛如嫦娥,演的新戏《蕊珠记》,说扮的小旦是嫦娥,因堕落人间,几难完璧,幸观音点化,未嫁而死,论以为明明说到黛玉深处。又云薛氏梨香院,后以居女优而让出。既为教戏之所,得勿谓梨园耶。则薛氏可知,而宝钗愈可知。

余谓梨香院即隐寓梨园意,院与园音似,云友此说,独有见到处。①

从此言语中可以看到,在清末,对《红楼梦》的真正作者是谁,人们一无所知。我们从邹弢的观点中,可以看到:

其一,他比较认同作者是京城某王府西席孝廉所写的说法。

其二,写的是京城、王府之事。

其三,其书的钞本只有前八十回,为苏大司冠家所藏,后被书贾传抄后,始流传、付梓。

其四,后四十回不知为何人所续。有的说是高鹗,有的说是无锡曹雪芹所续。

其五,他认同龙潭厂云友说的梨香院即隐寓梨园的观点。

邹弢对几个版本与作者的观点,不过是当时人们对《红楼梦》作者与版本的看法之一。但有一点是一致的,即作者到底是谁,并未有确切的依据。至于钞本先有前八十回,后有续者添加四十回的观点,与后来胡适先生所持有论点却是完全一致的。

邹弢从文中将曹雪芹的籍贯锁定在江苏,并明确其为江苏无锡人,似乎有攀附其荣之嫌。邹弢十分清楚,《红楼梦》作者、续者一直是个悬而未决之谜,他随手拈来,据为本地所有,便有"窃书不算偷"的顺章之理。这看似无可责备,实则在误导世人。

从此段文章我们还可以看到,清代有许多评点派人物,其批书抄书者非止一人,如厂云友其人就曾批书,并有批语数百条,洞庭的王雪香也有批评。但邹弢对其不以为然,谓其"泛论迂谈,无理取闹"。

由此可见,皱弢对一些人有关《红楼梦》的批注是不满意的,也是不信服的。既

---

①邹弢著:《三借庐笔谈》刻本,卷十一,页十三。

然他点评了《青楼梦》，那么，他会不会因此而自己来点评一下《石头记》呢？因为，他自认有这个能力，也有这种爱好。邹弢在《三借庐笔谈》中还写道：

《水浒传》是怒书，《西游记》是悟书，《金瓶梅》是淫书，瘦鹤曰：然则《红楼梦》是情书矣。①

从这段文章中，可以看到旧红学将《红楼梦》一直认为是"备记风月之事"的淫书。而俞达、邹弢将青楼中事与《红楼梦》中之事联系起来，将那淫污之事备记书中，想博读者之喜爱。但他们哪里明白，人们追求的无非是《红楼梦》中女子的冰清玉洁，追求的是她们美轮美奂的精神世界，以及作者包含仇恨与血泪的笔墨。那种崇高悲壮的情愫，又岂能等同于沦落于风月场中的妓女与嫖客？人们对《红楼梦》传统伦理与道德的评判，亦使得《青楼梦》(《断肠碑》)无法与《红楼梦》的精神境界与艺术造诣相媲美。因为他们无法了解《红楼梦》创作的历史背景，无法体会作者所包含的辛酸与挥泪的真正原因。所以，从这一点上来看，邹弢、俞达等人的摹仿作品是失败的。当然，他们这种不懈努力的精神是值得赞赏，亦值得我们后学之辈学习。

邹弢在《三借庐笔谈·小说之误》中写道：

苏州余姓某，吾友梅之戚也。喜读《红楼梦》，设林颦卿木主，日夕祭之。读到黛玉绝粒焚稿数回，则呜咽失声。中夜常为隐哭，遂得癫痫疾。一日，炷香凝跪，良久起，拔炉中香出门，家人问何之。曰："往誓幻天见潇湘妃子耳"，家人虽禁之，而或迷或悟，哭笑无常，卒于夜深逸去，寻数月始获。②

从这段记载中可见，清代，不仅文人有"开篇不谈《红楼梦》，读尽诗书也枉然"之风，一些普通的文学爱好者，特别是才女也对《红楼梦》的爱好，到了如痴如醉，甚至走火入魔的程度。可见，《红楼梦》在清代文学史上的地位是何等之高。

邹弢在《三借庐笔谈》中不仅陈述了他对《红楼梦》研究观点，还有许多有关《红楼梦》的故事、奇谈。他在《红楼梦诗咏》一文中写道：

余于女子诗词故事，有见必录，以其有性灵也。已卯三月之晦，夜深薄醉。阅桐荫清话，摘一则于下云：蒲田吴氏粤之盐商也，富而好文，大开诗社。以《红楼梦》分得四题，各以七律咏之，卷以万计，延番寓洪日崖孝廉评定甲乙，取黄星洲等百余人。各酬厚仪先番禺张兰士女史卷已列第一。及开弥封，主人以女子压卷，思招物议，遂置第二。其实黄诗不及张也，亟为录之。

---

① 邹弢著：《三借庐笔谈》刻本，卷三，页十。
② 邹弢著：《三借庐笔谈》刻本，卷四，页五。

《黛玉葬花》云：

> 携将鸦嘴击奚囊，无赖春心暗自伤。
> 未必红颜皆薄命，顿教黄土也生香。
> 彩幡低护魂应安，浊酒重浇怨恐长。
> 底事咏花难握管，一般愁绪费商量。

《宝钗扑蝶》云：

> 沁芳桥呼好春光，莺自和鸣草自芳。
> 高下蝶随飞絮舞，娉婷人爱绕花忙。
> 苔痕狼籍弓鞋湿，扇影轻盈宝串香。
> 细语喃喃留小步，树荫浓翠欲沾裳。①

　　从中，我们可以看到清代有不少才女，其才在男子之上，却因世俗之见，而不得成名，不能因材而用。同时，我们从"余于女子诗词故事，有见必灵……并附诗赞赏才女"的情节中可以看到邹弢对女子的尊重，与对女子怀才不能用的嗟叹。从这一点来看，邹弢有一种替在封建制度下，被压迫、奴役的女子呼吁的精神。这也许与他的经历，以及晚年与孙女相依为命的结局有关。

　　邹弢的一生，可以说是致力于《红楼梦》的研究与探讨，是旧红学的代表人物之一，而与他相交甚深的人中，大多对《红楼梦》有深厚的兴趣，或是这方面的专家。如葛其龙、潘钟瑞、许伯谦、王韬等江南才子，还有在旧红学中有很大影响的俞樾。俞樾与邹弢、葛其龙等曾是早期《申报》的撰稿人之一。其文章诗词多见于《申报》之上。他们作为上海、江苏的才子，是同一时期的"红学专家"，相交、相知自然是情理中之事。俞樾对《红楼梦》的论点一度被后来的胡适先生所引用，并以其为据，完成了他的《红楼梦考证》。从这一点上来看，俞樾对《红楼梦》研究，特别是新红学的形成，有着十分重大的影响。而值得一提的是，愈樾的曾孙俞平伯继续了其曾祖的衣钵，与胡适先生一道，建立了"曹学"理论，完成了原作者的考证工作。

　　值得注意的是，邹弢在1794－1796年在湖南任幕府记室时，一个与甲戌本有重大关联的人，左绵痴道人孙桐生，也正在湖南安福、桃源等县任知县。孙桐生字小峰，号痴道人、钦真外史、忏梦居士。绵州（绵阳市）人。清咸丰二年（1852年）选翰林院庶吉士。著有《国朝全蜀诗抄》，是晚清著名的红学家之一。孙桐生与同时期的红学家刘铨福关系非同一般。在刘铨福自藏的甲戌本上留下一条"此批本丁卯夏借与绵州孙小峰太守刻于湖南"的题记。而在甲戌本上，也有孙桐生以左绵痴道人的名义

---

①邹弢著：《三借庐笔谈》刻本，卷十一，页十四。

写的批注。由此说明孙桐生与刘铨福的关系非同一般。而在湖南任幕府记室的邹弢也是一名早期的红学家。他或与孙桐生相识(时孙桐生60余岁,应不到告老还乡的年龄)。而邹弢对刘铨福的名字自然也不陌生。由此,邹弢似乎与甲戌本扯上了干系。

二、邹弢与身边的人,有可能与甲戌本等脂批本有关

我们从《青楼梦》与《石头记》脂批本(甲戌本)的比对中发现,甲戌本的批语与《青楼梦》有着十分相似之处,而通过对批语者邹弢的研究,我们从中找到了邹弢与甲戌本有千丝万缕的关系。同时,我们通过前面的介绍,了解到学术界对甲戌本的抄成时间是有争议的。由此,我们有理由相信,邹弢等人极可能与甲戌本的问世有关。原因如下:

其一,从邹弢的个性来看,他是一个为固执之见,不惜挥老拳而撕破朋友脸皮的人。出于他对自己观点的固守,他极有可能会不惜一切手段,自圆其说。

其二,邹弢是一个家乡观念极强的人。他一生无成,对《红楼梦》又痴情万分,对作者的未能定论的情况也十分了解,将作者通过某种方式,扯到了家乡,自然是他梦寐以求的事。所以,他自己或请朋友动手,撰造脂批本,也是情理之中事。

其三,他晚年生计困难,为生活所迫,或造出如此"孤品",以高价售之,供其养家糊口。而且,邹弢有这个水平与能力,还有时间。

其四,批语中,"一字一泪"的批注非常人之所能批。试想:能读《青楼梦》与《石头记》叹声连连,悲泪如雨者,能有几人?唯邹弢晚景凄凉,见文生情,由情入景,悲哀之墨流于批笔下,或非邹弢所不能为之。

其五,邹弢有在湖南生活过的经历。他在《海上尘天影》一书的《寄幽贞主人书》中写道:

十月(道光雨中)朔自湘中归,得悉主人已藏金屋,无穷悔恨……回想在湘一载,著书辛苦,尽付西风。①

从这段文字可知,邹弢是在湘中(即娄底一带)任幕府记室。而他在湖南不断地创作,但创作一年的手稿却"尽付西风"。由此可知,邹弢在湖南写的不仅有《断肠碑》(即《海上尘天影》),还有其他作品。这个作品是不是在孙桐生授意下"创作"的"甲戌本"呢?因甲戌本上有"孙小峰太守刻于湖南"之遗迹。当然,这也许是一种巧合而已。邹弢也可能在晚年时抄写,而假托刘铨福与孙桐生的名号。因为他十分清楚,刘铨福与孙桐生对《红楼梦》的痴迷,也了解他们在湖南的经历与交往,假托二人

---

① 邹弢著:《海上尘天影》,内蒙古人民出版社1998年版,第21页。

名号会让人深信不疑。当然,这种假托名人名士之赝品,在收藏界中常见不鲜,非止一例。故邹弢若是甲戌本的"作者"之一,那么,这种假托的手法也不是什么"新创"。

而另一个值得注意的现象是,邹弢曾在上海的《申报》供职,他与上海亚东图书馆的老板汪孟邹是同行与同时期的人,两人绝对不会陌生。那么,汪孟邹会不会是其幕后操纵者呢?因他这样既可抛出新见,救活图书馆,又可帮助晚年光景凄凉的邹弢,这种可能性也不是没有。

从这些方面来分析,邹弢的确有这种抄批的可能。当然,我们也不排除有人假借邹弢在《青楼梦》中的批语,稍加修改伪造甲戌本的可能。至于甲戌本等脂批本是如何到了陶洙等人手中,又如何辗转落入胡适手中,是否与邹弢有过交往(邹弢卒于1931年)仍是一个谜团。也许甲戌本的出现,与《四松堂集》的出现一样,真的并非天意使然,而是"人力"所为。

三、从甲戌本中方言的独特运用来看,似乎与邹弢有某种关系

我们注意到,在甲戌本第六回开头中出现一个十分独特的湘方言:

彼时宝玉迷迷惑惑若有所失,众人忙端上桂圆汤上来呷了两口,遂起身整衣。①

其中有一个使用范围很窄的湘方言"呷"字,己卯本②、庚辰本③、戚序本④、甲辰本⑤、梦稿本⑥都如甲戌本一样,王府本无此段,列藏本无此回。

而在程甲本此回是这样写的:

彼时宝玉迷迷惑惑若有所失,众人忙端上桂圆汤上来喝了两口,遂起身整衣。⑦

在程乙本中此回写道:

彼时宝玉迷迷惑惑若有所失,遂起身解怀整衣。⑧

少了"众人忙端上桂圆汤上来喝了两口"这一句,加了"解怀"二字。

而舒序本与程甲本、甲戌本虽然一样的写法,但将程甲本中的"喝"、甲戌本系列中的"呷"改成了"哑"字。⑨

从上述列举中我们可以发现,甲戌本的写法与程甲本、舒序本显得更为接近,与

---

① 曹雪芹著:《脂砚斋甲戌抄阅再评石头记》卷六,上海古籍出版社1985年版,第81页。
② 曹雪芹著:《脂砚斋重评石头记》(己卯本),上海古籍出版社1981年版,第109页。
③ 曹雪芹著:《脂砚斋重评石头记》(庚辰本),人民文学出版社1975年版,第127页。
④ 曹雪芹著:《戚序本石头记》卷一,人民文学出版社1975年版,六回,第203页。
⑤ 曹雪芹著:《甲辰本红楼梦》,沈阳出版社2006年版,六回,第197页。
⑥ 曹雪芹著:《乾隆抄本百廿回红楼梦稿》(杨藏),人民文学出版社2010年版,第73页。
⑦ 曹雪芹、高鹗著:《程甲本红楼梦》,书目文献出版社1992年版,第211页。
⑧ 曹雪芹、高鹗著:《程乙本红楼梦》,北京图书馆出版社2007年版,六回,第1页。
⑨ 曹雪芹著:《舒序本红楼梦》,《古本小说丛书》第一辑,中华书局1987年版,第1779页。

程乙本有一定的差距。而其他脂批本大多是甲戌本的过录本,这一段文章与甲戌本完全一致。

为什么在程甲本中写的是"喝",在这里却运用湘方言写"呷"呢?虽然在其他的文学作品中出现过"呷"字,但我更相信这个"呷"字与湘方言是有关联的。如果是邹弢抄的,或他在湖南时抄的,他或他身边的人将这种方言抄写入钞本中就不足为奇了。

四、小结

至此,我们可以做一个大胆的判断:

第一,脂砚斋的批语与评语与《青楼梦》的批语、评语有着某种密切的联系。这种关系或许是"青"前"脂"后。

第二,《青楼梦》的批评者邹弢与甲戌本等脂批本的出现或有着某种联系。

其实要证明邹弢与甲戌本《石头记》脂批本有无关系,最直接的方法,就是找到邹弢的手笔真迹,便可知其端倪,可惜我经多方查找,尚未找到邹弢的真迹。

不管甲戌本是否与邹弢有关,但对这种现象进行大胆的研究有助于我们揭开《红楼梦》脂批的真相。从这一点来看,这种探索应当是有益的,但愿这些观点不会冤及邹弢前辈。

第五章 对胡适先生『曹学』观点的总评

第一节
胡适先生的"曹学"考证简述

胡适先生从曹姓入手,推断《红楼梦》写的是曹氏家族衰败的历史,找到了甲戌本等脂批本,找到了《四松堂集》,找到了《春柳堂诗稿》,找到了《懋斋诗钞》,找到了《枣窗闲笔》,找到了《绿烟琐窗集》等史料。这些史料成了支持胡适先生曹学理论的重要"佐证",从而奠定了"曹学"的理论基础。

那么,胡适先生是怎样利用这些证据来立论的呢?

前面我们列举了《懋斋诗钞》《四松堂集》《枣窗闲笔》《绿烟琐窗集》《春柳堂诗稿》所涉及的有关《红楼梦》及曹雪芹的内容,我们在这里不妨再归纳分析一下,看看"曹学家"是如何将这些不同名字的人凑成一个"曹雪芹",并证明此人便是《红楼梦》的创作者曹雪芹的。

第一,主证环节

(1)袁枚的《随园诗话》中的曹雪芹 =《石头记》的作者 =《红楼梦》的作者 =《金陵十二钗》的作者。

(2)由此为据,查证:曹雪芹 = 曹寅之后(其子或其孙)。

(3)脂批本中的一脂一芹 = 脂砚斋与曹雪芹。

(4)雪芹与其弟棠村 = 曹雪芹与曹棠村。

由此证明,曹雪芹确有其人,写的是如袁枚所说的真名实姓。

第二,旁证环节

(1)《四松堂集》中的曹雪芹＝曹霑＝曹芹圃。

(2)《懋斋诗钞》中的曹雪芹＝曹芹圃＝曹霑。

(3)《绿烟琐窗集》中的曹雪芹＝袁枚《随园诗话》中的曹雪芹。

(4)《枣窗闲笔》中的证明脂砚斋＝曹雪芹之叔。脂批本＝真本。

(5)《春柳堂诗稿》中的曹芹溪＝曹雪芹＝曹霑＝曹梦阮＝芹溪居二。

通过一系列的旁证考究,将这个生活在北京的曹雪芹联系在一起。

第三,考证环节

(1)因为《四松堂集》中曹霑＝曹雪芹＝曹芹圃

而《懋斋诗钞》中的曹雪芹＝曹霑＝曹芹圃

所以曹芹圃与曹雪芹是同一个人。

(2)因为《春柳堂诗稿》中的曹芹溪＝曹雪芹＝曹霑＝曹梦阮＝芹溪居士,

由此证明,《春柳堂诗稿》中的曹霑＝《四松堂集》《懋斋诗钞》中的曹雪芹与曹霑。所以有了曹雪芹＝曹霑＝曹梦阮＝曹芹溪＝芹溪居士＝曹芹圃。

于是曹雪芹的姓与名号在这一环节中已全部弄清楚了。

第二节
对胡适先生"曹学"观点的总评

上面简要论述了胡适先生"曹学"的考证过程。但是,我们也"大胆假设"一番,如果《红楼梦》的真正作者不姓曹的话,那么,会是怎样一个情况呢?

若是如此,不知胡适先生泉下有知又会作何感想? 那些被胡适先生误导了的几代学者与读者又会作何感想呢? 我想,这种假设是十分残忍的,也是许多人不愿看到的,但我们必须有这种思想准备,因为我们通过对胡适先生立论的所有依据,与其所提供的证据材料分析,胡适先生论证的"曹雪芹"所有证据是不相吻合的,更不足予以立论。理由如下:

1. 胡适先生提出作者姓曹,将著作权强加于曹雪芹身上,是不尊重原作者与参与此作品修改的其他作者的。因为在曹雪芹之先,至少有三个以上的作者参与了创作与修改。曹雪芹仅仅是编撰者之一而已,要求将作者确定为曹雪芹的理由不充分,证据不足,不应予以支持。

2. 胡适认为《红楼梦》的作者姓曹,写的是曹家之事,我们认为缺乏可靠性。

3. 胡适提供的证据不足,难以成立。

证据之一:甲戌本。因其不避国姓之讳,又系传抄本,存在众多疑点,尚需甄别,故不能轻易采信。

证据之二：众多脂批本。这些脂批本皆系传抄本，没有确凿的证据证明其出自曹雪芹与其亲友之手，况且曹雪芹披阅成书后的钞本是《金陵十二钗》，要将脂批本认定为曹雪芹或其亲友所抄，难以成立。

证据之三：《随园诗话》中袁枚的说法。其说法自相矛盾，属坊间传说，言之无据，不能为证。

证据之四：《四松堂集》。此本来历不明，尚需进一步甄别，其中的内容亦存疑点。没有充足的证据来证明其中的"曹雪芹"就是写《红楼梦》的作者曹雪芹。

证据之五：《绿烟琐窗集》。其中所说，皆是流传无序的猜测，不足为证。

证据之六：《枣窗闲笔》。这是个晚出的本子，不能真实反映曹雪芹的身份与来历，所提供的信息又相互矛盾，难以采信。

证据之七：《春柳堂诗稿》。其文本的真伪学术界存在很大的争议，也不能证明曹芹溪或曹雪芹就是创作《红楼梦》的作者曹雪芹，故难以取信。

证据之八：永忠的《延芬室集》。其中所言，不仅不能证明曹雪芹的真实身份，反而说明敦诚、敦敏、明义等人所说的曹雪芹是另有其人，他们所交往的曹雪芹并非创作《红楼梦》的作者曹雪芹。

以上种种说明，胡适先生考证的"证据"是难以成立的。

更致命的是，胡适先生所说的曹雪芹系曹寅之子曹霑证据不足。因在可考的曹氏族谱中，并无有关曹霑与曹雪芹的记载，也未找到曹雪芹后人的任何信息。因此，胡适的立论找不到任何依据，经不住事实的检验，是一个没找到真正犯罪嫌疑人缺席判决，这种结论怎么可能成立？

通过我们在前面对胡适先生与曹学家所依据的材料进行的剖析，便可知：敦敏、敦诚兄弟的《懋斋诗钞》与《四松堂集》《鹪鹩庵杂志》中的曹雪芹不一定就是曹芹圃，即曹芹圃≠写《红楼梦》的曹雪芹，此曹霑≠彼曹霑，此曹雪芹≠彼曹雪芹；敦诚、敦敏所见的曹雪芹≠写《红楼梦》的曹雪芹，所以这些资料所反映的证据不能证明这个北京的曹雪芹就是曹寅的后人，更不能证明此曹雪芹就是写作《红楼梦》的曹雪芹，所有的证据都是不足的。

那么，曹学理论中，还存在一个袁枚口中的曹雪芹，这个曹雪芹著有《红楼梦》一书，且是康熙年间的人，此人显然与这个北京的曹雪芹不是一个朝代的人，是不同时期的两个人。胡适先生为了证明此曹雪芹就是创作《红楼梦》的曹雪芹，就要将他考证成曹寅的孙子曹霑，要将其考证为曹寅之孙，是要有证据的，于是《四松堂集》成了胡适"曹学"理论立论的依据之一，因《四松堂集》中敦诚在《寄怀曹雪芹》的诗中，

"扬州旧梦久已绝"句后夹注有"雪芹曾随其先祖寅织造之任"①。这句话连胡适也觉得不可信,我们怎么又能证明这个北京的曹雪芹就是袁枚所讲的康熙年间的曹雪芹呢?而将北京的曹雪芹确定为曹寅的孙子曹霑,是写作《红楼梦》的曹雪芹则更显证据不足。因为连熟悉这个北京"曹雪芹"的敦敏、敦诚兄弟与张宜泉都没有说这个"曹雪芹"写作过《红楼梦》,那么,我们为什么要将他与《红楼梦》的作者强行拼接到一起呢?

袁枚的《随园诗话》与明义所讲的曹雪芹是不是《石头记》版《红楼梦》的创作者呢?通过我们的分析与甄别,此种说法亦找不到有力证据的支持。除了上述这些人著作的传说与记载之外,有关作者是谁的观点甚多,但对曹雪芹到底是何人,缺乏证据支持。除了袁枚、明义对曹雪芹的考证,还有陈镛。陈镛在他的《樗散轩丛谈》中说:"《红楼梦》实才子书也,然皆抄录,无刊本……亦想当然矣。"②另外还有梁恭辰、徐珂、俞樾、周春等都认为曹雪芹是康熙年间的人。所以,袁枚的说法仅仅是一家之说。

在胡适先生的曹学体系中,不仅形成了他所考证的各种有关"曹雪芹"其人的身份的"证据链",还对"曹雪芹"其人的生卒、特征、生活习惯进行了考证。胡适先生有关"曹雪芹"的生卒的考证的依据来自于脂批本与《四松堂集》,他的追随者周汝昌、俞平伯等人又提出了新的见解,其观点虽有不同,却都是来源于同样的材料。通过《四松堂集》《懋斋诗钞》《枣窗闲笔》《春柳堂诗稿》《绿烟琐窗集》又把曹雪芹的特点与生活习惯弄清楚了,得出曹雪芹是一名嗜酒、爱游、能诗会画之人的结论。通过《春柳堂诗稿》又弄清了曹雪芹的相貌特征,至此,胡适先生与他追逐者将"曹雪芹"已经完全弄得清清楚楚,似乎证据确凿,足以盖棺定论。但事实上,这个问题至今尚存争议。

最后,一个值得注意的事是,胡适先生的考证可能是从受书商之托开始的,书商在其过程中会不会扮演一个幕后操纵者的角色呢?或者胡适先生是一个受蒙骗者呢?这些都值得我们去深思。

由此可见,没有确切的证据证明曹雪芹就是曹霑,就是曹寅的后人。这些证据不仅不能相互印证,反而是自相矛盾。检验这些材料与结论正确与否的真正试金石"曹氏族谱",又明白地告诉我们,曹雪芹或曹霑或曹芹圃、曹芹溪,或其弟曹棠村是子虚乌有的,此曹雪芹非彼"曹雪芹",或此曹雪芹是有人肆意杜撰的。我们连《红楼

---

① 爱新觉罗·敦诚著:《四松堂集》卷一,上海古籍出版社 1984 年版,第 146 页。
② 详见邹弢著:《三借庐笔谈》刻本,卷十一,页十三。

梦》的作者姓不姓曹,或者其真名实姓尚未弄清楚,就将今天能找到的一些历史资料中的曹雪芹或与曹雪芹有关的人与事,当做石破天惊的大发现,当做研究《红楼梦》作者曹雪芹的重要史料来研究,显然有些牵强。如果《红楼梦》的作者根本就不姓曹,用这些靠不住的证据来考证原作者的真实身份,其结论是不可靠的。

综上所述,我们到目前为止,无法找到有关"曹霑"或"曹雪芹"就是《红楼梦》创作者的任何直接的证据。

中国红学会会长张庆善先生对胡适先生的曹氏家族自传学说提出了批评,他指出:

其实胡适考证中的漏洞何止这一些,胡适的根本失误在于"自传说"。由于有关曹雪芹材料的限制,无论是胡适还是以后的新红学考证派,他们占有的材料都无法支撑"自传说",都无法做到自圆其说,甚至连曹雪芹是谁的儿子、曹雪芹生于哪一年等基本问题都无法定论,那么自传说的漏洞就永远无法堵上。①

中国红学会常务理事、红研所教授孙伟科先生对曹氏族谱研究的结果也发表了不同的看法,他指出:

后不见来者的问题依然存在,曹雪芹这个可以追溯到千年以前的家族,何以会在曹雪芹之后就彻底中断了呢?"来者"是谁?②

国学大师王国维先生在他的《红楼梦评论》中指出:"遍考各书,未见曹雪芹何名。"③王国维先生此说是近代红学家对"曹雪芹"身份问题的一个全面概述。而他对胡适先生的"自传说"观点则写道:"则是《水浒传》之作者必为大盗,《三国演义》之作者必为兵家。"④

这两句振聋发聩的话,使我们清醒地认识到,作者的创作离不开他们所处的环境与所历所闻,但绝不是现实生活中的照搬照写,而是现实生活的浓缩与升华。王国维先生的这些观点,对于我们研究与阅读《红楼梦》,对各种学术观点去伪存真无疑是有极大帮助的。

由此可见,红学界对胡适先生的曹学理论一直是存在争议与质疑的,这种争议有利于红学研究朝着正确的方向前进。

胡适先生所作的这些研究与探讨,虽然是开创性的,大胆的。但与此同时,他也

---

①张庆善撰:《红楼梦学刊》,2008年第5辑。
②摘自孙伟科先生在曹雪芹家族文化研讨会新闻发布会——"江西进贤县在曹雪芹纪念馆的活动"上的发言稿。
③王国维等著:《正说红楼梦》之《〈红楼梦〉评论》,蓝天出版社2006年版,第317页。
④王国维等著:《正说红楼梦》之《〈红楼梦〉评论》,蓝天出版社2006年版,第318页。

在考证过程中不断地发现自己的错误与不足。而他对自己所作的结果,更显底气不足。他在《红楼梦考证》结尾时写道:

> 我的许多结论也许有错误的——自从我第一次发表这篇《考证》以来,我已经改正了无数大错误了——也许有将来发见新证据后即须改正的。①

胡适先生所说的错误在哪里,他所担心的将来发现新证的原因在何处?我想,胡适先生也许此时方扪心自问,自己并没有真正破解《红楼梦》的原作者之谜,为免背千古骂名,而留有余地。其心情不安,由此可见。

我们对各种史料的甄别与质疑,并非否认一切,怀疑一切,而是要以更客观更科学的方法来研究《红楼梦》,来破解《红楼梦》作者之谜。

对作者的问题,我们要有更宽阔的视野,更深入的研究方可定论。

---

① 详见胡适著,欧阳哲生编:《胡适文集2》,《胡适文存》卷三《红楼梦考证(改定稿)》,北京大学出版社1998年版,第432-439页。

第六章 再议《红楼梦》与湖湘文化

在考证《红楼梦》作者之前,我想有必要再就《红楼梦》与湖湘文化的关系与渊源作一番简述,以期修正与完善自己的观点。

第一节 《红楼梦》中的湘方言再探

在拙作《红楼湘娄文化考》中,列举了上百条方言,从语言习惯、句式及一些十分罕见、使用范围极窄的方言等方面,进行了较为详细的分析与叙述,得出了《红楼梦》的方言及作者写作时所运用的语言习惯,大部分来自地地道道的娄底方言,其文化基因源于湖湘文化的结论。在后来的探索中发现,我们在肯定《红楼梦》中的方言与语言源于湖湘村言土语之外,还应客观地肯定,在以湖南方言为基本语素的《红楼梦》村言中,亦混杂与糅合着江南与北方的部分方言。出现这种情况的原因大抵如下:

其一,各种方言对文学作品有相互渗透的作用,作者的文笔会受当时的作品与社会环境的影响。

其二,与后作者的生活经历有关。后作者因远离故土,其文风受到多种地域文化的影响,其风格也因而随之改变,他将其他地区的方言与语言习惯写入其作品之中,就不足为怪了。

其三,这种现象也可能与《红楼梦》的流传有关。《红楼梦》最初是以手抄本的形式进行流传,在传抄的过程中,难免出现传抄者将难懂或看不明白的湘方言进行加工编辑,将其改为了官话,使其变成读者更能接受的方式。

其四,后期的编纂者高鹗、程伟元都是北方人。他们为了适应更多的读者,自然会进行后期的编辑,将部分湘方言改成北方方言或通用的官话。于是,这种南北方言并存、多地区方言糅杂的《红楼梦》村言自然就应运而生。

但这种改变与嫁接却不能改变《红楼梦》方言源于湘方言的这一事实。方言这种最能体现地域文化特色,反映当地人们生活本色的工具,通过《红楼梦》这部历史巨著显现出来,从中,我们可以找到破解《红楼梦》真正作者的密码。这些语言与文字密码,为我们寻找真正的作者,探究《红楼梦》中所写的事与人提供了一条最为重要的线索,也是最为有力的证据之一。

在《红楼湘娄文化考》中,我列举了数十条冷僻的娄底方言。如村你、葳葳蕤蕤、松泛、退步、竹信子①等等,还对《红楼梦》的语言习惯与逻辑方式进行了分析与探讨。认为其语言习惯与逻辑方式与娄底方言的运用相一致,指出了湘方言的特点有"大与太不分、小与细不分、很与好不分、会与阵不分、些与点不分、头与面不分",还有一词多用,一字多音,词组分析与重叠,词汇省略等特征。②而这些特征与《红楼梦》中村言的语言习惯完全吻合。这种吻合与重叠的现象,绝不能用传抄中修改与简单的耦合现象来解释。

为进一步研究湘方言与《红楼梦》的关系,我对《红楼梦》中的语言又进行了一些研究,并又有了一些新的发现。现仅举例如下:

(1)先不先

第六回中写道:刘氏一旁接口道:"你老虽说的是,但只你我这样个嘴脸,怎么好到她门上去的?先不先,他们那些门上人也未必肯去通报。没的去打嘴现世!"

湖南师范大学的赵素铁对娄底方言曾有专门研究,他在《湖南省双峰县花门镇副词研究》中对这个词做了专门研究。文章指出:

表动作主体状态的情态副词"先不先"有三个语义:"事情还没开始"、"动不动"、"也许"。③

从这里我们可知《红楼梦》中的这种村言与娄底的方言是相一致的,其使用的方法也相同。

(2)有些活动起来

第六回中写道:谁知狗儿利名心甚重,听如此一说,心下便有些活动起来。

在娄底方言中,常用"活动"一词来表述"松动",如娄底人们常说"有点活动的余

---

①谢志明著:《红楼湘娄文化考》,文化艺术出版社2008年版,第91-97页。
②原载《现代语文(语言研究)》,2007年第1期。
③谢志明著:《红楼湘娄文化考》,文化艺术出版社2008年版,第103-104页。

地"与《红楼梦》中对"活动"一词的运用相一致。

(3)屋里呢

第六回中写道:说着,只见小丫头回来说:"老太太屋里已摆完了饭,二奶奶在太太屋里呢。"

在湘方言中习惯将"家里"与"房间"称为"屋里",这也是湘方言不同于北方方言的独特之处。

(4)应了你

第十五回中写道:凤姐道:"你瞧瞧我忙的,哪一处少了我?既应了你,自然快快的了结。"

在湘方言中习惯将说话时"答应"这个词组简称为"应"。如"答应了吗?"就称之为"应了吗?","不答应你"就称之为"不应你""答应你"就称之"应了"或"应了你"。

(5)才刚

第十六回中写道:凤姐道:"可是别误了正事。才刚老爷叫你说什么?"

在湘方言中,有部分地区将"刚才"说成"才刚",特别是在老湘乡范围内使用得最为广泛。在娄底范围内对"刚才"的意思有几种表达方法。一是将其说成"稼嘎"或"稼嘎子几"。二是说"就刚"或说成"就嘎(gā)"。其三是"才刚"读成"才嘎"。

这几种说法都表示"刚才"的意思。这几个中的任何一句方言在湖南其他地区就不使用,自然也就听不懂。从这里我们可以看到娄底方言的复杂多变性,更能说明《红楼梦》中的村言与湘方言的密切关联。

(6)油皮

第九回中写道:李贵且喝骂了茗烟等四个一顿,撵了出去。秦钟的头早撞在金荣的板子上,打起一层油皮。

湘方言中将"手或头上探去了一层薄皮,但未见血"的薄皮称之为"油皮"或"油皮子"。如果再擦深一点,见到了血渍,就称之为"粗皮"或"粗皮子"。书中的这种说法,十分符合湘方言对事物的形容与表述。

(7)新兴的

第二十六回中写道:宝玉笑道:"我何尝说什么。"黛玉便哭道:"如今新兴的,外头听了村话来,也说给我听;看了混帐书,也来拿我取笑儿。我成了爷们解闷的。"

"新兴"在湘方言中指"奇怪"与"另类"、"荒谬"之意。如觉得某件事情十分荒谬与奇怪就称:"碰到了咯家新兴路(事)。"如说"某人为人怪异"就称之为:"你咯家(这个)新兴把戏(东西)。"《红楼梦》中对这个词的运用正与湘方言的语境完全一致。

(8)日头晒着屁股

第三十九回中写道:平儿道:"明儿一早来。听着,我还要使你呢,再睡得日头晒着屁股再来!"

这是湘方言中最为平常的乡土方言,指早上起晚了之意。其语言形象生动,又显豪放。

(9)界密了

第五十二回中写道:晴雯道:"这是孔雀金线织的,如今咱们也拿孔雀金线,就像界线似的界密了,只怕还可混得过去。"

"界"在湘方言中有时作动词用。如"界断"中的"界"是指"砌"与"划"之意。"界密了"中的"界"是指"缝"的意思,而不是指名词"界线"。

(10)很显

第五十二回中写道:晴雯先拿了一根比一比,笑道:"这虽不很像,若补上,也不很显。"解释见后面的章节。

(11)不大合外人的式

第六十六回中写道:他赶忙说:"我吃脏了的,另洗了再拿来。"这两件上,我冷眼看去,原来他在女孩子们前,不管怎样都过得去,只不大合外人的式,所以他们不知道。"

湘方言中"合式"一般指合适、合味的意思,不太合某人的口味便称作"不大合某人的式"。这种独特的语言逻辑在《红楼梦》村言中得以准确的表述。

(12)嘴碎

第六十二回中写道:宝玉跌脚叹道:"若你们家,一日遭踏这一百件也不值什么。只是头一件……二则姨妈老人家嘴碎,饶这么样,我还听见常说你们不知过日子。"

湘方言中将一个人嘴巴子多,婆婆妈妈称为"嘴碎"或"嘴巴子碎",又称为"碎嘴巴"。

(13)闹热

第七十六回中写道:贾母因笑道:"往年你老爷们不在家,咱们越发请过姨太太来,大家赏月,却十分闹热。"

在湘方言中常常出现将词前后倒置的使用方法,但意思表示却与倒置前相一致。上面所讲的将"刚才"说成"才刚",在这里却将"热闹"说成"闹热"。《红楼梦》中的这种语言是十分准确地运用了独特的湘方言。

(14)骂杀

第一百一十五回中写道:那姑子听了,假作惊慌道:"姑娘再别说这个话!珍大奶奶听见,还要骂杀我们,撵出庵去呢!"

在湘方言中,将骂人骂得狠称为"骂杀"或"咒杀"。这段话中与我们当地的说法和湘方言相吻合。

我曾在《红楼湘娄文化考》中对湘方言进行了详细的分析,列举了近百条的方言与词条。这些新列举的方言,仅仅是再次举例说明,在《红楼梦》其书中所运用的湘方言绝非只有这些,而且相当一部分是区别于其他地方的方言,是独特与冷僻的。这些对确定《红楼梦》的村言究竟来源于何地,对进一步研究《红楼梦》的真正作者有着十分重要的意义。

除《红楼梦》中的方言与湘方言相吻合之外,还讲到《红楼梦》中的村言与湘方言的发音与使用习惯及特点与湘方言相一致。

湘方言除了上述所讲的特点外,还表现出如下特点:

其一是"子"字运用相当多。如:里子、面子、这会子、背心子、竹信子、垫心子、样子等等。这些独特的语言习惯在《红楼梦》其书中随处可见。

其二是"嘎"字这个语气助词在《红楼梦》中的运用,亦体现了湘方言的特点。湘方言中"嘎"字运用较多。这是湘方言与其他地区方言不相一致的地方,也是湘方言的独特之处。而《红楼梦》中数次用到这种独特的湘方言。如第二十二回中写道:

贾政道:"这是炮竹嘎。"宝玉答道:"是。"贾政又看道:天运人功理不穷,有功无运也难逢。因何镇日纷纷乱?只为阴阳数不同。

贾政道:"这是佛前海灯嘎。"惜春笑答道:"是海灯。"

第八十七回中写道:

惜春道:"阿嘎,还有一着'反扑'在里头呢!我倒没防备。"

第一百零四回中写道:

宝玉道:"不是嘎!大凡成仙的人,或是肉身去的,或是脱胎去的。好姐姐,你倒底叫了紫鹃来。"

其三,湘方言特别是娄底方言的独特发音习惯在《红楼梦》村言中有十分恰当的运用。

我在《红楼湘娄文化考》中列举了"竹信子、一壁、着实、从新、响快"等与当地方言发音相一致的独特方言,这些独特的发音习惯不再重述,在这里我想再举一例予以说明。在《红楼梦》第七十四回中写道:

所以我只答应着知道了,白不在我心上。

再指个丫头来,岂不省事。如今白告诉去,那边太太再推三阻四的,又说"既这样,你太太就该料理,又来说什么",岂不反耽搁了?

"白"在娄底方言中有两重读音,既读"白bái"又读"怕pà"。如"白色"读作"怕色","将"白头发"读作"怕头发"。陈熙中先生曾在《红楼梦学刊》发表的《"白冷了些"与"只白睡不着"》①中对《红楼梦》中的"只白睡不着"还是应为"只怕睡不着"从语言学与说文解字的角度进行了详尽的分析,但这还不能全面解释《红楼梦》中对这个"白"的用法的真正意义。

　　其实,"白睡不着觉"应是湘方言独特发音习惯,指的是"怕睡不着觉",这种方言在《红楼梦》中运用得很恰当。将"怕"读成"白"的这种独特的读法其使用的范围很窄,在湖南境内,邵阳与常德虽与娄底相隔很近,但对"白色"的"白"字的读音就有明显的区别,只有湘中部分地区,特别是娄底人才将"白"字读成"怕"。这些看似不通的地方,实际上是这位湘籍作者在刻意地运用娄底"土话"代替,以期瞠后人之目,也只有这样解释,才能正确地理解《红楼梦》中的这种语言使用习惯。

　　所以,在第七十四回的"白不在我心上"应读成"怕不在我心上","如今白告诉去"应读成"如今怕告诉去",这样就能准确地表达作者的原意。

　　综上所述,《红楼梦》中的村言与湘方言,特别是娄底方言有着密切的关系,这是任何人也无法否认的事实。

第二节
湖湘文化与《红楼梦》的渊源

　　在我们谈《红楼梦》村言与湘方言的关系之时,不得不提到独具慧眼的老先生邓牛顿。邓牛顿先生是湖南长沙人,曾任上海大学中国文化研究所所长、中文系主任,著有《中华美学三部曲》。邓牛顿先生一生致力于美学与中国文化的研究,其文史功底深厚,学识渊博。而让他招来争议,并在学术界产生影响的便是他的一篇关于《〈红楼梦〉植根于湘土湘音》的文章。这篇于2003年8月发表在《中华读书报》的长篇文章一经问世,便遭到了学术界的许多专家的质疑与反对。

　　与之相巧合的是,我几乎同时也在进行着湖南方言与《红楼梦》村言的比对分析。那时,我尚不知有这位老先生也在做同样的研究。而我在网上发表了《红楼梦梦自何方》,认为湘方言,特别是娄底方言与《红楼梦》的村言相一致的观点,同样招来很多的嘲弄与非议。

　　后来,通过朋友,我了解了邓牛顿先生,并机缘巧合在网络中认识了仰慕已久的邓牛顿先生,有如知音相遇,亲人相逢。我们虽素未谋面,远隔千山万水,但共同的追

---

①陈熙中:《"白冷了些"与"只白睡不着"》,载《红楼梦学刊》,2009年第2辑。

求与志向却使我们成了真正的"网友"。邓牛顿先生不仅不顾年高,仍决心致力于湘方言与《红楼梦》中村言的相关性研究,而且他还鼓励、支持我的探究与考证。而令我更为感动的是我意外地收到了邓教授寄来的八本学术专著,其中正有他有关红学方面的文章。

邓牛顿先生独到的目光、专业的研究令我佩服,而其中许多的方言是我的研究所未能涉及的。其专业的分析,亦是我所未能做到的。邓牛顿先生在方言研究中列举了近百条湘方言,其中有该应、断位、撮土、头次、长尾巴、起、这一向、限定①等等,他在文中指出:

> 地域方言是有一定标准的,但方言也是有地域交叉现象,方言也可以演变成普通话的用语,方言考证中亦存在着难以决断的种种复杂情状。我所列举的90条方言用语以及相关的其它地方语汇,是将其放置在湖南、主要在长沙这个地区的整体语境中来加以辨析与确认的。我绝不忽视《红楼梦》语言中的北方语汇和江淮地区的方言语汇。只是想明确地认定,《红楼梦》语言当中存在着明显极了的湖南方言系统的特征。

> 《红楼梦》中的湖南方言,仅就本人所检出的相关语汇数量已经逾百,内中名词、代词、形容词、数量词、副词等一应俱全,而且这些方言语汇广布全书各回。事实表明,《红楼梦》中湖南方言现象呈现,具有系统性、多向性、丰富性与完整性,从而有力地证明了,《红楼梦》的原始作者,提供了一个用湘方言写作故事框架相对完整的原始文本,交与曹雪芹去披阅增删。②

邓牛顿先生在《邓牛顿美学文学红学思辩集》中,对湘方言特征与《红楼梦》中的村言与湘方言相一致的现象进行了分析。他认为丰富的子尾现象是湖南方言的重要特征,而这种特征在《红楼梦》这部小说中表现得尤为突出。邓先生列举了一百七十多处带"子"字的词组,极有说服力地论证了《红楼梦》的语言来源于湘方言或与湖湘文化有着极其密切的关系。

邓牛顿先生不仅对方言进行了研究,亦从民俗、风情、风物上对《红楼梦》进行了研究,指出其中"烧包"③的民俗与湖南的民俗相一致,其中关于"金镫草"④的描述与南方特别是湖南的独特的植物品种相一致。邓先生又从语法上对《红楼梦》中的一

---

① 邓牛顿著:《邓牛顿美学文学红学思辩集》,百家出版社2004年版,第410-422页。
② 邓牛顿著:《邓牛顿美学文学红学思辩集》,百家出版社2004年版,第424页。
③ 邓牛顿著:《邓牛顿美学文学红学思辩集》,百家出版社2004年版,第442页。
④ 邓牛顿著:《邓牛顿美学文学红学思辩集》,百家出版社2004年版,第439-440页。

些独特的语法进行了分析,认为在一般学者目中视为逻辑错误的语句,正是湘方言的习惯用语,不是书中用语错误所能解释的。

面对各种质疑,邓牛顿先生并不气馁,他在接受记者采访时表示:

> 方言问题很复杂。地区交叉现象屡见不鲜。除开方言专门家,一般学者与读者是难作出准确判断的。我有幸在湖南、在北京、在吴方言地区都生活过。我的逻辑很简单,我列举了《红楼梦》中一百多个湘方言或准方言词汇,只要哪一位学者,在中国土地上任何一个地方找出超过这个数量的相同方言语汇,那我就认输。或者证明,曹雪芹在湖南长期生活的经历,我才会改我的观点。①

邓先生的这种执著与坚忍不拔的个性,正是湖南人之认理不服输的表现。这种俯首甘为孺子牛的精神,也激励着我们这些后学之士不畏艰难,执著而坚强地前行。

有关《红楼梦》与湖湘文化的关系研究,除了邓先生慧眼独到的卓见之外,还有不少有识之士早有探讨。我在去湘潭调查芩泉公墓葬地时,有幸与原任湘乡市委书记的杨慕如先生取得了联系,并得到了他的著作《品味湘乡话》。在这位业余的方言专家的著作中,就谈到了有关湘方言与《红楼梦》语言的联系。这是一种有意无意的巧合,但从中可以知道,《红楼梦》的村言在湘人看来是何等的亲切,对其中的景物都有一种似曾相识的感觉。杨书记还告诉我,在解放前,曾有一位学者来湖南考证湘方言与《红楼梦》的关系,听说那人在解放前随国民党军队去了台湾,可惜的是,他不知那位学者的姓名。而在邓牛顿先生发表其观点之先,听说有一位湖南作家也提出相似的看法,只是不知其姓甚名谁。

《红楼梦》与湖南的关系,早就有人关注,有人指出:曹雪芹身边的人——他的妻子或是亲人就是湖南人或江西人(因为湖南方言与赣方言极为相似)。由此说明对《红楼梦》中的湘方言语境的现象早被学术界所关注,并得到了一定的认知。

耐人寻味的是,一代伟人毛泽东也是一个真正的"红谜",他一生中最爱看的就是《红楼梦》。毛泽东喜研读《红楼梦》,但不单纯从文学的角度去欣赏与阅读《红楼梦》,更多的是用一个政治家特有的视角去解读《红楼梦》,并将其中的体悟运用于他一生的革命与斗争实践之中。

在毛泽东主席的关怀下,上世纪60年代文化部专门抽调专家对《红楼梦》的版本进行勘校,形成后注的新版本,今天的红学研究所也是由此而来的。从这里可以看到,除了这位伟人对这部世界巨著的喜爱与痴迷之外,也许还缘于这位有着超人敏锐力的伟人,从《红楼梦》书中看到了似曾相识的湘土文化与湘语湘音,从中品味到了

---

① 邓牛顿著:《邓牛顿美学文学红学思辨集》,百家出版社2004年版,第446—447页。

一种浓郁而又亲切的家乡感。这种特殊的灵感是其书中的乡情、乡音、乡土风情带给这位伟人的。毛泽东对《红楼梦》的这种偏爱与推崇,能不使我们从中受到启迪吗?

谈到毛泽东与红学,就不得不谈毛泽东与胡适先生的关系。人们大多都知道毛泽东主席酷爱《红楼梦》,然而,很多人不太了解胡适与毛泽东的关系。其实毛泽东一直很敬重胡适,从年龄上来讲胡适不过比毛泽东大两岁,但毛泽东因在北大工作与学习过,听过时任北大教授胡适的讲课而自称为胡适的学生。毛泽东在新中国成立前,一直想将他纳入统一战线的阵营,并想了很多办法。但两人因政见上的不同产生分歧,最终站到了对立面,一个成为改变历史的政治家,一个是非常固执的文学界的巨匠。

1954年毛泽东借山东"二小人物"评论俞平伯《红楼梦研究》文章之机,在古典文学领域展开一场对胡适之思想的批判运动。随后,数以百万计超越文学领域的批判文章,相继在各种党报上发表,一大批专家学者如胡适的学生红学家俞平伯等人都受到批判。

在这场带有政治意味的文学批判运动中,毛泽东试图从思想文化上完全批倒胡适,推翻倾覆胡适的曹学理论,但是最终没能批倒胡适。因为这些红学家非但没有从学术的角度批驳胡适的理论,反而沿袭与光大了胡适的曹学理论。胡适因毛泽东的大批判而名扬中外,他的理论早已为许多学者所追随与认同。如今的红学界中,反对胡适理论的观点已成了反动的异端邪说。红学已成了曹学或"胡学"的代名词,红学家大多成了曹学家或"胡学家",不知这是学术的倒退还是政治的进步。

但不管怎么样,湖南人对《红楼梦》的这种偏爱,也许正是来自于对这种湘土湘音的一种共同的灵感,以及这部著作带给湘人的一种特殊的情感吧……从中我们可以获得他人所无法体味的文学享受。

从这一点上来看,湖南人与《红楼梦》有着不解之缘。从这些似曾相识的湘土湘音中,我们一次又一次地感悟到了《红楼梦》与湖南及湖湘文化的关系与渊源。而这些学者的远见与伟人的慧眼也为我们探索红学新途径、寻找真正的原作者开启了明灯。

第三节
再议《红楼梦》与湖湘风俗及风情、风物

在拙作《红楼湘娄文化考》中,我对《红楼梦》其书中涉及的与湖南有关的风情、风物及民俗作了一个系统的研究。随着对《红楼梦》更进一步的学习与探究,我发现有更多的证据表明《红楼梦》与湖南有着不可割裂的关系与渊源。

一、相同的民俗

我在《红楼湘娄文化考》中对《红楼梦》书中所记述的民俗进行了详述。其中谈到了饮食习惯。如湖南人有爱喝茶、吃酸菜、积陈年雨水、喝酒祛寒、嚼食槟榔、吃粽子①等习惯，与《红楼梦》中描述的完全一致。

这里值得一提的是"吃槟榔"的习俗是迄今为止最有代表性的湖南人的习俗。有些学者在对这一民俗进行考证时，将这种习俗说成是"用槟榔作香料"。这是对《红楼梦》与湖南有着密切关系的现象视而不见，甚至是歪曲与误解。《红楼梦》第六十四回写道：

贾琏又不敢造次动手动脚，因见二姐手中拿着一条拴着荷包的手巾摆弄，便搭讪着往腰内摸了摸，说道："槟榔荷包也忘记带了来，妹妹有槟榔，赏我一口吃。"二姐道："槟榔倒有，只是我的槟榔从来不给人吃。"

第八十二回写道：

袭人倒可做些活计，拿着针线要绣个槟榔包儿，想着如今宝玉有了功课，丫头们可也没有饥荒了。

书中明白无误地写到，贾琏在向尤二姐要槟榔吃时，二姐表示："槟榔倒是有，我的槟榔从来不给人吃。"这写得十分明晰槟榔是拿来吃的，怎么能将其视为香料呢？

我还对医药保健与卫生习惯、丧葬习俗、婚恋与生育习俗、守孝习俗、岁时节令习俗、民间游艺娱乐习俗、民间俗语、建筑习俗等方面进行了分类研究。从《红楼梦》中，我们可以看到风俗（封萧）涵盖了整个湖湘的民俗文化。其中最有代表性的是《红楼梦》中过年时吃年糕，而不是像北方人一样吃团圆水饺。这一点足以说明，作者所写之地与事是南方，而非北方。

而我在进一步的研究中，发现《红楼梦》中所描述的与湖南民俗相一致的地方远不止这些。现举例予以说明。

《红楼梦》第八回写道：

宝玉吃了半碗茶，忽又想起早起的茶来，因问茜雪道："早起沏了一碗枫露茶，我说过，那茶是三四次后才出色的，这会子怎么又沏了这个来？"

这个枫露茶或枫露之茗，到底是怎么一种茶呢？学者们对这种茶进行过各种考证与分析，众说纷纭。有的认为是枫露点茶，其说法来源于清代顾仲《养小录·诸花露》中所载：

仿烧酒锡甑、木桶减小样，制一具，蒸诸香露。凡诸花及诸叶香者，俱可蒸露，入

---

①谢志明著：《红楼湘娄文化考》，文化艺术出版社2008年版，第29－34页。

汤代茶,种种益人,入酒增味,调汁制饵,无所不宜。①

枫露制法,取香枫之嫩叶,入甑蒸之,滴取其露。将枫露点入茶汤中,即成枫露茶。

然而,学术界对《红楼梦》中的枫露茶问题一直有不同的观点,有的认为这种茶是存在的,但对这种茶到底是一种什么样的茶,却各执一词,未达共识。有的则认为这种茶根本就不存在,是作者杜撰的。

其实,我们只要了解湖南,特别是娄底当地的风俗,对这种神秘的茶叶就能一目了然,因这种看似昂贵的茶叶不过是湖湘民间到处可见的一乡间民茶。

娄底当地有这样一种风俗,在秋天,将枫叶上的果子(又称枫树陀)摘下来,收藏好,到第二年摘春茶时,将焙制好的新茶,与枫树果混合在一起后一同贮入茶罐中,枫树茶叶密封后,经过多年仍如新茶般芳香馥郁,其味极佳。这是娄底民间最普遍的一种贮存茶叶的土办法。枫露茶也就是枫薰茶或枫烘茶之意,这种说法与《红楼梦》中泡茶的习惯而不是点茶的习惯是相符的。这种枫露茶在娄底民间我们仍不难找到,只是大部分人家喝茶已没有这样讲究了,不过这种贮藏新茶的方法依然流传至今。从这种独特的民俗来看,我们更有理由相信,原作者当初所生活的地方便是湖湘境内。

二、《红楼梦》书中所描述的风情、风物与湖南相一致

我在《红楼湘娄文化考》中就《红楼梦》中所描写的景物、地名、物名、人名、风情等进行了详细的介绍。列举了诸如:湘云、湘江、湘莲、楚云、湘管、潇湘馆、湘帘、潇湘妃子、斑竹(又称湘妃竹)、武陵源、湘裙、长沙、芙蓉、武陵别景②等多处与湖南有关的地名、物名,这些都是无可争议的客观事实。

据我统计,在《红楼梦》中,共涉及地名140多处,能考证确切的地名有20多处,其中与长安(西安)、云南、广东有关的占了4处,与湖南有关的多达十多处,占了半数,与江苏及与江南有关的占了九处,而与北京确切地名有关的很难找到。

在人名中,与湖南有关的更是占了大多数,与金陵及南京有关的只涉及个别。所以,我们在不否认《红楼梦》与江南及南京的关系的前提下,亦不能否认《红楼梦》与湖南的密切关系与渊源。甚至,可以研究到《红楼梦》与长安(西安)、广东、云南之间可能存在的某种联系。这种联系可能与作者的经历及所写的事情有关。

有关《红楼梦》与湖南在风情风物上的联系,我在拙作《红楼湘娄文化考》中作了

---

①《学海杂编》之《养小录》上,页三。湖南图书馆藏书。
②谢志明著:《红楼湘娄文化考》,文化艺术出版社2008年版,第22-27页。

大量的列举与分析。在这里，我只想再举两个例证，以示说明。

（一）秦人旧舍

《红楼梦》第十七回写道：

众人道："再不必拟了，恰恰乎是'武陵源'三个字。"贾政笑道："又落实了，而且陈旧。"众人笑道："不然就用'秦人旧舍'四字也罢了。"宝玉道："这越发过露了。""秦人旧舍"说避乱之意，如何使得！莫若"蓼汀花溆"四字。

"秦人旧舍"的典故来源于东晋诗人陶渊明的《桃花源记》。

陶文明确地将武陵源与秦人旧舍确定在湖南，而《红楼梦》中多处写到桃花，将桃花与桃林坝联系在一起，作者奇思异想，联系得奇妙之极。书中的秦人旧舍是避战乱而建，这十分符合当初清军与吴三桂在湖南激战的一种历史景况，亦表达了作者希望自己置身于战火之外，享受一片虚幻的世外桃源的愿望。而这种相对封闭的环境，又十分符合桃林坝这里的地理环境。从作者匠心独具的笔下，我们不仅见到了大观园中的湖南，也了解到了当时的社会环境，从中我们可发感悟到《红楼梦》与湖南、娄底、桃林坝存在着密不可分的联系。

（二）香稻粳米

在《红楼梦》第六十二回写道：

小燕接着揭开，里面是一碗虾丸鸡皮汤，又是一碗酒酿清蒸鸭子，一碟腌的胭脂鹅脯，还有一碟四个奶油松瓤卷酥，并一大碗热腾腾、碧荧荧蒸的绿畦香稻粳米饭。

书中所示的这碗碧荧荧蒸的畦香稻粳米，又是一种什么样的米，在湖南产不产这种米呢？据史料记载，湖南的香米是历代供皇宫食用的贡米，素有"一亩稻花香千里，一家煮饭千家香"之誉。湖南江永、永顺、黔阳等地的香米尤为有名，而娄底也是香稻的产地。至今，新化、涟源等地仍栽培与种植香稻。之所以香稻如此珍贵，是因香稻的产量低，对土壤、气候的要求很高，故种植的范围更窄，在当时非一般的家庭所能享用。而《红楼梦》中享用的这种香稻，不一定非得是皇族才能有此待遇，因对于香稻产地来讲，一般大户人家也能轻易吃到。《红楼梦》中记载的这种饮食习俗，正与湖南的风情环境相吻合。

三、石排子的尺寸与女娲补天石的大小相一致

《红楼梦》第一回写道：

原来女娲氏炼石补天之时，于大荒山无稽崖炼成高径十二丈、方径二十四丈顽石三万六千五百零一块。娲皇氏只用了三万六千五百块，只单单剩了一块未用，便弃在此山青埂峰下。

在《红楼湘娄文化考》中，我认为那块女娲氏补天时遗留下来的奇石就是娄底市经济技术开发区大埠桥办事处白露湾村的一处奇特的自然景观——石排子。这块巨石是此处一道十分独特而神秘的景观,因为此处与《红楼梦》的传说有关。此块巨石与《红楼梦》书中所描述的"高径十二丈,方径二十四丈"的补天石相似。但这只是一个直观的印象,为了更准确地掌握其石的尺寸、大小,我请娄星区水利局的工程师谢建业、陈曙光等用现代化的仪器于2010年对这块石头进行了测量。

时值酷暑,当我们汗流浃背地测完数据后,惊奇地发现新测的高度与宽度和《红楼梦》书中所载十分一致。刹那间,所有的燥热与疲惫一扫而光。

回到单位,他们几个人又将所测数据进行了整理,很快数据就出来了。其测量的结果是石排子的高度为42.23米,宽度现存75.9米,在修建大埠铁路桥与烧制石灰时毁坏约7-10米,原来实际宽度为83.5-86.3米。据清代的量地标准,一丈为现在的3.45米来计算,石排子的测量高度为12.24丈,宽度是24.14-25.01丈。①

我又一次为之惊讶不已!石排子的这组测量数据与《红楼梦》中所写的女娲补天石的尺寸竟是惊人的吻合!这再一次说明石排子与《红楼梦》有关的传说是十分真实与可靠的!这是摆在我们面前的铁证,是任何人都可以来测量检验的,也是不可能造假的!我除了惊讶外,还有无尽的感动与感叹。作者太伟大了,竟将这独一无二的景观写于巨著之中,将《红楼梦》真正写作之地的玄机隐藏于翰墨之内,这是一种超出常人的智慧!

对于《红楼梦》与湖南的方言、民俗、风情、风物的一致性,我在《红楼湘娄文化考》中已进行了详述。我之所以再谈这些,是想使未能看到拙作的朋友,能从这些举例中系统地了解到《红楼梦》与湖南及湖湘文化的关系。我在接受记者采访时,曾说过一句话:"别人可以否认我其他所有的观点,可以把我的观点视之为奇谈怪论。但任何人都不能否定《红楼梦》与湖南及湖湘文化的联系与渊源。"我说这句话是有底气的。因为这来自于我对前辈所说的真实性的坚信;来自于《红楼梦》中所透露出的湖湘文化与人文地理的信息;来自于我对作者家族的考证与研究。我想,每一个湖湘人都应有这份自信。

第四节
乐恺堂建筑之谜

《红楼梦》与湖湘大地有着千丝万缕的联系,而这种联系又源自何方,始于何处?

---

① 见附图一谢建业、陈曙光测绘《石排子平面布置图》。

我在《红楼湘娄文化考》中通过一段离奇的故事与传说①,将《红楼梦》或《石头记》的始作者与湖南及娄底联系在一起,从书中所隐含的谜底与桃林湾乐恺堂谢家同《红楼梦》作者所描述的家族相一致中,我们找到《红楼梦》与扶洲谢氏的相似性,对吴三桂与湖南省娄底市涟源市金石镇桃林村(桃林湾)谢氏家族的关系进行了考证。认为《红楼梦》的始作者是一名叫谢三娘(曼)的女性,写的是吴三桂时期,吴三桂之妃与桃林湾乐恺堂之中所发生的一段昙花一现的辛酸历史。其中充满着汉人对满族的仇恨,饱含着当初人们的血泪与辛酸。从这段家庭的荣辱兴衰中,折射出了那段历史背景下,人们的无奈与生活的艰辛,也寄予着作者对未来生活的憧憬。从《红楼梦》这部历史巨著中,我们亦能看到一个民族的荣辱与兴衰。

我在考证中,将桃林湾与《红楼梦》、与大观园紧紧地联系在一起。那么,桃林湾乐恺堂是否真如我所言,会是《红楼梦》这部巨著的原发地呢？我在《红楼湘娄文化考》中,已将桃林湾乐恺堂与《红楼梦》的渊源与联系作了详述。而我在进一步调查与考证中,又有惊人的发现。现再列举出来,以供诸位参考。

一、房屋基砖之谜

我的作品问世,并在社会上造成一定影响后,很多人前往桃林湾乐恺堂探秘。我自然也得抽时间陪同前往。在 2009 年 4 月份去乐恺堂时,有一位中年妇女告诉我,她的房屋墙根下,有一块刻有字的砖。我大为兴奋,当下打起手电筒查看。令我更为兴奋的是,其砖上清晰地写着"康熙三十九年谢置"②八个字。这块有字砖,将乐恺堂兴建的时间准确地记录下来。而这种记录,更是证明了我在《红楼湘娄文化考》中考证的观点是正确的。我在《红楼湘娄文化考》中认为,《红楼梦》写的是乐恺堂谢氏家族在 1678—1701 年或以后的故事,③并将谢三娘所记录的时间锁定在 1701 年左右,也即是珩玉太婆八十岁时的真实经历记载。而与之相巧合的是这决砖记载的正是康熙三十九年(1701)。从中我们可以知道,乐恺堂的主体建筑始建于 1678 年(即吴三桂称帝时)(乐恺堂堂屋梁树上记载),而后来扩建的部分是 1701 年。这段历史,更印证了我的观点的正确性,也就是《红楼梦》记录的时间跨度在 20 年左右。同时,也说明了这种传说的真实性。如果说我的观点起初是根据传说先入为主,而后来这种事实与推断的契合就绝对不是一种巧合,而是一个客观存在的事实。而在调查的过程中,我与媒体记者意外地发现,在乐恺堂的墙缝中塞有不少抄本的纸张。这些

---

① 谢志明著:《红楼湘娄文化考》,文化艺术出版社 2008 年版,第 1—3 页。
② 见附图二:乐恺堂里间墙壁中嵌有一块"康熙三十九年谢置"的老砖。
③ 谢志明著:《红楼湘娄文化考》,文化艺术出版社 2008 年版,第 174 页。

纸张是否与《红楼梦》有关,我未能细究。因这些考古调查,需得由文物部门批准方可进行,我不敢轻易地去擅自毁坏它。

二、三进九厅之谜

《红楼梦》中描述的贾府是九厅结构,于是有些学者从这一点上认为《红楼梦》写的是北京的王府世家,不然就不会有这等气派,也不会有这样的房屋建筑。因为在清代,对民居的要求非常苛刻,不论你有多大的官,何等的富贵,也得遵守清朝制定的规章。在清代,等级制度相当森严。建多高、多大的房,开多大的门与窗户,甚至是官员坐什么样的车,都有明确的规定。这种所谓的礼仪制度,是维护封建王权的重要手段之一。有人考证《红楼梦》中亦有九厅十八井,一百六十余间房子,并解释为京城中皇城才有这等气派。因为"九厅"代表"九五"之尊,只有皇族才能享受此等待遇,一般官吏与百姓家,不可能有这样的建筑结构。但我们在考证桃林湾乐恺堂时,却惊人地发现乐恺堂是三进九厅的建筑结构,与《红楼梦》书中所描述的景观惊人的一致。我们请了专业的技术人员用仪器进行了测量与复原。经勘测,乐恺堂原来共有120余间房屋,九厅十五个天井,其建筑面积达五千余平方米。①

那么,为什么桃林湾乐恺堂能建三进九厅而不受封建等级制度制约呢?我想:

第一,因为当初兴建乐恺堂时,便是作为吴三桂的临时陪宫所用,自然享受"九五"之尊的待遇与规格,也不受清朝制度约束。

第二,乐恺堂地处偏僻,吴三桂败亡之后,经战火与抄家之劫,无人再顾及这些细节。

第三,此处地处偏僻,这些制度的影响对其约束不大,也无法考究与追查这些形式上的细节。不论怎样,乐恺堂的房屋结构与《红楼梦》书中所描述贾府的景况是相吻合的。

三、《红楼梦》中对大观园的描述与乐恺堂附近的景观相一致

《红楼梦》第十七回写道:

宝玉道:"却又来!此处置一田庄,分明见得人力穿凿扭捏而成。远无邻村,近不负郭,背山山无脉,临水水无源,高无隐寺之塔,下无通市之桥,峭然孤出,似非大观。争似先处有自然之理,得自然之气,虽种竹引泉,亦不伤于穿凿。古人云'天然图画'四字,正畏非其地而强为地,非其山而强为山,虽百般精而终不相宜。"

乐恺堂的建筑附近的景观与之惊人的一致。乐恺堂背后的山很矮,约十余米高,由东向北走,至乐恺堂北脉,其脉便断。而乐恺堂相对封闭,正所谓:远无邻村,近不

---

① 见附图三乐恺堂平面复原图与图四乐恺堂平面布置图。

负廊。乐恺堂屋前有一处大水塘,却无水源可遁,而附近亦无桥梁,正与乐恺堂的影像相似。我想:大观园与贾府这种重合的描写正是作者心中与眼中的大观园,而非真正的"大观园"。大观园是一种虚构与借喻的景物,融入了作者的所见所经,并融入其作品之中,而非现实中的大观园。这种借喻的手法,虚构的描写,正是作者将它物借为己有,他景移为自处的文学描写手法。有关大观园的问题,我还将在以后的文章中予以阐述。

四、桃林坝地名的由来

我在《红楼湘娄文化考》中,将《红楼梦》中的"杏花村冲了正村的名讳"一语考证出,原作者所指的正村便是"桃林村",因为"桃花"与"杏花"是相冲的。① 那么有人会问,现在的桃林湾在清康熙年间,也就是作者写作的期间,这里又是什么地名呢?因为地名是变化的,只有考证当时这里就叫桃林湾或是桃林坝,这种解释才有说服力。这个问题的确是值得考证的。为此,我除了翻阅族谱,从其中得知有桃林坝这个地名之外,又专门去了湘乡县,查阅了《湘乡县志》。②

在湘乡县乡都地图上,我们可以清楚地看到"桃林坝"三个字,其方位与桃林湾所处的位置完全一致。说明在清代,桃林坝在湘乡县境内就是一处大地名,而非传闻的小地名。由此,更印证了我的推断是不无道理的。

五、一段传说

我的观点问世之后,得到很多人的关注。自然桃林湾的人显得尤为关注。桃林湾乐恺堂的谢氏族人,从一开始以异样的目光打量我,到热情接待我;从素不相识到如亲人般亲切。这也许是考证《红楼梦》作者以来最大的收获。桃林湾乐恺堂谢氏中,有一个叫谢长耕的退休干部,对此事表现得十分热情。他已有七十余岁,十分熟悉乐恺堂的情况。2009年元月,他给我写来了一封信,将他所知道的情况告诉了我。我看了很受感动,现将其摘录如下:

看了你的考证之后,我联想了家乡几个传说的故事,向你介绍一下:

一是一副对联嵌名"宝玉"。

当谢兴峣出任江南裕州知州时,江南有位饱学文才叫邱大人的,特意去裕州考核谢兴峣的文才。到裕州后,选择了一座与"宝塔"相遥对的楼阁,召集裕州的文人学士,以欢迎新任裕州知州大人。人到齐后,邱大人提议为欢迎谢大人出任裕州知州,不妨题诗答对,以表祝贺。邱大人打开窗户,见对面有座"宝塔",即题出以"宝塔"为

---

① 谢志明著:《红楼湘娄文化考》,文化艺术出版社2008年版,第151页。
② 清嘉庆丁丑年绘湘乡县乡都图(附图五、图六),湘乡县档案馆藏。

题,提上联:"宝塔尖尖四方八面七层"。谢兴峣即站起来,举手挥舞。邱大人以为不对了。兴峣即答:"已经对好了。"邱大人闻兴峣说:"玉掌平平五指三长二短。"邱大人赞道:奇才!奇才!

二是戒备森严的乐恺堂之谜。

桃林湾乐恺堂大屋建成时,四周围坪,只有四道门出进。(石大门,两道围门,一道小门——宽约一米宽)每到夜晚,大门和围门关门下锁,严禁进出。只有小门(似现在传达室)准人出进,出进的人还须经主人批准。就是添蒸公也不例外(添蒸公因打牌赌博,深夜不归,也拒之门外,故此添蒸公气愤返回扶洲)。

三是一个晚上走了三十六名丫环之谜。

在乐恺堂大屋座右前的屋角上有一道小门,据说有一个晚上从这道小门走了三十六名丫环。之后,这道小门用青砖砌死了,写了"元亨利贞"四个大字。解放后,这房子分给村民谢慎初改建后,"元亨利贞"四个字毁掉了。

(1) 一个小小的邑庠生和一个普通的农家哪来有三十六名丫环?

(2) 丫环逃走之后,并没有追捕,不了了之。

四是小石山的地方就在老学堂那里。

在桃林湾乐恺堂大屋的西面(围坪外约一百步远)有一座小石山,如同星星点点,小石山边有一口山塘。石山下面有一条小溪,还有一口四季长流的水井。石山的南边有一块山林叫小栗树山。山上有一栗树、柏树、枫树等,山上还葬有古坟(不知何时的坟)。在石山的东面,后来建了一所学校叫育英学校,也叫老学堂。

从他的来信中,我了解到几个细节:

第一,这处古宅过去的确是富甲一方的豪宅。

第二,三十六个丫环与"元亨利贞"之谜其结果依旧是个悬案。但这绝对与战乱和这个家族的衰败有关。这段离奇的故事,也许正是《红楼梦》书中曾记载过的某次事件。

第三,我们从添蒸公的不肖与从作者对"宁府"(周家湾)的贬低写法上来看,又是一种惊人的巧合。《红楼梦》中的"漫言不肖皆荣出,造衅开端实在宁"莫非指的就是添蒸公的这种好逸恶劳、嫖赌逍遥的现象? 在作者的笔下,贾敬连贾母的儿子都不是,从这一点来看,珩玉太婆(贾母原型)对添蒸公(贾敬的原型)表现出来的是何等的气愤?

第四,谢兴峣与邱大人的对联中,将"宝玉"二字藏于诗中,并流传下来,似乎又一次在告诉世人,乐恺堂谢氏与宝玉、《红楼梦》的渊源。这些只有了解其迷局后,方能恍然大悟。

而另一则传说,却来自于民间。娄底职业技术学院的刘华教授是一个土生土长的娄底人。这位老教授的家乡在娄星区的茶园镇,离桃林湾只有一山之隔。他跟我聊及此事说,她听两个姓谢的老人讲过,珩玉太婆之女,原来是青楼之女,后被王爷看中才得宠、发达。当然,这对谢家人来讲是一件不光彩之事与秘密之事,后人绝不会去炫耀此事。从这则传说来看,极可能是真实的吴三桂生性怪僻。他的几位红颜知己,如陈圆圆、八面玲珑……都是风尘女子。谢妃出身于青楼的这种说法,也许可能是最真实的。因珩玉太婆到桃林湾是乞讨而去的,一个女人如何能将四个儿女抚养大?将其卖入青楼也合情合理。当然,这只是传说而已,我们无从去深究。而刘华教授的另一个说法也让我大吃一惊,他说,听说谢氏后人中以前有《红楼梦》的手钞本,有人还看到过。至于是何人所藏,他也说不出详情来。

从这些发现的蛛丝马迹来看,《红楼梦》与吴三桂、娄底的渊源的传说由来已久,只是没有人去相信,没人去重视与研究而已。

综上所述,《红楼梦》的作者,将湖南与娄底、衡阳等地一次次地显现在作品之中,却又故弄玄虚,迷惑他人视线。但只要知其原委与谜底者,就不难了解湖湘文化及湖南与《红楼梦》的关系和渊源。这是任何人都无法否定与抹杀的。

第五节
衡阳与《红楼梦》

在《红楼湘娄文化考》中,我根据家族的传说与自己的分析考证,将吴三桂在衡阳称帝时的一段历史与《红楼梦》联系在一起。① 对于这种传说与我的观点,很多人表示质疑。

其一,吴三桂在衡阳的时间很短,怎么可能与《红楼梦》一书扯到一起?

其二,书没有写到与衡阳有关的景物,衡阳怎么可能会与《红楼梦》联系到一起呢?因此,我的这种观点显得有些牵强附会,或主观臆断之嫌,而这种传说可能是道听途说的不实之词。

这种质疑自然是在意料之中,在这里,我想逐一予以解答。

一、吴三桂与衡阳

知道吴三桂的人很多,但了解吴三桂在衡阳称帝的历史的人却很少。其实,吴三桂晚年大部分时间生活在湖南。吴三桂自1673年反清以来,亲身经历了五年战争。吴军在湖南与清军展开了激战。湖南成了中路战线的正面战场。吴三桂亲率大军坐

---

①谢志明著:《红楼湘娄文化考》,文化艺术出版社2008年版,第五章。

镇衡阳等军事重镇,与清军作战。更主要的是,1678年3月,吴三桂在衡阳称帝,国号大周。吴三桂在衡阳仓促称帝,并广揽宫妃,兴建宫殿,奢华一时。

然而,对于一个作者而言,记录的并非生活中最常见、经历时间最长的内容,而是那些让人惊心动魄、刻骨铭心的事件,像战乱、灾难、大喜大悲之事,这些闪光之处最容易使人产生记忆,亦容易写入自己的作品之中。

这种源于生活、高于生活的记录,也许就是人生最闪光的一刻,最难忘的、最短暂的一刻,而不是经历最长、最平常的东西。

吴三桂在衡阳称帝的这段历史,在人类的历史长河上只不过是火光一闪,但对当初的湖南老百姓及许许多多将反清复明、推翻满族统治的幻想寄托在吴三桂等人身上的反清志士来讲,却是一件大事。对于沾上吴三桂光的桃林湾谢氏,更是充满憧憬与期盼。而随着吴三桂的暴亡,以及清军占据湖南等一系列的事件,让作者经历了一场由大喜至大悲的家庭与社会悲喜剧。作者将这段虽是昙花一现,却难以忘怀的经历写入书中,就不足为怪。

二、衡阳的大观楼

在衡阳的考察中,我惊奇地发现,衡阳位处市中心,湘江旁边的石鼓书院中,竟有闻名天下的大观楼。据记载:

大观楼始建于明万历(1573—1620)末年,为石鼓山巅观景建筑。楼名寓意登楼览胜心载天下,故谓之大观。

大观楼虽经战火焚烧多次,但经后人重修,至今仍屹立于石鼓山巅。登楼观去,湘水飞逝,楚云满天飞。大好山河,一揽眼底。

我乘兴登上大观楼,其时烟雨茫茫。极目望去,江舟点点,雁过行行,潇湘交汇,云薄日隐,别有一番景致。细雨绵绵观风景,隐隐约约显神韵。神秘的湘水曾流过多少神奇的故事,抒发多少文人骚客的情愫。抚今追昔,亦不免嗟唶不已。至此,我不由想起宋代大书法家米芾所作的《潇湘记》来了。米芾在得《潇湘八景图》后,如获至宝,爱不释手。即以八景图为素材,并结合自己的体察,借神来之笔,遂作《潇湘八景》诗并序,以抒钟爱之情,传山水之美。《潇湘记》中写道:

今有客持潇湘八景图,示余请记。问曰:"子知潇湘之所自乎?"予应之曰:"吾闻潇水出道州,湘水出全州至永州,而今流焉。自湘而南,皆二水所经,到阴始与水沅资水会。又至洞庭与巴江之合水。故湘之南皆可以潇湘名之。若湘之北,则㵽汨汤汤,不得谓之潇湘矣。

……

凡此八景,各极其致,皆潇湘之所有也。善观者合八景,如斯足以尽其胜,不善者反是客。作而对曰:"悉哉先生之言也。不问王良,不知六马之骋;不茫师旷,不知五音之正;不闻先生之言,不知潇湘之胜。故书以为记。"

观罢其文,从中得潇湘之源,大观之故,八景之胜,使我心智豁然。茫茫园林,幽幽红楼已洞然于心、于目矣。

从前面之文中,可见大观之由来,潇湘景色之根源。《红楼梦》中大观园,却暗含潇湘之景,可谓慰为大观也。

大观园中的潇湘馆、蘅芜苑、世外桃源、怡红快绿、杏帘在望等虚景,皆应潇湘八景之实。作者笔下的大观园,正应潇湘之大观,三湘之亲缘,在此已一目了然矣。

而大观园中,亦有"大观楼"之称。《红楼梦》第十八回写道:

元妃乃命传笔砚伺候,亲搦湘管,择其几处最喜者赐名。按其书云:"顾恩思义"(匾额)天地启宏慈,赤子苍头同感戴;古今垂旷典,九州万国被恩荣。(此一匾一联书于正殿)"大观园"园之名"有凤来仪"赐名曰"潇湘馆"。"红香绿玉"改作"怡红快绿"即名曰"怡红院""蘅芷清芬"赐名曰"蘅芜苑"、"杏帘在望"赐名曰"浣葛山庄"正楼曰"大观楼"。东面飞楼曰"缀锦阁",西面斜楼曰"含芳阁、更有"蓼风轩"、"藕香榭"、"紫菱洲"、"荇叶渚"等名,又有四字的匾额十数个,诸如"梨花春雨"、"桐剪秋风"、"荻芦夜雪"等名,此时悉难全记。又命旧有匾联俱不必摘去。于是先题一绝云:"衔山抱水建来精,多少工夫筑始成!天上人间诸景备,芳园应锡大观名。"

我观衡阳之大观楼,其正楼建于山巅,名曰"大观楼",有邓云宵的《大观楼歌》为证:

纵横千里目,浩荡万古心。

乾坤何寥廓,山水自高深。

楼头缥缈诸天近,玲珑八面祥飙引。

谁言断成来贺燕,只恐孤骞如结蟊。

披襟临水揽蒸湘,挥手凭空扣翼轸。

游丝摇曳扇微和,城郭郊廛乐事多。

其诗将大观楼的情形描写得十分细致生动,且有数处楼宇与书中所写暗合。至此,我们有理由相信,作者笔下的大观楼,应由此景而生义,由此事而成文。"大观园"是作者眼中的潇湘,是作者笔下的八景,是融入其原型——桃林坝中的大观之景。其中玄机已昭然于后人,而非牵强之解。

而与之相巧合的是,在云南昆明也建有大观楼,同样闻名天下。昆明大观楼始建于康熙二十九年(1690年),正是清王朝平定吴三桂叛乱集团后才兴建的。吴三桂在昆明与衡阳之间兴风作浪,枭雄一时,作者将大观园楼密写入作品之中,不正是作者将吴三桂的这段历史与虚假的辉煌通过这种方式载入其中吗？同时，我们也知道，谢妃跟随吴三桂从云南到衡阳，也可能将省亲别墅建于衡阳的石鼓山，即大观楼附近，于是便有了大观园之说。

大观园也许真有其园，不过是乐恺堂及在衡阳的省亲别墅巧妙嫁接。这种文学上的艺术加工，不仅使我们能追忆吴三桂时期的历史事实，也能体会到当初人们对民族复兴与繁荣的一种渴望，而绝非仅仅是凭吊吴三桂。

三、衡阳的地名与《红楼梦》中的地名暗合

我从《清泉县志》上又一次找到了两处与《红楼梦》有关的名称。

《红楼梦》第五十七回写道：

岫烟道："叫作'恒舒典'，是鼓楼西大街的。"宝钗笑道："这闹在一家去了。伙计们倘或知道了，好说'人没过来，衣裳先过来'了。"岫烟听说，便知是她家的本钱，也不觉红了脸，一笑，二人走开。

宝钗就往潇湘馆来。

我们知道，潇水与湘水交汇处，正是衡阳境内。《清泉县志》这样记载：

鼓楼前横街：自潇湘门达望湖门内，旧称范衙街。①

《红楼梦》中写的"鼓楼西大街"、"潇湘馆"与《清泉县志》中记载的"鼓楼前横街、潇湘门"的暗合，从另一侧面说明，作者记录的极可能是作者及谢氏家人。因谢妃受宠，故移居衡阳旁一时之荣的经历，而大观园与鼓楼、潇湘门遥遥相对，无疑是作者将所经历之事记录在其作品之中。

《红楼梦》第五回写道：

后面又画几缕飞云，一湾逝水。其词曰：富贵又何为，襁褓之间父母违。展眼吊斜晖，湘江水逝楚云飞。

（元）龚肃在《楚云湘水图歌谢张夔教授》中写道：

离骚之国几千里，十幅蒲帆顺风驶，顺风犹须两月程。……云兮楚之云，水兮湘之水。②

而《清泉县志》中就有楚云湘水图，描绘的是清泉县（今衡阳）境内的水文地理资源情况。

《红楼梦》中所写的"湘江水逝楚云飞"不是指的衡阳，又是指的何处呢？而我从《浏阳河》杂志看到了赖明汉先生的一篇名叫《〈红楼梦〉与湖南》的文章。其中写道：

---

① 《清泉县志》卷四之《营建志》，页四。乾隆癸未年辑，湖南图书馆藏。
② 《清泉县志》卷二十四之《艺文志》页十五。乾隆癸未年辑，湖南图书馆藏。

"开篇'方离柳坞作出花房'的柳坞是指柳树为林的屏障,据查湘江中上游曾种植大量柳树作天然防风屏障。现在衡阳西湖公园(湘江岸边)还保存着数百米的船系柳坞风景线,取名'柳坞春深'。湘江支流洣水河边的柳坞村柳坞渡是个十分漂亮的自然山村。"①从这段叙述中,我们可知柳坞其地名,原来在衡阳也是有的,虽然其他地方也有"柳坞"的地名,但像衡阳这样的独特风景,并成为当地标志性旅游景点的,却独此一家。从这些若隐若现的痕迹中,我们有理由相信,有关吴三桂与《红楼梦》的关系的传说是真实的,而湖南娄底、衡州、云南与《红楼梦》之间存在千丝万缕的关系,应当也是肯定的。从这些隐藏的玄机中,我们可以看到作者对家乡的情感,以及当初文人(包括才女)、士大夫心中透露出来的无奈与矛盾的心态。

第六节
屈原的《九歌》与大观园

在屈原的《九歌》中有两段诗歌与湖南是有关的,这就是《湘君》与《湘夫人》。没有人能将屈原笔下的湘夫人与湘君到底是何人考证清楚,但却知道屈原写的是湖南人物,写的是山山水水、风土人情,其中,也许有十分凄美动人的爱情故事与曲折紊复的辛酸情节。现将两首诗歌恭录如下:

九歌·湘夫人

帝子降兮北渚,目眇眇兮愁予。
袅袅兮秋风,洞庭波兮木叶下。
登白薠兮骋望,与佳期兮夕张。
鸟何萃兮苹中,罾何为兮木上。
沅有芷兮澧有兰,思公子兮未敢言。
荒忽兮远望,观流水兮潺湲。
麋何食兮庭中?蛟何为兮水裔?
朝驰余马兮江皋,夕济兮西澨。
闻佳人兮召予,将腾驾兮偕逝。
筑室兮水中,葺之兮荷盖;
荪壁兮紫坛,播芳椒兮成堂;
桂栋兮兰橑,辛夷楣兮药房;
罔薜荔兮为帷,擗蕙櫋兮既张;

---

① 《浏阳河》,2010 年第 2 期。

白玉兮为镇,疏石兰兮为芳;
芷葺兮荷屋,缭之兮杜衡。
合百草兮实庭,建芳馨兮庑门。
九嶷缤兮并迎,灵之来兮如云。
捐余袂兮江中,遗余褋兮澧浦。
搴汀洲兮杜若,将以遗褋兮远者;
时不可兮骤得,聊逍遥兮容与。

九歌·湘君

君不行兮夷犹,蹇谁留兮中洲?
美要眇兮宜修,沛吾乘兮桂舟。
令沅湘兮无波,使江水兮安流。
望夫君兮未来,吹参差兮谁思?
驾飞龙兮北征,邅吾道兮洞庭。
薜荔柏兮蕙绸,荪桡兮兰旌。
望涔阳兮极浦,横大江兮扬灵。
扬灵兮未极,女婵媛兮为余太息。
横流涕兮潺湲,隐思君兮陫侧。
桂櫂兮兰枻,斵冰兮积雪。
采薜荔兮水中,搴芙蓉兮木末。
心不同兮媒劳,恩不甚兮轻绝。
石濑兮浅浅,飞龙兮翩翩。
交不忠兮怨长,期不信兮告余以不闲。
鼂骋骛兮江皋,夕弭节兮北渚。
鸟次兮屋上,水周兮堂下。
捐余玦兮江中,遗余佩兮醴浦。
采芳洲兮杜若,将以遗兮下女。
时不可兮再得,聊逍遥兮容与。

  从其中,我们可以看到屈原笔下的湘夫人与湘君,处处折射出湖湘风情风物的影子。从这流传千古的吟唱中,不由使我们联想到了《红楼梦》。在《红楼梦》第十七回中,作者借贾政与贾珍、宝玉游检大观园之事,将大观园的景观进行了详细的描写。其中,写到了很多的植物与景物,这些情形与《湘夫人》《湘君》中的情节竟有许多暗合之处。在这里,我们不妨畅言其妙,以图抛砖之效。

1. 薜荔

此回中写道:"宝玉道:'果然不是。这些之中也有藤萝薜荔'",其中写到薜荔这种植物。薜荔俗称凉粉果、木馒头,为桑科常绿攀缘或匍匐灌木植物,是一种广泛分布于中国长江以南至广东、海南等省区的南方特有的植物,为北方所无。《九歌·湘夫人》中写到"罔薜荔兮为帷",与《红楼梦》中描写的大观园中的植物相吻合。

2. 杜若

此回中写道:"那香的是杜若蘅芜",其中写到杜若这种植物。

杜若是一种多年生直立或上升草本植物,分布范围较广。一般生长在海拔600米至1200米的山谷林下,为北京等低海拔地区所无。

在《九歌·湘夫人》中写道:"搴汀洲兮杜若";在《九歌·湘君》中写到:"采芳洲兮杜若"将这种植物写在其中。

3. 杜衡

杜衡多年生草本植物,主要分布于江苏、浙江、安徽、湖南和江西等省。

《九歌·湘夫人》写道:"缭之兮杜衡",将这种南方特有的植物写入其中。而《红楼梦》此回中所写的"那香的是杜若蘅芜","蘅芜"指的就是"杜衡"、"芜菁"这两种植物,作者又一次将这两种相同的植物写入其中。

4. 兰草与芷

此回写道:"那一种大约是茞兰,这一种大约是清葛,那一种是金䔲草,这一种是玉蕗藤,红的自然是紫芸,绿的定是青芷。"而《九歌·湘夫人》写道:"沅有芷兮澧有兰""桂栋兮兰橑""疏石兰兮为芳""芷葺兮荷屋",一次次将"兰"与"芷"写在其中。

5. 椒

《红楼梦》在此回中写道:"又有叫什么绿荑的,还有什么丹椒",其中所写的"丹椒"就是指花椒,又称山椒,属芸香科,是一种落叶灌木或小乔木,具香气,为湖南等地所常见。

而《九歌·湘夫人》中写道:"播芳椒兮成堂",芳椒指的就是这种有芳香气味的山椒树。

6. 蕙

蕙草即"佩兰"。由于蕙草盛产于湖南永州的零陵,所以其有一别名"零陵香",零陵香豆的古别称。这是一种湖南最独特的植物之一。

《九歌·湘夫人》写道:"擗蕙櫋兮既张",将"蕙"这种香草写入其中。而《红楼梦》在此回中也写道:众人笑道:"再莫若'兰风蕙露'贴切了"、"因念道:三径香风飘玉蕙,一庭明月照金兰。"其中的"三径香风飘玉蕙"自然指的是这种产于湖南的香草。

7. 桂树

桂花是常绿阔叶乔木，主要生长于淮河流域至黄河下游以南各地，以北则多为盆栽。

《九歌·湘夫人》写道："桂栋兮兰橑"在《九歌·湘君》中写道："沛吾乘兮桂舟""桂櫂兮兰枻"。诗歌中将桂树这种南方常见的树木多次写入其中。

而在《红楼梦》中的大观园景观中，也有桂树这种树木。《红楼梦》第三十八回写道："凤姐道：'藕香榭已经摆下了，那山坡下两颗桂花开得又好，河里的水又碧清。"书中不止一次写到桂花与桂树，将南方的这种自然景观写入书中。

从上述举例中，我们从屈大夫的《九歌》与《红楼梦》描写的大观园中，感悟到散发着湖湘的百草之香，欣赏到湖湘的山水之美，百花之艳。屈原若是没被流放至湖南，就不可能写出如此多与湖南有关的景物来。没有领略到湖南的风情，他也不会写出如此如泣如歌的诗歌来。

《红楼梦》的大观园，不正是借用了《九歌》中的故事，将与湖南有关的景物与植物一次次地重现于作品之中吗？或者，作者原本就没借用屈原的诗歌，只是实写湖南风情风物，两者的相同不过是一种暗合而已。但不论是何种原因，我们都能从中看到这两位不同的作者，在不同的时期，用同一种笔触，不同的描写方式将湖南的山水、景物、植物写于作品之中。

在作者的笔下，湘楚大地上，山黛水秀，紫气氤氲。那浩瀚的洞庭，波光潋滟；那山间村落，百花盛开，芳草飘香，散发着让人心旷神怡的幽香。这世外桃源般的梦境仙景，会让人流连忘返。那清澈廻旋的溪流，涓涓流淌，如同在向人们细述一个个迷人的故事。那原野的芳草，那高耸的山岩，那深幽的空谷，向我们展示一幅幅美丽炫目的湖湘山水画。也许这就是屈大夫笔下的湘楚人间仙境，仙子居住之所；或许，亦是《红楼梦》作者笔下的"大观园"。这个大观园中既有实写的场景，但更多的是包含整个湘楚的风情风物，从中表达作者对湖南、对家乡的一种热爱！真真是：衔山伴水大观园，湘土乡情湘楚天。

从屈原的《九歌》与《红楼梦》作者这种相似的笔法、雷同的情怀与对景物暗合的描写中，我们有理由相信，《红楼梦》的作者与湖南是有着极深的渊源的。

同时，作者笔下的大观园中的这些树木、植物，都是南方特别是湖南最常见的品种，如梅、稻、竹、巴蕉、蕙、桂树、金簦草、薜荔、芙蓉等等。这些树木与植物为北方所不常见。而那潺潺的溪水，纷呈的百草野花，芳谷奇葩，乱石幽岗……则是一派南国风光，也说明大观园写的是山村野景，描绘的是各种湖湘旖旎景色。这些都充分证明,《红楼梦》作者所写的大观园是南方而非北方。其中,描写的是湘楚风情风物,影射的是潇湘八景,记录是吴三桂在衡阳称帝的历史。

其实,书中所描写的"大观园"是作者眼中心中的"大观园",是作者笔下的人间仙境。我们在现实中定难找到能对号入座、一模一样的"大观园",但我们并不能否认作者有他的生活原型,有他想象的基本框架。胡文彬先生在他的《东找西寻梦中园》中写道:

《红楼梦》虽然是小说,但并不意味着小说中所写的人、物、事没有"原型"。所谓"原型"的内涵并不等于是"原样",二者之间有联系又有区别,不要混淆。大观园应该有它的"原型",但它的原型并不一定就指哪一处园林。从创作的过程看,"原型"可以有多个,只要作者经过看过的园林(包括书本上描写的园林),都可能是他创作出来的园林(大观园)原型。作者的眼睛有摄像机、放大机的功能,他的头脑同时有"过滤机"的功能,而他的"妙手"更有"剪裁"的功能。所以小说所描写的人物、景物、故事,既取之于生活,却又高于生活,已不是他所摄录的自然影像,这是一个创作常识。《红楼梦》中的大观园是艺术的园林。所谓"天上人间诸景备",试问南京、北京,还有天津,河北乐亭,哪里有这么一处园林?林黛玉就说过,大观园是"借得山川秀,添来景物新。"这一"借"一"添",还有"借"多少"添"多少,从哪里"借"到"添"到儿去,怎么能考证出来? 恐怕连曹雪芹自己也说不清楚。除非我们能发现"曹雪芹创作日志",那"日志"里记载了"借"自何处,又"添"在哪里。否则,我们东找西寻的结果,只能落个"水中月,梦中花"而已。我的结论是:大观园的原型在曹雪芹的生活中,在他的胸中。①

胡文彬先生对困惑许多红学研究者的大观园的这种理解与诠释无疑是十分正确的,我们不能用静止与片面的观点去看大观园的问题。大观园不是常人所理解的确为某地某物,而是作者虚构的、由现实生活催生的一段美丽神话。这段神话与人间仙境中,有着湖湘的美景与融入湘情楚境的神韵。

---

① 胡适、俞平伯等著:《正说红楼梦》之胡文彬撰:《东找西寻梦中园》,蓝天出版社 2006 年版,第 290 页。

第七章 《红楼梦》"村言"与风俗的排他性比对分析

《红楼梦》中的"村言"与民俗到底与何地有关,其相关的程度如何,是一个新的研究课题,通过这种研究与分析,对寻找《红楼梦》真正的原始创作者是有着十分重要的意义的。

在此之前,有人认为曹雪芹之所以能运用南方方言写作《红楼梦》,是因为他在南京长大,而他的祖籍是江西,所以他能娴熟地运用南方方言。他之所以能用北方方言进行创作是因他后来去了北京,长期在北方生活,所以,才出现《红楼梦》其书中的方言南北混杂、南腔北调的现象。这种观点也许正是胡适先生等人考证为何将曹雪芹考证成曹寅之孙,而不是其子的真正原因之一吧。

在拙作《红楼湘娄文化考》之中,我提出始作者是娄底人,《红楼梦》中"村言"和民俗与娄底相一致。此观点一出,一时引起很大的争议。许多人包括娄底本地人提出南方方言是共通的,许多方言是相似或相同的,很可能其他地方,特别是江西、南京这些地方也是这样讲的。所以,并不能仅凭娄底人讲这种方言就认定《红楼梦》中的"村言"就是娄底方言。

这种质疑不无道理。在拙作《红楼湘娄文化考》出版之前,我虽曾去江浙等地进行过考察,但未作系统的比对分析,对人们的这种质疑,我亦心中无底。所以,对方言与民俗排他性对比分析就显得尤为重要。

第一节 《红楼梦》中的村言与各地方言的比对分析

虽然方言仅仅是一扇窗户、一个环节之一,但这对我们深入地了解和研究《红楼梦》显得十分重要，正如中国人民大学张国风教授所讲的"方言最难造假，最有说服力"。因方言是活生生地存在于我们的现实生活之中，任何人不能去做出一个"假"的方言版来，而《红楼梦》的文本是公开的，人们不可能去再造一个新的《红楼梦》，如果是新造的那就不叫《红楼梦》了。

为了了解《红楼梦》"村言"及其他与《红楼梦》可能有关地区的方言情况，我经过一段时间筹备，于2011年6月上旬前往江西、南京、上海、北京等地调查与比对各地的方言。同时，也是为了去查找有关的史料，并顺便拜访邓牛顿等人，以求得到他们的指导与帮助。

我们知道，各地方言的发音与语境是有密切联系的，因此，只有依其发音对《红楼梦》中的"村言"的象声音进行对比，方具有说服力。如"松泛"这种"村言"就是象声词，只有到当地才能了解到这个词的原意，了解这个词在当地百姓中是如何发音的。

此次，我随机抽取了100条不同的南北方言，其中，有80条与娄底方言相同的《红楼梦》中的"村言"，20条《红楼梦》原著中带儿化音的北方方言——这是湘方言与娄底方言中不使用的方言。我将对各地在这100条方言上的使用情况，进行一个较为系统的比对分析，来了解其异同。

一、《红楼梦》"村言"与江西方言的比对分析

我首先来到了江西进行方言的实地取证调查。此次去江西调查有两个重要原因，其一是，湖南人大多是从江西迁徙过来的，历史上有"湖广填四川，江西填湖南"之说。我们翻开湖南人的族谱可以看到，湖南人大都是从元、明时期迁入湖南的，故湖南人与江西人互称"老表"。这种割裂不了的亲缘关系使江西人与湖南人之间有一种超乎寻常的亲情。当初迁入湖南的江西人自然将江西的方言带入了湖南，并与当地的方言融合，逐渐形成了当地独特的方言，但并不能否认江西方言对湘方言的影响。同时，湖南与江西又是相邻，其中的语言定然有相同和相似之处。

我来江西调查的第二个原因就是有人认为江西与《红楼梦》有一定的关联，认为曹雪芹的先祖是江西人，或曹雪芹的妻子或他身边的人是江西人。所以，客观地分析江西方言与《红楼梦》"村言"及娄底方言的异同，对考证《红楼梦》"村言"是何处的方言显得尤为重要。

因此，我来到了从江西迁入娄底人数最多的吉安地区进行方言与民俗的调查。我选择了峡江、新余为调查重点，因为这里是当初主要的迁出地之一。

从我调查的情况来看，两地既有共同之处，又有很大的差异。江西方言与湖南方言一样，很少有儿化音与卷舌音，有些发音习惯与语文习惯也大同小异，如"吃饭"都

叫"呷饭"等。但更多的是存在着差异,如江西安义地区有人将"不"说成"唔",将"你"说成"给"。湖南人称"没有"叫"冒得",江西人称之为"冒",还有很多方言是江西人所不能讲的,或表达的意思与读法完全不同,这种差异是很大的。

那么《红楼梦》中的"村言"与江西方言又有何异同呢?这是我们需要分析研究的重点(见表 8-1)。

表 8-1 《红楼梦》中"村言"与江西方言比对表

《红楼梦》中"村言"与娄底方言	普通话	江西峡江	《红楼梦》中"村言"与娄底方言	普通话	江西峡江
外头	外面	外边	前头	前面	前面
后头	后面	后背底	油皮	一层薄皮肤	一点皮
老货	老东西	老逼	超手	超出屋檐部分	下贱
退步	退堂	后庭背	下作	下贱	老婆
阶矶	台阶	阶台	堂客	老婆又泛指妇女	家具
鞋面子	鞋面	鞋面子	家伙	家具	蚊帐、帐檐
夹背心子	夹背心	褂子	帐子	蚊帐	斗笠
蓑衣	蓑衣	蓑衣	斗笠	斗笠	春櫈
嚼毛	爱争论	钻牛角尖	春櫈	长板櫈	春櫈
拐棍子	拐棍	拐棍	小盖钟	小茶杯	杯子、盏仔
晓得	知道	晓得	别个	别人	别岩(人)
不大管事	不太管事	不大管事	添饭	盛饭	添饭
真真	真的	真的	学不出来	学不会	学不出来
一点子	一点	一点	要得	可以、行	要得
不知事	不懂事	不晓事	背后	背面	头背里
张致	坏毛病	名堂	解手	小便	解手
煞住脚	停住了脚步	站住脚	听的近	听的距离近	蛮近
好深的	很深的	少几深	慢些	慢一点	慢一点
碎钉子	碎块	碎块	尺寸地方	很窄的地方	冒得(没有)眉毛大
磁瓦子	碎磁片、瓦片	磁片、瓦片	拘了来	掏来	掏
村你	顶撞你	冲你	不大出房	不太出门	不甚出门
借当	借钱物	借东西	竹信子	竹篾条	篾子

续表

《红楼梦》中"村言"与娄底方言	普通话	江西峡江	《红楼梦》中"村言"与娄底方言	普通话	江西峡江
界断	隔开、砌开	界开	是人	所有的人	哪个
先不先	首先	先不先	应了你	答应了你	答应了你
才刚	刚才	刚才、张刚	新兴的	稀奇古怪的	新奇的
日头	太阳	日头	闹热	热闹	闹热
骂杀	骂死	骂死	这会子	这个时候	现在
里头	里面	内底	一副板	一副棺材木料	一副寿木
样范	样子	样子	上头	上面	上底

我们可以从比对表中看出,两者是存在较大的差异的,而这种差异正是江西方言与湖南方言的差异。

在这里需要说明的是江西方言很复杂,南昌与吉安、新余与峡江的方言就存在一定的差异。比如"傻瓜"一词,在峡江叫"蠢子",在新余就叫"笨蛋、东棍",在南昌叫"森头"。这种差异说明南方方言是"十里不同音,五里不同俗"的,这种因地域不同而形成的相对独立的方言与民俗,正是我寻找《红楼梦》作者所写之地与所写之人的重要方法之一。

从上可以看到,湖南方言与江西方言虽然一脉相承,但经过数百年的演变,江西方言与《红楼梦》的村言和娄底方言相比较还是存在着较大的反差。江西方言不是《红楼梦》方言的基本语素。

江西之行使我对《红楼梦》中的"村言"与娄底方言的一致性有了一定的信心,接下来就是直接到曹学家们认可的《红楼梦》作者所在地——南京进行方言的调查与比对分析。

二、《红楼梦》"村言"与江苏方言比对分析

江苏是一个南北方言混杂的地区。根据李明朝等著的《江苏方言总汇》研究,江苏方言可以分为两个大区:一区属于北方方言区,另一区属吴方言区。按照语音条件的不同,江苏方言又可细分成几个方言小区。第一区是吴语区,主要指镇江以东的地区。第二小区是北方方言中的江淮方言区的一部分,称之为扬淮片,包括江苏东北部直到镇江以西,长江两岸地区。南京属于扬淮片方言区。第三区属北方方言区中的中原官话的一部分,以徐州为中心,在江苏省西北隅的丰县、沛县等地。

据《南京方言志》记载：

地处吴头楚尾的南京,有着悠久的历史,其地理上的原因使得它几千年来经历了无数次战乱和繁荣的变迁,这种变迁造成了人口的大聚散,自然又直接影响了方言的发展方向。据史料记载,南京方言在魏晋南北朝时当属吴方言。晋郭璞注《尔雅》《方言》,其中有"今江东人呼某为某"、"今江东呼某"、"今江东音某"等,共有一百七十余条。当时南京称建康,为江东首府,地位非常重要,而郭璞在其注解中并未把它单独处理,可见当时的建康话应在吴方言范围之内。

今天的南京方言早已不属于吴方言了,而归入了北方方言。由于缺乏直接的语言史料,魏晋以后,南京方言是何时从吴方言转变为北方方言的,目前尚无法确证;不过可勾勒一些粗略之线条：第一,北方方言渡过长江,以建康为中心,形成后来的官话,实自东晋南朝始。公元311年,晋"永嘉之乱",北人争相南迁,且大都集中于以建康为中心的长江南岸,这是北方方言第一次冲击南京方言。随后的梁"侯景之乱"、北宋的金人南侵、明太祖的"尽迁其民于云南",使得南京方言的面貌发生了巨大变化。第二,可以肯定地说,最迟明末清初,南京方言已是完全的北方方言了。这由法国人金尼阁(Nicolsa Trigault)所著之《西儒耳目资》(1626)可知,该书是供西洋人学汉语的,其中所用的基础方言便是南京方言,而其面目已属北方方言。

南京作为政治文化的重镇,仅本世纪以来,其发展变化就相当大,由于历史的原因,造就了它在东南一带的都市中,能杂糅南北文化、容留各方人士的风范,它正鉴于此,南京方言与其他方言相对表现出一种积极的开放性。①

这段概述言明,南京方言早在明末清初就变成了地地道道的北方方言。所以,南京方言不可能是《红楼梦》"村言"的基本语素。如果说其中有些北方方言或与南京有关,还可以搭上边,但说《红楼梦》中的南方方言与南京有关,那就有些牵强了。

为了全面了解南京方言与江苏方言,我在南京的玄武区与栖霞区找当地的"老南京"进行了专门的调查,将一百多条方言进行了比对,又到吴方言区的无锡进行了实地调查。不仅如此,我还在南京图书馆找到了《南京方言志》与《江苏方言总汇》进行了比对分析,现列表对照如下：

---

① 南京地方志编纂委员会、方言志编纂委员会编纂：《南京方言志》,南京出版社1993年版,第1页。

表8-2 各地方言与《红楼梦》村言比对表

序号	《红楼梦》村言	普通话	江西峡江	江苏南京	无锡
(1)	外头	外面	外边	外头、外面	外头
(2)	前头	前面	前面	前头、前面	前头
(3)	后头	后面	后背底	后头、后面	后头
(4)	油皮	一层薄皮肤	一点皮	薄皮	一层皮
(5)	老货	老东西	老逼	老逼、老太婆、老东西	老货
(6)	退步	退堂	后庭背	里面房屋	
(7)	超手	超出屋檐部分	门丁子	屋檐	超手
(8)	下作	下贱	下贱	贱、下贱	下作
(9)	阶矶	台阶	阶台	台阶	台阶
(10)	堂客	老婆又泛指妇女	老婆	爱人、老婆	老婆
(11)	鞋面子	鞋面	鞋面子	鞋帮子	鞋面
(12)	炮竹	炮竹		炮仗	鞭炮
(13)	家伙	家具	家具	家具	家具
(14)	夹背心子	夹背心	褡子	马背、背心	夹背心
(15)	出神	走神		走神	入神
(16)	帐子	蚊帐	蚊帐、帐檐	帐子	帐子
(17)	蓑衣	蓑衣	蓑衣	蓑衣	蓑衣
(18)	斗笠	斗笠	斗笠	斗蓬	斗蓬、草帽
(19)	嚼毛	爱争论	钻牛角尖	抬杠	钻牛角尖
(20)	春櫈	长板櫈	春櫈	长板櫈、板櫈	春櫈
(21)	拐棍子	拐棍	拐棍	拐棍	拐老杖
(22)	小盖钟	小茶杯	杯子、盏仔	茶杯	茶杯
(23)	晓得	知道	晓得	晓得、知道	晓得
(24)	别个	别人	别岩(人)	别人(人家)	别人家
(25)	不大管事	不太管事	不大管事	不大管事	不大管事
(26)	添饭	盛饭	添饭	盛饭、装饭	盛饭
(27)	真真	真的	真的	真的	真咯(的)
(28)	学不出来	学不会	学不出来	学不会	学不会

续表

序号	《红楼梦》村言	普通话	江西峡江	江苏南京	无 锡
(29)	一点子	一点	一点	一点儿	一点
(30)	要得	可以、行	要得	行、可以、好的	可以
(31)	心里不好	心里不舒服		心里不舒服、不快活	心里难过的
(32)	越性	越来越		越来越	越来越
(33)	不知事	不懂事	不晓事	不懂事	不懂事
(34)	背后	背面	头背里	背后、背面	背底
(35)	里子	里面的一层		衬子	夹里
(36)	张致	坏毛病	名堂		唔搭头
(37)	解手	小便	解手	小便	撒溺
(38)	弄点子药	弄一点药		弄一点儿药	撒溺
(39)	煞住脚	停住了脚步	站住脚	停停、等等	立勒酿
(40)	样数	件数		多少样	
(41)	听的近	听的距离近	蛮近	靠得近	蛮近咯(的)
(42)	好深的	很深的	少几深	很深、好深	蛮深
(43)	慢些	慢一点	慢一点	慢点儿	慢点点
(44)	碎钉子	碎块	碎块	切块	一块块
(45)	尺寸地方	很小的地方	冒得(没有)眉毛大	一点儿大	小倒二
(46)	磁瓦子	碎磁片、瓦片	磁片、瓦片	瓦粒、瓦粒子	碎瓦片
(47)	拘了来	掏来	掏	拿出来	拿来
(48)	土山上	土山包上		小山包	
(49)	村你	顶撞你	冲你	顶嘴、回嘴	回嘴、冲你
(50)	菜蔬	蔬菜	青菜	蔬菜	蔬菜
(51)	葳葳蕤蕤	精神不振、很脏		遢踏、拉瓜相	萎蔫不振
(52)	不大出房	不太出门	不甚出门	不出来	不大出门
(53)	借当	借钱物	借东西	借东西	借么事
(54)	着实	确实		确实	确实
(55)	响快	爽快		爽快	爽快
(56)	无移	无疑		无疑	无疑

续表

序号	《红楼梦》村言	普通话	江西峡江	江苏南京	无 锡
(57)	一壁	一边		一边	一壁
(58)	竹信子	竹篾条	篾子	竹签、篾签	篾条
(59)	松泛	宽裕、轻松、无所谓			
(60)	界断	隔开、砌开	界开	分开	界开
(61)	是人	所有的人	哪个	这滚人	蛮来寒咯
(62)	先不先	首先	先不先	你先、首先	开头
(63)	末后	最后		末末了	阿莫上来
(64)	应了你	答应了你	答应了你	答应了你	答应了你
(65)	才刚	刚才	刚才、张刚	刚刚、刚才	刚才
(66)	新兴的	稀奇古怪的	新奇的	新奇古怪的	新奇咯(的)
(67)	日头	太阳	日头	太阳	太阳
(68)	界密了	隔紧了		隔紧了	缝密了
(69)	很显	很显眼		很显眼	蛮显眼咯(的)
(70)	嘴碎	话多		韶、话多	话多
(71)	闹热	热闹	闹热	热闹	热闹、闹蛮
(72)	骂杀	骂死	骂死	骂死	骂杀
(73)	这会子	这个时候	现在	这会儿	这会儿、一下拱
(74)	白不在心上	怕不在心上		(背)不在心上	帕不在心上
(75)	里头	里面	内底	里头、里面	里头
(76)	下头	下面	下底	下头、里面	下头(咯头)
(77)	一副板	一副棺材木料	一副寿木	一副棺材	一副棺材
(78)	样范	样子	样子	样子	样则
(79)	上头	上面	上底	上头、上面	上头
(80)	这一起子	这一群		这一群、这一帮	这一群人

通过比对分析,我发现《红楼梦》中的南方方言部分不可能是南京方言,也不可能是江苏其他地方的方言,而《红楼梦》中的北方方言部分既不是吴方言,也与南京方言有较大差距。在南京方言中,没有"松泛"、"村你"、"葳葳蕤蕤"、"张致"、"添饭"、"春櫈"、"堂客"、"炮竹"、"是人"等等方言。同时,江苏境内其他地方的方言与

《红楼梦》中的"村言"也有较大差距,举例如下:

1."炮竹"

《红楼梦》第二十二回写道:

贾政道:"这是炮竹嗄。"宝玉答道:"是。"贾政又看迎春的道:"天运人功理不穷,有功无运也难逢。因何镇日纷纷乱?只为阴阳数不同。"

其中写到"炮竹"一词,书中将鞭炮称之为"炮竹",这与娄底的方言相一致,娄底人一般把鞭炮称之为"炮竹"。那么在江苏方言特别是南京方言中是怎样称呼的呢?我们不妨对比一下。

表8-3 各地"爆竹"方言比较①

鞭 炮			
地 点	方 言 词	地 点	方 言 词
南京	炮仗、小鞭炮	高淳	小炮仗
徐州	炮	赣榆	小鞭儿
东海	鞭	洪泽	炮仗
金湖	炮仗	盐城	小炮竹
响水	鞭	东台	炮仗
扬州	小鞭	江都	炮仗
姜堰	炮仗	秦兴	小炮仗
兴化	炮着	高邮	炮仗
如皋	鞭	如东	炮仗、百子鞭
海门	小鞭	吕四	烟灰
苏州	小炮仗	吴江	百响、炮仗
太仓	黄鞭	张家港	小鞭仗
宜兴	小爆仗	镇江	小鞭、小炮仗
丹阳	鞭、小炮仗		

从中可见,江苏方言中没有哪个地方如《红楼梦》中的"村言"一样,将"鞭炮"称之为"炮竹"。

---

① 江苏省公安厅《江苏方言总汇》编写委员会编:《江苏方言总汇》,中国文联出版公司1998年版,第1991页。

2."出神"

《红楼梦》第十一回写道:

宝玉正眼瞅着那《海棠春睡图》并那秦太虚写的"嫩寒锁梦因春冷,芳气袭人是酒香"的对联,不觉想起在这里睡梦到"太虚幻境"的事来。正自出神,听得秦氏说了这些话,如万箭攒心,那眼泪不知不觉就流下来了。

《红楼梦》书中的这种说法与娄底方言相一致,但与江苏方言却不相一致(如表8-4所示)。

表8-4 各地"出神"方言比较①

出 神			
地 点	方 言 词	地 点	方 言 词
南京	走神	高淳	走神、发呆
徐州	下神、走神	丰县	走神
连云港	走神	灌南	定神
淮安	发呆	建湖	入神
扬州	入神	仪征	入神
江都	入神	宝应	入神
南通	打定目心	海门	发呆
苏州	入迷	昆山	走神
无锡	走神		

从表中可见,南京称"出神"为"走神",而整个江苏境内都没有像《红楼梦》书中所说的"出神"一词。

3."煞住脚"

《红楼梦》第二十七回写道:

宝钗在亭外听见说话,便煞住脚,往里细听,只听说道:"你瞧瞧这绢子,果然是你丢的那块,你就拿着;要不是,就还芸二爷去。"

"煞住"指停住、停留之意,至今湖南人说"停车"还称"煞一脚"。那么,在江苏方言中是如何说的呢,现列举如下,见表8-5。

---

①《江苏方言总汇》,中国文联出版公司1998年版,第2129页。

表8-5 各地"停留"方言比较①

停留			
地点	方言词	地点	方言词
丰县	停停	淮阴	停顿
仪征	停	南通	停
如皋	登、埋、跼	如东	停、打等
海门	停顿	吕四	打等
张家港	停住	常州	停住

从中可见,江苏方言中并无"煞住脚"这句方言词。

4."尺寸地方"

《红楼梦》第五十八回写道:

婆子道:"我说你们别太兴头过头了,如今还比得你们在外头随心乱闹呢!这是尺寸地方儿。"

娄底人常称非常狭窄的地方为"尺寸大的地方",这与书中的方言表述相一致。那么,"狭窄"在江苏各地的方言中又是如何表达的?现列表如下:

表8-6 各地"狭窄"方言比较②

狭窄			
地点	方言词	地点	方言词
江浦	窄	溧水	狭小
高淳	狭、挤狭	徐州	扁窄
丰县	窄巴、挤把	东海	窄窄褊
灌南	窄窄的	洪泽	窄扁
沭阳	窄扁	泗洪	窄
宿迁	扁窄	建湖	狭、精狭的
仪征	窄	泰兴	窄
宝应	窄狭	南通	狭
通州	狭	如皋	窄

---

① 《江苏方言总汇》,中国文联出版公司1998年版
② 《江苏方言总汇》,中国文联出版公司1998年版

续表

狭 窄			
地 点	方 言 词	地 点	方 言 词
海安	小	如东	窄
吕四	眼毛儿头	太仓	狭小
昆山	小	张家港	狭小
无锡	狭到	江阴	一狭溜溜
常州	狭	镇江	窄
丹阳	狭		

5."显"

《红楼梦》第五十二回写道：

晴雯先拿了一根比一比,笑道："这虽不很像,若补上,也不很显。"

"显"指显眼的意思,这与娄底方言的说法完全一致,娄底方言中常将"很显眼"说成"很显","显不显眼"说成"显不显",往往将"眼"字省略。而江苏方言中却没有这种语言习惯,"显"就是"显眼"。那么,"显"或"显眼"在江苏各地的方言又是如何说的呢？我们不妨再列举如下：

表8-7 各地"显眼"方言比较①

显 眼			
地 点	方 言 词	地 点	方 言 词
徐州	显眼儿	建湖	起眼
如东	招眼	吕四	刺眼
句容	惹眼		

6."一点子"

《红楼梦》第二十回写道：

彼时,黛玉、宝钗等也走过来劝说："妈妈,你老人家担待他们一点子就完了。"李嬷嬷见她二人来了,便拉住诉委屈,将当日吃茶、茜雪出去,与昨日酥酪等事,唠唠叨叨说个不清。

"一点子"指一点或一点儿的意思,"一点子"这种带子尾音的"村言"在《红楼

---

①《江苏方言总汇》,中国文联出版公司1998年版。

梦》中最为常见，如"这会子"等，而娄底方言其说法与之完全相同。但江苏方言却没有这种说法。在江苏方言中"一点子"大多称"一点儿"，且各地的说法也不一致。

表8-8 各地"一点儿"方言比较①

一点儿			
地点	方言词	地点	方言词
南京	一丁点	六合	一丁个
怀水	一点点	高淳	一星半点
丰县	一点	连云港	一点点
灌云	一点	东海	一丁点
淮南	一点点	怀阳	一点
泗洪	一点	盐城	一点点
滨海	一点点	响水	一滴嘎嘎
射阳	一点朵	建湖	一点个
扬州	一点个子	仪征	一点个子
江都	一点个子	秦兴	些些儿
高邮	一点点、一点朵	宝应	一点点
靖江	一点点	海门	一眼眼
吕四	一丁点儿、一点吊儿	苏州	一点点
常熟	一点点	太仓	一点点、一眼眼
无锡	一点点、一咪咪、一滴滴	张家巷	一点点
常州	一点点	江阴	一咪咪、一眼眼
扬中	一眼眼	镇江	一点点
		丹阳	一笃

7."末后"

《红楼梦》第五十回写道：

湘云笑道："正是这个了。"众人道："前头都好，末后一句怎么解？"湘云道："那一个耍的猴子，不是剁了尾巴去的？"

"末后"是指最后的意思。在娄底方言中，人们至今仍将最后说成"末后"或"最

---

①《江苏方言总汇》，中国文联出版公司1998年版，第3541页。

末后",而江苏方言中没有这种说法。

表 8-9　各地"最后"方言比较①

最后			
地点	方言词	地点	方言词
高淳	末末了	徐州	末了
泗阳	末了	建湖	到顶了
仪征	临了	海门	老末底
吕四	老末	太仓	压末、着末
无锡	阿末的勒	丹阳	末末了

8. "不好"

《红楼梦》第十一回写道：

凤姐儿道："宝玉兄弟，太太叫你快过去呢。你别在这里只管这么着，倒招得媳妇也心里不好。太太那里又等着你。"

"不好"在这里是指"不舒服"的意思。这与娄底方言对心里不太舒服的意思表达完全一致。娄底人常将心里不舒服说成"心里不好"或"人都不好了"。"不好"就是不舒服、不顺心的意思。那么，江苏方言又是怎样来表达这一意思的呢？

表 8-10　各地"不舒服"方言比较②

不舒服			
地点	方言词	地点	方言词
南京	不好过	江浦	不自在
六合	不畅快	高淳	不好过
徐州	不好受	丰县	难受
灌云	不舒坦、不好过	赣榆	不舒坦
东海	不好过	灌南	不好过
涟水	不好过	洪泽	不舒坦
怀阳	不舒坦	泗阳	不舒坦
淮安	不好过	金湖	不好受

---

①《江苏方言总汇》，中国文联出版公司 1998 年版。
②《江苏方言总汇》，中国文联出版公司 1998 年版。

续表

不舒服			
地　点	方　言　词	地　点	方　言　词
滨海	不舒坦	射阳	不好过
建湖	不适宜	扬州	不好过
仪征	不快活	秦兴	不安逸
兴化	不好过、不伸舒	宝应	不好过
南通	不舒泰	如皋	不好过
海安	不好过	如东	不适意
海门	勿适意	苏州	勿适意
常熟	不舒徐、勿起劲	太仓	勿适意
昆山	勿适意	张家港	勿写过
江阴	勿适意	宜兴	勿写意、勿好过
常州	勿写意	金坛	勿写意
丹阳	弗写意		

　　这些例子很多，限于篇幅，在此仅举以上几例予以说明。从上可知，江苏方言与《红楼梦》中的"村言"存在极大的区别，《红楼梦》"村言"不可能是江苏方言，南京方言与《红楼梦》"村言"更是"八竿子也打不着"。

　　至此，也许有人又会说《红楼梦》是由《石头记》改编而来，《石头记》用的是南方方言，而后改者曹雪芹是南京人，所以用南京话改成了北方方言。这种假设自然有它的道理，为了弄清楚这个问题，我们不妨将《红楼梦》中常见的北方方言与儿化音同南京的方言进行一个简单的比对。

表 8-11　《红楼梦》中的北方方言比对

《红楼梦》的儿化音	江苏南京	北京市	《红楼梦》的儿化音	江苏南京	北京市
咱们		有	令儿		有
俺		有	曲儿		有
什么事儿		有	嘴儿		有
新鲜物儿		有	模样儿	有	有
眼色儿		有	事儿	有	有
一块儿	有	有	官儿		有

续表

《红楼梦》的儿化音	江苏南京	北京市	《红楼梦》的儿化音	江苏南京	北京市
眼圈儿		有	头儿	有	有
名儿		有	空儿		有
话儿		有	信儿		有
今儿	有	有	那个份儿	有	有

从表中我们便可知道南京方言虽属北方方言,但其中的方言有较大的区别。这种似是而非的现象说明南京方言与《红楼梦》中的"村言"搭不上边,是两种完全不同的方言与语境。

这些例子说明,无论是从哪一个角度来分析,南京方言甚至是江苏方言都不可能是《红楼梦》"村言"的基本语素。由此说明,《红楼梦》的始作者不可能是南京人,至于其中出现的有关江苏的地名、景物不过是始作者假借其地,以虚掩实的手法,或是后作者添加进去的,或者因江苏名胜众多、作者无意地写进去的,而《红楼梦》本身与南京实际并无多大关系。

在南京方言中,我们还发现一个特殊的现象,如南京人称出嫁为"出门",然而,在娄底方言中对"出门"这个词的概念就完全不一样了。娄底人除了将"出门"表达为通用的"出房门"、"出外"的意思外,还有一种特殊的词意,就是将死人"出殡"说成是"出门"。虽然是同一个方言词组,但两地所表达的意思却有天壤之别。在娄底,如果有人把别人家嫁女说成是"出门",那这个人肯定是要被人揍的!可见娄底方言与南京方言差别之大。

而另一个例子是"长生"一词。江苏与其他大部分地方一样,单纯指"长生不老"中的"长寿"之意。而娄底方言中要表达"长寿"之意,是绝对不能用"长生"这个词,只能说"长生不老"。如果单纯说"长生"就要被人骂了,因为"长生"在娄底方言中是"棺材"的代名词。我曾看到一个有关《红楼梦》的作者是《长生殿》的作者冯昇的说法。① 如果这位研究者知道《红楼梦》是用湘方言为基本语素写成的,就绝不会作出如此的推断。

试想,如果冯昇懂湖南方言,懂《红楼梦》的"村言",会用《长生殿》这种十分忌讳的词语做标题吗?因为道理很简单,《长生殿》在娄底方言中可以理解为《棺材殿》,如果冯昇懂湖南方言,懂《红楼梦》的"村言"是绝不会将自己苦心创作而成的作品起

---

① 详见土默热著:《土默热红学》,吉林人民出版社2008年版。

这样的名字,更不会将此剧搬到宫殿中演唱。因为如果朝廷中有人懂湖南方言或有湖南人在其中,只要一个御状,作者便难免会有灭顶之灾!冯昇的被贬与悲惨结局,也许就与他的《长生殿》有关,虽然冯昇是无意而为之,但其已触动王法,他这样的结局已是十分幸运了。

由此可见,冯昇连最基本的湘方言都不懂,他怎么可能写出有湘语语境的《红楼梦》来?

我们通过对南京方言及江苏方言的比对分析,使我们对其与《红楼梦》"村言"有了一个初步的了解。在调查的过程中,我发现,江苏方言与湘方言是有很大区别的,但亦发现吴方言区与湘方言特别是娄底方言在发音上有一定的共性,如"家"都读"gā","父亲"都称"yá","谢"都读"夏","很黑"称为"乌漆抹黑"等等,这种现象也许与人口的迁徙有关,因为江浙地区在历史上曾有不少人迁向湖南,这有当地的族谱可考。也可能是与南方自东晋以来长期以南京为都有关,当初江浙地区的语言就如现在的普通话一样在该区域范围内普及,有些方言与发音会影响到其统治的区域,久而久之,便成为了当地的方言。

这种为了相互交流使不同地区不同方言的渗透与兼容现象,对我们研究《红楼梦》中的方言现象有着新的启迪。从中我们可以知道,大都市与经济发达地区的语言与方言是强势的,是有扩张力的,而偏僻地区与经济落后地区的方言是落后的与被渗透的。当然,方言的这种演变过程是漫长的,是渐进的。从上面的分析中,我们可以知道,虽然江苏与南京方言中有一些是与湘方言相通,但与《红楼梦》的"村言"和湖南方言存在较大的差距。这是一个不争的事实。

我们分析与比对完江苏方言与南京方言,下一步需要做的是对北京方言与《红楼梦》中的"村言"进行一个比对分析。

三、《红楼梦》"村言"与北京方言的比对分析

为了对《红楼梦》"村言"与北京方言进行比对分析,我便在北京图书馆查阅有关史料和研究北京方言。同时,在海淀区和宣武区找当地老北京进行方言的实地比对与调查。在北京图书馆,我查阅到了陈刚先生所编的《北京方言词典》。① 陈刚先生对北京的本地方言有一个十分全面的研究,许多方言与语言习惯是一个长期生活在北京的外地人所难以掌握的,这使我们了解到了北京方言同样是复杂多变的。从《北京方言词典》与《红楼梦》中的儿化音进行对比,我们发现:《红楼梦》中的儿化音与北京方言是相同,但是北京方言与《红楼梦》中存在的南方方言部分存在很大的区

---

①陈刚著:《北京方言词典》,商务印书馆 1985 年版。

别。

然而,我在翻阅另一部北京方言词典①时,其中的情况却使我大吃一惊。原来,在该词典中,把"村你"、"张致"、"松泛"、"才刚"、"很显"、"下作"、"新兴"等悉数列入了北京方言的范畴,这与我在当地的调查情况大相径庭。难道真的是我错了?难道《红楼梦》中的这些"村言"在北京方言原本就存在,只不过是南方有些地方也这样讲罢了?我一下子跌到了无尽的深渊,呆坐在那里不知所措。

但我不肯放弃,良久,我又继续查阅,仔细一看才知道,原来这位语言学家收录的是北京本土作家作品中的北京方言词例。这位先生以先入为主的方式将《红楼梦》确定为北京的作者曹雪芹所写,写的就是北京方言,所以,将现在并不使用的这种方言悉数列入当初北京人所讲的方言之中。这种结论显然是草率的。这无疑是全面否定了《红楼梦》中的南方方言部分,并确定其中的方言为过去无从考证的老北京话,这种观点是任何一个客观公正的学者所不能接受的。

《红楼梦》是伟大的,影响是深远的,但它绝不会因此而改变一个地区的方言。为了一部《红楼梦》归属地之争,我们也没有必要去改变自己的老祖宗所讲的方言,只有这样才是科学正确的研究方法。

其实,从语言学的角度来讲,红学研究者从来没有否定《红楼梦》中的南方方言部分。那么,《红楼梦》中的"村言"与北京方言又有何异同呢?

我们应当肯定的是,《红楼梦》中存在着带儿化音的方言,这种北方方言或北京官话与现在北京人的方言相吻合。但这不足以证明《红楼梦》就是北京人所写,其理由如下:

其一,北京方言或者北京话是当初官话,即如现在的普通话。这种方言当初在全国范围内是通用的,从严格意义上来讲,北京方言不能叫做"村言"。因为:一方面,北京不是乡村,即使是方言,也难称为"村言"。所谓的"村言"一定是在相对落后与封闭的山村,而不可能是大都市。另一方面,北京的官话就像我们今天推行的普通话,是规范语言,不能称之为"方言"。这些官话与"村言土语"是两个概念,所以,《红楼梦》中的"村言"应是那种使用范围极窄、且十分冷僻的南方村野方言,而不是这种带儿化音的通俗化了的北京方言或官话。

其二,既然北京话是使用范围极广的语言,作为当初的文人不可能对官话不懂,所以在他创作与修改的过程中,使用官话是十分自然的事情。如曾国藩的书信、著作写作就很规范,采用的是官方语言,很难从语言上断定他是湖南人。《红楼梦》始作

---

① 宋孝才著:《北京话语词汇释》,北京语言学院出版社 1987 年版。

者虽然用了大量的"村言",但为了其书的流传,为了让人读懂,后作者在披阅过程中自然会使用大量的官话。

其三,根据我的考证,修纂者有到北京旅居与生活的历史。他为了让达官贵人与北方人看懂,在修改时将南方方言进行了大量的修改,形成了这种南北方言混杂的《红楼梦》版本。

其四,在流传与印刷过程中,由高鹗、程伟元等在北京生活的人进行了大量的修改,将北京人看不懂的南方土话,改成了北方方言,这是一个客观事实。

前面我已阐述过,在文学作品的修改与流传过程中,传播者是会花力气使作品向通俗化、大众化改进的,而不会使作品向边缘化发展。也就是说,《红楼梦》应当是将大多数地区、大多数人能看懂的语言与方言掺入其中,而不是将其书修改成只有极窄范围内的人能看懂,只有少数人能看懂的冷僻方言版。

一个南方人会讲北方普通话并不奇怪,一个会讲娄底方言的北京人才是奇怪的。一个北京人他没有这种必要,也没有这种可能来创作与修改,同时他也不可能写出在数千里之外的偏僻山村里的土话来。

我们知道《红楼梦》由于在流传过程中,加入了大量的北方方言,或者原作者有意制造假象,形成了这种南不南北不北的语言风格,但这都不能否认《红楼梦》是以南方方言为主要载体的文学作品。

综上所述,我们不能凭《红楼梦》中的北方方言就确定作者是北方人,但却能从独特的南方方言中确定原作者与当地有着其密切的关系与渊源。也就是说,原作者不是这里土生土长,就是长期在这里生活过的人,只有这样,他才能熟练地掌握当地的语言习惯与鲜活地运用当地的方言。那么,《红楼梦》中的南方方言词组在北京方言中是如何运用的呢?现列举如下:

表8-12 方言与村言比对总表

序号	《红楼梦》村言	普通话	江西峡江	江苏南京	无锡	北京双榆树区
(1)	外头	外面	外边	外头、外面	外头	外头
(2)	前头	前面	前面	前头、前面	前头	前头
(3)	后头	后面	后背底	后头、后面	后头	后头
(4)	油皮	一层薄皮肤	一点皮	薄皮	一层皮	一层薄皮儿
(5)	老货	老东西	老逼	老逼、老太婆、老东西	老货	老东西
(6)	退步	退堂	后庭背	里面房屋		退堂

续表

序号	《红楼梦》村言	普通话	江西峡江	江苏南京	无锡	北京双榆树区
(7)	超手	超出屋檐部分	门丁子	屋檐	超手	过梁
(8)	下作	下贱	下贱	贱、下贱	下作	下贱
(9)	阶矶	台阶	阶台	台阶	台阶	名明
(10)	堂客	老婆又泛指妇女	老婆	爱人、老婆	老婆	我家里头的
(11)	鞋面子	鞋面	鞋面子	鞋帮子	鞋面	鞋面
(12)	炮竹	炮竹	炮竹		炮仗	鞭炮	炮仗
(13)	家伙	家具	家具	家具	家具	家具
(14)	夹背心子	夹背心	褡子	马背、背心	夹背心	马夹
(15)	出神	走神		走神	入神	走神
(16)	帐子	蚊帐	蚊帐、帐檐	帐子	帐子	蚊帐
(17)	蓑衣	蓑衣	蓑衣	蓑衣	蓑衣	无
(18)	斗笠	斗笠	斗笠	斗蓬	斗蓬、草帽	无
(19)	嚼毛	爱争论	钻牛角尖	抬杠	钻牛角尖	钻牛角尖
(20)	春櫈	长板櫈	春櫈	长板櫈、板櫈	春櫈	长板櫈
(21)	拐棍子	拐棍	拐棍	拐棍	拐老杖	拐棍儿
(22)	小盖钟	小花杯	杯子、盏仔	茶杯	茶杯	盖儿杯
(23)	晓得	知道	晓得	晓得、知道	晓得	知道
(24)	别个	别人	别岩(人)	别人(人家)	别人家	别人
(25)	不大管事	不太管事	不大管事	不大管事	不大管事	不太管事
(26)	添饭	盛饭	添饭	盛饭、装饭	盛饭	盛饭
(27)	真真	真的	真的	真的	真咯(的)	真的
(28)	学不出来	学不会	学不出来	学不会	学不会	学不会
(29)	一点子	一点	一点	一点儿	一点	一点儿
(30)	要得	可以、行	要得	行、可以、好的	可以	可以、行了
(31)	心里不好	心里不舒服		心里不舒服、不快活	心里难过的	心里不得劲儿、这会不好受
(32)	越性	越来越		越来越	越来越	越来越

续表

序号	《红楼梦》村言	普通话	江西峡江	江苏南京	无锡	北京双榆树区
(33)	不知事	不懂事	不晓事	不懂事	不懂事	不懂事儿
(34)	背后	背面	头背里	背后、背面	背底	背后
(35)	里子	里面的一层布		衬子	夹里	里子、衣里儿
(36)	张致	坏毛病	名堂		唔搭头	毛病、带着啰嗦儿
(37)	解手	小便	解手	小便	撒湿	解手
(38)	弄点子药	弄一点药		弄一点儿药		弄一点儿药
(39)	煞住脚	停住了脚步	站住脚	停停、等等	立勒酿	站住了脚
(40)	样数	件数		多少样		多少样
(41)	听的近	听的距离近	蛮近	靠得近	蛮近咯（的）	听的距离很近
(42)	好深的	很深的	少几深	很深、好深	蛮深	特深、很深
(43)	慢些	慢一点	慢一点	慢点儿	慢点点	慢点儿
(44)	碎钉子	碎块	碎块	切块	一块块	碎丁儿
(45)	尺寸地方	很小的地方	冒得（没有）眉毛大	一点儿大	小倒二	这地怎么这么小
(46)	磁瓦子	碎磁片、瓦片	磁片、瓦片	瓦粒、瓦粒子	碎瓦片	碎瓦片儿
(47)	拘了来	掏来	掏	拿出来	拿来	掏出来（钱）、拿出来（东西）
(48)	土山上	土山包上		小山包		土山子
(49)	村你	顶撞你	冲你	顶嘴、回嘴	回嘴、冲你	犟嘴
(50)	菜蔬	蔬菜	青菜	蔬菜	蔬菜	蔬菜
(51)	葳葳蕤蕤	精神不振、很脏		遏踏、拉瓜相	萎蔫不振	精神不振
(52)	不大出房	不太出门	不甚出门	不出来	不大出门	不太出门儿
(53)	借当	借钱物	借东西	借东西	借么事	借东西
(54)	着实	确实		确实	确实	确实
(55)	响快	爽快		爽快	爽快	爽快
(56)	无移	无疑		无疑	无疑	无疑
(57)	一壁	一边		一边	一壁	一边
(58)	竹信子	竹篾条	篾子	竹签、篾签	篾条	无

续表

序号	《红楼梦》村言	普通话	江西峡江	江苏南京	无锡	北京双榆树区
(59)	松泛	宽裕、轻松、无所谓	无此种说法	无此种说法	无此种说法	无此种说法
(60)	界断	隔开、砌开	界开	分开	界开	隔开
(61)	是人	所有的人	哪个	这滚人	蛮来寒咯	所有的人
(62)	先不先	首先	先不先	你先、首先	开头	首先
(63)	末后	最后		末末了	阿莫上来	最后
(64)	应了你	答应了你	答应了你	答应了你	答应了你	答应了你
(65)	才刚	刚才	刚才、张刚	刚刚、刚才	刚才	刚才
(66)	新兴的	稀奇古怪的	新奇的	新奇古怪的	新奇咯(的)	怪
(67)	日头	太阳	日头	太阳	太阳	太阳
(68)	界密了	隔紧了		隔紧了	缝密了	
(69)	很显	很显眼		很显眼	蛮显眼咯(的)	很鲜亮
(70)	嘴碎	话多		韶、话多	话多	话唠
(71)	闹热	热闹	闹热	热闹	热闹、闹蛮	热闹
(72)	骂杀	骂死	骂死	骂死	骂杀	骂死
(73)	这会子	这个时候	现在	这会儿	这会儿、一下拱	这个时候
(74)	白不在心上	怕不在心上	(背)不在心上		帕不在心上	白
(75)	里头	里面	内底	里头、里面	里头	里面儿
(76)	下头	下面	下底	下头、里面	下头(咯头)	下面
(77)	一副板	一副棺材木料	一副寿木	一副棺材	一副棺材	一副棺材板儿
(78)	样范	样子	样子	样子	样则	样
(79)	上头	上面	上底	上头、上面	上头	上面儿
(80)	这一起子	这一群		这一群、这一帮	这一群人	这一帮人

注：本对照表的内容大部分来自实地的调查，有些词组参照了一些方言词典。

从表中，我们可知，北京方言与《红楼梦》中的"村言"以及娄底方言虽然有共同之处，但大多数方言是存在较大差距的，这充分说明《红楼梦》中的"村言"不可能是北京方言。

四、各地方言与《红楼梦》"村言"的归纳分析

为了更系统地比对江西峡江、南京、北京方言与《红楼梦》的"村言"及湖南娄底方言的异同,我们将这80条村言进行一个相似性的比对,来看看80条《红楼梦》村言中,各地的相似性比例是多大。

表8-13 《红楼梦》中的南方方言比对表

八十条方言中	江西峡江	江苏南京	江苏无锡	北京市	湖南娄底
总调查条数	60条	79条	77条	79条	80条
相同条数	12	12	17	6	80
所占比例	20%	15.2%	22.1%	7.6%	100%

通过归纳分析,我们可以看到与《红楼梦》"村言"最相同的是娄底方言,其次是江苏无锡、江西峡江方言,相差最大的是北京、南京方言。由此可见,《红楼梦》中的"村言"是地地道道的娄底方言。这种"村言"虽然其他地方也讲,但所占的比例甚微。在比对中,我们还发现一个十分独特的现象,即娄底方言中十分独特的词语倒置现象。如"刚才"叫"才刚","热闹"叫"闹热","蔬菜"叫"菜蔬",这种词语倒置现象是如何形成的,我们无从去研究与分析。但这种奇特的语言习惯是外地人与北京人所不能掌握与理解的,所以,有的北方人到娄底几十年仍不能熟练地运用娄底方言,这与他们不能掌握娄底独特的语言与发音习惯有关。而这种独特的语言在《红楼梦》中却是运用得如此鲜活,可见《红楼梦》的原始作者是娄底人的传说是可信的。

五、《红楼梦》方言的演变分析

我们通过对《红楼梦》方言的研究发现,其方言不仅有南方方言,也有北方方言。从方言在书中的分布情况来看,前八十回的子尾现象明显,更显南方方言特征。而后四十回儿化音比较常见,北方方言特征明显。为什么会出现这种现象呢?我想除了《红楼梦》在抄写与流传过程中,抄写者与修改的原因之外,还有一个十分重要的原因是程甲、程乙本的修改者程伟元与高鹗的原因。

从前面的分析中我们看到,程伟元与高鹗将陆续搜集到的《红楼梦》残本进行了"细加厘剔,截长补短"的工作。这些工作不仅是要将《红楼梦》修补完整,截长补短,还要将不通俗、不通顺与难懂的方言修改成通俗易懂的通用语言。而程伟元与高鹗是不同地方的人,对语言的理解能力与表达方式存在较大的差异,所以在修改过程中就形成了各自不同的风格。这种风格就集中表现在《红楼梦》前八十回与后四十回之间的差异上。这也是后来的研究者错误地认为前八十回与后四十不是同一个作者所写的原因之一。

从程伟元的籍贯来看,他是江苏苏州人,是首先收集《红楼梦》钞本的人。而高鹗是东北人,旅居京城,是程伟元后来邀请参与修改《红楼梦》的人。他们在修改过程中难免将各自家乡的方言甚至地名写入书中,而将原作的一些地名与方言作大幅的修纂,这是十分正常的现象,也是完全可能的。从《红楼梦》前八十回中多处写到江苏的地名,而后四十回多写北京的地名物名;从前八十回中多用南方方言,而后四十回多用北方方言来看,程甲本与程乙本的确是经过了程伟元与高鹗修纂了的版本。同时,我们从修改的时间与风格来分析,可以大胆地推断:程伟元修改的是前八十回,而高鹗修改与编辑的是后四十回。

我们无法见到程本以前的钞本是什么一种状况(脂批本是靠不住的),但我们相信程本与《红楼梦》原本一定是存在较大差距的。但不管程伟元与高鹗是如何花大力气来修纂原本,原作者写在原本中的方言与风俗基因是无法抹去的,而这些方言与风俗正是源于湖南,这在我们今日的分析考证中得到了有力的证明。

第二节
《红楼梦》的风俗与各地民俗的分析比对

在《红楼梦》中,描写了许多的民俗,包括房屋建筑、俗语、婚育、节日喜庆等等,这些我都在《红楼湘娄文化考》中予以了较为详细的归纳与总结,并说明湖南的民俗与之完全吻合。那么,在这些民俗中,北京、南京、江西三地中的民俗与《红楼梦》中的民俗及湖南娄底的风俗是否一致呢?为此,我在调查研究三地方言的同时,对部分民俗进行了调查,并分别列举如下表:

表 8-14 各地民俗与《红楼梦》风俗比对表

《红楼梦》风俗	湖南娄底	江西峡江	江苏南京	北京市
积陈年水的习俗	有			
嚼食槟榔的习俗	有			
挂香袋的习俗	有	有	少见	少见
过年吃年糕的习惯	有	有	有	有,但吃饺子为主
端午饮屠苏酒、吃粽子的习惯	有	有	有	有
端午插艾蒿的习惯	有	有	有	有
莲花落	有	有	有	有

从中我们可以看到,由于四地是以汉民族为主的地区,故以中原文化为主。其民俗大同小异,但有些独特的民俗却因地域的不同而存在较大的差异。这种差异正是我们寻找《红楼梦》原作者、寻找《红楼梦》中所写之地、所载之地的重要线索与方法。通过这些民俗的比对,我们可以看到在列举的民俗中,四地都有过端午节吃雄黄酒的习惯、吃粽子的习惯;有打莲花落的习俗;还有吃年糕的习俗。但是北京、南京、江西都没有嚼食槟榔与积陈年水的习俗,只有湖南才有这种与《红楼梦》中的风俗相同的习俗。四地过年虽然也吃年糕,但北京更多的是吃水饺,以示团团圆圆之意。这些因地域产生的风俗差异,为我们界定《红楼梦》的故事来自何地,写的是何处的风俗民情提供了一个重要的依据,而这些在其他地方不存在的民俗,我们却能在湘中找到,说明作者所记录的是活生生的湘娄民俗。这是一个铁的事实,任何人都不能否定,除非能否认整个《红楼梦》的文本。我说过,人们可以否认我的其他所有的观点,包括原作者是谁的观点,但是,不能否认《红楼梦》与湖湘文化的渊源和关系。

第三节
江宁织造府与随园、乌衣巷

一、江宁织造府与《红楼梦》

江宁织造府一直被曹学家们认定为《红楼梦》中荣宁二府的原型,所以,了解与探访江宁织造府是我此行的目的之一。我在南京很容易就找到了江宁织造府。江宁织造府坐落在现在的南京图书馆旁,南京总统府附近。但不知这其中是否与《红楼梦》有关。

为了进一步了解江宁织造府与《红楼梦》可能存在的关系,我除了实地了解江宁织造府所处的地理位置外,还到南京图书馆查找到了清代的南京地图。在清代的地图上①,我们可以准确地看到织造府的地理位置,从中可以看到织造府在南京城的中心地带,其右是寺庙,左边是驿传道,前后是街道,并无任何空闲之地,亦无山头可觅,仅仅是江宁府中的一部分,这与宁荣二府及大观园的景观实在相差太大。

江宁织造府在清代是一个类似官府衙门的机构,其财产不是属于织造本人,而是属于皇上。织造府不是织造可以占有和随便处置的私人财产,这从前面说过的曹寅家族的财产、房屋等全部移交给新任织造之事实就足以证明。故只有织造靠自己的

---

①《中国方志丛书》之华中地方,四三七号,第70-71页图。《江苏省金陵地志图考》,(台北)成文出版社。见附图七。

收入和俸禄自建的府邸与田地才称为其私有财产。同时,织造府是一处官衙履行公务的地方,织造不可能将官衙变为他的居所,他要安家置业必须另择他处,不可能将家眷悉数安置在织造府中。如曹頫就是在离织造府较远处的小仓山购地建园,后为隋赫德所有,为袁枚所购。这与《红楼梦》中的荣宁二府为私人所建、所拥有,贾母、凤姐等可以行使处置权,如拆除、买卖的情况完全不同。所以,即使《红楼梦》与江宁织造府有关,曹家的织造府也绝不可能是《红楼梦》笔下的荣宁二府。《红楼梦》第二回写道:

雨村道:"去岁我到金陵地界,因欲游览六朝遗迹,那日进了石头城,从他老宅门前经过。街东是宁国府,街西是荣国府,二宅相连,竟将大半条街占了。大门前虽冷落无人,隔着围墙一望,里面厅殿楼阁,也还都峥嵘轩峻;就是后一带花园子里面树木山石,也还都有蓊蔚洇润之气,那里像个衰败之家?"

从中可知:街东是宁国府,街西为荣国府。而从织造府的地形来看,街东边是寺庙,街西边紧挨驿传道,哪里有街东街西都是曹家私宅的份?《红楼梦》十六回写道:

贾蓉先回说:"我父亲打发我来回叔叔:老爷们已经议定了,从东边一带,借着东府里的花园起,转至北边,一共丈量准了,三里半大,可以盖造省亲别院了。已经传人画图样去了,明日就得。叔叔才回家,未免劳乏,不用过我们那边去,有话明日一早再请过去面议。"

《红楼梦》第十六回又写道:

自此后,各行匠役齐集,金、银、铜、锡以及土、木、砖、瓦之物,搬运移送不歇。先令匠人拆宁府会芳园墙垣楼阁,直接入荣府东大院中。荣府东边所有下人一带群房尽已拆去。当日宁、荣二宅,虽有一小巷界断不通,然这小巷亦系私地,并非官道,故可以连属。会芳园本是从北角墙下引来一股活水,今亦无烦再引。其山石树木虽不敷用,贾赦住的乃是荣府旧园,其中竹树山石以及亭榭栏杆等物,皆可挪就前来。如此两处又甚近,凑来一处,省得许多财力,纵亦不敷,所添亦有限。

从中可知,宁荣二府之间有较大的空隙地多达二三里,且有水、有田,大观园便是建造在两府之间的。如果胡适先生"自传说"的观点成立,那么,清代的这张图纸无疑便是张假图纸。因为,如果织造府是宁荣二府,那么两府之间哪来的二三里地的空地,哪来的溪水、稻田,织造府又有哪个敢去擅自拆除,这显然是天方夜谭。即便是如胡适先生所说,省亲别院与大观园便在织造府中间,那么,贾妃又从何而来,金陵在清代并没有皇帝啊?而书中所写的荣宁二府就在京都,而且当日拜见皇上,《红楼梦》第十六回写道:

一日,正是贾政的生辰,宁、荣二处人丁都齐集庆贺,闹热非常。忽有门吏忙忙进来,至席前报说:"有六宫都太监夏老爷来降旨。"吓得贾赦、贾政等一干人不知是何消息,忙止了戏文,撤去酒席,摆了香案,启中门跪接。早见六宫都太监夏守忠乘马而至,前后左右又有许多内监跟从。那夏守忠也并不曾负诏捧敕,至檐前下马,满面笑容,走至厅上,南面而立,口内说:"特旨:立刻宣贾政入朝,在临敬殿陛见。"说毕,也不及吃茶,便乘马去了。贾赦等不知是何兆头,只得急忙更衣入朝。

而后一回中又写到,在荣宁二府之间修建大观园与省亲别墅,可见宁荣二府是建在京城附近。如此,要么就要否认《红楼梦》写的是清代之事,要么就要否认写的不是南京与江宁织造府之事,两者必选其一。但两者的结论都是一致的,荣宁二府不可能是南京的江宁织造府。

至于大观园则与江宁织造府便更无关系了。因为从清代的江宁织造府的地图上来看,其位处闹市之中,并无任何建造大观园的空隙,更无书中所写的山头、溪流、池塘、稻田,所以,除非大观园是虚拟的,不然江宁织造府不可能是大观园的原型,或其间真正存在一个省亲别院与大观园。

《红楼梦》第十九回写道:

众人谢恩已毕,执事太监启道:"时已丑正三刻,请驾回銮。"贾妃听了,不由的满眼又滚下泪来。却又勉强堆笑,拉住贾母、王夫人的手,紧紧的不忍释放,再四叮咛:"不须挂念,好生自养。如今天恩浩荡,一月许进内省视一次,见面是尽有的,何必伤惨。倘明岁天恩仍许归省,万不可如此奢华靡费了!"贾母等已哭的哽噎难言了。贾妃虽不忍别,怎奈皇家规范,违错不得,只得忍心上舆去了……

从中可知,贾妃是当日便能回銮(宫殿)的,然而,当初从金陵的织造府至北京需要一个月左右的时间,故不可能当日回宫,同时也不可能每月省亲。如果真是曹家的自传史,那么,大观园又怎么可能在南京,荣宁二府又怎么可能在江宁织造府?所以,这些都不能使胡适先生的自传学说自圆其说。

探访与《红楼梦》有关的古迹,希望能从中找到蛛丝马迹,是我来南京的一个重要目的。所以,此次南京之行随园是我的必去之所。几经周折,当我匆匆寻至随园遗址时,已近黄昏,在那里已不见有任何的历史遗迹。街道口是奔流不息的车辆,街边是耸立的大厦,随园过去的面貌已不复见。但我依旧不肯放弃,四下打听,苦苦寻觅,或许能从中找出蛛丝马迹来,或许能找到袁枚先生关于"大观园为余之随园"的证据;或者能从这位与芹泉先公交往甚密的前辈故居前,缅怀那曾经的过去,体悟文人墨客相惺之情;或许能从这文化底蕴深厚的土地上感受到那超越时空的文化气息。终于,在几位老人的指点下,我在随园大厦的背后,找到了一处山包,山上有几栋旧楼房,但却不见有任何的古迹,而小仓山的名字亦无人知晓。我又寻找到袁枚的墓地,但据当地的老人讲,其墓在"文革"期间因修造体育馆被挖了。我望着那些崛起的高楼,伫立了良久,这位名噪江南的才子曾将《红楼梦》的著作权定归江芊,但他死后,竟坟无存,骨不见,碑未立。南京人记得一个织造府,却没有一个人记得替这位功臣树碑立传?若没有袁枚的《随园诗话》,谁又会将《红楼梦》与江宁织造府与随园联系起来?真个可叹可惜!我默默地凝望着这一片土地,暗暗凭吊了这位先祖的好友后,有些欷歔地离开了。从地形地貌来看,我想这里无论如何也不可能是《红楼梦》中的大观园。

二、乌衣巷与《红楼梦》

乌衣巷我是必定要去的,除了这里曾是我的祖先的生活之所应当尖拜谒外,还因为家族的传说中,乌衣巷与《红楼梦》有着不同寻常的关系。当然,还有一条更为重要的线索,便是据族谱记载,谢振定的后裔后来有些迁居到了江南,那么,谢家的这些人是什么时候迁至江南?这些人在江南的生活情况如何?这些生活经历是否与《红楼梦》的创作有关?

当我来到乌衣巷时,一种与常人不同的情感,溢于神色之中。一千多年前,这片热土曾养育了我的祖先,也铸就了当日的辉煌。一千年后,我踏上了这片从未来过的土地,抚今追昔,不由倍添伤感。看到那旧景不再的街道,还有依旧川流不止的秦淮河,我的思绪似乎又回到了过去的那个年代,一个个身着乌衣、风流倜傥的谢家弟子又仿佛从我眼前走过,那深巷中似乎飘来阵阵酒香;深院中传来阵阵管弦之音、嬉笑之声,东晋时谢安、谢石家族的繁华如蓬莱仙境,掠现在脑海之中。难道这里曾是《红楼梦》作者创作的灵感来源?那些过去的故事正是作者构思素材?也许,作者也曾像我一样伫立在这里追忆谢氏家族曾经的辉煌,勾起其无限的想象与伤感。我想芗泉公、再诏公他们肯定是来这里拜谒过先祖的,不过他们是带着荣耀来寻根的,而我却满是疲惫与创伤,前来探奇解谜的。

我在乌衣巷、秦淮河边来回游逛,试图从中找到"宁荣"二府的影子;找到乌衣巷与《红楼梦》的关系,但我却无法再找到其昔日谢氏家族辉煌的影子。也许《红楼梦》中会有这种似虚似幻,是真是假的场景,而这种描写正是东晋谢氏家族的辉煌与现实桃林湾谢氏的兴盛交相辉映的情节,这是跨越时空与历史的,也是研究者无从去对号入座的。这就是小说;这就是《红楼梦》作者用她的匠心构筑出的梦幻情节,用她的神采之笔描写的人间仙境。但东晋谢氏家族与桃林湾谢氏的这种联系是虚幻的,是跨时空的,是与金陵(南京)有密切关联的,然而,作者笔下的现实原型与生活细节、民俗民风却与清代的南京无多大关系——这就是真正的《红楼梦》。

第四节
"曹雪芹"在北京的故居

有关曹雪芹在北京的故居,专家学者有不同的看法,有人考证出曹雪芹的故居在北京的香山。也有人考证出曹雪芹后来居住在京城崇文门外蒜市口地方房十七间半。不过这些考证都是以《红楼梦》的作者姓曹,也即是胡适先生的曹学基础之上的,如果这个基础不成立,那么,"曹雪芹"在北京真正的居所就仍是个谜。

如下面我所考证的谢再诏是曹雪芹的原型,那么,他有没有去过北京,在北京的居所又在何处呢?此次北京之行中,我有一个十分重要的任务便是寻找谢家在北京居住过的地方。从湖南图书馆的查阅中,我从谢振定的《知耻斋诗文集》中找到了一个重要的线索,便是从这本书的一张标签中发现了谢振宇之二子谢兴岠所居之地,其上面记录着:"顺治门外椿树三条胡同东口第一大门。"①当初的顺治门指的就是现在的宣武门。这大概就是谢振宇家在北京的住址。而该书签的另一面写着"谢兴岠,原名垣"②六字,注明这个地址是谢振定后人的住址无疑。而从谢兴岠在族谱上的记载来看,他与其兄兴峣已是个地地道道的北京人了。

几番周折,我还是找到了宣武门外的椿树胡同。这里当初是文人进京谋官求职的寄寓之所,有些人当了官就在此购房建屋,安居于此。在这条并不起眼的胡同里,曾荟萃了不少的文人墨客,当初可谓是热闹非凡。

从当地的老北京人口中得知,这条胡同早些年已经建成了高楼大厦,而谢家原来的居所已经成了邮电局的办公楼,谢家门口成了邮电局的营业厅。真个是时过境迁,人逝物非,让人不由嗟叹人世间的沧海桑田。

谢氏一家不知何时居于此处,但有一点值得肯定的是,谢振定本人与其后人都在这里生活过。谢振定的长兄谢振宇曾入武英殿抄写《四库全书》,作过《四库全书》的议叙官,其时间在1674年至1780年之间。如果谢再诏与长子谢振宇是《红楼梦》的真正抄写者、编撰者,那么,我们就可以作出"曹雪芹"的原型——谢再诏在北京的居住区地是顺治门外(即现在的宣武门外)椿树三条胡同东口第一大门的大胆推断。

---

①湖南图书馆藏《知耻斋诗文集》。
②湖南图书馆藏《知耻斋诗文集》。

第八章 《红楼梦》始作者再考证

在前面的文章中,我论述了《红楼梦》与湖南及娄底等地存在着密切的关系,而在《红楼湘娄文化考》中,我又将始作者考证为一名叫谢三娘(曼)的女性。那么,谁才是真正的始作者呢?是谢氏家族之人将谢三曼的书稿通过某种方式,转到了曹雪芹手中,还是谢三娘的书稿是经谢氏后人或其他人编纂成册的呢?这是我们应当进一步考证的问题。也许这个话题十分敏感,或会招来更多的攻击与非议。然我志已定,且将考证下去。

第一节
《红楼梦》中的女性观

在拙作《红楼湘娄文化考》中,我认为《红楼梦》的始作者是女性。其中所写的是女性之间的生活琐事,抒发的是女性世界的细腻情感。这些心细如发的描写,事无巨细的记述,反映的正是女性的内心世界,是用女性特有的视角来表达她们对世界事物与善恶的看法。①

这部掺糅血泪的著作,素来为女性所喜爱,而男性大多对《红楼梦》不太喜爱。男性难以从中找到共鸣之处,因男性阅读《红楼梦》更多的是为了猎秘探奇,故很多人是读而弃之,不能观其全壁。

特殊的作者有着一群特殊的读者。正如女性很难写出男性粗犷的笔法一样,男性作者亦很难这样去写作如此繁复细腻的《红楼梦》。

---

① 谢志明著:《红楼湘娄文化考》,文化艺术出版社2008年版,第11-21页。

《红楼梦》自她问世以来,一直吸引着众多的女性读者。有人为之痴,有人为之狂,深陷其中者更是不计其数。在清人笔记与文献中,有过不少女性嗜读《红楼梦》的故事。对女性与《红楼梦》的关系,过去往往不被重视,但近年来,对这方面的研究有了进一步的深入,先后有人提出了女性参与《红楼梦》创作或者《红楼梦》的始作者是女性的观点。

　　除了我的陋见外,红学泰斗周汝昌先生提出了史湘云即脂砚斋,是曹雪芹的"续弦"妻子,《红楼梦》是由他们夫妻二人共同创作的。① 而段晴也、吴玲夫妇提出《红楼梦》是由江苏姑苏人王宋薇(林黛玉的原型)、钱孟钿(李纨的原型)、张蠢秋(史湘云的原型)、云南晋宁女诗人李含章(贾探春的原型)等七人创作而成的。这七个人中,五人为文学作者,一人为章回结构图的设计者,一人为批注者脂砚斋。②

　　周汝昌与段晴也夫妇的观点毕竟缺乏足够的证据支持,因而被斥之为恶意炒作,但从研究者通过对《红楼梦》文本的研究中,多人不约而同地发现女性创作的痕迹。周汝昌从脂批中特有的女性口吻,认定脂砚斋是女性,从这一点来看,是有一定道理的。男性的视野和口吻与女性是截然不同的,我们更多的是看到《红楼梦》文本中所透现的女性的笔触与语言、情感信息,透过这些信息,让我们看到一幅抒发女性情感的精彩画卷。对于《红楼梦》被女性读者所推崇、所痴迷,更是我国文学史上的一大奇特现象。我们知道,在女子无才便是德的封建社会,能读书识字的女性并不多,但在清代寥寥可数的才女之中,大都与《红楼梦》有不解之缘。《红楼梦》走进了男性视野,更多是走进了女性的世界。

　　对女性与《红楼梦》的关系的研究,在当代最早的研究者还是周汝昌先生。周汝昌先生的《红楼梦新证》中《买椟还珠可胜概——女诗人的题红篇》一文,就以他红学巨擘所独到的目光,第一次系统地研究了清代女性有关《红楼梦题咏》的文章。台湾吴孟静女士在《清代闺阁红学初探——以西林春、周绮为对象》一文中,选取西林春与周绮作为研究对象,探讨《红楼梦》在清代女性中的影响。而詹颂于 2008 年 11 月发表于《红楼梦学刊》上的《论清代女性的〈红楼梦〉评论》的文章,更是从全新的视野论述了《红楼梦》与女性的关系,以及女性在《红楼梦》读红与评红上的重要作用与地位。詹颂先生还提到了一粟先生所著的《古典文学研究资料——红楼梦卷》,其中收录了不少清代与女性有关《红楼梦》的评论资料。而《红楼梦梦影》一书,在 1998 年被赵伯陶先生考证为清代著名的满族女文学家顾太清所著,足见女性对《红楼梦》的

---

①详见周汝昌著:《谁知脂砚斋是湘云》,江苏人民出版社 2009 年版。
②详见段晴也、吴玲著:《红楼梦真相还原》,云南人民出版社 2009 年版。

喜爱,以及她们在阅读《红楼梦》中的情节与人物时所表露出来的感同身受的情感。这种共鸣与情感,恰恰证明了《红楼梦》是一部男女合璧的经典之作。

在《红楼梦》的众多女性评论人中,除了上述列举的女性外,还有著名诗人张问陶之女弟子张问端,与张问端之女丁采苓。张问端在《和次女采芝阅红楼梦偶作韵》中写道:"梦短梦长浑是梦,几人如此读红楼?"①从中可见,许多女性因读红而深陷其中,将现实融入虚幻之中,而难以自拔。此种例子不胜枚举,前面我已谈及,在此不再多叙。评红的女性还有清末邱炜菱的妻子王阿玖,嘉庆中的陈诗雯,道光中的范淑,道光时期的女诗人沈善宝等等。这些女性痴爱《红楼梦》,有的痴爱一生,为之吟唱或感叹,留下了不少佳话与名句,并影响着这些女性的一生。近代的女作家张爱玲则更是对《红楼梦》钟爱有加,她对"曹学"与"脂批"持有质疑的态度。张爱玲感叹道:"十年觉迷考据,赢得红楼梦魇名。"她又说道:

有人说过"三大恨事"是"一是恨鲥鱼多刺,二是恨海棠无香",第三件是不记得了,也许因为我下意识的觉得应当是"三恨红楼梦未完"。②

从中道出了她对《红楼梦》作者未解之谜,未完之事的遗憾,也许她是带着这种遗憾走完了她最后的人生之路的。

第二节
四大家族与扶洲谢氏的关系

在拙作《红楼湘娄文化考》中,我曾谈到过《红楼梦》是一部跨越时空的书,所写的不仅仅是当时现实的生活,还把东晋时谢氏家族的辉煌通过艺术的加工,写入书中。这不仅表达了作者对家族曾有的荣耀的缅怀,寄托着作者对家族东山再起的希望,亦是将真正的作者之谜隐含在书中。在《红楼梦》中的虚实结合、真假糅合的文字与故事情节,我们无法用现实的方法与之对号入座,只有在这种虚幻的笔法中去寻找作者的"无朝代年纪可考,地舆帮国失落"的真正源起,将现实中的清代扶洲谢氏与遥远的东晋的谢氏家族合为一体。

因此,如果我们只依文章所写的内容去考证,自然是永无结局。清代扶洲谢氏与东晋的谢氏家族虽一脉相承,但相隔千年,一为地处山村的平民暴发户,一为家居都城贵为王公贵族,其地理不合,其地位更不能相提并论。但透过这些表象,我们可以看到,作者在写作其文时,是虚构幻影,不过是作者修饰造作,如布阵散雾般,将其真

---

①王蕴章《然脂余韵》第3卷,商务印书馆1918年版,第29页。
②张爱玲著:《红楼梦魇》,上海古籍出版社1995年版,第2页。

相掩盖,却又写其真实的生活。其以古讽今,以今忆古,以今拟古,真真假假、虚虚实实之笔法,一路小心写来,可谓是殚精竭虑、用心良苦。清代"文字狱"之可怖,文人之无奈,由此略见一斑。

同时,从这里我们可以发现,在书中许多典故中,大多与东晋的谢氏家族有关,而与曹姓无关。如果作者真的姓曹,他为何只写谢家的典故而只字不提曹家的典故呢?实际上,曹氏在中国历史上有很多的名人,曹氏家族也有许多的辉煌历史,如曹刿、曹参、曹操、曹丕、曹植等等,但作者却并未写到。从这一点来看,有关《红楼梦》作者姓曹的观点是难以成立的。

那么,在《红楼梦》中的四大家族与东晋又有什么关系呢?

为此,我们有必要先了解一下东晋的情况。

东晋王朝(公元317年—公元420年)是由西晋王室后裔在南方建立起来的小朝廷。在东晋时,皇帝司马睿依靠的是南方官僚士族的支持。且官僚士族的势力很大,逐渐形成了王、谢、庾、恒四大家族。东晋政权靠这四大家族支撑着。其中以王、谢势力最大,在六朝以后,世间多以"王、谢"并称。而庾、恒两族逐渐衰败。王、谢家族在东晋时可谓是权倾朝野,富甲天下。东晋政权亦是倚靠着这四大家族的势力,飘飘荡荡地走过了其103年的历程。谢氏家族的这段辉煌,还有淝水之战的故事,自然印记在中国的历史上,也在谢氏族人中代代流传。

与此相巧合的是,《红楼梦》中写的亦是四大家族。《红楼梦》第四回写道:

贾不假,白玉为堂金作马。阿房宫,三百里,住不下金陵一个史。东海缺少白玉床,龙王来请金陵王。丰年好大雪,珍珠如土金如铁。

其中把贾、史、王、薛(雪)等四大家族的富贵与气派写在书中。这种富贵与气派绝不是胡适先生考证的江南织造府这样一个小小官吏之家所能媲美的。我曾错误地认为,这些都可能与谢氏家族有关,但至今日方知,学无止境。原来作者所指的四大家族,并非单指谢氏家族一家,而可能是指"王、谢、庾、恒"四大家族。那么,我们怎么又会将反映清代贵族或暴发户的家族的生活与东晋的四大家族联系到一起呢?

前面我已阐述过,作者笔下的王公贵族是对东晋的追忆,并将其转化为对当时生活原型的虚实结合的描写。而在作者笔下的东晋四大家族"王、谢、庾、恒"分别写成了"王、贾、薛、史"四大家族。"王"仍是"王","谢"成了"贾"(假),"庾(雨)"化成了"薛"[丰年好大雪的雪(薛)],"恒"成了"史",即由所谓的"永恒"成了"富贵一时的历史"。这几个字的含义,用娄底日报原社长郭笃先生的话来讲就是:"王"就是"人亡了";"谢"就是"花谢了";"庾"就是"雪化了";"史"就是"死亡了"或成为"历史了"。这四个"了"字攘概了四大家族的命运,折射出四大家族的没落。作者咏叹的不仅仅是四大家族的兴衰与没落,亦是对汉民族被满族欺凌和统治的哀叹与愤懑。从这种看似描写荣华富贵、春花秋月的字里行间,我们看到的是多少辛酸与无奈。其血泪斑斑之字,又有几人能悟?实非亲身经历者所能为,非解其实情者所能体悟。

第三节
再谈桃林湾

在湖南省娄底市涟源金石镇桃林村(又称桃林湾或桃林坝),以及娄底市双峰县的周家湾、娄底经济技术开发区白露湾这片神奇的湘中大地上,曾产生许多仁人志士与叱咤风云的人物。执著、勇猛的梅山文化与智慧、坚韧的潇湘耕读文化在这里兼容并存,糅合着两种民族文化基因的湘中人形成了最有特色的本土文化。这种文化特色代表着湘中人血性、刚强、彪悍与敢于担当社会责任的献身精神。中原文化与南方少数民族文化的结合,使湘中人从这片热土中走出来,从耕读文化与梅山文化中升华出来,成为湖湘文化中最重要的部分。在老湘乡范围有曾国藩、毛泽东、刘少奇等影响中国近代史的政治家,也有影响中国思想与文化的思想家魏源、作家谢冰莹,这些人的杰出表现,无疑向世人彰显了湘中地区文化底蕴的厚重。而"烧车御史"芎泉公,以及"父子翰林三进士"的美谈,至今仍在桃林湾的百姓中口碑相传。从这里,我们可以看到湘中这片人杰地灵的土地上隐含着深厚的文化底蕴与丰富的人文历史资源。

有关桃林湾乐恺堂谢氏家族的历史,我在《红楼湘娄文化考》中已作详述,这里只作简要介绍。

一、桃林湾乐恺堂谢氏

桃林湾乐恺堂谢氏是东山谢氏,谢安的后裔。谢安这一支后裔因其家族衰败,先从金陵乌衣巷迁至江西吉安,后又因战乱,于元代迁至原湘乡(现双峰县蛇形山)境内,并在这里繁衍生息。扶洲谢氏的始祖为应德公,至清代时已有十余代。桃林湾乐恺堂谢氏始祖属应德公第八代敏湖公后裔,为应德公第十四代子孙绍芳公。

十四代绍芳公,字珩玉,明万历四十五年(1617)生,卒于康熙元年,年仅45岁。[①]其妻易氏,生于明天启元年(1621),卒于清康熙五十年(1711),享年九十岁,人称"珩玉太婆"。珩玉太婆在其夫绍芳公故时,年仅四十岁,因其中年守寡,其人德淑兼备,有一些族人与好事之人,常上门纠缠,使她不得安宁。不知何故,她竟携子女弃家出走,以乞讨为由离开了扶洲(今双峰县蛇形山镇麻阳村),至途中一处叫牛头坳的地

[①] 见附图八,谢氏宗祠纂修:《谢氏大宗族谱》,卷五,页六,谢氏宗祠藏书,民国丁巳年修。

方,一行人上了一条叫接龙桥的石板桥,不幸铁锅摔烂。其子哭泣,易氏劝慰说:"旧铁锅摔烂,将来用罾煮饭。"一家人继续前行,至桃林湾,见其山清水秀、民风古朴,从此便在此建房购地,定居于此。

珩玉太婆善持家政,教子有方,其子添荫奋发读书,被录为"邑痒生";次子添弦,勤奋苦读,事业有成。康熙十七年(1678),添弦公与添荫公共同修建了三进九厅大屋,占地五千余平方米,非常气派,其家庭暴富(在民国年间修缮乐恺堂时其屋主梁上有建成时间的记载)。三子添蒸重返扶洲周家湾仿桃林湾样式修建二进六厅房屋,占地数千平方米。是时,一家共荣,合家欢乐,故取桃林湾宅第为"乐恺堂"。

添弦公字培先,号懋建,顺治七年(1650年)生,雍正五年(1726年)卒,生有三子:如运、如辉、如浑。女一,适朱隆才。①

芗泉公之祖父如浑公为应德公第十六代后裔,为清恩进士,贵貤文林郎,晋赠中宪大夫。第十七代后人中,芗泉公之父再诏为清邑优廪生,乾隆壬午科副举人,以子振定贵貤封儒林郎,貤赠奉政大夫,晋赠中宪大夫。

谢振定乃第十八代子孙:

字斋一,又字竹湖,号芗泉。清郡廪生,中乾隆丁酉科举人,庚子科进士,翰林院庶吉士,授编修,擢江南道监察御史,署福建、京畿道监察御史、兵科掌印给事中、巡视南漕、巡视东城察院、改用礼部仪制司主事、擢仪制司员外郎、管理户部坐粮厅事务、戊申科江南主考官、庚戌科殿试掌卷官、嘉庆壬戌科会试提调官、甲子科陕甘主考官、历充国史馆武英殿八旗通志处纂修官、诰授奉直大夫、晋授朝议大夫,著有《知耻斋诗文集》。行世道光壬辰奉旨入祀乡贤祠。②

芗泉公长子:

兴峣,字心兰,号小泉,一号果堂。清国学生、中嘉庆戊辰科顺天乡试举人、大挑候选教谕、甲戌科考取国子监学正、己卯恩科进士、朝考一等第一名翰林院庶吉士、特授武英殿纂修选授河南始固知县、署宝丰县知县、陕裕州陕州直隶知州、升补四川叙州府知县、调补成都府知府、署四川通省监茶道。夷匪滋事,带兵出力,赏戴花翎。充道光乙酉科河南乡试同考官、诰授朝议大夫。③

相传嘉庆帝在芗泉公逝世后,亲致祭文:"朕当太子,先生为傅。朕登大宝,先生为辅。朕今渡河,为先生讣。"后来的道光帝还亲笔为芗泉公题写了神主:"祖之臣,

---

① 见附图九,谢氏宗祠纂修:《谢氏大宗族谱》,卷五,页七。
② 见附图十,谢氏宗祠纂修:《谢氏大宗族谱》,卷八,页十一。
③ 见附图十一,谢氏宗祠纂修:《谢氏大宗族谱》,卷八,页十六。

父之功臣,朕之先生谢公振定老大人之神主。"并御笔手书"太学"匾,现仍存于乐恺堂中。其家族中,多人在朝中为官。其子谢兴峣继续父志取得朝考一等第一名的成绩,成了名符其实的"朝元",这在湘籍的清代进士中是不多见的。真个青出于蓝而胜于蓝。家族中接受圣封,貤封之人有数人,真是荣耀一时,如日中天,就连谢氏宗祠亦因之添光增彩。

除了族谱的记载外,《清史稿》第三百二十二卷,列传一百九十中对芗泉公父子的情况亦有记载:

谢振定,字一斋,一字芗泉,湖南湘乡人。乾隆四十五年进士,改庶吉士,散馆授编修。五十九年,考选江南道监察御史。巡视南漕,漕艘阻瓜洲,振定祷于神,风转顺漕艘,人称"谢公风"。六十年,迁兵科给事中。巡视东城,有乘违制车骋于衢者,执而讯之,则和珅妾弟也,语不逊,振定命痛笞之,遂焚其车。曰:"此车岂复堪宰相坐耶?"居数日,给事中王钟健希和珅意,假他事劾振定,夺职。和珅败,嘉庆五年,起授礼部主事。迁员外郎,充坐粮厅,监收漕粮,裁革陋规,兑运肃然。十四年卒。

道光中,振定子兴峣,官河南裕州知州。以卓荐引见,循例奏姓名、里贯。宣宗问:"尔湖南人,乃能为京师语。何也?"兴峣对言:"臣父振定官御史,臣生长京师。"上曰:"尔乃烧车御史子耶?"因褒勉甚至。明日,语军机大臣:"联少闻烧车御史事,昨乃见其子。"命擢兴峣叙州知府。①

可见芗泉公不仅是一个才华横溢的文人,而且是一位不畏权威的清官。

在桃林湾乐恺堂谢氏中,至今仍流传着两则故事。一则是芗泉公与其子谢兴峣同为翰林,还有谢芗泉、谢兴峣、谢邦鉴(字吉人)②祖孙三代"父子翰林三进士"的美谈。

据考证在涟源市境内,历史上一共出过五个进士,但在桃林湾这个山冲之中,却出了三个。从这些有史可考的传说来看,我们了解到桃林湾谢氏家族的子弟,在这片神秘的山庄中,是何等的发奋与努力,在这个书香门第之家,出现《红楼梦》这样一部文学作品亦不奇怪。

其实,我们很多伟大的文学作品,并非产生于大都市,而是出自于一些名不见经传的小人物。名人之所以能成为名人,只是因为他成功了,才成为名人。这些文学作品,亦不一定出现在诸事皆顺、功成名就的才子之手,而更多的出自于那些身处逆境,一生怀才不遇,看透了人间世态冷暖、金钱富贵的寒士与落魄文人。只有这样,他们

---

① 《清史稿》,第三百二十二卷,列传一百九十。
② 谢氏宗祠纂修:《谢氏大宗族谱》,卷八,页二十二。谢氏宗祠藏书。

方能从另一种眼光来看世界,才能无所顾忌地发出百姓的共同心声。他们的作品之所以成为经典,是因为作品的真、善、美,是因为作品所散发的时代气息,是因为作品所发出的最底层阶级社会人们的心灵的呐喊。这些都不是一个未经历过大喜大悲的文人所能创造出来的。

　　谢三娘在桃林湾所经历的这场如梦般的悲欢离合的故事,自然是她最真、最纯、最美、最善的心灵世界的记忆与描写,其文犹如一块未经琢刻的美玉透露出璀璨的自然光彩。

　　在桃林湾乐恺堂谢氏中,至今依然流传着另一则故事。这则故事说到,乐恺堂谢氏子孙发达后,便招来附近一些人的嫉妒。有人便写了副对联:"父翰林,子翰林,父子翰林;娘偷人,女偷人,娘女偷人。"这副不符合一般对联规范的对子,读来朗朗上口,将乐恺堂过去可能有过的一些不光彩之事,"亦可能指谢妃之事"抖搂出来,一时在乡间传为笑话,使"父子翰林"的美誉大为折值。谢家见状,又气又声张不得。谢家后人一位才华出众的人见此对联,便在对联下每联添上了三个字。如此,这副对联便成了:"娘偷人,女偷人,娘女偷人代代有;父翰林,子翰林,父子翰林实难寻。"一副嘲弄与贬低之联霎时成了褒扬与称誉之对。此事由嘲弄之联传为佳话,一直流传至今。

　　从这则故事中,我们可以了解到这片土地上,人们辛勤耕作,发奋读书,吟诗作对,阅古谈今的风尚。也正是这种良好的氛围,才造就了湘中大地上的一批批文人墨客与政治家。

第四节

谢三娘(曼)生平考证

　　在《红楼湘娄文化考》中,我将谢三娘考证为敏德公子孙,其记录的是从1678—1701年之间,桃林湾谢氏家族在这段时间内所发生的故事,后人再将1701年至1730年的一些事情掺入其中。① 有人到这里会要问,谢三娘到底是何人?其生平情况如何?在这里我们不妨再来探讨一番。因谢三娘其人其事只是一种传说,她的身世与身份也因族谱上并不记载未婚女性而难以考证。但依据所记录的这段经历的时间来看,她应是在顺治年间出生的人,是珩玉太婆的子女辈,与添荫公、添蒸公、添弦公是同辈。那么,谢三娘(曼)到底生于何时,家居何处,是何人之女呢?

　　为了考证三娘的生卒年月,我按照传说中所说的谢三娘是敏德公子孙的线索,来

---

① 谢志明著:《红楼湘娄文化考》,文化艺术出版社2008年版,第231页。

到湘乡市的毛田乡白杨村进行了调查。

白杨村位于娄湘接壤之处,我的祖籍(祖父出生地)便是白杨村。白杨村自古以来,就是这个地名,其村上80%以上的人都姓谢,是扶洲谢氏应德公之后,敏德公后裔。居住在这里的谢氏族人,大多是从双峰蛇形山迁徙而来。我找到了族中的谢湘夫老先生,我与他是同宗,他很热情地接待了我,并翻出了我们敏德公这一支的族谱。按谱查来,我们属敏德公永虎房子孙。在永虎房中,我需要查找的是我的祖辈中,是否有与这个时期相符的女性存在,或者有这方面的记载。

虽然我没有查到有关谢三娘的记载,却从族谱中查到了应德公第十四代显敏公的资料。

显敏公字明卿,有传,天启三年癸亥八月初二日辰时生,康熙四十六年丁亥八月初三日未时故。配,张氏。继,曾氏,子七。添信系张出,其余六子系曾出。女一,失查,张出。①

如果这种传说是正确的,那么,显敏公这一失查的女儿就极可能是谢三娘。那么,谢三娘到底是何时出生的呢?既然是张氏所生,那么,从同为张母所生的添信是何年所生,便能得知其情。族谱记载:

显敏长子,添信,字言忠,崇祯十一年戊寅十一月二十四日戌时生,雍正五年丁未九月初三日戌时故。享年八十九岁。②

依此推算,显敏公之女,应在崇祯十一年(1638)前后出生,这一点印证了我在《红楼湘娄文化考》中关于谢三娘的生卒日期在1640—1710年之间的推断。由此看来,显敏公这一失考之女,便是传说中的谢三娘。因为,当时谢显敏与谢绍芳还同住在双峰的扶洲村,两人是同辈族兄,关系不差。珩玉太婆(谢绍芳之妻)在桃林湾发达时,谢显敏一家七子一女,生计困难,其女去桃林湾珩玉太婆家做事亦是情理之中。这种似婢非婢的关系,及谢三娘对珩玉太婆、谢妃的情感,也许正是她记录这一段历史的真正原因。其中的经历与故事,我们无法去重现,只能透过《红楼梦》这部巨著,去猜想那些曾经的过去。从这部饱含女性辛酸的作品中,我们可以了解到低层社会的女性与富家妇女之间存在的巨大反差。这也许是谢三娘这一个在底层社会被欺凌的女性,以及因亲房关系,沾暴发户之光的可怜女人,以她独特的视角去看当时的社会,去写心中的《红楼梦》,也正是如此,书中的情节才如此的细腻,也正是如此,文中

---

① 见附图十二,谢氏宗祠纂修:《谢氏大宗族谱》,卷十五,页二十一,谢氏宗祠藏书,民国丁巳年修。

② 见附图十三:谢氏宗祠纂修:《谢氏大宗族谱》,卷十五,页二十二。

的情节才如此真实与透彻。从谢家族谱的考证中,我对传说中谢三娘的籍贯、生卒年月就当有一个准确的答案,也为这种传说与册子流传我们于敏德公这一族,而不是敏湖公那一族找到了合理性的解释。我想这个结论是否正确,只能由历史来检验了。

第五节
《红楼梦》人物与谢氏族谱人物的比对分析

在《红楼湘娄文化考》中我对《红楼梦》中的人物与谢氏族谱中的人物进行了列表分析。易氏与贾母,贾赦、贾政、贾敬与易氏的三个儿子添荫、添弦、添蒸,易氏在桃林湾的六个孙子顺觐、顺观、如规、如运、如辉、如浑与《红楼梦》其书中所写的贾琏、贾珠、贾环、贾宝玉、贾珍、贾瑞等人物相吻合。而谢母珩玉太婆的三个孙女又与书中写的探春、迎春、惜春等人物相吻合。①

因此,极有可能原作者的生活原型是来自于桃林湾谢氏家族,也是作者构思《红楼梦》的基本生活构架。如果我的这种观点成立的话,那么,《红楼梦》中的人物原型又是谁呢?我们不妨一一予以对照,并寻找《红楼梦》中主要人物的生活原型。

一、四大家族的姓氏

在前面我们已了解到,《红楼梦》中的四大家族寓意的是东晋的四大家族的没落,但也有现实中的生活原型——虽然这些原型绝不可能与东晋时的四大家族相比。那么,在书中的这四大家族的生活原型又会是哪四家呢?我们不妨依据谢氏族谱对照《红楼梦》四大家族的人物予以逐一分析。

(一)史氏家族与易氏珩玉太婆

史老太君是《红楼梦》中的主要人物之一,她是一家之主,其威仪无人能比,一家四世同堂,在封建社会,一个女性能有此才干,的确罕见。

而在桃林湾谢氏中,正有这样一位人物。易氏珩玉太婆中年守寡,勤俭持家,率子孙建有乐恺堂与周家湾两处豪宅,其子孙满堂,其乐融融,寿至九旬。在乐恺堂谢氏家族的心目中,易氏珩玉太婆是他们的福星,是一位十分了不起的人物,故其后人每逢过节,都要先祭拜她,这已经成了这里十分罕见而代代相传不变的规矩,至今其后人依旧遵循其规,成了一种十分独特的民俗。

在《红楼梦》人物中,荣宁二府除了丫环史湘云与贾母史老太君外,其媳妇中并没有史氏的影子,而极为巧合的是,在谢氏乐恺堂家族中,除了易氏珩玉太婆之外,没有一个子孙的媳妇是姓易的。如果我们认定易氏珩玉太婆便是《红楼梦》中的贾母

---

①谢志明著:《红楼湘娄文化考》,文化艺术出版社2008年版,第158-173页。

史老太君原型,那么,我们便可得出这样一个结论,则《红楼梦》四大家族中的史家,实际上是现实生活中的易家。

(二)王氏家族与刘氏家族

在拙作《红楼湘娄文化考》中,我对凤姐与贾琏的生活原型进行了考证,初步得出这样一个结论:贾琏的生活原型是易氏珩玉太婆之孙顺观,凤姐的生活原型是顺观之妻刘氏。如果《红楼梦》书中所写的王熙凤在现实中的原型是刘氏,那么《红楼梦》中王氏家族便是现实生活中的刘氏家族。人们不禁要问,王氏家族为何被你考证成了刘氏家族? 其实,作品中的王氏家族不一定姓王,我们可以从王姓中找到影射刘姓的原因,刘姓乃汉代之王族,作者用王姓来代表刘姓,又未尝不可。但愿我的这种理解不会曲解作者的本意,或者,作者未及考虑这些,只不过是信手拈来,随意替代而已,故我的这种解释或有些牵强,因我们无法真正了解作者在创作时的本意。但我们可以从族谱的人物中了解作者所写的王氏家族的原型是现实中的刘氏家族。

(三)贾氏家族与谢氏家族

有关桃林湾谢氏家族与《红楼梦》书中所写的贾氏家族的关系,我在《红楼湘娄文化考》中已作较为详细的论证,并认为《红楼梦》中的贾氏家族的原型便是现实中桃林湾的谢氏家族,在这里不再赘述。

(四)薛氏家族

在《红楼梦》中薛姨妈与王夫人是亲姐妹,而王夫人的生活原型是添蒸之妻刘氏(以后论述),那么,薛姨妈自然也姓刘。添蒸之妻不知是何人之女,我们却知王熙凤的生活原型顺观之妻刘氏的一些情况。从族谱中我们得知,刘氏为刘亮生之长女。由此可以去查找刘亮生家族的族谱,从中寻找添蒸之妻,了解薛姨妈的原型刘氏嫁给了何人,从此人的姓氏可知《红楼梦》中薛姓的真正所指何姓。如果有精力,我们就可以从刘氏家族的族谱中,找到薛姓的原型。但遗憾的是,我曾经多方找寻,仍未能找到刘氏家族的这一份族谱,我将在以后的研究中去尽力寻找。但这并不影响我们对这四大家族的其他现实原型的探究。

二、《红楼梦》中的贾母——史老太君的儿孙辈与桃林湾谢氏家族中谢母珩玉太婆儿孙辈的情况对比

在拙作《红楼湘娄文化考》中,我对谢母珩玉太婆的三个儿子添荫、添弦、添蒸与《红楼梦》中相应的贾母的儿子辈贾赦、贾政、贾敬进行了比对,并确定谢母珩玉太婆长子添荫是贾赦的原型,次子添弦是贾政的原型,三子添蒸是贾敬的生活原型。而在七个孙子中,添弦公长子如运是贾珠的原型,次子如辉是宝玉的原型,添荫长子顺觐是贾瑞的生活原型,二子顺观是贾琏的生活原型,如规则是未作详细描写的贾敬之子

的生活原型。①

三、元春、迎春、探春的生活原型

在拙作《红楼湘娄文化考》中,我通过谢氏族谱比对,确认元春、迎春、探春的原型为珩玉太婆的三个亲孙女。②

四、《红楼梦》中贾母的儿媳的生活原型

贾母的儿媳分别是贾赦的媳妇邢夫人、贾政的媳妇王夫人、贾敬的媳妇不详。依照桃林湾谢氏族谱,我们便可逐一对号入座。

（一）邢夫人的生活原型

根据对小说与族谱的比对分析,我们可以找到邢夫人的生活原型,便是添荫之妻曹氏。据族谱记载:

曹氏,曹恭公女,清顺治三年甲申正月二十二日子时生,康熙五十四年乙未九月二十六酉时故。

（二）王夫人的生活原型

在拙作《红楼湘娄文化考》中我阐述过,王夫人的原型极可能被作者移花接木,或者将添蒸公与添弦公的夫人合二为一进行描写。这在文学创作中为避免人物的繁杂,是经常运用的手法。而极为有趣的是:在小说中,并未写到贾敬夫人的情况,这就不是一种猜测了。由此我们判断,王夫人的生活原型便是添蒸公之妻刘氏。

刘氏,顺治十三年丙甲十二月十五日寅时生,乾隆十年乙丑二月初七日亥时故。

五、贾政的生活原型与林如海的生活原型

我在《红楼湘娄文化考》中,已将贾敏的生活原型考证为珩玉太婆的女儿,且与谢氏家族中珩玉太婆只有一女已嫁的记载相吻合。③ 族谱上记载:易氏,女一适增生成谊。我曾推断过,林如海可能是吴三桂的原型,其实作者也可能将二者合二为一。那么,我们由此可以推断,贾敏的丈夫林如海的生活原型便是增生成谊。林如海姓成,而不是姓林,由此黛玉亦不是姓林,而是姓成。有关林黛玉的考证,我在《红楼湘娄文化考》中已作过详述,在此不再重述。

六、《红楼梦》中贾母的孙媳辈之生活原型

在《红楼梦》中,所描写的贾母的孙媳有贾珍之妻尤氏、贾琏之妻王熙凤、贾珠之妻李纨等人。依据谢氏族谱,我们再逐一予以比对分析。

---

①谢志明著:《红楼湘娄文化考》,文化艺术出版社2008年版,第160-164页。
②谢志明著:《红楼湘娄文化考》,文化艺术出版社2008年版,第166页。
③谢志明著:《红楼湘娄文化考》,文化艺术出版社2008年版,第165页。

（一）贾珍之妻尤氏

我们上面对照过,贾珍的生活原型是周家湾添蒸公之子顺文。据族谱记载：

顺文,字叔达,清邑庠生,康熙十一年壬子十月初三日寅时生,康熙五十年壬辰十二月二十三日酉时故。其妻周氏,清康熙十三年甲寅十月十三日辰时生,乾隆二十七年壬午四月十七日卯时故。

由此推断,贾珍之妻尤氏的生活原型是周氏。

（二）王熙凤与李纨的生活原型

有关王熙凤与李纨的生活原型,我在《红楼湘娄文化考》中已作论述：王熙凤的生活原型是顺观公之妻刘氏,李纨的生活原型是如运公之妻李氏。①

七、贾母曾孙辈的生活原型

在《红楼梦》中,贾母的曾孙辈有贾珍之子贾蓉,曾孙媳秦可卿,贾琏与凤姐之女巧姐,贾珠与李纨之子贾兰。那么,这些人在谢氏族谱中的真实姓名又是什么呢？我们逐一列举如下：

（一）贾蓉与秦可卿

我们在考证中认定,谢母珩玉太婆之子添蒸是贾敬的生活原型。那么,贾蓉的原型自然便是添蒸之孙再奕。据族谱记载：

顺文长子再奕,字梁山,清国学生,康熙二十九年庚午十月十四日辰时生,雍正五年丁未八月十五日未时故。其妻刘氏,清康熙三十年辛未十二月辰时生,乾隆五十一年丙午十一月二十三日巳时故。②

由此,我们可以推断,秦可卿便是再奕之妻刘氏。

我们认定,贾珠的生活原型是乐恺堂谢氏家族的如运公,那么,贾兰的生活原型自然是其子再谔。据族谱记载：

如运公长子再谔,字士一,号唯斋,清国学生,康熙三十年辛未九月初七日亥时生,乾隆十一年丙寅十月初八日午时故。③

如果故事的发生时间在1678—1701年之间,那么,此时的再谔已有十岁左右,与《红楼梦》中描写的情节相吻合。

（二）凤姐的女儿巧姐

我在考证中,认定凤姐的生活原型是顺观之妻刘氏,据族谱记载生有女二,其一

---

① 谢志明著：《红楼湘娄文化考》,文化艺术出版社2008年版,第162-163页。
② 谢氏宗祠纂修：《谢氏大宗族谱》,卷五,页十七,谢氏宗祠藏书,民国丁巳年修。
③ 谢氏宗祠纂修：《谢氏大宗族谱》,卷五,页十二。

适龙棠荫。那么,巧姐自然便是这位谢氏龙夫人了。

《红楼梦》书中人物众多,其中还有许多丫环、下人等等。在谢氏族谱中不可能一一查到,而且作为文学作品,在人物的甄选、情节的铺垫上,是有取有舍,有重合,也有混杂的地方。后期的添纂者在编写时,因为不了解谢氏族谱的情况,会对根据故事情节的需要进行添删增减。这就使得族谱上的人物与小说中的人物要完全一一对号入座有一定的困难。因小说毕竟是小说,不是纪实文学,来源于生活,又高于生活。但不管怎样,每一部作品在作者的笔下都有一个生活的原型,有着她生活的轨迹与一生经历的影子。

从《红楼梦》书中所写的人物与谢氏族谱人物的惊人吻合中,我们完全有理由相信,作者与扶洲谢氏族谱有着千丝万缕的联系。而作者是谢家人的传说是可信的。

(三)甄府与贾府

在《红楼梦》中,写到了甄府与贾府,亦写到了甄宝玉与贾宝玉、甄士隐等人物。从作者的笔法来看,显然是将"真事隐",将"真府"、"真宝玉"隐含在书中。

作者笔下的生活原型是真,生活细节是真,作者所写的景况故事有"假",是假托历史,是将吴三桂在湖南生活的这段历史与真实事件隐含于书中。我们无从知道作者哪些情节是虚构的;哪些事情是真实的;哪些事情是来自吴三桂在湖南的故事;哪些是写的谢家的地地道道的农家生活;哪些来源于东晋时期谢氏家族的荣耀历史的故事与传说;哪些又来自于后作者;哪些又取材于宫廷;哪些取材于湖南、北京,抑或江苏南京;抑或作者当初到底借用哪些故事;到底源自一种什么心态。

这些我们无从去揣摸推测,但我们可以从文本中看到,《红楼梦》的故事,虽是"真事隐",虽然有移花接木、添改删加的地方,但从其细腻的笔法与真实感人的故事、鲜活生动的情节来看,作者所写的许多情节一定是亲身所历之事,是有血有肉、有情感的,绝不是有人认为的小说是虚构的,不需要任何生活材料。《红楼梦》对具体人物与情节的细致入微的描写,使我们有理由相信,《红楼梦》是源于现实生活,并得以升华的文学作品,她有真实的生活原型,糅杂着各种情节。同时,还因有后来的修纂者添加了一些故事,修改了一些内容与情节,使其更加完善,也更为纷繁多彩。

第六节
一段谜一样的故事

我们谈到谢氏家族与《红楼梦》可能存在的关系,有人也许会问,这种传说既来源于你的家族,那么,你与原作者到底有何渊源,为什么这种传说与册子只有你家有,而其他谢氏家族的人却一无所知呢?

其实，对此事我亦疑惑不解。这种传说与册子中所记载的是实言还是恶作剧，其真实与否我亦是一直想要查究清楚的。为此，我走访了不少的人，希望能从中了解到蛛丝马迹。在调查中，我从哥哥谢志旭口中了解到了两个情况：其一是他帮我爷爷晒过书的经历。他不仅帮爷爷晒过书，而且从我爷爷口中知道，我们谢家以前的确有一位女性写过书，至于写的是什么书，他却不甚了解。其二是他自小听到的一段对话。那时，我爷爷是渔夫，以打鱼为生。我哥哥听一位与我爷爷常年在一起打鱼，名叫"华成板眼"（板眼是形容人有板有眼的，这是此人的绰号）的人，常对我爷爷说："你们谢家在六代前很兴旺。你们太太公有身高一米八以上，在朝中做大官，那时可不得了啊。"华成板眼说完这通话后，又朝我爷爷与哥哥说："不过，听说家族中出一代强的，就要出六、七代弱的。你们这一代很弱（我爷爷身高只有一米六多一点，人很老实本分），要到第八代以后才强得（才能强盛）。"

从这段话来看，芗泉公在朝中为官的情况，与华成板眼的说法相吻合。那么，我们与芗泉公又有什么关系呢？因为我明明是敏德公的后裔，而芗泉公是敏湖公的后裔。同时，我们至今未查到芗泉公子孙的下落，这其中的谜团一时无法破解。也许华成板眼的说法是牵强与道听途说的，或者我们这一家的确与芗泉公存在某种渊源。这段历史是真是假，也是我下一步所要了解的。我所要做的是按图索骥，依照线索，去查证芗泉公以及其族人的情况，查证《石头记》其书的流传情况，以及民间所流传的故事及线索。我曾说过，不管怎样，我都将其弄个水落石出——哪怕结果证明我所有的结论与推断都是错误的，哪怕所有的传说与册子所载的事实都是子虚乌有的。

第九章 谢氏祖传药方与《红楼梦》药方的对比研究

第一节
寻找谢氏先人的足迹

既然《石头记》的原始素材是由谢三娘所提供,那么这些素材又是由何人整理,又是如何流传的呢?这是大家所关心的,亦是我们所要考证的主要内容。摆在我面前的是要查找芎泉公家族成员与《石头记》的关系。因为我们知道,如果其书写的是与吴三桂有关的事实,在当时那种严酷的历史背景下,始作者的后人绝对会是高深莫讳、小心谨慎,不会轻易将其示众,更不会将其中的原委告诉他人。因为,稍有不慎肯定会招来灭门之灾、杀身之祸。故其钞本只可能在家族成员,且是值得信赖的家族成员之中秘密流传。同时,这些家族成员必须具有批书、改书的才能,才有可能完成这部历史巨著的编辑与成册。

为究其根蒂,我首先要做的是寻找芎泉公及其族人的影踪。因为,在我的推断中,芎泉公极有可能是传播《红楼梦》最重要的人之一。然而,我费尽周折,却未能寻找到芎泉公的墓,也没有找到芎泉公的直系子孙。芎泉公真如传说中所言,是被人在清末暗杀了,还是去了国外,仍旧是一个不解之谜。这不免有些遗憾。但我却从寻找芎泉公先祖永谦公等人的墓的过程中了解到永谦公的墓有人守墓,这与《红楼梦》第一百一十回中写道的"老太太的柩是要归南边去的,留这银子在祖坟上盖起些房屋来,再余下的置买几顷祭田"相暗合。在寻找芎泉公、珩玉太婆、再诏公等人墓的过程中,我虽无多大收获,但却了解到了谢氏家族的兴衰与变迁的历史。同时,在族谱的研究中有了新的发现,这就是谢氏祖传药方与《红楼梦》书中药方的惊人相似。

第二节
《红楼梦》中的药方探究

在研究《红楼梦》时，人们大多不敢轻易涉及《红楼梦》中的药方问题。因研究《红楼梦》的人大多不懂中医，更缺少这方面的专家。

学者们一般认为《红楼梦》是一部小说，其中大多的药方未必是如实抄写，故以医学的眼光来分析与研究，恐怕未必有结果，拿这种药方来治病，就可能害人性命。于是，便有人避开药理的研究，而将其中的药名、药引索隐出若干种故事来，继而得出一些匪夷所思的结论，将《红楼梦》中的药方研究带入一个与医药养生无关的歧途。

诚然，《红楼梦》中的处方未必真能治病，因作者毕竟不是悬壶济世的医生。作者不是医生就不一定不懂医理，同时，也不能排除他抄来一些常见药方或把生活中的细节记入其书中的可能。所以，我们在没有认真的分析与研究之前，来下其结论就未免有些早。

对于医学，我与很多红学爱好者一样，是个完完全全的外行，故虽然有人向我提议要好生研究一下《红楼梦》中的药方与处方，却也让我望而生畏，不敢涉及。

然而，一次偶然的机会却让我不得不再次班门弄斧，来信口胡侃了。

2010年，我去扶洲祠堂查阅族谱，偶尔发现宗祠中竟秘密保存着两部祖传秘方，其中有许多方剂，至今仍为当地人看病摘药所用。我突发奇想，何不将这部药谱与《红楼梦》中的药方作一个比对呢，料不定能有所发现呢。于是，我向族长谢保林先生提出了这个有点过分的要求。原本认为难以如愿，不料，谢老先生犹豫了一下，还是答应了。他叮嘱我："这是我们宗祠中的秘方，不能示外人，不过你不同，但要及时归还，并不得外传。"

此时，我有些喜出望外的感觉：在研究《红楼梦》的过程中，我最大的收获恐怕是得到了这些族人的信任与支持，若是在几年前，这种要求定然是不可能得到满足的。

借阅到了这两本药方，我便进行了认真的翻阅。这两本钞本是先祖谢君九郎在七百多年前收集整理的祖传秘方，谢君九郎生于元元统五年（1339），距今已有770余年。据说谢君九郎精于医道，酷爱岐黄之术，后又入道家精修。传说他能呼风唤雨、驭风驾云，至今谢氏家族的族人仍对他进行祭拜，以不忘其恩。谢君九郎的秘方共有数百个处方，涉及儿科、妇科、内科、外科与一些疑难杂症，先人就是依靠这些秘方为族人与百姓治病，使子孙得以健康，使后人得以繁衍生息的。这些药方都是经过检验的治病良方，而非江湖术士与小说中随意记载的方剂，到现在也是密藏在宗祠中，由专人保管，外人不能看到。

我很好奇,于是,便将其与《红楼梦》中的药方进行了一个粗浅的对照分析,希望能有所发现。

《红楼梦》书中涉及的药名有四十多个,如肉桂、附子、鳖甲、麦冬、玉竹、蛤粉、阿胶、冰片、紫苏、桔梗、防风、荆芥、积实、麻黄、石膏、钩藤、千年松根茯苓胆、地黄、当归、黄花、牛黄、朱砂、黄酒、黄芪、熟地、山羊血、人参、人形带叶参、怀山、川芎、白术、云苓、归身、白芍、延胡索、炙甘草、柴胡、黄檗、莲子、燕窝、陈皮、龟大何首乌、珍珠、古坟珍珠、头胎紫河车等。

书中共有二十多种成药,这是当初最为常见的与经常使用的。其中:药丸(丹、散)一共有二十五个:人参养荣丸、冷香丸、延年神验万全丹、八珍益母丸、左归丸、右归丸、麦味地黄丸、金刚丸、菩萨散、天王补心丹、香雪润津丹、山羊血黎洞丸、梅花点舌丹、紫金锭、活络丹、催生保命丹、祛邪守灵丹、开窍通神散、调经养荣丸、黑逍遥、四神散、香薷饮、十香返魂丹、至宝丹、归肺固金汤等。

这些成药大多可以找到来处,除祛邪守灵丹、开窍通神散、十香还魂丹、金刚丹等虽未查明来处外,其他方剂都是有来历的,如:气血双补的人参养荣丸、香薷饮、活络丹就出自《太平惠民和剂局方》。① 其他方剂,也是传统中医中最常见的药方,在现存的药典中,大多能找到其出处。

唯有延年神验万全丹、冷香丸、香雪润津丹有点离谱,似乎是作者随意写来的。

由此可见,《红楼梦》中的成药大多是如实写来,且是对症下药,是对现实生活的真实描写。当然,其中也有艺术加工的部分,但这不影响作品浓郁的生活气息,也许这正是《红楼梦》之所以吸引人的地方。

在《红楼梦》书中的方剂有三四处,但比较完整的方剂只有二处:一处是在第十回,另一处在第五十一回。那么这些药方是否能治病,是否与谢氏祖传的秘方有关联呢?这的确是一个值得探讨的话题。我们不妨进行一番大胆的比对分析。

《红楼梦》第十回写到张先生给贾蓉之妻秦氏看病时这样写道:

那先生笑道:"大奶奶这个症候,可是那几位耽搁了。要在初次行经的时期就用药治起来,不但断无今日之患,而且此时已全愈了。如今既是把病耽误到这个地位,也是应有此灾。依我看来,这病尚有三分治得。吃了我这药看,若是夜间睡得着觉,那时又添了二分拿手了。据我看这脉息:大奶奶是个心性高强、聪明不过的人;聪明太过,则不如意事常有;不如意事常有,则思虑太过。此病是忧虑伤脾,肝木忒旺,经血所以不能按时而至。大奶奶从前的行经的日子问一问,断不是常缩,必是常长的。

---

①(宋)元丰年间《太平惠民和剂局方》,卷之五。

是不是?"这婆子答道:"可不是,从没有缩过,或是长两日三日,以至十日都长过。"先生听了道:"妙啊!这就是病源了。从前若能够以养心调经之药服之,何至于此!这如今明显出一个水亏木旺的症候来。待用药看看。"于是写了方子,递与贾蓉,上写的是:益气养荣补脾和肝汤:人参二钱。白术二钱,土炒。云苓三钱。熟地四钱。归身二钱,酒洗。白芍二钱,炒。川芎钱半。黄芪三钱。香附米二钱,制醋柴胡八分。怀山药二钱,炒。真阿胶二钱,蛤粉炒。延胡索钱半,酒炒。炙甘草八分。引用建莲子七粒,去心。红枣二枚。

从这段描写中我们可以了解到:秦氏得的病是因脾伤与肝火过旺而引起的月经不调、经期过长的病症。这在中医上自然要对症下药,用治疗妇女月经不调的方剂。其书中写到,张医生共用了十六味药,当然我们如果照单去下药,可能是不能治病的。因为一方面,作者即使有此祖传秘方,在当时西医并不发达的时代是不可能轻易地泄露秘方的。另一方面,他更可能是将玄机隐藏于书中,故其药方似是而非,通药理而不能真个拿来治病。但作者写得如此翔实,一定是接触过此类药方的。

那么,这个药方与谢君九郎的秘方有没有相似的地方呢?谢氏祖传秘方中共有此类药方十多个,在这里我们不一一列举,只将其中治疗月经不调的方剂列举二例予以分析比对。事先需要说明的是,此方剂是依原钞本的次序而写。

方剂一:《调经门》

午:台党一分、焦术一分、炙芪一分、炙草、白芍一分酒炒、当归一分、川芎一分、熟地一分、云苓一分、卤桂五分、姜枣引。①

通过对两者进行对照后可知:第一味药台党在这里以人参代替,其功效相同;第二味药炒白术就是焦术;第三味炒白芍完全一致;还有川芎、熟地、云苓、炙草(即炙甘草)、红枣与之相同。在谢氏祖传秘方此方剂中共有十一味药,其中有八味药与《红楼梦》书中所载相同。

方剂二:《妇人经水不调》

辰:白芍、人参、茯苓(即云苓)、归身、甘草、生地、白术各分半姜枣引。②

该方剂中共有八味药,竟与《红楼梦》中所列举的方剂完全相同,只是其剂量有异,这不能不说是一个十分奇怪的现象。而书中所列举的附子、黄芪、山药、阿胶等,在谢氏祖传秘方中也用于治疗妇科病。这从一个方面说明《红楼梦》书中所记载的药料的确是治疗妇科病的良药。

---

① (元)谢君九郎著:《谢君九郎秘方》卷下,《调经门》:午。
② (元)谢君九郎著:《谢君九郎秘方》卷下,《妇人经水不调》:辰。

在这里,有人肯定会提出这样一个问题:谢氏的祖传秘方中有此相似的方剂,那么,其他的药典内有无这种类似的方剂呢?这是一个值得研究与分析的问题。我们不妨对其他药典中的药方进行一个比对分析。有关这方面的药典很多,我们不可能一一列举与比对,这里仅对比一下宋代《太平惠民和剂局方》中的有关方剂,看是否亦有类似的药方。在《太平惠民和剂局方》中卷之九《治妇人诸疾》中有关治疗妇女经期不调,经血过多疾病的方剂有三种:

方剂一:温经汤

阿胶(蛤粉碎炒)、当归(去芦)、川芎、人参、肉桂(去粗皮)、甘草(炒)、芍药牡丹皮各二两、半夏(汤洗七次)二两半、吴茱萸(汤洗七次,焙,炒)三两、麦门冬(去心)五两半上为粗末。每服三钱,水一盏半,入生姜五片,煎至八分,去渣,热服,空心,食前服。①

方剂二:四物汤

当归(去芦,酒浸,炒)、川芎、白芍药、熟干地黄(酒洒,蒸)各等分上为粗末。每服三钱,水一盏半,煎至八分,去渣,热服空心,食前。若妊娠胎动不安,下血不止者,加艾十叶,阿胶一片,同煎如前法。②

方剂三:胶艾汤

阿胶(碎,炒燥)、川芎、甘草(炙)各二两,当归、艾叶(微炒)各三两,白芍药、熟干地黄各四两上为粗末。每服三钱,水一盏,酒六分,煎至八分,滤去渣,稍热服,空心,食前,日三服。甚者连夜并服。③

从这三个处方来看,四物汤中的四味药在《红楼梦》作者所写的治疗妇女经期不调的药中都能找到,方三中共有七味药,其中有六味药与书中所记相同。

通过比对,我们可以了解到《红楼梦》的作者应该是懂药理,且是学习与研究过《太平惠民和剂局方》等药书的,这从书中引用了很多的成药名就足以说明问题;同时也说明《红楼梦》作者所列举的药物与治妇科病有关的。

但是,《太平惠民和剂局方》方剂在用药上还是与《红楼梦》中所记述的药方存在较大差距的。如方一中共有十一味药,却有六味药与书中所记方中的药名不同。

所以,从上述分析与比对来看,《红楼梦》的作者所记载的妇科药方,是与《太平惠民和剂局方》的药方及谢氏祖传秘方是有一定关联的,有些地方与《太平惠民和剂

---

① (宋)元丰年间《太平惠民和剂局方》,卷之九—《治妇人诸疾》。
② (宋)元丰年间《太平惠民和剂局方》,卷之九—《治妇人诸疾》。
③ (宋)元丰年间《太平惠民和剂局方》,卷之九—《治妇人诸疾》。

局方》是有差别的。

《红楼梦》第五十一回写道：

晴雯从幔中单伸出手去。那大夫见这只手上有两根指甲,足有三寸长,尚有金凤花染的通红的痕迹,便忙回过头来。有一个老嬷嬷忙拿了一块手帕掩了。那大夫方诊了一回脉,起身到外间,向嬷嬷们说道："小姐的症是外感内滞,近日时气不好,竟算是个小伤寒。幸亏是小姐,素日饮食有限,风寒也不大,不过是血气原弱,偶然沾带了些,吃两剂药疏散疏散就好了。"说着,便又随婆子们出去。

……说着,拿了药方进去。

宝玉看时,上面有紫苏、桔梗、防风、荆芥等药,后面又有枳实、麻黄。宝玉道："该死,该死!他拿着女孩儿们也像我们一样的治,如何使得!凭他有什么内滞,这枳实、麻黄如何禁得!谁请了来的?快打发他去罢!再请一个熟的来。"

……一时茗烟果请了王太医来,诊了脉后,说的病症与前相仿,只是方上果没有枳实,麻黄等药,倒有当归、陈皮、白芍等,药之份量较先也减了些。宝玉喜道："这才是女孩儿的药,虽然疏散,也不可太过。"

从这段文字中我们可以看到,晴雯得的是伤风感冒。医生开的药方中有紫苏、桔梗、防风、荆芥、枳实、麻黄等药,后将麻黄、枳实等疏散驱邪的药减了分量,加了茯苓、地黄、当归等药。由此可知,这副感冒的方剂共用了紫苏、桔梗、防风、荆芥、枳实、麻黄、茯苓、陈皮、当归等九味药。那么,这些药是作者随手拈来的,还是确能治伤风感冒的药物与方剂呢?在谢氏祖传秘方中,治疗此种病用的又是些什么样的药呢?我们在这里仅列举二例：

药方一：《伤风》

未：香附、荆芥、防风、杏仁、苏叶、秦艽、白芷、京子各三分,党参六分,甘草一分。①

药方二：《四时感冒》：

辰：白芷三分、甘草分、半夏二分、白芍二分、茯苓三分、川芎二分、桔梗二分、枳实三分、陈皮一分、苍术三分、官桂二分、麻黄分、当归三分、厚朴三分、姜炒姜枣引。②

从这两个药方中我们可以得知,《红楼梦》第五十一回中所写的药物的确是用于治疗伤风感冒的。从书中所写的第一剂药来看,主治的是伤风,其药物注重于疏散驱邪。如荆芥、防风、紫苏、麻黄、桔梗、枳实等皆属此类药,与谢氏祖传秘方中治疗伤风

---

① (元)谢君九郎著：《谢君九郎秘方》卷上,《伤风》：未。
② (元)谢君九郎著：《谢君九郎秘方》卷上,《四时感冒》：辰。

的方剂相合。而宝玉请来的王太医在晴雯外感渐好后,减了疏散的药,加了茯苓、陈皮、当归等益神养血之药,这与谢氏祖传秘方中的治疗感冒的处方相差无几,在谢氏祖传感冒秘方中也是少了荆芥、防风、紫苏这些疏散药,加了当归、陈皮、茯苓等滋补药而已。这与宝玉的说法不又是一种暗合吗?

奇怪的是,在谢氏祖传秘方中的伤风药中有荆芥、防风、紫苏,治疗感冒的药中有麻黄、桔梗、枳实、茯苓、陈皮、当归等药。如果我们将两剂药综合成伤风感冒药,不正好有《红楼梦》书中所记的九味伤风感冒药吗?这又是一个有趣的巧合。

我们依旧对照《太平惠民和剂局方》中治疗伤风感冒的方剂进行一个列举分析。在卷之二《治伤寒(附中暑)》中共有方剂十多剂,现列举九剂:①

方剂一:小柴胡汤

半夏(汤洗七次,焙干)二两半、柴胡(去芦)半斤、人参、甘草(炙)、黄芩各三两右为粗末。每服三大钱,水一盏半,生姜五片,枣一个,擘破,同煎至七分,去滓,稍热服,不拘时。小儿分作二服,量大小加减。

此方剂共用了七味药、引,无一样与《红楼梦》书中所写的感冒药方相同。

方剂二:麻黄汤

麻黄(去节)三两、甘草(炙)一两、肉桂(去粗皮)二两、杏仁(七十枚,去皮尖,炒,别研膏)右为粗末,入杏仁膏令匀。每服三钱,水一盏半,煎至八分,去滓,温服,以汗出为度。若病自汗者,不可服。不计时候。

此药方共用了四味药,唯有一味与书中所写相同。

方剂三:小青龙汤

干姜(炮)、细辛(去叶)、麻黄(去节、根)、肉桂(去粗皮)、芍药、甘草(,炒)各三两、五味子二两、半夏(汤洗七次,切作片)二两半,右将七味为粗末,入半夏令匀。每服三钱,水一盏半,煎至一盏,去滓,温服,食后。

此方剂共用药八味,只有一味与书中所写相同。

方剂四:葛根解肌汤

葛根四两、麻黄(去节)三两、肉桂(去粗皮)一两、甘草(炙)、黄芩、芍药各二两右为粗末。每服三钱,水一盏半,入枣一枚剥破,煎至八分,去滓,稍热服,不拘时候,取汗出为度。

此药方共用药料六味,唯有一味与书中所载相同。

方剂五:大柴胡汤

---

① (宋)元丰年间《太平惠民和剂局方》卷之二《治伤寒(附中暑)》。

枳实(去瓤,炒)半两、柴胡(去芦)半斤、大黄二两、半夏(汤洗七次,切,焙)二两半、赤芍药、黄芩各三两。右五味为粗末,入半夏拌匀。每服三大钱,以水一盏半,入生姜五片,枣一枚,煎至一中盏,滤去滓,温服,食後、临卧。

此方剂共用药六味,其中只有一味药与之相同。

方剂六:术附汤

甘草(炒)二两、白术四两、附子(炮,去皮、脐,薄切片)一两半、右搗白术、甘草为粗末,入附子令匀。每服三钱,水一盏半,入生姜五片,枣一个擘破,同煎至一盏,去滓,温服,食前。

此方中共用了三种药料,无一样与之相同。

方剂七:防己黄汤

防己四两、黄芪五两、甘草(炙)二两、白术三两、右为粗末。每服三钱,水一盏半,入生姜三片,枣一个,同煎至一盏,去滓,稍热服。

此方剂中用了药料四种,无一种与之相同。

方剂八:竹叶石膏汤

人参(去芦头)、甘草(炙)各二两、石膏一斤、半夏(汤洗七次)二两半、麦门冬(去心)五两半、右为粗末,入半夏令匀。每服三钱,水两盏,入青竹叶、生姜各五、六片,煎至一盏半,滤去滓,入粳米百余粒再煎,米熟去米,温服,不计时候。

此方共用药料七种,无一种与书中所载相同。

方剂九:四逆汤

甘草(炙)二两、干姜一两半、附子(生,去皮、脐,细切)半两、右以甘草、干姜为粗末,入附子令匀。

此药方中共用了三种药,亦无一种与之相同。

从《太平惠民和剂局方》中治疗伤风感冒的方剂与《红楼梦》书中所写的方剂来分析,两者之间存在着很大差距,《红楼梦》中所记载的药料,在《太平惠民和剂局方》中基本上不用。

我们知道:药方中虽用的药相差不大,但因用药量的不同,药效也不相同。同样的药方,对不同病症的病人效果也不一样,所以要对症下药,因人而异。然而,相同的药料其药性是基本相同的,其配方往往与行医者的习惯与沿袭不同的药方不同而存在较大的差异,这正是我国传统中医药博大精深的体现。

《红楼梦》第二十八回写道:

宝玉又道:"太太想,这不过是将就呢。正经按那方子,这珍珠宝石定要在古坟里的,有那古时富贵人家装裹的头面,拿了来才好。如今哪里为这个去刨坟掘墓,所以只要活人戴过的,也可以使得。"王夫人道:"阿弥陀佛,不当家花花的!就是坟里有这个,人家死了几百年,如今翻尸盗骨的,作了药也不灵!"

这段话中说到一个离奇的药方,要用坟里死人戴在头上的珍珠与宝石,这是常人所难以置信的,大多会当做一种戏说。然而,在谢氏祖传秘方中却有同样的秘方,只是用的东西不同而已。在谢氏祖传秘方中就有这种离奇的方子。

方一:治痞积

亥:死人棺中枕煮水服之。①

方二:肺脾胃

未:死人棺中枕煮水饮。②

这个看上去十分恶心的方子,却与书中宝玉所讲的大致相同,这种奇异的吻合,恐怕也是绝无仅有的。

由此来看,如果说《红楼梦》中的药方可能是杜撰的,而谢氏祖传秘方却是应用了数百年,其中的药料为何会与《红楼梦》中所写相一致呢?为何能治病救人?在《红楼梦》中反复提到《太平惠民和剂局方》的成药,但其方剂上却与之存在如此大的差距?这显然是一个值得我们去认真分析与探讨的问题。

值得一提的是,桃林湾谢氏珩玉太婆的长子谢添荫为清邑庠生,曾是康熙年间扶洲谢氏宗祠的族谱主修(这在现存的族谱中有明确的记载)。这些在当初来说十分重要与神秘的药方,肯定是放在主修手中的,由此,桃林湾谢氏就有人十分了解这本药书的内容并能将这种药方运用于生活之中。如果《红楼梦》的作者与谢氏家族中的这些人有关,作者在创作过程中有意或无意地将其写入书中,就成为可能。通过这种研究与探讨,希望能使我们从另一个侧面,来解读《红楼梦》中药方的奥秘。

---

① (元)谢君九郎著:《谢君九郎秘方》卷上,《治痞积》:亥。
② (元)谢君九郎著:《谢君九郎秘方》卷上,《治肺脾胃》:未。

第十章 《红楼梦》作者考证

阅文至此者,不知能有几人。余者亦会问:"道东说西,究竟作者系何人?若是真事,此书又是何时传于'曹雪芹'之手?"

认定《红楼梦》始作者姓谢且与谢氏家族有关,已让许多人无法接受。今日我若说《红楼梦》的作者与谢氏家族中的某个成员有关,定然会被天下人斥之为"厚颜无耻,自私之极",或口诛笔伐,或群起而攻之。此作一出,讨伐之声定会如雷而至。然我心已定,犹豫再三,终提笔再书。孰是孰非,唯有让历史来评判。若能为红学研究开阔视野,我之得失毁誉,实在不足一提,故请诸位且容我再提愚见。

第一节
芩荫公与空空道人

我们知道,如果谢三娘是始作者,写的又是在当初社会敏感之事,故后人绝不敢公诸其实情,亦不会如其所写而成册问世,自然需要进行修改、掩饰,使其文体既保持原有韵味,又要瞒过清人的耳目,避过"文字狱"之灾,且非成书之后便立即传阅。这种小心与谨慎有着极其复杂的原因。那么,修改与编纂其文本者又是何人呢?

我在《红楼湘娄文化考》中认为,芩泉公是收藏并使其书付梓之人。① 但从年龄来分析,他不具备编纂《石头记》或《红楼梦》十年的可能,因芩泉公出生于乾隆十八年(1753),据考证,此时《石头记》已经成册。那么,唯一的可能是芩泉公的父辈、祖辈或兄长。

---

① 谢志明著:《红楼湘娄文化考》,文化艺术出版社2008年版,第206-212页。

在《红楼湘娄文化考》中,我将始作者考证为谢家三娘(曼),写的是吴三桂在衡阳称帝时谢妃与谢家的一段昙花一现的兴衰历史。但谢三娘在记录完这段历史后,必然要交给自己的亲人进行收藏与修改。那么,谢三娘将书稿交给谁呢?我们知道,对这种手稿,作者不会给一个一字不识、不堪重任的人,而一般会托付给与自己水平相当或者高过于自己的族人,更不会传给外人。从谢氏族谱来分析,这个可以担当此任的人,在谢三娘的同辈兄弟中唯有珩玉太婆的长子添荫公。据族谱记载:

绍芳长子添荫,字茂对,号育亭。邑庠生。明崇祯十六年(1643)六月二十七日生,清康熙五十八年(1719年)四月故。①

添荫享年七十六岁,虽没有及第成名,却也是附近有名的秀才。添荫公熟知谢家的历史,为谢氏宗祠大修的主修,又懂医理。以他的学识与为人,自然成了三娘托付此书稿的不二人选。当然,其他的兄弟也可能参与其中,但添荫公应当是三娘传书的第一人,也是将三娘的书稿整理修改第一人。在其书中,将谢家的典故与谢氏的祖传秘方写入书中就是一明证,说明添荫公在《红楼梦》其书的成书过程中起到了至关重要作用。而且添荫公极可能是书中所写的空空道人的原型。

《红楼梦》书中写道:

空空道人听如此说,思忖半晌,将《石头记》再检阅一遍,因见上面虽有些指奸责佞、贬恶诛邪之语,亦非伤时骂世之旨,及至君仁臣良、父慈子孝,凡伦常所关之处,皆是称功颂德,眷眷无穷,实非别书之可比。虽其中大旨谈情,亦不过实录其事,又非假拟妄称,一味淫邀艳约,私订偷盟之可比。因毫不干涉时世,方从头至尾抄录回来,问世传奇。从此空空道人因空见色,由色生情,传情入色,自色悟空,遂易名为情僧,改《石头记》为《情僧录》。

而为之相吻合的是,谢氏祖先为谢君九郎太祖,传说为一名得道的道人,添荫作为谢氏宗祠的主修定然知其典故,而且,祖先传下来的道家之法,作为传承人的他应当小有成就。所以作者将他整理修改的经历记入书中,并以空空道人的名字隐写就不足为奇了。同时,从《石头记》的流传顺序与成书过程来看,添荫公也符合空空道人的身份。由此分析,空空道人就极有可能是添荫公。

第二节
如浑公与"孔梅溪"

我们需要研究与探讨的第二作者就是"东鲁孔梅溪"。《红楼梦》书中写道:

---

①谢氏宗祠纂修:《谢氏大宗族谱》,卷五,页七。谢氏宗祠藏书。

> 遂易名为情僧，改《石头记》为《情僧录》。东鲁孔梅溪则题曰《风月宝鉴》。

那么，"东鲁孔梅溪"的原型又是何人呢？我们依然采取顺藤摸瓜的形式对这个作者进行分析。既然《红楼梦》其书的始作者是谢氏三娘，付梓者是芎泉公等人，那么，我们可以从芎泉公的祖父如浑公及他的兄弟进行研究。

据族谱记载，在桃林湾谢氏如字辈中共有兄弟、堂兄弟七人。他们分别是：顺觊、顺观、如规、如运、如辉、如浑、顺文。其中顺觊是邑禀生，顺观、顺文是邑庠生，如规、如辉是国学生，如运是邑优禀生。芎泉公的祖父如浑公为清恩进士。谢家这些兄弟都有一定的文学素养。如果三娘的书流传至他们这一代，众兄弟自然会有人进行传阅与整理三娘的书稿。我们无法确定这些书稿哪些人整理过，但从书稿后来到了芎泉公手中的过程来看，芎泉公的祖父如浑公一定是其中的整理者之一。

那么，作序者为何会将作者之一称之为"孔梅溪"呢？从《石头记》或《红楼梦》的作谜手法来看，对人物习惯用谐音来暗喻，那么，"孔梅溪"就可能是"恐（怕）没戏"的意思。为什么会这样理解呢？我们知道每一个作者包括编辑者对一部即将成书的作品有没有市场、有没有受众的问题会极为自然地从自己的角度去产生一种评判，实际上也是一种担心。而谢家兄弟在整理其书稿后，对三娘的这种作品有没有读者自然也有一种担心，这种担心的结果是认为这样的作品只怕是没有市场，没有读者，即"恐（怕）没戏"。还有一个十分重要的原因是，虽然时过境迁，但当初乃然是在清的高压统治之下，这种与吴三桂有关的书稿是不可能在这段时期公之于世的。便是写得精美绝伦、感天动地也只能是秘密地隐藏，不可能公开流传，照实抄写，这也是该作品"没戏"的另一个重要原因。后来的作序者为了不埋没这些人的功绩，将这些人参与整理传阅的经历，以一个谐音的名字"孔梅溪"来代替，也是情理之中的事。故"孔梅溪"代表的是谢家如字辈众兄弟的这一群人。而芎泉公祖父如浑公是"孔梅溪"最主要的原型之一。

第三节
舅太婆、再诏公与曹雪芹

如果我们按照这条线索与时间顺序追查下去，《石头记》或《红楼梦》自然会传给谢家如字辈的下一代。那么，这些书稿会传给这一代中的什么人呢？

我们在调查中，发现有两个十分重要的人物，一个就是珩玉太婆的曾孙女——舅（姑）太婆，另一个便是芎泉公之父再诏公。

我们先来了解一下舅太婆的情况。

我们了解到，在桃林湾中不仅有珩玉太婆这样的女性受人尊重，还有一个人也让谢家人十分崇拜。这个人便是珩玉太婆之曾孙女，添荫公之孙女"舅太婆"。这位舅太婆让谢氏族人不能忘怀，至今这里仍保留着一种十分罕见的习俗，便是逢年过节，谢氏后人在祭拜列祖列宗后，还要祭拜舅太婆，可见舅太婆一定是一位了不起的女性。那么舅太婆到底是一个什么样的人呢？据传舅太婆自小酷爱文学，因反抗清时男权而终身未嫁，静居斋室之中。族中分给她几十亩山林、田地、几间房屋，至七十岁方故，她是谢再诏的堂姐。"舅太婆"生于1695—1700年之间，卒于1765—1770年之间，故这位静居斋中的不嫁才女便有编纂《红楼梦》的充裕时间，她那令人敬仰的才能，使她有能力来整理修改三娘的作品，而添荫公也因此会将修改整理的书稿传给这位才华出众的孙女手中。由此看来，这位充满神秘色彩的舅太婆对《红楼梦》或《石头记》的流传与修纂起到了至关重要的作用。

现在我们再来看看芍泉公之父再诏公的情况。

据族谱记载，如浑公第三子再诏：

字凤书，号金门，清邑优禀生，乾隆壬午科副举人，以子振定贵驰儒林郎，驰赠奉政大夫，晋赠中宪大夫。康熙五十四年（1715）乙未九月二日子时生，乾隆四十五年（1780）庚子三月十一日巳时卒。

谢再诏是邑优禀生，乾隆壬午科副榜举人，康熙五十四年生，乾隆四十五年八月卒。从他的生卒时间来看，他有批阅《红楼梦》其书的可能；从他的才能来看，他也有修改著作、批阅文章的能力。

我们在前面对金门公（谢再诏）作了一个简要的介绍，从中我们可知，金门公亦是饱读诗书之士，他的经历与生平与"曹雪芹"有着相似之处。而在《知耻斋诗文集》中还透露出一个重要的线索，提及金门公曾是出于韩城太守王杰之门下。芍泉公在《知耻斋诗集·次韩城太傅赋别诗元韵二首》中的第二首中写道：

廉让真窥善者机，退行帝许趁春晖。

两朝柱石心无怍，一代程模事所依。（王杰为乾隆、嘉庆时朝中重臣）

台鼎联镳光祖席，莺花满路护征骓。（注：二月八日太学士九卿分钱）

昆仑派远段私淑，报答虚惭寸草微。（先君壬午乡试出公门下）①

金门公是壬午科副举人，而这一年，韩城太傅王杰出任湖南乡试副考官。所以，芍泉公此诗中所写是有凭有据的。正如吴云（玉松）曾出于芍泉公任江南副考官，故以门人自称一样。金门公自然可称为韩城太傅王杰之门人。那么，韩城太傅王杰又是何许人呢？

---

①谢振定著：《知耻斋诗集》卷五，十八，湖南图书馆藏。

《清史稿》对王杰的情况有详细的记载,现摘录如下:

王杰,字伟人,陕西韩城人。以拔贡考铨蓝田教谕,未任,遭父丧,贫甚,为书记以养母。历佐两江总督尹继善、江苏巡抚陈宏谋幕,皆重之。初从武功孙景烈游,讲濂、洛、关、闽之学;及见宏谋,学益进,自谓生平行己居得力于此。

乾隆二十六年,成进士,殿试进呈卷列第三。高宗熟视字体如素识,以昔为继善缮疏,曾邀宸赏,询知人品,即拔置第一。及引见,风度凝然,上益喜。又以陕人入本朝百余年无大魁者,时值西陲戡定,魁选适得西人,御制诗以纪其事。寻直南书房,屡司文柄。五迁至内阁学士。三十九年,授刑部侍郎,调吏部,擢左都御史。四十八年,丁母忧,即家擢兵部尚书。车驾南巡,杰赴行在谢,上曰:"汝来甚好,君臣久别,应知朕念汝。然汝儒者,不欲夺汝情,归终制可也。"服阕,还朝。五十一年,命为军机大臣、上书房总师傅。次年,拜东阁大学士,管理礼部。台湾、廓尔喀先后平,两次图形紫光阁,加太子太保。

杰在枢廷十余年,事有可否,未尝不委曲陈奏。和珅势方赫,事多擅决,同列隐忍不言,杰遇有不可,辄力争。上知之深,和珅虽厌之而不能去。杰每议政毕,默然独坐。一日,和珅执其手戏曰:"何柔荑乃尔!"杰正色曰:"王杰手虽好,但不能要钱耳!"和珅赧然。①

王杰为官以"慎独"著称。致仕时嘉庆帝特赐高宗御用玉鸠杖并御制诗两章,以宠其行。其中有这样的诗句"直道一身立廊庙,清风两袖返韩城",可谓对其为官一生的真实写照。

从中可见,韩城太傅王杰,不仅才华出众,且精通官场之道。其人正直清廉,能身居要职且能全身而退,可谓是清代汉人中罕见之奇才。

金门公既然出身太傅王杰门下,自然也非泛泛之辈。但金门公却并未因中了副榜举人而得以做官入仕。仕途无望、不第落魄的他,此时已四十有七。他经历了谢氏家族从兴旺一时,到没落的过程。此时,他已有五子三女。一家老小十余口人,全靠他支撑,除了祖上有些基业仅供糊口外,其家已是茅椽蓬牖,瓦灶绳床,晨夕风露,阶柳庭花。一生饱读诗书,却落得一事无成、半生潦倒。这正是金门公半生经历的写照。而追及珩玉太婆与三娘之才、之德,自然有"今风尘碌碌,一事无成。忽念及当日所有之女子,一一细考较去,觉其行止、见识皆出于我之上,何我堂堂须眉,诚不若彼裙钗哉?"

此种心情正是金门公人至中年,一事无成的真实描写。我们无法确定《红楼梦》

---

①《清史稿》第三百四十卷、列传一百二十七。

第一回的前序是否出于金门公的笔下,写于何时,但其所写之景境,正与金门公前半生经历相同。

我考证芳泉公的父亲谢再诏时,又发现了几个十分值得研究的现象:

第一,再诏公的生卒年月与学者考证的"曹雪芹"生卒年月相同。

再诏公出生于康熙五十四年,即1715年,而有些学者考证出曹雪芹是曹寅之孙,曹颙或曹頫之子,是曹颙的遗腹子,应生于1715年。这个观点最初由李玄伯先生提出来的,后得到了很多学者的赞同。①

我们无法将曹氏与谢氏家族混为一谈,亦不能证明李玄伯先生的观点就是正确的。但从这一巧合来看,却不是偶然的。因为李玄伯先生虽说是研究曹氏家族,但他所作的工作却是推算作者的出生年月,其依据是《红楼梦》的成书时间,以及相关的历史记载。也许他推断曹氏家族等问题上的方向是错误的,但在考证作者的出生时间上却是正确的。不管是歪打正着,还是自然天成,谢再诏与学者考证的"曹雪芹"的生年完全相同,却是一个不争的事实。这是一个有趣的巧合。当然,我们不能仅依此巧合,遂下结论,因为毕竟此"曹雪芹"非彼"曹雪芹"。

第二,"曹雪芹"的卒年与再诏公考取副举人的年份相同。

谢再诏是乾隆壬午科(1763)副举人,而学者考证的曹雪芹的逝世年也是乾隆壬午年,按阳历来算是1763年。其依据是根据甲戌本脂批中所定的"壬午除夕书未成,芹为泪尽而逝"②来确定的。

我们知道,脂批本的批语是传录而成,其中有很多是以讹转讹之批。那么,再诏公考取副举人之年与脂批中曹雪芹的壬午年卒的时间相同,是脂批讹抄传说,还是原批人有意将再诏公的经历隐含其中,还是他自己得功名之日视为死亡之时而传载于后世呢?或者这些都不是,只是编造脂批之人,胡乱编写,随意猜测而写,这种猜测与再诏公中举之处巧合而已。这些考证,包括脂批都不能做唯一的依据。但这种暗合现象,也的确令我眼前一亮,因为这离寻找作者的正确道路似乎是越来越近,亦给在黑暗中摸索的我,带来了一缕亮光。

而第三个有趣的现象就是金门公之子振宝的号与《红楼梦》的作者吴玉峰的名字有暗合之意。

金门公生有五子三女。其中第四子振宝字愚谷,号玉峰。邑优禀贡生,候选训

---

① 李玄伯撰:《曹雪芹家世新考》,发表于《故宫周刊》1931年第84、85期。
② 曹雪芹著:《脂砚斋甲戌抄阅再评石头记》卷一,上海古籍出版社1985年版,第9页,"眉批"。

导,例授修职郎。清乾隆十六年(1751)正月二十六生。① 我们知道,《红楼梦》书中字字皆迷,作者刻意将真实身份隐藏在书中,吴玉峰其人是不是暗含"无玉峰",即玉峰还未出生之时将《红楼梦》抄改成书之意呢?这又是一种有趣的巧合。

第四个值得我们研究与关注的是金门公的长子谢振宇的名字与雪芹暗合的现象。

谢振宇,字元亭,号松淦。从元亭公的这个名字中,我们又发现一个十分有趣的现象,便是"元亭"暗含"雪芹"之意。我们知道,在南方的正月,也就是旧历的元月。此时冷风嗖嗖,白雪飘飘,正是南方一年中最寒冷的季节。南方人喜欢将某人出生之日的气候嵌入其小名之中,如秋天生的称为秋生,春天生的称之为春生,下雨天生的称之为雨伢子,下雪天生的称之为雪伢子。

我不知道元亭有无此小号,但在南方元即含雪。元亭亦可理解为雪芹(亭与芹在南方方言中是同音的),而"曹"可以理解为"抄"。于是《红楼梦》的编纂者"曹雪芹"便可以理解为金门公在舅太婆的指点下,在元亭成长期间抄写而成。"曹雪芹"不过是谢再诏借用长子的名字而起的笔名,将他的经历与身世隐含其作者的名字中,不用具真名实姓,却能为后世的研究者所发现,所认同。

第五,从金门公的生活经历来看,他极有可能成为《红楼梦》的编纂者。金门公一生中,走南闯北。北京、金陵(南京)等地,自然是他所去之所。后来,谢氏家人,旅居江南,芗泉公的子孙都搬至江南安居,而芗泉公与其子已定居北京,至兴峣、兴峘时,已成了地道的北方人,其语言与习俗与南方已全然不同,如兴峣便是从北京通州参加乡试,而考取嘉庆己卯科进士的。其语言已是地道的北京官话。《清史稿》列传一百九十中记载:

道光中,振定子兴峣,官河南裕州知州。以卓荐引见,循例奏姓名、里贯。宣宗问:"尔湖南人,乃能为京师语。何也?"兴峣对言:"臣父振定官御史,臣生长京师。"

从这一段对话中可见,芗泉公的后裔已成了地道的北方人。同时,我们也能从中得到启迪:人是流动的,作者所写的事、所用的语言在很大程度上是受其他方言与环境影响的。故作者以湖南本地景物为主,糅入其他方言与景物,实在是情理之中。如果我们以孤立的、静止的观点去看问题,就会永远也找不到正确答案。

金门公一生虽未能扬名立万,做官发财,却培养了几个儿女成才。五个儿子,三个中了举人,三子振宁②、五子振定二人同中乾隆丁酉科举人,长子振宇(元亭公)中

---

①谢氏宗祠纂修:《谢氏大宗族谱》,卷八,页十二。谢氏宗祠藏书。
②谢氏宗祠纂修:《谢氏大宗族谱》,卷八,页十。谢氏宗祠藏书。

乾隆甲午科举人,四子振宝亦是清邑优廪贡生。三女婿李本荨也是举人。一家四举人,外加一个女婿举人,这在当初来讲,可谓是名噪一时,而后来的"父子翰林"、"兰桂齐芳"之事更是显示出谢家虽系寒门,却书香溢庭之景况。从中也可以见到,金门公教子有方,其才学不在其子女之下。

从上述这些情况来分析,金门公是《红楼梦》最重要的编纂者,也就是说,他是"曹雪芹"的真正原型。当然,其中也有舅太婆的身影与谢振宇的功劳。"曹雪芹"这个名字是作序者为了将真正的作者有朝一日能昭示于世,而煞费苦心地将金门公与他身边的人与事隐含在其中而取的,真正的含意是"抄写成"。而抄写者非止他一人,还有添荫公、如浑公、舅太婆与谢家其他兄弟,甚至还有金门公长子元亭参与抄写修改。但这一切,都是为了将始作者谢三娘(曼)的《石头记》编纂成册。

当然,我所考据的都是建立在《红楼梦》与谢氏家族有关的传说是正确的基础之上的,而从我们对金门公的生活经历的考证中,又从一个侧面证明了这种传说或线索的可信性与合理性。

第四节
元亭公与《红楼梦》的成书与流传

我们将再诏公确定为"曹雪芹"的原型,但这个原型是复合的。因《红楼梦》其书是经过了多人之手,几代人的流传与修纂而成的。再诏不过是其中的一人而已。在《红楼梦》的成书与流传过程中,还有一个值得研究的人便是再诏公的长子谢振宇。

一、元亭公有参与抄改《红楼梦》的可能

谢振宇,字元亭。元亭公亦是清邑优廪生,乾隆甲午科举人。他曾充武英殿四库馆誊录官,做过多地的知县。从元亭公的才华来看,他自然具有批书与改书的能力,并有与艿泉公将其所成册之书付梓的可能。虽然他年龄与《石头记》成书的时间有较大的差距,但我们不排除他参与其中的可能。因他到1760年之后已近30岁,以他的学识,在父亲与舅太婆的指导下,参与传抄或修改《红楼梦》便有这种可能。

在艿泉公的《知耻斋文集》卷上《与徐凤辉书》中写道:

少从先兄元亭,学为古文辞。心窃好之,而苦于法之太密,后人都获出程鱼门先生门下,与当世士大夫游,略闻绪论一、二,与先生所授有合、有不合,盖先兄专心此道者四十余年,薄有名于日下。自以为知,希我贵屈县令,以终仆近彙,其所存稿若干篇将刊,以问世。因思天下之大,人才之众,其好学深思,心知其意。如吾先兄者,当不

可能数窃不自揣,欲广为发潜,阐幽之计,采仿一时遗佚,好古之士、之文,编为一帙以存。①

从芗泉公这句"少从先兄元亭,学为古文辞"的话中可略知元亭公的才学之不俗。有言道:"长兄如父",元亭公身为兄长,教授其弟亦是情理之中。其弟后来居上,成为一代良臣,其兄元亭公的辅教功不可没,从一个方面亦说明元亭公才学过人,堪为其弟芗泉公少时之师。同时,我们从"如吾先兄者,当不可能数窃不自揣,欲广为发潜,阐幽之计,采仿一时遗佚,好古之士、之文,编为一帙以存"的记述中可知,元亭公尤爱搜集名人书籍,并有将其编纂成册之念。

元亭公生于雍正十二年(1734)八月,殁于乾隆五十五年(1790)十月,终年仅56岁。我们从芗泉公的《与徐凤辉书》中写到的"盖先兄专心此道者四十余年,薄有名于日下"可知,元亭公自15-16岁起,就开始收集古文,并予以编纂。以今天人们的眼光来看,15-16岁的人,尚在读书阶段,岂能写书编书? 其实,我们不知过去之人,自小以学文为主,所谓"自古英雄出少年",一个人若不攻学数、理、化、英语等,一心专攻文学创作与诗文,五岁能吟、七岁能写,七、八岁便能成文,这种人就非止一人了。故至弱冠之年能出口成章、下笔成文者实不罕见。

芗泉公在《知耻斋诗集·哭家兄元亭之讣》中写道:

忆兄授书刚三龄,神悟趋庭捧柏梃。

十一掇芹如拾芥,操觚蜚誉麓山麓。

墨昭枕芳三十年,鹓鷟因循殡辇毂。②

"鹓鷟因循殡辇毂"指的是有雄才之人,因某种原因,前途受阻,身陷他人的算计(毂)之中。从其中可见,元亭公年少有才,十多岁就名动湘岳。然而,他成名虽早,却大器未成,最终英年早逝,余憾而终。

而元亭公的另一爱好就是收藏古籍与奇书,且几十年如一日,乐此不疲,小有名气。那么,谢氏家族若有此奇书,其父金门公又在抄写编纂,元亭公参与其中,甚至为之整理与抄写,就不足为怪了。

在这里,有人会问:元亭公生于1734年,便算他16岁抄写,至抄写编纂十年,那么,成书之时也到了1760年以后,而根据甲戌本抄成的时间来看,元亭公此时只有20余岁,不可能是由他编纂与抄写而成。这的确是一个让人感到很矛盾的问题。但事实上,《石头记》或《红楼梦》的成册与抄写流布时间是不一致的。《石头记》可能在

---

①谢振定著:《知耻斋文集》卷上,页十,湖南图书馆藏。
②谢振定著:《知耻斋诗集》卷一,页七,湖南图书馆藏。

1750年左右成册,而真正抄写誊正与流布是可以在其后的。

这种观点我们从程伟元与高鹗的序文中便可得到印证。

乾隆程小泉《红楼梦》刻本序云:

《红楼梦》小说本名《石头记》。作者相传不一,究未知出自何人。惟书中记雪芹曹先生删改数过,好事者每传抄一部,置庙市中,昂其值得数十金,可谓不胫而走者矣。

又高鹗序云:

予闻《红楼梦》脍炙人口者廿余年,然无全璧,无定本。向曾从友人借观,窃以柒指尝鼎为憾。①

从这两人的序言中,我们可知:

其一,程伟元与高鹗并不知真正的原作者是谁(也许他们知之而不敢言),亦并未将作者定论于"曹雪芹"先生。

其二,《红楼梦》在他们付梓之时(1790),《石头记》流传已有二十余年。这一点不能不作为依据。那么,说明《石头记》钞本出现时,应在1760年以后(当然不排除之前抄成)。

其三,其钞本不是完整的版本。至程伟元、高鹗得书之时,方得部分钞本。

而另一个旁证便是芎泉公的门生吴云之说。吴云在为《红楼梦外传》一书作序时写到:

当四库书告成时,稍稍流布,率皆抄写无完帙,已而高兰墅(高鹗)、偕陈(程)某足成之。②

据考证,《四库全书》始修于清乾隆三十七年(1772),历时十年才修成其书。依吴云的说法,《红楼梦》或《石头记》的真正流传是在乾隆四十七年(1782)以后,与高鹗的说法基本上一致。

由此可见,如果《红楼梦》钞本始流传之时在1782年以后,元亭公就完全具备抄书、修纂书的时间与可能。因为他从1750年以后就已经成年,而到1782年他已有48岁,并已功成名就。在《石头记》的传抄与流布过程中,他完全有可能参与。或者说他抄写的是在父亲谢再诏与大姑修纂完成的钞本上再进行誊正与抄写,甚至参与其书的修纂,并进行最后的定稿。学者们在《红楼梦》版本的研究时发现,《红楼梦》钞本流传之时,非止一个钞本,这就说明有很多人参与了《红楼梦》其书的抄写,那么,

---

① 曹雪芹、高鹗著:《程甲本红楼梦》,书目文献出版社1992年版,"程伟元序",第1—2页。
② 吴云序、花韵庵主著:《红楼梦传奇》卷首,嘉庆二十四年刊本。

谢振宇参与抄写其中的一个钞本就显得十分正常。

二、元亭公的所见所历与《红楼梦》中所写的景物相似

元亭公中举后，充武英殿四库馆誊录官，又在山西猗氏、马邑等县为知县。其弟与父母曾在江南为官或谋生，因而对湖南、北京与西安（长安）等地定然很熟。这种在南北方都生活过的经历，自然会不自觉地体现在编纂者的笔下。所以，《红楼梦》中的这种南北方言与习俗的混杂，各地景物与地名的出现，无一不是作者的生活经历在作品中的再现。这种有意无意中留下的痕迹，为我们寻找《红楼梦》中的真正作者，提供了一条重要的内证。

由此可见，元亭公极有可能参与了《红楼梦》的抄写与修改。并且，对《红楼梦》钞本早期的传布起到了至关重要的作用。至于元亭公所抄写的是不是照抄其父与大姑抄成的本子，还是将自己的经历与观点穿凿于书中，这是一个值得进一步研究的问题。

综上所述，《红楼梦》的作者"曹雪芹"不过是谢家参与修改谢三娘的《石头记》中的一群人，这其中有谢添荫、谢再诏、舅（姑）太婆，还有谢振宇等人的功劳。同时，我们认为，如果《红楼梦》的始作者是谢三娘，那么，曹雪芹就不可能姓曹，不可能是江南人，《红楼梦》的作者只能是谢家的后人。这是当时特殊的历史背景造成的，也是我们将"曹雪芹"考证为谢家人的最重要的原因之一。

第五节
寻找芎泉公等人的历史资料

我是将作者锁定在谢氏家族成员的范围内进行研究的，而且我一直认为这种锁定是有一定的道理的。因此，要破解作者之谜，我们就要在谢氏家族成员中进行认真的调查。首先要做的是了解谢再诏与谢振宇父子的情况。要了解他们的情况，除了族谱的记载与民间的传说之外，最重要的还是寻找到有关历史的记载。我翻查了再诏公、元亭公父子的族谱资料，除了我列举的情况之外，其他不详，但这些史料亦是十分珍贵的，使我弄清了再诏公父子的基本情况。而另一条线索就是寻找再诏公父子的墓葬地，可惜的是谢再诏的墓葬地已被毁，而谢振宇的墓葬地仍未查到，这是我下一步需要查找的。我希望能从墓葬地周围的谢氏族人口中，了解到元亭公、芎泉公的有关传说，或发现重要的历史依据。再一个直接获取的重要信息的途径，便是去图书馆翻阅芎泉公的《知耻斋诗文集》，对其进行认真的研究，能否从中找到有价值的史料。

芎泉公的文集分两个部分。一部分是他的《知耻斋文集》，分上下两卷，由其学生安化的陶澍(云汀)编次,其门人长洲吴云(玉松)校对。第二部分是《知耻斋诗集》,共分六卷,收录了芗泉公的数百首诗词,亦是由其子兴峣、兴岠校字,陶澍(云汀)编次,门人长洲、吴云(玉松)校订。从这些珍贵的史料中,我们可以了解到芗泉公的生活情况及他与《红楼梦》之间可能存在的某种关系。

一、芗泉公与文坛名流的交往

芗泉公一生致力于诗词的研究,搜集古籍文本。与他交往的人中,多是风流才子、文坛奇才。他与初彭龄、法时帆、王梦楼、吴朴园、褚筠心、罗九峰、朱硅(字石君)、唐陶山、谭湘琴、纪晓岚、朱野云、肖云巢、李啬生、王寅旭、张船山、罗两峰、徐凤辉、贺长龄、王蓬心、钱沣、朱白泉、费西墉、程鱼门(名晋芳)、宋梅生、汲修主人、王一斋、洪稚存、胡黄海、王坦修、周莲塘、顾星桥、汪饮泉、程兰翘(昌期)、缪申浦、黄均、董小池、朱文新、包礼堂、吴春麓、陈梦湖、李书年、李载园、李沧云(刘大观之友)、鲁子山、吴衣园、戴敦元、鲍之钟、吴谷人、汪杏江、赵味辛、瞿远村、秦瀛、张松园、王西庄、钱大昕、袁绶阶、蒋于野、蒋心余、阮元、谢启昆、张香岩、曾宾谷、祝芷塘、蒋云宽、孙简香、赵亿孙、鄂西林、赵穆亭、吴山尊、赵申乔、王杰、祁鹤皋、沈舫西、詹石岑、尤水村、马朗山、初颐园、邵朗岩、年家弟、汪楷亨、段玉裁(若膺)、英和、邵二云、李宗昉、章石楼、冯浩、方葆岩、何兰士、赵象庵、潘芝轩、顾光旭、钱次轩、谭兰楣、祁鹤皋、杨蓉裳、沈冠云、李宗昉、王大鹤、李鼎元、汪辉祖(号龙庄)、徐斐然(字凤辉)、严钟铭(安策勋)①等名流有交往。在他的诗文集中,涉及的文人、画家有百余人,皆是与他赠词和诗、结群郊游之友。

他在任江南主考期间知人善举,黄钺(字左田)、陈廷桂、鲁铨、赵文楷(字介山)、程元吉、石葆元、吴赓枚、彭希郑、吴云、杨名升等在清代文坛与政坛很有影响的人物,皆出自他的门下。芗泉公烧了和珅妾弟之车被贬之后,泰然处之,便弃官不做,游览名山大川、名刹古祠,并有游记入集。其中《登太华山记》②、《游焦山记》③等堪称上乘之作。与芗泉公交往最密的乃褚筠心、法时帆与王梦楼等人。芗泉公一生交友极广,且多有唱和,这与他爱才重义的个性有关,通过与这些人的交往,芗泉公不仅认识了很多有志之士,还提高了他的文学水平。

(一)芗泉公与随园主人袁枚

芗泉公与随园主人袁枚交往甚深,在《知耻斋文集》(上卷)的《与徐凤辉书》中写

---

①详见(清)谢振定著:《知耻斋诗文集》嘉庆十九年刻本,湖南图书馆藏。
②谢振定著:《知耻斋文集》卷上,页十,湖南图书馆藏。
③谢振定著:《知耻斋文集》卷下,页四至六。

道：

　　仆禀拙性，成承六代先芳之后，少从先兄元亭，学为古文辞。心窃好之，而苦于法之太密，后人都获出程鱼门先生门下，与当世士大夫游，略闻绪论一、二，与先生所授有合、有不合，盖先兄专心此道者四十余年，薄有名于日下。自以为知，希我贵屈县令，以终仆近橐，其所存稿若干篇，将刊以问世。因思天下之大，人才之众，其好学深思，心知其意。如吾先兄者，不可能数。窃不自揣，欲广为发潜，阐幽之计，采仿一时遗佚，好古之士、之文，编为一帙以存。

　　昭代化成人文之备，稍稍求之，日积日富。时随园主人亦有采选古文之举。偶相见邗江，闻仆有志于此，遂举其家手钞名人文集二百余篇，悉以见赠曰："余老矣，想不能竟厥事，今以此为托。愿君之无欲速成也。"仆年来益不敢小懈其志，计现获名人已未刊之文约四百余家，更期十数年成此书。其有专集、大集盛行于时者，从约取焉，益钞文非选文也。尽吾心与力之所能为，以与先后文人相质于冥冥漠漠之中，如是焉而已。至斯文之传与否，又何必私度之而预计之哉？

　　且夫文章者，天下之公器也。彼亦一是非，此亦一是非。其间同与不同之故，则在乎心得默识，无庸以口舌争，以俟千秋之论定。此亦息谤止怨之一端也。仆尝谓文以载道，实文生乎情而又行之以浑厚之气，佐以奇伟之才，从古作者不出乎此。先生以为然乎、否乎？先生斲轮老手，仅存稿卓然，可传其今文。偶见一书，急欲得而续之，恐先生之以仆为操选，正文而不顾忌乎珠玉之在前也。故略为述其区区始事、终事之意。如此辱示书目，仆所得者十分之五六，若架上现存者，顾借钞之为祷。①

　　从这篇文章中，我们可以了解到几条重要的信息：

　　其一，芗泉公之兄元亭公亦是饱学之士，是芗泉公少时之师。

　　其二，元亭尤爱搜集古书，并予以编述。元亭公56岁时殁。但芗泉公写道："盖先生专心此遂者四十余年。"也就是说元亭公十六七岁时便乐于此道。

　　其三，芗泉公写此书信之时，在乾隆五十五年（1790）之后，他与随园主人袁枚的至密关系，以及随园主人之托，写得十分清楚。随园主人将其所存钞本，悉数交与芗泉公，从其中可知芗泉公与随园主人关系甚密。同时，随园主人对芗泉公的人品才学亦十分信任，不然，一个文人绝不会将其十分珍贵的钞本与别人。随园主人将二百余篇文集交与芗泉公，足见其对他的看重。随园主人之所以将如此多、如此珍贵的文本交与芗泉公，实是想托芗泉公借曾在武英殿任职之便，将其文本付印成册。

　　而芗泉公亦乐此不疲，搜集不少文本，经十余年编印成书，有专集、大集等品。从

---

①谢振定著：《知耻斋文集》卷下，页十五至二十五。

此信的时间来推算,随园主人将文集交与芗泉公时,应在1790年前。

袁枚(1716-1798),字子才,号简斋,一号存斋,世称随园先生,晚年自号仓山居士、随园老人等,钱塘(今浙江杭州)人,祖籍慈溪(今属浙江)。乾隆四年(1739)进士,选庶吉士,入翰林院。历任溧水、江浦、沭阳、江宁等地知县。乾隆十四年(1749)辞官,居于江宁(今江苏南京)小仓山随园。以后除乾隆十七年(1752)曾赴陕西任职不到一年后,终生绝迹于仕途,致力于文章诗词。多有书籍传世,尤以《随园诗话》著名,传见《清史稿》卷四八五。①

袁枚任江宁知县时,用三百余金购得前江宁织造隋赫德家在小仓山的废园,经精心修置,置亭台池园,改名为"随园",并自称随园主人。随园主人袁枚是个风流才子,广交天下文友,搜集名人文集,并编校成册,乐此不疲。在他交往的人中,有与芗泉公交往深的王梦楼先生,亦提及了芗泉公。在《随园诗话》补遗卷一〇中记载道:

乙卯春,余在扬州,巡漕谢香泉(芗泉)侍御移尊寓所,有梦楼侍讲。香岩秀才,歌者计赋琴。门下士刘熙即席云:

谢公清兴轶云霄,宾馆移尊慰寂廖。(谢公:芗泉公)

地足聘怀宁厌小,客仍是主不须招。

无边烟景刚三月,盖世才人聚一宵。

定有德星占太史,千秋高会续红桥。

一枝玉树冠群芳,入座题襟兴倍长。

从古佳人是男子(见东汉书),于今问字有歌郎。(计郎学诗于随园)

酒倾长夜真如海,灯照名花别有光。

细数平生游宴处,几回似此最难忘?②

其中,便写到了芗泉公与梦楼先生。从其文来看,随园主人袁枚对芗泉之正直刚毅甚为称道。此次相见于扬州,已是己卯春(即1795),此时,《红楼梦》已经付印,距芗泉公在庚戌年与徐凤辉书已有五年,而随园主人已近八旬。而随园主人袁枚托书于芗泉公五年有余了。而在芗泉公的诗文中,不止一次提及与随园主人袁枚的交往。《知耻斋诗集》卷二写道:

秀绝江南第一山,巧将叠浪补溽溪。

随园妙手辛勤甚,画稿当年几度删。③

---

①袁枚、李渔著:《闲情偶寄·随园诗话》,三秦出版社2007年版,"前言",第2页。
②《随园诗话》补遗卷十(清刻本),页四。湖南图书馆藏。
③谢振定著:《知耻斋诗集》卷二。湖南图书馆藏。

该诗便将叠浪岩山的景色与随园的画联系起来。在《知耻斋诗集·抵金陵过随园问病》一诗中写道：

闲抱河鱼匝月中，登堂何幸貌犹童。
天留一老光奎壁，客到仓山胜阆蓬。
仕隐几人输厚福，笑谈天日与春风。
一官去住从容甚，喜见梅花又见公。①

袁枚死后，芎泉公又写挽诗，以祭之。在其《知耻斋诗集·挽袁简斋前辈》一诗中写道：

(1)

纵横老笔发奇芳，冠代风流吊暮云。
记得三年前识面，邗江春雪夜论文。

(2)

观河登岱等闲看，放胆吟成梦未安。
谬许杜韩扛鼎笔，就中得力赏音难。

(3)

文字缘多天下哭，林泉福尽古来稀。
盖棺事已才名定，百啄雌黄任是非。

(4)

大江东下百川随，沙石鱼龙信有之。
谁遣捧心惊里党，却教妆样怨西施。②

由此可见，芎泉公与随园主人袁枚相交日久矣，有梦楼先生同行，更见二人交往之密。芎泉公曾任江南道监察御史，罢官后又云游四方，在江南游访名人，揽胜于名山大川，与随园主人袁枚、梦楼先生这些诗坛、书画界的领袖相契之交，便见芎泉公其才智过人，人品出众，从这些饱含深情的诗句中，可见二人相交之深。当然，芎泉公之所以让人敬重，还在于他参与编纂《八旗通志》与《清史列传》。这些史书不能留其编纂者之名，却耗尽了芎泉公一生的精力，虽翰墨留香，却有几人能知？芎泉公在《知耻斋文集》卷二《与徐凤辉书》中写道：

仆年益不敢少懈其志，计现获名人已未刊之文约三四百家，更期十数年成此书。其有专集、大集盛行于时者，从约取焉。盖钞文非选文也。尽吾心与力之所能为，以

---

① 谢振定著：《知耻斋诗集》卷三，页五。
② 谢振定著：《知耻斋诗集》卷二，页二十九。

与先后文人相质于冥冥漠漠之中。如是焉而已。至斯文之传与否,又何必私度之而预计之哉?且夫文章者,天下之公器也。彼亦一是非,此亦一是非,其间同与不同之故,则在乎心得默识。无庸以口舌争,以俟千秋之论定,此亦息谤止怨之端也。①

从中可以看到,芗泉公虽竭尽其力,编纂他人之作,却不图其名,不贪其功。其高风亮节,日月可昭。

从前文可知,随园主人袁枚与芗泉公交往非同一般,且托文于芗泉公。

(二)芗泉公与王梦楼

王梦楼,讳文治,字禹卿,号梦楼,江苏丹徒人(今镇江),生于雍正七年(1730),卒于嘉庆七年(1802)。乾隆二十五年(1760)探花,官翰林侍读,出为云南知府,有《梦楼专集》《快雨堂题跋》传于世,是清代大书法家,且诗文俱佳,堪与刘墉相匹敌。②

芗泉公生于乾隆十八年(1754),比王梦楼先生小了二十多岁。两人已不属同辈,但两人相交甚契。在芗泉公的《知耻斋诗文集》中多次写到王梦楼先生,与梦楼先生吟诗作画、游山玩水之事,两人彼此相惜,竟成了忘年之交。

芗泉公在《知耻斋诗集·和梦楼先生前辈赠别韵》一诗中写道:

> 淮南今雨怅离别,蓬岛先声独有君。
> 每愧过情标月旦,况劳佳句劫星文。
> 千秋业是名山擅,八斗才能彩笔分。
> 回首金焦忘不得,燕台高处企郇云。(金焦是指金山与焦山)③

这足见两人友谊之深。王梦楼先生故后,芗泉公痛心不已,作哀辞以寄哀思。他在《知耻斋文集》卷下《王梦楼先生哀辞》中写道:

> 梦楼先生没也,在嘉庆七年四月之十有二日。余之闻先生之没也,在五月之二十日,时余方卧病为惊叫眩,掉泪涔涔,堕不能休……
>
> 乾隆五十九年,余命视漕淮南,督艘至京口,乃得执贽进礼踵门求见,先生一见如旧相识。因相与定交。余驻淮南四阅月,先生渡江过访往返以十数计。凡人有一艺之长,未尝不心为仪而眉为耆也。凡先生之好友高弟子,未尝不先容称道,引而进见之也。其频江名胜之区,未尝不与偕游,未尝不欣然先至,快然以忘疲也。泊北还别,先生谆谆以千秋之业相嘱,嗣后音间卒岁,三四至辑之。今哀然成巨册,比余罪废,再南游先生交益密,且语人曰:"谢公(谢振定)虽黜,益足增吾辈之重。"余恧然有愧乎,

---

①谢振定著:《知耻斋诗集》卷二。
②《清史稿》卷五百〇三,列传二百九十。
③谢振定著:《知耻斋诗集》卷一,页二十七,湖南图书馆藏。

其言遂相与。①

从中可见，芗泉公是个爱才重义的人，而他的正直不阿与不畏强权的精神，及旷世之才，亦赢得了天下文者的尊重与信任。

（三）芗泉公与刘大观及曹振镛

刘大观在清代不算个很有名的文人，也不算个很大的官员，但他的名字却与《红楼梦》紧密地联系在一起。

刘大观与《红楼梦》似乎有着千丝万缕的联系。尤为引人注目的就是刘大观与程伟元的关系。

据考证，程伟元与刘大观之间有着非同寻常的关系，他与程伟元的关系是通过宗室晋昌建立的。

晋昌，宗室，满洲正蓝旗人，字戬斋，号红犁主人。生于乾隆二十四年（1759），卒于道光八年（1828），从嘉庆五年三月起前后三次担任盛京将军。而程伟元为晋昌所赏识，被晋昌任为幕僚。两人情同诗友，时有唱和。在晋昌、程伟元任职盛京（奉天）期间，刘大观时任宁远州知州。三人由此相互认识并相交往，其"诗签往来不绝于道"。在他与晋昌的一些不多的诗词中，留下了他们相互交往的记录。他在晋昌的《戎旃遣兴草·题词》②中，替其写了一篇跋文：

壬戌嘉平十日，公述职赴阙，道出宁远，咨问地方公事外，出所和门下士程君小泉赠行诗三十首，俾观读之。诗虽偶然酬唱，不甚经意，而胸次之磊落，性情之敦厚，旨趣之悠闲，皆有过乎人者。读竟，剪烛深谈，意兴甚适。

又出全稿一帙，持以示观，曰："诗非余所习也，顾为余性之所近，尝藉是以为消遣，随作随弃去，不甚爱惜。今所存者，小泉、畊畬取纸篾捻团，私为收录者也。其果可存乎？否乎？吾未能决，将决于子之一言。"观唯唯谨受命。明日，送公至沙河所。前旌已发，卫士鹄立。公犹与观及周子可庭立车前，诵馆夜新诗二章，始从容上车去。噫嘻！此等风度，盖不多见于古人，矧近世耶？

公诗自庚申岁留守盛京，念朝廷倚托之重，惧不称职，矢以忠荩爱国之丹诚，见于咏啸。如开卷诸作，具见大意。《途中遥祝太福晋寿诗》四篇，发言为声，出于肺腑，固非由勉强然。如"总为升平难仰报，致令身寄在天涯"，则视《北山》《陟岵》诸贤以行役不得养亲为憾者，不愈揭乎"移孝作忠"之义耶？《书》云："诗言志，歌永言"；《记》言："温柔敦厚，诗之教也。"彼铺陈终始，排比声偶，以"错彩镂金，凌颜栎谢"为

---

①谢振定著：《知耻斋文集》卷下，页四十九。湖南图书馆藏。
②道光乙酉（1825）重镌，安素堂藏版。

能者,又奚足以语是?

观骞劣无状,尝据臆说以告人曰:"诗之正变源流、时代风气,姑置勿论。欲知其诗格高下,且先观其举止。举止由心而发,阔大褊浅、雅俗真伪,胥有不可掩者"。观尝窃见公之举止,而肃然起敬于心矣。

夫奉天为国朝发祥之地,日月精华之所吞吐,冈陵地脉之所盘薄。其发为物产,珠则渔于水焉,貂则猎于山焉。瑶光堕地,化为三桠之草,则采掇于竖子焉。是皆天下之所贵,而欣慕以求之者也。公独夷然,不屑介于其意。麾下神将有才能者,士有善行者,或有一艺之长足以致用者,则收罗之、宏奖之。忘其为公侯上爵,而屈己以相就焉。是又何等器量也!钜公伟人有其量,则有其肩荷之事,诗其细焉者也。若徒以批风抹月,为公生平之所长,猥以占毕之士视公,则又瞽人论天,不知天之为方为圆矣!

其中写到程君小泉(即程伟元)其人,可见二人并不陌生。嘉庆十九年,刘大观与旧友爱新觉罗·善廉相聚,善廉在席间兴高之时,请刘大观为其收藏的程伟元所画《柳荫垂钓图》题诗留念。刘大观乘兴作古风一首①,其中写道:

此图出自小泉手,我与小泉亦吟友。
当时盛京大将军,视泉与松意独厚。
将军持节万里遥,小泉今亦路迢迢。
聚散升沈足感慨,白首何堪还一搔?

从中可见刘大观与程伟元的关系非同一般。同时,刘大观与《红楼梦》一些传评人物有着密切的关系。刘大观与张问陶于乾隆五十九年(1794)十月,通过其堂内弟李坦相识,二人谈诗竟曰,赋诗订交。此后,二人书信往来不断,诗词唱和,彼此相惜,其交情不浅。而我们知道,张问陶与高鹗交往甚深,其《赠高兰墅(鹗)同年》②一诗中写道:

无花无酒耐深秋,洒扫云房且唱酬。
侠气君能空紫塞,艳情人自说红楼。
逶迟把臂如今雨,得失关心此旧游。
弹指十三年已去,朱衣帘外亦回头。

张问陶在诗前大书注明:"传奇《红楼梦》八十回以后俱兰墅所补。"并在诗中褒赞其为"艳情人自说红楼"。这一注记与此诗,成为后来的红学家界定《红楼梦》后四

---

①原载刘大观《玉磬山房诗集》卷九《怀州二集》题作《题觉罗善观察怡庵〈柳阴垂钓图〉》。
②原载张问陶《船山诗草》卷十六《辛癸集》。

十回到底为何人所作的重要依据之一。

从刘大观与张问陶的关系来看,他与《红楼梦》续者、评者有着密切的关系。而刘大观与芎泉公的弟子吴玉松(云)更是联系密切。在石韫玉撰《红楼梦传奇》之卷首有一篇署名苹庵退叟(即吴云)的题辞[①]:

《红楼梦》一书,稗史之妖也,不知所自起。当《四库书》告成时,稍稍流布,率皆抄写无完帙。已而高兰墅偕陈(程)某足成之,间多点窜原文,不免续貂之诮。本事出曹使君家,大抵主于言情,颦卿为主脑,馀皆枝叶耳。花韵庵主人衍为传奇,淘汰淫哇,雅俗共赏,《幻圆》一出,挽情澜而归诸性海,可云顶上圆光,而主人之深于禅理,于斯可见矣。往在京师,谭七子受偶成数曲,弦索登场,经一冬烘先生呵禁而罢。设今日旗亭大会,令唱是本,不知此公逃席去否? 附及以资一粲。嘉庆己卯中秋后一日苹庵退叟题

吴云的这篇文章亦为红学家作为考证《红楼梦》作者与后四十回缋者的重要史料依据。很有意思的是刘大观与吴云竟是生死之交。据刘大观研究会会长邵福亮先生研究:刘大观与吴云相识于1792年(乾隆五十七年),是年刘大观40岁,吴云48岁,两人在吴门相识之后,一见如故,相交甚契。

此后,二人频相唱和,甚是相得。吴云困窘时,刘大观遣人迎往宁远州任上,并资助吴云奉母榇归里。1810年夏天,刘大观因初彭龄案罢官,来到京城,吴云为其《留都集》作序[②],回顾了与刘大观的交往历程:

余与松岚以诗合,然历交久,得窥性情、心术之微,则实有相契于语言文字外者。留宁远一年,寒暑昕夕,深谈无间。塞外草枯,怒马偕出,海色与山光震荡。当其登高望远,晞发轩眉,几欲乘风飞去。微吾二人,孰与同兹襟抱哉?

此后几经聚散,二人情谊日益深挚。

道光十四年三月二十三日,刘大观在济源逝世,享年八十二岁。临终之时,谆谆嘱托二子"我死,必乞吴君铭予墓志"。吴云此时年已九旬,闻讯即洒泪挥毫,撰写了长达1500余字的《皇清诰授中宪大夫山西分守河东兵备道兼管盐法事刘使君墓志铭》,发笔即云:"山东刘松岚使君与苏郡吴云为生死交。"

从刘大观与程伟元、高鹗、张问陶、吴云等人的密切关系上来看,刘大观对《红楼

[①]是书吴云题辞后尚有忏摩居士、了一山人、清闻居士、谥箫题辞。卷端原题:"吴门花韵庵主填词。"共游梦、游园、省亲、葬花、折梅、庭训、婢间、定姻、黛殇、幻圆十折。是书嘉庆二十四年原刻本已甚鲜见,复旦大学图书馆藏有此帙;近人阿英汇辑清人《红楼梦》戏剧十种,此亦为所收入,后由中华书局于一九七八年排印点校出版。

[②]原载刘大观《玉磬山房诗集》卷三。

梦》的续书与流传情况是有一定了解的。从他与这些同《红楼梦》有着密切联系的人的交往看，刘大观其人与《红楼梦》的关系便平添了一份神秘的色彩。而这些人与芗泉公的交往颇深，吴云则是芗泉公的门生，刘大观与芗泉公理应有着密切的关联。

我在湖南图书馆翻阅《知耻斋诗文集》时，没有发现有关刘大观与谢振定的记载，但在 2010 年 6 月我去上海图书馆查阅《知耻斋诗文集》时，却发现此文集原来有两种刻本。第一版是嘉庆十九年（1814）的刻本，第二版是道光二十六年（1845）的刻本。上海图书馆有这两种刻本，而湖南图书馆仅嘉庆刻本。在第二版道光刻本中除了有芗泉公入祀乡贤祠等记录与当地官员政要的赞誉之文外，还发现了两条十分重要的序言，第一条序言是清代大臣曹振镛所写。

而第二个十分重要的序言是刘大观先生所写，现全文恭录如下：

知耻斋诗文集序

余与芗泉先生皆是悬弧矢于乾隆癸酉，齿相同也。先生丁酉领芗荐，余丁酉由选拔，出身不同而同也。

余以朝考异等出宰粤西，先生以进士登词馆，中外悬殊，入仕版不相同矣；先生以侍御忤首揆休官，余以道员劾巡抚被佚，是出处进退又相同也；先生躭吟咏、笃知交、爱游览而尚气节，觥觥然不与众俯仰，余生平稍稍近似，是性情亦相同也。

其不能相同者，先生有记性，兼有悟性，经史过目辄不忘。余差有悟性，而不能强记，年十四，日课十行，终不能成诵，此资质不同也。先生长子进翰林以散馆，文字不谐于显贵，改为选宰宝丰，调固始，两邑绅耆父老称"岂弟君子"，次子亦以誊录得敍宰官。余年七十始举子，越两年又生一子，今尚在髫龄入蒙馆读书，见得子迟速不同也。先生年五十有七，遽归道山。经纶事业百未展舒其一二。而余行年七十有九，迄未闻君子之道，是后死者偃蹇蹉跎而负愧也。

先生门下士黄大司农钺位跻正卿为补辅弼大臣，多建树。吴侍御云，抗疏劾权贵，直声满天下，今皆告老归林下，年越八旬无恙，或曰天何吝于其身而丰于其门墙士耶？余曰：不然也。先生未竟之志，惟两君继之，两君所行之事，惟先生倡之，是天之吝此丰彼，固自有在，余所万不能及先生者。

又，余尝游华岳，乘筍舆，涉横流，踏乱石，转数十折而抵松柯坪，手握铁絙，涉千尺嶂，又转数折及百尺嶂，一山中断接以危桥，度桥登云台峰，夜悬星斗，近眉睫可仰探而搁于掌握之中。斯时意兴颇自以为豪，而苍龙之脊左右，无攀援瞻顾，徬徨遂尔中止，抑何懦欤？先生则过通天门、叩金锁关、坐三峰之麓，古松著风，谡谡然若奏钧天之乐，其豪情坚力为何如也？由是观之，余于先生其天渊也。

乎今,先生令嗣果①刊行知耻斋诗文征序于余,余曰先生以学问经济传诗文,其余事,然先生之诗文即先生学问经济之见端也。若遂,足尽先生譬如见凤江一毛,麟之一趾,遽以为知凤麟是何异。群瞽摸象,各以为得象之所,以为象,岂其然哉?岂其然乎!余垂老荒废,觏(睹)是集,怅触数十年事不能自止。爰即,余襟臆所感而发,以为序。

道光九年岁次,己丑冬仲八十老人松岚刘大观②

这篇写于1829年的文章是刘大观于七十多岁时所写。从这篇序言中我们可以得知,刘大观与芗泉公同生于乾隆十八年(1753),为同龄人,两人又同朝为官,只是芗泉公早生后裔,早成功名,而刘大观晚成功名,晚生儿孙。从序中可见,刘大观对芗泉公之才智十分敬佩,自愧弗如,认为《知耻斋诗文集》不过是芗泉公作品中之凤毛麟角而已,可见芗泉公之作品非止此一部。

而他对其门下士吴玉松(云)、黄钺大为赞赏。吴玉松虽年长于芗泉公,却出于其门下。黄钺乃乾隆五十五年进士,官至户部尚书,亦出于芗泉公门下。芗泉公的门下士有如此作为,与芗泉公的为人之道、过人之才密不可分。

在文人相轻的封建社会,曹振镛与刘大观等人对芗泉公如此称道,如此仰慕,自然有他的缘由。也许,这所有的一切,都与芗泉公传播与编撰《红楼梦》这一奇书有关。同时,我们从这一系列的关系中,可以看到所有与《红楼梦》有关的人物,竟然都与芗泉公是密友,这绝非偶然。这种契合现象,使我们有理由相信,芗泉公与《红楼梦》有着十分密切的关系。

从《知耻斋诗文集》中,我们可以找到与他交往的百余人,其中有他所尊重的前辈、先贤,又有一般的文人与尚未出名的才子。既有同辈,亦有前辈、晚辈。这种唯才是尊的风格,正是芗泉公的为人之道。他在《知耻斋诗文集》卷一中写道:

芗泉有三癖:一是小醉癖。二是觅句癖。三是爱才癖。③

可见芗泉公之癖,实至名归,不负其名。

(四)芗泉公与裕瑞

在谢振定的《知耻斋诗文集》中,提到了他与思元主人裕瑞的交往。其诗《思元主人招游大觉寺》道:

我生百无求,看山乃其癖。

---

①芗泉公长子兴峣。
②谢振定著:《知耻斋诗文集》序,页三至五。道光十二年刻本,上海图书馆藏。
③谢振定著:《知耻斋诗集》卷一,页十七。湖南图书馆藏。

拄笏追马曹，岚光烫胸臆。
有客招我游，心驰应付檄。
抽身簿书间，径理烟霞策。
卅载老缁尘，游情故未释。
因人事易成，无岁无游迹。
大房俯摘星，（大房山有摘星陀最高）三盘踏摇石。（盘山有摇动石）
探奇肯辞遥，緅幽时请益。
每当别山灵，人梦还历历。
兹寺我旧经，牡丹初破的。
泉声枕上流，竹露云中滴。
塔影倒龙潭，松髯落冠帻。
藤花偎高林，绣幕分萝席。
今来及清秋，抚景增奇特。
有如温故书，触绪耐寻绎。
况觇霜叶红，烂若云锦织。
流光弹指余，欢逝怀古德。（前游时一峰僧偕行，今已物故矣）
胜果穷冥搜，残碑出断壁。
卓哉贤主人，济胜了无匹。
望尘间逡巡，学步愧盘辟。
研露挥霜毫，琢句灿球璧。
萧然遗世情，未知谁主客。
骥附欣嘉招，鸿泥纪畴昔。
独惭蚓窍鸣，难与黄钟敌。

这首诗所说的思元主人便是裕瑞。前面我们谈到过，裕瑞便是《枣窗闲笔》的作者，而《枣窗闲笔》又涉及《红楼梦》的很多问题。从诗中来看，芗泉公与裕瑞是忘年之交，他们的交往是一个很值得研究的现象。①

二、芗泉公的湘土湘情

芗泉公不仅有三癖，更有他自己未述之癖，即思乡之癖。通过《知耻斋诗文集》与他其他著作，我们可以了解到芗泉公对家乡与湘人的深厚情感。

首先，芗泉公对湘人有着不同一般的情感。他的身边聚集着一群湘楚文人。他

---

①谢振定著：《知耻斋诗集》卷六，页二十五。道光十二年刻本，上海图书馆藏。

与唐陶山[唐仲冕,湖南善化人(今长沙)]、蒋云宽[清永明人(今永州),嘉庆四年(1799)进士,选庶吉士,改刑部主事]、罗慎斋(岳麓书院掌教)、王坦修[(1744－1809),字中履,号正亭,湖南宁乡人,主教岳麓书院]、罗九峰(礼部侍郎)、陶必铨[(1755－1805),清代诗人、学者,号萸江,湖南安化人,陶澍之父]交往甚密。特别是唐陶山与芗泉公可谓是形影相随。这种乡亲之情,人皆有之,何况是芗泉公如此重情、厚义之人？而在芗泉公的诗文中,常常将湘楚之情,流溢于翰墨之间；湘土之景书于文章之中。芗泉公在《知耻斋诗集》卷二《次韵和小颠送别》诗中写道：

慧日峰头忘不得,何是重问武陵溪。①

在《知耻斋诗集》卷二《鉴湖竞渡行》中写道：

碧沈天堕镜湖曲,髣髴潇湘一画幅。
神龙仰首破空来,作鳞之而突两目。②

将武陵、潇湘之景书于笔墨之中。

在芗泉公的《知耻斋诗集·端阳前六日,陈澈浦明府自吾楚寄示诗文,并致君山茶拟酬以诗未果,逾月作此奉寄》中写道：

得陇望属非所期,饮水思源故其理。
软红十丈扑面来,何以湘江数鲂鲤。
作歌远寄洞庭君,撩我乡心自兹始。③

诗中将"湘江"、"洞庭"信手写来,思乡之情跃然于笔端。

在《知耻斋诗集》卷一《董子祠和黄海韵》中写道：

长沙同剀切,藜阁一精醇。
箴拟邪高戒,谀宁布被伦。④

其中将长沙写入诗中。

在《知耻斋诗集》卷五《题沅湘园送鹤坪会清泉次时帆韵》中写道：

噉名三十载,百里岂卑微。
南雁此相迓,仙凫今载飞。
花光醒别酒,柳色上征衣。
牵我怀湘梦,湘山旧钓矶。⑤

---

①谢振定著：《知耻斋诗集》卷二,页十五。湖南图书馆藏。
②谢振定著：《知耻斋诗集》卷二,页十六。
③谢振定著：《知耻斋诗集》卷六,页八。
④谢振定著：《知耻斋诗集》卷一,页十一。
⑤谢振定著：《知耻斋诗集》卷五,页二。

在《知耻斋诗集》卷六《二月二日李氏婿得一外孙仍次前韵》一诗中写道：

> 何似乃舅氏，汝家系犹龙。
> 世德诉湘沚，堂堂湘湖公。①

在其喜得外孙之诗中，犹寄湘书之情，更要其不忘是扶洲谢氏之根。

在同卷《胡惠麓将之丘蘷州》中写道：

> 宜大当年盛烽燧，此间避世真桃源。②

又一次将桃花源(桃源)写在诗中。

在《知耻斋诗集》卷四《同人约游西山》中写道：

> 我家湘山麓，竟日餐山光。
> 好风冷然来，百卉产奇香。③

芗泉公身居京畿之地，人游北国之景，却心系家乡。

如此诗句，在芗泉公的诗文集中，非止一处。其乡土乡情流淌于文墨之中，使后世之人读来，犹身置其中，同感而发。而与之相巧合的是《红楼梦》中作者所写的风情风物正与芗泉公诗文集中所载相吻合。芗泉公的诗文中，不仅写湖南景物，亦写到扬州、苏州、北京、陕西(华山)等地景物，这种暗合，其中的意味耐人寻思。由此可见，一个人不论他身居何位，人在何方，却不可能忘了自己的家乡与孩提时的记忆。俗话说："乡音难改，故土难忘。"我们在孩提之事，是最让人刻骨铭心。我们梦中所忆之事，大多难离家乡之景、之事，至死之时，最难忘的是将魂归乡里，身还故土。这种情感，是作者自觉与不自觉地流露出来的，作者会将家乡的语言与语言风格显现在作品之中，留下他生活的经历与童年的记忆，以及家乡的景物、风俗、方言等生活痕迹，这是任何一个作者所不可避免的。

这些例证，更可以说明《红楼梦》的作者与湖南有着极深的渊源。

在芗泉公的《知耻斋诗文集》中，我们还能找到与《红楼梦》有关的一些信息。在《知耻斋诗集》卷六《盘山吟草》一诗中写道：

> 巨灵仗飞剑，手展蚩尤旗。
> 放出朵朵云，莲瓣纷葳蕤。④

其中，写到了"蚩尤"与"葳蕤"二词。有人考证，蚩尤被战败后，隐居在古梅山地

---

① 谢振定著：《知耻斋诗集》卷一，页十。
② 谢振定著：《知耻斋诗集》卷六，页十七。
③ 谢振定著：《知耻斋诗集》卷四，页十四。
④ 谢振定著：《知耻斋诗集》卷六，页一。

区,即今娄底的新化、涟源一带。新化与涟源等地至今流传着有关蚩尤的故事。

　　芍泉公的这首诗中,自然也隐含着对家乡的一种情感,以及对先人的缅怀。而"葳蕤"二字在《红楼梦》中作为方言使用。其使用的范围与意思完全不同。这里指长得很繁茂,纷叠的意思。而在《红楼梦》中指人言行不端庄,精神不振之意。但从对这个词语的熟练运用上来看,我们有理由相信,芍泉公对《红楼梦》是很熟悉的。

　　在《知耻斋诗集》卷二中写道:

　　　　古塔有灵存舍利,白云何意问蛾眉。
　　　　一樽浊酒三生石,说与人间老道师。①

　　又一次将《红楼梦》中的"三生石"的典故运用其中。这两个例子说明,芍泉公受其家庭的熏陶与影响,不自觉地接受了有关《红楼梦》的知识,从中,我们可以依然窥见《红楼梦》作者的影子。

第六节
《红楼梦》的流传与印刷

　　我斗胆谈了自己的谬论,认为金门公是《红楼梦》"曹雪芹"的原型,是谢三娘(曼)《石头记》的主要编纂者与传抄者,其中,也有舅太婆与元亭公的影子。那么,这些《石头记》的钞本又是如何流入宫廷之中,贵族之手,最后得以顺利付梓的呢?在《红楼湘娄文化考》中,我曾大胆地提出:芍泉公便是使《石头记》改名为《红楼梦》,并使之付梓的最重要的人物之一。然后有史可考的是程伟元与高鹗整理出版了这部作品。我厚颜将《红楼梦》所有功劳归于谢氏家族名下,不仅许多人不肯相信,还有更多人对我的人品产生质疑,对这种近乎疯狂与固执的提法,大多数人是会提出疑问的。

　　有人会说:"你要将其揽于其家族名下,得有证据方行。不然,各种非议自然会铺天盖地而来,难道你就不怕被人的口水吐死?"厚颜至此,我唯有冒天下之大不韪,再谈我的谬论。

一、芍泉公与袁枚、王梦楼、吴玉松、张问陶

　　前面我们了解过芍泉公与袁枚等人的密切关系,并得知袁枚曾将数百钞本交与芍泉公,使芍泉公满载而归,后经芍泉公十数载编纂成册。那么这些编纂成册的又是什么书呢?袁枚先生交给芍泉公的又是什么呢?这是一个难解之谜。

　　芍泉公的诗文集中涉及的人物与事情极多,作为一部当初十分风靡的《红楼

---

①谢振定著:《知耻斋诗集》卷二,页六。

梦》，在芍泉公的诗文集中却为何不见提及一字呢？这却恰恰说明了芍泉公对《红楼梦》这部书的了解。

我们知道，《红楼梦》的作者之所以不敢具真名实姓，是因为其与吴三桂有关。也许有人可能会不顾自己个人的生命去自报家门，但没有人敢冒株连家族的危险而去逞一时之快、图一时之名。所以，越是知其根蒂者，越是要掩盖其情，越会缄默不言或避而不谈。然而，作者或后人却可能会通过某种方式与途径隐隐约约地将其书的刊印脉络告诉后人。

值得疑问的是，在随园主人袁枚的《随园诗话》中，将《红楼梦》之事记述得很具体，他认为《红楼梦》是曹家的人所写，且是康熙年间所写。

而另一个与芍泉公关系最密切的人便是他的"门人"与朋友吴云（吴玉松）。吴云与《红楼梦》关系十分密切，他为花韵庵主人的《红楼梦传奇》一书作序时说：

《红楼梦》一书，稗史之妖也，不知所自起……当《四库书》告成时，稍稍流布，率皆抄写无完帙，已而高兰墅（高鹗），偕陈（程）某足成之。间多点窜原文，不免续貂之诮。

吴云是最早对《红楼梦》进行记录与评述的文人之一。

再一个与芍泉公关系密切的人便是张问陶（张船山）。张问陶先生在他的《船山诗草·赠高兰墅鹗同年》中说：传奇《红楼梦》八十回以后，俱兰墅所补。并写有"侠气君能空紫塞，艳情人自说《红楼梦》"之句。从中可知，张问陶先生对《红楼梦》有一定的了解，并认为后四十回是高鹗与程伟元修改整理而成。但有人根据乾隆间萃文书屋本《红楼梦》程伟元"序"及"引"谈及陆续购得后四十回续书钞本，认为另有续写之人。这些争论我们姑且不去探讨。那么，芍泉公身边的这些密友如此了解《红楼梦》，都将作者确定为曹姓家族之人所写，是高鹗与程伟元所续，为何又只字不提及谢氏家族以及芍泉公之名呢？我想这里有两种可能：

其一，芍泉公为了保护自己与家人，向十分知情的袁枚、张陶山、吴云授意，发布一些虚假的信息，以掩盖事实真相，但这些信息却是很难自圆其谎的，因明眼人一看就知。然而，这样的讹言却足以让清政府的视线转移，以不至于祸及自己及家人。如袁枚先生所说的《红楼梦》写于康熙年间，是江宁织造曹练亭之子所写，其实是无一能对上号的虚假信息。因为康熙年间，曹楝亭并非江宁织造，且曹楝亭的名字也是错的。曹寅是曹楝亭，而非曹练亭。且曹寅并无叫曹霑的儿子，这种似是而非的说法，留给后世的谜团，只有了解其原委之人方能明白其苦心。或许，芍泉公与袁枚先生及张（船山）问陶、吴云早已私下商议，特意发表这种既不害人、亦不祸及自己的消息，以迷惑清朝当局，使之成为一桩历史悬案。

其二,也许芍泉公根本就不敢将实情告诉身边的人及朋友,因他要以防万一,防止被人出卖。同时,他还要有意无意地散布《红楼梦》与曹氏家族有关的消息,以保护自己。

二、芍泉公与高鹗、程伟元

如果《石头记》的初稿经舅太婆、金门公等人的编纂,传到元亭公、芍泉公手中,那么是否该修纂印刷,显然是一个很重要的问题。也许舅太婆与金门公当初在整理谢三娘(曼)这部《石头记》时,只是出于好奇与爱好,而到元亭公、芍泉公手中,便不仅仅如此了。因为其钞本通过他之手在坊间流传以后,人们争相传阅,一时被视为"奇书"。这就使芍泉公有了将其付梓的决心。

(一)芍泉公与程伟元、高鹗之间的交往

在我们的研究中,有一个很重要的问题是,芍泉公如果收藏了《石头记》钞本,那这些钞本又是如何到程伟元、高鹗手中?他与程伟元、高鹗会不会相识呢?我们在研究中发现,后人整理的《知耻斋诗文集》中,并没有直接写到与程伟元、高鹗的交往,然而,《知耻斋诗文集》不过是芍泉公生前的一部分诗文而已,两人或与芍泉公有过交往与唱和,但没有记录或未能收集入册也未可知。

有几条重要的线索可以证明芍泉公与两人是相识的。

第一条线索就是芍泉公的挚友张问陶(船山)。

张船山与高鹗是挚友,高鹗与张船山是乾隆五十三年(1788)同榜中举,但高鹗生于1738年,而张问陶生于1764年,高鹗比张问陶(船山)大二十余岁。两人年岁不同,却互称同年,成忘年之交。有人甚至考证出张问陶之妹是高鹗之妻,这虽然有争议,但却可见高鹗与张问陶关系非同一般。

芍泉公比张问陶和高鹗出道早。芍泉公是乾隆丁酉年(1777)举人,庚子岁(1780)进士,而张问陶是乾隆五十三年(1788)举人,乾隆五十五年(1790)进士。而芍泉公在乾隆五十五年正是殿试的掌卷官。所以,虽然张船山比芍泉公年长,但他却是芍泉公的门下士。所以,张问陶自然应对芍泉公存敬佩之心。芍泉公对张船山亦十分赏识,在《知耻斋诗文集》卷五《题张船山为陆某画寄枚图》中吟道:

姑射仙人不染尘,几生修到此花身。

陆郎句共张郎笔,写出江南一段春。①

其中芍泉公对张船山的画大为赞赏。两人互有唱和,交往甚密。

而第二条线索是芍泉公与李沧云是好友,在《知耻斋诗文集》中与李沧云有过唱

---

①谢振定著:《知耻斋诗集》卷五,页四。湖南图书馆藏。

和。

李桢①,字沧云,江苏长洲人,乾隆三十七年壬辰(1772)进士,嘉庆五年二月,担任奉天府丞,是年三月,晋昌任盛京将军,李桢推荐程伟元为幕僚。有《惜分阴斋诗钞》十六卷。

在芍泉公的《知耻斋诗文集》中写到与李沧云的交往②,其中有五言排律一首:

送李沧云夫子南归步久别韵

白社青山约,银章紫绶身。松筠森气象,台阁伟经纶。
年甫悬车届,官参内史巡。翩然归思发,怅此别楚频。
买棹追张翰,抽簪拟郑均。元精还浑噩,离唱见温淳。
忆昔升堂早,惟余问字亲。经传湘浦月,宇庇曲江春。
樗散滋培切,胚胎顾复真。鱼枯资活水,羽弱送高旻。
朽质惭迂钝,箴言荷浃沦。一从纠谬激,宁免去官贫。
信脚游南国,关心尚北辰。重来縻禀粟,再出负江蓴。
太华轺封返,先河执礼新。自怜鸿爪雪,难步蹄尘良。
完璞徵全福,居安识静因。轻装书满载,寿相笔如神。
瞻岫云舒卷,观爻道屈伸。蓬门呼鹤子,隐几待龙宾。
蓬岛壶中日,桃源洞里人。士元行最报,公雅况殊伦。
石友联酬唱,鸥翁洽笑频。盆继□客□,锜蔦大夫荤。
愧矣莊荒陆,怀哉楫下陈。临风赓下里,梦远太湖滨。

从这首长诗来看,芍泉公与李沧云交往甚密,芍泉公对李沧云十分敬重。而李沧云对谢振定亦甚关心,在芍泉公不愿去任监察御史之时,善言相劝,使芍泉公打消顾虑,毅然上任,并做出了青史留名之举。可见,芍泉公十分相信李沧云,两人关系非同一般。

据胡文彬先生考证,高鹗、程伟元与陈廷桂(梦湖)、李桢(沧云)是同窗好友。③其实这种说法是不准确的。高鹗与程伟元是不是同窗这无从考证,陈廷桂与高鹗同是乾隆六十年的进士这一点是有史可稽的,是没有问题的。但李桢(沧云)与他们却只能是好友而不是同窗。因李桢为乾隆三十七年壬辰(1772)进士,比1768年出生的陈廷桂年长了几十岁,他不可能与陈廷桂是同学,只可能与程伟元是同学。当然,陈

---

①《晚晴簃诗汇》卷九五。
②谢振定著:《知耻斋诗集》卷六,页十六至十七。湖南图书馆藏。
③胡文彬著:《读遍红楼》卷三,书海出版社2006年版,第10页。

廷桂与高鹗年龄相差虽在，但同是乾隆六十年的进士，可以称为同窗。

李楘与高鹗、程伟元关系应当不错，因他推荐程伟元到盛京将军晋昌手下担任过幕僚，而程伟元又是刘大观、张问陶、吴云的好友。而这些人与芗泉公都是最要好的朋友，从这一点来，芗泉公不可能与高、程二人没有交往。

第三条线索便是芗泉公与陈廷桂的交往。

陈廷桂与芗泉公在1788年任江南副主考时选的举人，是芗泉公的门生。在芗泉公的《知耻斋诗文集》中记录着两人交往，并时有唱和的经历。

综上所述，从芗泉公与这些人同高鹗、程伟元关系十分好的人的交往来看，他与程、高二人不可能不相识。芗泉公或与之有过唱和，只不过是没有收录入册而已。因《知耻斋诗文集》不可能全面地记录芗泉公与所有的人的交往，这几万字的诗文，不过是他一生所历所闻的一小部分而已，但从中已经能看到他与程、高二人交往的影子。

（二）芗泉公的书稿是如何传到程伟元、高鹗手中的

我们先来看看高鹗在当初是怎样一种景况。

高鹗没有像芗泉公那样少年得志，中年中举，至乾隆六十年（1795），方中进士。他一生仕途不顺，至中年方得发迹。而此时的芗泉公在京城已小有名气，在《知耻斋文集》卷下中芗泉公写道：

戊申夏（1788年）奉命充江南副考官……己酉（1789年）兼充武英殿纂修，辛亥（1791年）复充《八旗通志》纂修。①

此时的高鹗却仍在外课馆，然而，他虽早年累试不弟，却还是中年得志，遂其心愿。在高鹗编校《红楼梦》时，其家中一贫如洗，靠课馆为生，若他想将《石头记》修纂并付梓，如果没有其他人的支持与参与，几乎是不可能的。因为：

其一，因当初刻印的成本非常之高，动辄数千金。高鹗是靠教书生存的落魄文人，不可能有如此经济实力。

其二，有研究表明《红楼梦》可能是由武英殿刻印出来的，高鹗一个没有功名之人，岂能将书交由武英殿印刷？这后面一定有地位更高、神通更大之人在支持。而程伟元也不具备这种能力。

我们再来看看程伟元的情况。

程伟元字小泉，江苏苏州人。一生未仕，乾隆年末，寓居京师（北京），搜罗《石头记》残稿遗篇，与友人高鹗共同编补成《红楼梦》。

程伟元虽满腹经纶，却一生不得功名，像他这样一个寄居京师之人，要想将《红

---

① 谢振定著：《知耻斋文集》卷下，页五十三。湖南图书馆藏。

楼梦》付梓是心有余而力不足的。

如果《红楼梦》的钞本真的在芗泉公手中,那么他就有这个便利条件。芗泉公此时正是武英殿纂修,《八旗通志》纂修,而其兄元亭亦曾在武英殿任职,自然结识了不少人,其中包括许多王公贵族、达官贵人。于是,他们就有了将其书付梓的便利与可能。这不是一个简单的巧合,而是对这种传说的合理性的又一有力佐证。

如果芗泉公手头有其父兄等人编纂抄写而成的《石头记》钞本,并想使其付梓,又不便公开出面,他自然会选择由别人来出书,自己暗中予以支助。

首先,他必须得到朝廷的认可。据族谱记载,芗泉公曾为嘉庆帝与汲修主人之师,与乾隆帝有过接触。他借机送钞本并鼓吹其益处,使之得以在武英殿堂而皇之地付刻,而高鹗与程伟元不具备这个条件。

如果这个计划得以实施,那么,第二步就是要找合适的人选。而李沧云与陈梦湖就会成为牵线搭桥的人,会把自己无事可做的同窗与好友介绍给芗泉公,作为后学之辈的吴玉松(云)与张问陶(船山)也可能成了他去找合适人选的"跑腿人"。

在芗泉公的《知耻斋诗文集》中,多次写到与吴云的交往。两人同游名胜,相互唱和,其情同亲人。在《知耻斋文集》卷下贺长龄写的《芗泉府君行状》中写道:

戊申夏奉命充江南副考官,时正考官为仁和胡豫堂侍郎,即府君会试座师,相得无间。所拔多一时知名士,初得元卷,谓其文醇厚必端人榜,发果江南孝子。季惇大先,是长洲吴编修云。以贡生从褚筠心学,使于湖南幕至是亦在选。既旋都褚公迎谓曰:"君与吴生何针介之合耶?"即言府君(芗泉公)补诸生时,其卷固吴生(吴云)激赏者也。时以为美谈。①

此文写到,芗泉公任江南副主考官时,擢携吴云,赏其文采的故事。芗泉公有恩于吴云,二人同在翰林院为官,相交更密。芗泉公在《知耻斋诗集》卷一之《题吴玉松岁除游山图》一诗中写道:

吴子胸中有丘壑,岁穷不负看山约。
朋来偕坐千顷云,天半吟声骇寒雀。
…………
玉楼起粟风蓬莱,山灵如袒李空同。
(作者自注:同游墨北山中谈诗,骂李空同事见原序)
爆竹声紧且归去,到门拍手迎儿童。②

————————

①谢振定著:《知耻斋文集》卷下,页五十三。
②谢振定著:《知耻斋诗集》卷一,页九。湖南图书馆藏。

注：李空同，讳梦阳，字献吉，号空同子，庆阳人（今甘肃省庆城县），弘治六年举乡试第一，明年成进士，授户部主事，迁郎中。1473年生，1530年卒。①

从芍泉公与吴玉松近除夕之时，还一同郊游，又同时批评李空同的情形来看，二人不仅关系密切，而且还志趣相同。

而吴玉松先生在他传世的诗文中，谈及《红楼梦》，说明吴玉松对《红楼梦》是了解与关注的。

芍泉公临终之时将其手稿交付给吴云（吴玉松），由其刊印。吴云不负其望，与张问陶整理文稿，进行刊印，并写文以记，谦称自己为门下士。可见芍泉公与吴云的关系是生死之交，师生之情。

而吴玉松与程伟元是十分熟悉的，且与刘大观是挚友。据学者考证，刘大观与程伟元、高鹗及敦敏、敦诚兄弟有着密切的关系。

恰好吴玉松与程伟元是同乡与契友，而张问陶与高鹗又是亲友。比时高鹗与程伟元又正在"北漂"，虽空有满腹经纶，却仕途不顺，功名不成，连生计亦存在问题。若芍泉公找他们委以重任，定然会喜之不及，欣然从命。

而有意思的是芍泉公之子谢兴峣，字心兰，号小泉，与程伟元字号相同，生于1779年，卒于1829年，嘉庆戊辰科顺天试举，大挑候选教谕，甲戌科考取国子监学正，己卯科进士，朝考第一名翰林庶吉士，特授武英殿纂修。与其父芍泉公同朝为官，同在翰林院供职，故有"父子翰林"之称。在《红楼梦》付梓之时，小泉公已有十余岁。

芍泉公的密友张问陶先生应该是对《红楼梦》最了解的人之一，在清王蕴章的《然脂余韵》中对张问陶的情况有专门的记载，在其卷三中道：

《红楼梦》为说部名著，形诸题咏，无虑百十人。唯荆石山民散套一种，最擅胜场。余则粟陈碗脱，言所不必言，皆拾人唾余而已。遂宁张船山以诗名嘉道间，其女弟淑徵（应是"征"）有和次女采芝《读〈红楼梦〉偶作韵》云："奇才有意惜风流，真假分明笔自由。色界原空终有尽，情魔不着本无愁。良缘仍照钗分股，妙谛应教石点头。梦短梦长浑是梦，几人如此读红楼。"拈花微笑，神在个中，愿以之质世之善读红楼者。采芝适同邑周廷敫，著有《芝润山房集》，佳句如："十载离家愁见月，一身多病怕逢秋。鸡唱五更残月白，车行一路晓灯红。"皆卓卓可传。又有句云："事因太好违初愿，人到无聊觅旧吟。"非阅历有得之人，不能为此语也。②

从这段记载来看，张问陶先生及亲友对《红楼梦》是十分了解的。

---

①《明史》卷二八六，列传一百七十四。
②王蕴章：《然脂余韵》第3卷，商务印书馆1918年版，第29页。

从上述这些情况来分析,李沧云、陈梦湖、张问陶、吴云都可以成为芗泉公与程伟元、高鹗之间的牵线人,至于到底是由何人促成的,只能是一个永远的谜。但通过对这段历史的研究,我们可以看到,谢振定与《红楼梦》的流传与付梓有着密切关系的论点是能成立的。

三、芗泉公与《红楼梦》的最后定稿

我们知道,芗泉公"十岁能通颂十三经",少有才名。中年得志,负经世之才,更有搜集古文名著、编纂书籍的爱好。如果《石头记》作为一本传自谢氏家族的奇书,芗泉公定然会爱不释手,视若珍宝,必会将其修改润色,以期有朝一日,能有付梓之机。更重要的是,芗泉公有将《石头记》核对、整理的能力和将其付梓的便利。

芗泉公一生著诗甚多,却难得一见其他文学作品。其中的缘故,恐怕与他入翰林院,即为编纂校稿所累之故。芗泉公曾主持编纂《八旗通志》《清史列传》等书。作为皇帝的御用文人,其《八旗通志》与《清史列传》又非一般文学作品,其文章自然是逐字审校、咬文嚼字,绝不能有半点马虎。因稍有不慎,就会惹来杀身之祸。其编纂之苦之累之负重,非同一般。而若芗泉公参与《红楼梦》的编纂,其辛劳之苦,更不同寻常。

芗泉公一生致力于编纂书籍,研墨成溪,耕耘四十余载,却英年早逝。许多不解之谜,只能留与后人争诮与猜度了。正如芗泉公所叹:"名士由来值几钱,无端辛苦事丹铅。"自古文人相轻,文人无权无财,由来是寒士布衣,穷困潦倒。多少人忙碌一生,又有几人能发财为官?又有几人能名留青史?

第七节

芗泉公与《红楼梦》后四十回

对《红楼梦》后四十回到底是不是程伟元与高鹗所补,学术界一直存在争议。胡适先生在他的《红楼梦考证》中引用俞樾的《小浮梅闲话》里考证《红楼梦》作者中的一条说:

《船山诗草》有"赠高兰墅鹗同年"一首云:"艳情人自说《红楼梦》"注云:"《红楼梦》八十回以后,俱兰墅所补。"然则,此书非出一手,按乡试增五言八韵诗,始乾隆朝。而书中叙科场事已有诗,则其为高君所补,可证矣。①

胡适先生以此为考据认定后四十回为高鹗所补。持同样观点的还有胡适先生的好友俞平伯先生。此观点虽被定论,但后来俞平伯先生临终之时,却认为"腰斩《红

---

① 胡适著,欧阳哲生编:《胡适文集2》,《胡适文存》卷三《红楼梦考证(改定稿)》,北京大学出版社1998年版,第461页。

楼梦》有罪",留给后世更深的启示。

虽然如此,我始终认为《红楼梦》后四十回与前八十回,无论从文风、方言与语法上来看,都存在差异,这些也许是与不同的人参与修纂有关。如果《石头记》的始作者是谢三娘,其作品经过多人之手的修改,特别是舅太婆、金门公的修改,其后文本则被传抄。但后四十回,极可能至芎泉公与程伟元高鹗手中方修纂而成,芎泉公应当参与后四十回的修改。由于芎泉公长期在北京生活,修改中,难免将北京的风土人情、风俗、方言以思乡的情感,流露于文字之中。故后四十回的北京味显得更浓,掺杂了许多的北方方言,如十分浓重的"儿化音"现象。当然,这还与程伟元与高鹗一个是北方人、一个是南方人有关。

所以,我们也不能否认高鹗与程伟元的功劳。但高鹗、程伟元所补钓,并非完全由他们自己创作而成的作品,而是在经多人再三修改后,交由他们校正、修纂的谢三娘(曼)《石头记》添纂部分。这些情节与故事绝大部分是谢三娘所记,但有些则是后人依据自己的亲身经历所改。故《红楼梦》一百二十回的作品中,显现出多人修改,由不同的年代、不同的作者集体杂合创作的痕迹。这种嫁接过程出现的脱节断义之处,我们不难查找。

总之,我们不能割裂整个《红楼梦》一百二十回的完整性,但这种完整性是从谢三娘到后来的修改者添荫公、舅太婆、金门公、元亭公、芎泉公、高鹗等人跨时代的创作保存下来的,其原始素材来自于谢三娘的记录。但我们亦不能否认后四十回与前八十回内容上存在的差异性,不能否认不同的修改者在文风与笔法上的差异。只有这样,才是对《红楼梦》不同作者对文本形成所作贡献的客观评价。

第十一章 红学杂谈

研究了几年的《红楼梦》,虽然还刚入门,该也算是红学中人了。谈到红学,不免有许多感触,有些想法不吐不快。故在此再乱侃一番,但愿不会惹诸位讥笑,而能达与有同感者交流之目的。

第一节
浅论红学的考证方法

胡适先生自提出"大胆假设,小心求证"的考证方法以来,一直被学术界所推崇,并成了学术研究与考证的基本方法。但随着胡适先生的"曹学"理论被越来越多的人质疑,胡适先生的研究方法也遭到了人们的质疑。那么,到底什么才是科学的考证方法呢?

对于红学研究的具体方法,许多前辈早就有过精辟的论述。著名学者王国维先生在1904年便在他的《〈红楼梦〉评论》中谈道:

"若夫作之姓名(遍考各书,未见曹雪芹何名)与作书之年月,其为读此书者所当知,似更比主人公之姓名为尤要。顾无一人为之考证者,此则大不可解者也……"在后面又写到:"……则谓《红楼梦》中所有种种之人物、种种之境遇,必本于作者之经验,则雕刻与绘画家之写人之美也,必此取一膝,彼此一臂而后可。其是与非,不待知者能决矣。读者苟玩前数章之说,而知《红楼梦》之精神,与其美学、伦理学上之价值,则此种议论,自可不生。苟如美术之大有造于人生,而《红楼梦》自足为我拉美术上之唯一大著述,则其作者之姓名与著书之年月,固当为唯一考证之题目。"①

王国维先生认为:考证真正的原作者的姓名(他不认为曹雪芹是真名实姓),与作书的时间是红学研究的最主要任务与研究方法,同时也写到原作者写的应该是他(她)身边的事与他(她)十分熟悉的人,绝不是任意想象、凭空捏造的故事情节。王老先生的为学观点与客观的分析,让我们深受启迪。

而章太炎先生也曾引用过吴莱的治经方法作为红学研究的指导原则与方法。章太炎先生引用了吴莱的"以狱法治经"的方法,推出了前人的这种重名实、重佐证、戒妄牵、守凡例、断情感、汰华辞的六种方法与原则,作为治学与考证的指导原则与方法。其中以"狱法治经"的治学方法,尤其值得我们遵从,从中我们也可以得到启迪。

中国红学会会长张庆善先生于2008年在《红楼梦学刊》发表了《百年红学的启示》的文章。② 这篇文章,精辟地总结了百年红学的成果与经验,指出了百年红学,甚至追溯至二百多年前红学研究中存在的错误与教训;对各种流派与观点提出了客观的批评,对所有红学工作者的努力与探索予以高度的褒扬与肯定;为未来的红学研究指明了方向。特别是张庆善先生在肯定索隐派与考证派在红学研究中所作贡献的同时,也对他们缺乏的科学考证方法进行了批评,提出了未来的红学研究应当运用科学的考证方法来研究《红楼梦》。这对我们研究《红楼梦》具有十分重要的指导意义。

那么,什么是科学的考证呢?我想科学的考证应理解为:在正确、客观、科学的方法论指导下,去寻找真正有价值的线索,从而进一步破解《红楼梦》所有谜团,还原作者本来面貌的研究与考证方法。

第一,考证必须是客观的、公正的,也必须是正确与科学的。

这就要求我们首先要摒弃流派之见。无论是考证派也好,索隐派也好,不管是红外学、红内学,还是曹学,其实都很难划定门派之间的界线。每个学者都会不自觉地成为某一个流派中人,甚至在两个流派中游离。其实无论哪一流派,都无明确的区别,无非是学术研究的观点、方法与侧重点不同而已。每个学者、每个流派都或多或少地会运用考证的方法。因而各流派之间在考证学上,并无多大差异。如果带流派之见,就难免产生主观对立的错误,同时难以避免远离事实真相的考究,最终成为文字之争、口水之战,与真正的科学考证差之甚远。

第二,考证必须是严谨的、深入细致的。

要进行科学的考证,就要克服浮躁的、急功近利的研究方法;要深入细致地研究;

---

①王国维等著:《正说红楼梦》之《〈红楼梦〉评论》,蓝天出版社2006年版,第317—318页。
②详见张庆善:《百年红学的启示》,载《红楼梦学刊》,2008年第5辑。

要寻找与搜集有用的线索与证据材料;要防止浅尝辄止,知之皮毛,却妄下定义,或张冠李戴,南辕北辙,或指鹿为马,肆意演绎。如果用这种态度去研究《红楼梦》,其结果只是浪费资源,徒劳而无功。

科学的考证还必须克服主观臆断、人云亦云的错误方法,必须遵循以事实为依据,用证据来立论,重佐证、少推测与臆断的原则。

正如张庆善先生所说过的,凡事应"有一分材料说一分话"。学术研究不能信口开河,肆意演绎。如果主观臆断就难免会远离红学研究的正确轨迹,朝向相反的方向,不可避免地会钻入死胡同,最终难以自圆其说,或落为笑柄,或误导世人,混淆视听。这样也就背离了红学研究的真正原旨。因此,我们在倡导科学的考证,遵循科学考证方法的同时,还要反对那些伪科学甚至是反科学的所谓"学术"研究与理论,要认真甄别与区分学术研究中的误差、错误与纯属造谣惑众、哗众取宠的伪学术的区别。"百家齐放、百家争鸣",鸣放的是各种严谨有益的学术研究与探索;"海纳百川",纳的是可容之川。对各种莠黄污流不仅不能任其肆意泛滥,还应当予以抨击与排斥。这才能使真正科学的研究之风盛行于学术界,使伪科学、反科学的所谓理论与研究无立足之地,使他们失去误导世人,特别是青少年一代的市场和舞台。这就要求我们运用各种手段,杜绝这些伪科学、伪成果。

第三,科学的考证必须有勇气修正自己的错误,使红学研究不断朝正确的方向前进。

索隐派也罢,考证派、评点派也好,如果缺乏科学的考证方法与珍贵的考证线索,要得出令人信服的、能自圆其说的结论是十分困难的。而我们过去很多学者往往受各种错误观点的影响,不是去寻找新的线索,考证有用的史料,而是闭门造车,刻意打造自己的学术大厦。结果是刻舟求剑,其真正有价值的研究太少,空泛之物太多,对红学研究的贡献甚微。但当有新的线索与新的观点出现时,他们往往不能接受,更不能修正自己观点的错误,而是固执一己之见。这是科学考证中的大忌。这种思想意识上的僵化与固执往往会干扰红学研究的正确方向,找不到解开《红楼梦》真正谜团的正确答案。因而摒弃流派之见,勇于修正红学研究的错误,是科学考证所必须解决的问题,也是每一个红学研究者应当遵循的一条重要准则。

我们有这种科学的方法论作指导,还要有具体的考证方法和工作步骤。

其一,要读懂《红楼梦》,从作者所提示的方向入手,来深入研究与考证,而不是主观片面地演绎与推断。

《红楼梦》不像其他文学作品,因作者明白无误地告诉了我们,作品是用"贾(假)言村(土)语"写成的,写的是当地的风俗(封肃)与风情景物,其甄(真)事隐。这些提示无疑将原作者所写之地、所写之事、所写之人隐含在书中。

在《红楼梦》第一回的开头中更是提醒我们：

更于篇中凡用"梦"、用"幻"等字，是提醒阅者眼目，亦是此书本旨。

故原作者或后纂者定然将其谜底隐含在书中，只是"开卷而窥者几稀也"。所以，依据原作者或后纂者的提示去解开《红楼梦》的谜团是一条十分正确与便捷的途径。

其二，掌握有价值的线索，并进行认真的甄别分析与研究。

红学研究二百多年以来，真正有价值的线索并不多。如果缺乏有价值的线索，我们要了解《红楼梦》之谜，无异于大海捞针，雾中看花，水中看月，不能知其谜底，不能解其原旨。

《红楼梦》其书的创作与编纂虽然已经是二百多年前的事，而且，原作者、编纂者出于种种原因，将自己的真实身份与家世及家事隐而不语，秘而不言。但是，二百多年的时间在人类历史的长河上，不过是弹指一挥间。原作者必定会给后人留下蛛丝马迹。这种文字与传说或许因某种原因，迟迟不能公之于世，但只要我们认真地发掘，摒除俗念，擦亮双眸，以智慧的科学的眼光去探索与甄别，迟早有一日，会有真正有价值的线索出现。原作者的真实身份也将水落石出。

故我们首先要重视各种线索，哪怕其线索听来是十分荒谬与离奇的，我们也不能轻视。如果没有正确的线索作导引，一切考究都会走入歧途，徒劳无功。而建立在推断与臆断基础上的学术研究，无异于空中楼阁，海市蜃楼，或演绎成离奇的故事，可以哗众，而经不起历史的检验。当然并不是所有的线索都有用，有些线索甚至会误导研究者，让人进退维谷。故对各种传说或线索应当予以甄别，去伪存真。

其三，认真地、准确地研究《红楼梦》中的风情景物，寻找原作者所写的境况符合哪个地区的风情景物。

《红楼梦》中写到了很多的地名、物名、人名、气候，只要我们仔细研究，就可以初步确定原作者描写的是何处风情、景物，进而判断原作者所在的大概区域。

其四，对《红楼梦》中的民俗进行详细的研究与分析。

各地因历史与民族习俗的原因，各有不同的风俗习惯，有些习惯是很独特的，南方有"十里不同音、五里不同俗"之说。因此，若能确定始作者所写的是哪个地方的民俗习惯，那么我们就能进一步揭开始作者之谜。因始作者或编纂者在书中明白无误地警醒后人，其中所记述的是始作者所在地的"封萧"（即风俗）。那么，这种风俗到底符合哪个地区的风俗呢？我们可以将全国范围内的民俗进行系统的对比与分析，采取排他性分析，摒弃共性，寻找个性，便可以找到始作者所记述的到底是哪个地区、哪个民族的风俗习惯。

其五，对《红楼梦》中的方言进行对比性分析与研究。

考证《红楼梦》中的村言（方言）属于哪一个地方的独特方言，也是我们考究《红楼梦》的重要方法之一。方言最难造假，也最有说服力。从方言中，我们虽不能肯定原作者就是使用此种方言地区的人，但至少有一点可以肯定的是：始作者与这个地区有着千丝万缕的联系，或有着某种渊源。我们可以将《红楼梦》中的所有方言列举出来，进行类比与排他性分析，从中找出独特的、有地方特征的方言，特别是冷僻的地方方言，再将其确定为哪几个地区或某一个地区的方言，为我们的研究开掘视野，继而缩小范围。

我想只有从以上几方面入手进行科学、客观、严谨细致的研究与考证，才能寻找到真正的始作者，破解始作者的身世，以及始作者所写何地、何事、何物，为我们进一步研究与探讨《红楼梦》所涵盖的历史背景，及这部巨著所承载的文化底蕴与丰富的文化历史奠定坚实的基础。同时，科学的方法也是甄别各种线索与观点的重要手段之一。始作者到底是谁，写的是何地、何事，其正确的答案只能是唯一的，不可能同时有两个正确的答案。运用科学的考证方法，就可以把许多不符合基本要素的观点与线索进行排除，为我们寻找真正的始作者指明方向。

《红楼梦》是一部经典巨著，她是属于全民族的，也是属于全世界的。其中的兴衰成败、悲欢离合、酸甜苦辣让人感悟重重。带着情感去读，我们便有如置身其中。作者对美好生活的向往与寄托，亦跃然纸上，留于翰墨之中，流淌在字里行间。她的伟大之处是其中透着人性的真、善、美，其中的残缺美、朦胧美更让人遐想万千。所以《红楼梦》首先是一部伟大的文学作品，但同时，也是一部凝结着作者现实生活真实写照的、用血与泪写成的巨著，其中饱含着作者的心酸与血泪。所以读《红楼梦》其书，是不能离开作者所处的历史背景的。研究与考证《红楼梦》的作者姓名与家世，是为了让我们更深入地了解这部巨著的文化内涵。正如张庆善先生所讲的：

把《红楼梦》当作文学作品来读、来研究，并不否认《红楼梦》考证的成果和历史贡献，但对作者、家世的考证，都是为了更深刻地了解《红楼梦》的创作，更深刻地认识《红楼梦》的思想艺术价值，更好地理解《红楼梦》深邃的文化内涵。①

国学大师王国维虽对"以考证之眼读之"提出了尖锐的批评，但也并不否定对作者姓名与身世的考证。相反的是王国维先生还率先提出了作者之姓名、所著书之年月应当为重要的考证内容之一。他在《〈红楼梦〉评论》一文中写道：

---

①《红楼梦学刊》，2008年第5辑。

若夫作者之姓名(遍考各书,未见曹雪芹何名)与作书之年月,其为读此书者所当知,似更比主人公之姓名为尤要。顾无一人为之考证者,此则大不可解者也。①

文后又写道:

苟如美术之大有造于人生,而《红楼梦》自足为我国美术上之唯一大著述,则其作者之姓名与其著书之年月,固当为唯一考证之题目。而我国人之所聚讼者,乃不在此而在彼;此足以见吾国人之对此书之兴味之所在,自在彼而不在此也。故为破其惑如此。②

今日重温王国维先生这篇具有划时代意义的文章,我们可以从中得到两点启迪:其一,红学研究不应忽视考证,且对作者的考证尤为重要。其二,文学作品毕竟是文学作品。文学作品来源于生活而高于生活,其中有生活的原型,但不会是某一家族,某些事件的完整史记,因其中一定会有夸张与拼接修饰的地方。其中也会有时空的转换,事件的重叠,二事写一人,一时写几时之笔法,这是文学作品与史料记载所区别的,绝不能照搬硬套。王国维先生的这一观点对我们研究《红楼梦》有十分重要的指导意义。

我们将《红楼梦》当做一部文学作品来读,并在科学的考证下,得出更有说服力的结论,是我们每一个红学爱好者与研究者所梦寐以求之事。只有这样,才能真正地读懂《红楼梦》,更深刻地理解《红楼梦》中的文化精髓与文化内涵;只有这样,才能真正体现文者尊文、文者重文的高贵品质;才能尊重真正的始作者及后纂者所作出的呕心沥血的贡献;也只有这样,才能奠定我们红学研究大厦的坚实基础。

要实践科学的考证,这需要我们红学研究者的共同努力与不懈探索,同时,需要更为广泛的研究人员参加。除了专业的研究者以外,还应吸收各行各业的人员参与其中。红学研究与考证需要文化、考古、民俗、方言、气象等方面的专家与学者的广泛参与和支持。红学研究还应摒弃流派之见,打破权威之定论,摒张地域之局限,超越时空之俗定,克服僵化静止的思维模式,以更敏锐的目光去甄别与发现线索,去寻找新的突破口。而更为重要的是,科学的考证方法,要求我们应有更为宽阔的视野,博大的胸怀,不要以传说荒谬而忽视;不要以草根文者而轻貌;不要以主面臆断而下定论;不要以流派之见而排斥;不要以与自己之见相佐而动容;要以海纳百川的胸襟,去对待各流派有价值的考证。

因此无论他是何流派,无论他是草根还是红外学、红内学,是曹学还是红学,只要

---

①王国维等著:《正说红楼梦》之《〈红楼梦〉评论》,蓝天出版社2006年版,第317—318页。
②王国维等著:《正说红楼梦》之《〈红楼梦〉评论》,蓝天出版社2006年版,第319页。

是科学的考证与研究,我们都应当予以肯定与褒扬。同样,我们不应墨守成规,要有壮士断臂的勇气,要敢于修正自己的错误,支持正确的学术观点与考证结果。

胡适先生在《红楼梦考证》一文中写道:

我的许多结论也许有错误的,——自从我第一次发表这篇《考证》以来,我已经改正了无数大错误了,——也许有将来发现新证据后即须改正的。①

从这一点来看,胡适先生这种勇于挑战前人、勇于改正自己错误,并不怕自己的观点被后人所推翻的精神与勇气是值得我们每一个学术工作者与红学爱好者学习的。

第二节
我的红学考证方法

我们过去对《红楼梦》的研究大多都停留在对其文本的研究、文字的演绎与解释上,也就是说在做"内证"的工作,而真正做"外证"工作的人很少。其实大家都很清楚,试图从《红楼梦》的文本中找到真正的始作者,几乎是不可能的。而要通过外证的考证,却又面临有关《红楼梦》的研究资料十分匮乏问题。所以,我们要寻找真正的始作者,必须采用刑事侦察的手段,去追查原作者;去发现与查找线索;去寻找外证,而不是整天在家中忽发奇想,或闭门造车,或肆意演绎……

前面我们说过,《红楼梦》其书虽然年代已远,但这本书经过如此多人之手,作者如此苦心作谜,定然会给后人留下传记、传说之类的线索。当然,限于当初残酷的现实与该书所记载的历史事实的敏感性,原作者即使留有线索,也只限于在本家族内部秘密地流传,因为这本书招致的可能是灭顶之灾,只有族人方不敢轻易乱说。但即使如此,也不可能没有线索流传,两百多年的历史在人类历史的长河上不过弹指一挥间,说长不长,说短不短。所以,该书不可能不留下蛛丝马迹。

我依据家族的传说与两本遗失了的册子,从看似荒诞不经这一传说与记载,产生猎奇与疑问的心理,去研究追寻原作者的踪影,并从这些常人无法相信,包括我自己起初也不相信的线索中找到了一定的依据,这种方法应当是值得肯定的。

现在,我们有了这种线索,对于破案无疑起了指路灯的作用。我们虽不能完全肯定这种线索的真实性——因为这些线索毕竟是传说,但却足以引起人们的重视。循着这条线索,我们首先要确定的是,作者的籍贯及作品所描述的地点。

我的研究与探讨便是循着这条线索进行的。既然传说与湖南或某地有关,我们

---

①胡适等著:《正说红楼梦》之《〈红楼梦〉考证》,蓝天出版社2006年版,第24页。

第一步要寻找的是作者写书时是否留下与湖南有关的线索。而原作者恰恰将湖南的风土、人情与地方方言隐含在书中,自觉与不自觉地将其真相显露出来。因作者明白无误地告诉世人,他所用的是家乡的"村言",所写的是当地的风俗(封肃)。因此,我们有理由相信这种传说即线索的真实性,将目标初步锁定在湖南。

中国人民大学张国风教授曾建议我认真地研究方言,因方言是最难造假的,也是最有排他性的。但他也反对我以方言与民俗风情来确定原作者的故乡,或以方言为唯一依据。张教授的理由是:"像《金瓶梅》中也写了一些南方的酒和菜,《红楼梦》里也有些吴方言。"不能因此而确定原作者是哪里人。其实,持张教授这样客观的观点者不止一人,而他的这种说法也是有道理的,因为小说受官方语言或其他小说的影响较多,譬如我是南方人,同样也可能写出一些在书本上见过或在生活中听到过的北方方言来,同样北方人也可以写出个别南方方言来,这不足为怪。故仅凭这样的方法来确定原作者所在地、出生地显然是难以成立的。但我们应当看到《红楼梦》其书的独特性,《红楼梦》其书与任何一部巨著皆有着本质上的区别。作者在书中明白无误地告诉世人:他(她)所运用的是当地的方言;所记述的是当地的民俗与风情。这无疑是告诉了别人,他(她)是属于哪个地方的人。当然,这仅仅是证据之一。

我们从风情、民俗与方言入手,可以锁定作者与湖南有关。那么,我们所要考查的是这个作者所用的到底是哪个地方独特的方言?所写的是哪个地方的民俗?

我们按作者在书中所蕴含的谜底与掌握的线索入手,按线索与方言等进行对比,自然便能寻找到有这种独特方言的地方——线索的发生地与这种独特方言的使用地湖南娄底。

那么,为何作者的籍贯应当是娄底或在娄底长期生活过的人?重要的原因是她(他)十分熟悉与了解当地风情民俗,能娴熟地运用娄底方言。而要做到这一点,他(她)必须是娄底人或是在娄底长期生活过的人。

接下来,我们便是顺藤摸瓜在娄底范围内展开排查,考证这个线索的真实性与搜查这样的历史人物。首先这个人必须具有写作这部书的可能;其次这个人的年龄必须与原作者所处的时代相吻合。我们可以依照这种条件,循着这条线索去寻找这个时期与传说相符的家族。

值得庆幸的是我们不仅找到了与传说相吻合的家族与家族族谱,还找到与书中描述相似的旧址。我们便可从这些珍贵的族谱资料上找到作者以及从作者写作时自觉与不自觉留下的痕迹中,进一步佐证作者写作的可能性。

但单有这个相似的遗址与独一无二的族谱还不足以证明原作者便是娄底人,还需要其他环节的证据契合,这些证据互不矛盾,相互佐证,才可认可。如果缺少任何一个环节,都难以确定。很巧的是,我们在调查中,发现了许多的证据材料,这些证据环环相扣,形成了一个系列的证据链。那么,我们便足可以将作者锁定在娄底,继而缩小范围,将其目标锁定在这个家族中的某些人上。

再下来,我们要做的是要了解原作者写作的真正动机是什么。

我们从考证中找到了原作者写作时的真正动机,找到了这些人为什么高深莫测,多少年甘愿隐姓埋名、隐瞒事实真相的原因,以及后来的那段血腥历史,明白了这个家族的后人不敢将实情公之于众的无奈与委曲。

通过这一系列的考证,我们便可以断定:即使原作者不在了,即使重要的物证不见了,但这些线索与现存的证据足以将原作者锁定。因什么都可以造假,当地方言、民俗以及小说中的文字记载与这个家族的族谱假不了。这些证据可谓是铁证如山,任何人不可篡改;任何人在任何时候都不能否认。而写作《红楼梦》原始素材的人到底是谁,只有一个结果是正确的,不可能有第二个了。当这些考证工作结束后,我们便可以很自信地告诉大家,谢氏族人所流传的这条神秘线索是真实的。

综上所述,以传说为线索,依照书中原作者的提示,从风俗(封肃)、方言(村言)入手,来寻找原作者,无疑是一种十分正确的方法,也是一种经得起推敲与拷问的方法。

编尾语

行文至此,且为此书做一小结。我虽在前面斗胆批评了包括胡适先生在内的诸多红学观点,也谈了个人的一些观点,但是我想说的是,我是从心底里敬重所有参与《红楼梦》研究的学者、专家,包括红学爱好者,亦包括那些被骂得遍体鳞伤的红外学者。没有他们大胆的推断、细致的研究,红学绝不会如此精彩。

但我在这里我想告诉大家,我们应放弃门户之见,抛却主流红学与非主流红学之别,让红学研究呈"百花齐放,百家争鸣"之风。因而在胡适先生观点形成之先的各类红学观点,到胡适先生观点成为主流之后的各种观点,我们都一并接纳,合理地批评。虽然有些观点已经过时,甚至被证明是错误的,但是我们无法否认这些人为红学研究所作的贡献,他们才是真正的红谜与研究者。我们否认他们与红学的关系,显然是对历史的不尊重,也是对红学的狭隘定论。

因此,我们绝不能以一种观点来否定与涵盖其他所有的观点。我们要包容其他观点的存在,才能真正体现红学研究"百花齐放,百家争鸣"的方针;才能使红学研究朝正确的方向前进;也只有这样,才能还红学以红学。

中国红学会会长张庆善先生在接受有关媒体针对我的观点的采访时表示:

关于《红楼梦》作者的争论由来已久,但我坚持认为,绝对不能剥夺曹雪芹的著作权。

从中说明红学界《红楼梦》作者的问题一直是有争议的。虽然张庆善先生的说话被媒体冠以"坚决否认"之字眼,但事实上,张庆善先生又明确表示:

他认可不认可,都是个人观点,不代表红学会,同时,红学会只是个群众团体,不是裁判、法院,所以红学会内自然也存在这样那样的观点。①

张庆善先生的这番讲话,真切地体现了中国红学会对各种曹学以外的观点的包容与尊重。

厚颜写完数十万字,我在不止一次地拷问自己,《红楼梦》真个与谢氏家族有关,真个是谢家人写的谢家事吗?若非如此,我岂不是在误导世人,罪孽深重,而非用"厚颜"二字所能概括。不过,若《红楼梦》真如其传说,与谢家与湖南有关,我言之何妨?负其骂名又何妨?何况在每一次调查与考证中发现,我不仅没有理由去怀疑这种传说,反而是在一次次的探索中,通过事实证明这种传说的正确性与真实性。我坚定地认为:人们可以否认我的其他所有观点,但没有人能否认《红楼梦》与湖南及与湖湘文化的关系与渊源,这是写在书中,隐含在字里行间的铁的事实!故我有理由也有底气再谈我的观点,以期能为红学研究提供一条新的线索、打开一条新的通衢。

话不多及,现将我的拙见总结如下:

1.《红楼梦》的始作者是谢三娘(曼)。

2. 谢添荫等人是空空道人的原型。

3. 孔梅溪(恐没戏)隐含的是如浑公与众兄弟。

4.《红楼梦》的编纂者"曹雪芹",并不姓曹,而是由谢氏舅太婆与谢再诏、谢元亭等人"抄写成"。其原型是谢再诏。

5.《红楼梦》传播者是"烧车御史"谢振定。谢振定不仅是《红楼梦》或《石头记》前八十回的传播者,还是《红楼梦》后四十回的编纂参与者。

6. 胡适先生有关《红楼梦》的作者是江宁织造曹寅之孙曹雪芹的观点是不能成立的。其所有的证据材料都难以支持其曹学理论。

7. 甲戌本等脂砚斋批本是后出本。版本上应当是"程前脂后",而非"脂前程后"。

8.《石头记》或《红楼梦》的流传在1770年左右,而不是在1754年。

9.《红楼梦》中的"村言"与风俗是湖南娄底独有的方言与民俗。至于其中的北方方言是因在其传抄与修改过程中大量删改所致,这种现象不能影响湘方言、特别是娄底方言是《红楼梦》"村言"基本语素的这一事实。

我斗胆写完此作,其实不像是在写学术专著,而更像是在写一部带着情感的叙事小说。在《红楼梦》研究史上,各种观点纷呈,各种专著可谓是汗牛充栋。今日我虽喋喋数十万余字却仍不能解红楼许多谜案,拙见也不过是众多观点中最不为人所关

---

① 原载《成都晚报》2009年3月12日。

注与接受的一家之说而已,也许会再招来一阵狂风暴雨式的批判,再打一场口水战;或根本就没人理会很快就便沉寂无人知了。

然我却心愿已了,今生无悔!至此,我不由想到袁枚数十字则为曹学之证,而我虽如此辩解却难以为据,如此说来多言又有何益?我相信,如果这种传说是真实的,我的这种观点是正确的,终有一日会找到新的证据,《红楼梦》中所有的谜团会——揭晓的。

写完这本书,我想我已将自己的观点斗胆陈述于世了。在以后的几年中,我将会以小说的形式将这段传说重现于世。我之所以这样,是因为学术界是严谨的,在现有的证据材料上,我只能适可而止。而小说是可以虚构的,可以展开自己想象的翅膀,将自己心中的最善最真的世界描写于作品之中;将那些动人的情节、凄美的爱情故事与那如泣如歌的往事重新展现给世人。同时,可以让我们从自己的视角去欣赏自己版本的《红楼梦》,去参悟人生的真谛。这又未尝不可?

其实,《红楼梦》已不属于哪一个家族的荣耀,更不仅仅是属于哪一个地域、哪一个时代。《红楼梦》已属于全中国、全世界、全人类,真正成了人类的一笔巨大的精神财富。正是因为《红楼梦》有如此多的谜团,有如迷宫般的神奇,才吸引着许许多多的人们去不断地探索与猎奇。每一个探索者虽如探天宇之谜,终其一生不得其解,但每一个人都有自己对谜底的诠释,都会构想他们的如梦幻仙景般美好的场景;每一个读者都有他们心中、眼中的大观园与荣宁二府;每一个人都可以与他们家族与他所在的地域联系起来。这就是《红楼梦》带给人们的无限想象空间与余味无穷的美感。通过研究与阅读《红楼梦》,会使每一个人都能感到《红楼梦》中的人与景是那样的亲切,进而升华成他们对家乡无比热爱的情感,从中体味到古往今来多少才子佳人之间凄美的爱情故事,感受到人世间的真、善、美,并用每一个人不同的审美视角,去感受《红楼梦》无与伦比的艺术美感;去演绎自己梦幻中的一个个精彩完美的故事。这不正是作者创作的初衷吗?所以我们即使能解开其中所有的谜底,又何必将其悉数揭开,又何必将这已经被美化、被大众化的巨著收归某地、某人、某族呢?

跋 读谢志明《红楼梦作者新考》

邓牛顿

我于 2003 年 8 月 6 日《中华读书报》发表《红楼梦植根湘土湘音》、2003 年第 5 期《上海大学学报》发表《红楼梦中的湖南方言考辨》之后，沉寂了将近 6 年。2009 年初，所撰美学新著《红学笔记》一书定稿之后，又想起了当年为《红楼梦》挨骂的事，欲对相关方言问题再作若干梳理。于是到上海福州路访书，没想到，一本红色封面的《红楼湘娄文化考》突然跃入眼帘，赶紧买了回来。粗略地读了一遍，书的前半部有"犟牛所见略同"之慨！书的后半部，以为自成一说，虽读者与红学界一时异议四起。不过，我已将该书作者谢志明先生视为同道——这源于我们对《红楼梦》与湖湘文化紧密相连的一致认同。

之后，我在新浪网上与谢先生相遇，两人除相互鼓励外，又彼此赠书，我将拙著《邓牛顿美学文学红学思辨集》寄给了他，以加强沟通。直至今年 6 月，谢先生有湖南—江西—南京—上海—北京学术考察之旅，9 日出发，16 日晚抵沪。17 日上午，两人得以相见。谢先生虽旅途劳顿，可一说红楼，就分外精神。他拿出重印的《红楼湘娄文化考》和新写的《红楼梦作者新考》一书的打印稿，让我一阅。哇，他在《红楼梦》的版本学上又下了那么深入细致的功夫，其执著勤奋的精神实在令我感佩不已。

直到目前为止，依然还是那句话，我和谢志明先生是红学研究的同道，以为坚持从文本出发，兼顾史实考证的研究方向是正确的路径。虽然谢氏说要成立需要有更多的事实与证据，然其确在努力探索，以自圆其说，有值得我们重视的价值。

本人近日草本经营，印出一本《红学笔记》，估存一说，留予历史。古人云，"莫愁前路无知己"，相期共同努力吧！

2010 年 6 月 24 日于上海

后 记

　　写完这部可能招致更多非议的作品,我长长地舒了口气。时至今日,我终于鼓起勇气将自己的观点,一一道出。不管能否得到世人的认同,我都尽了自己所能,了却了前人的心愿。我之所以做这些努力,一切皆是源于两本册子与一段离奇的传说。这种传载也许是道听途说的,也许是真实可靠的。其实,我也经历了由怀疑到深信不疑的漫长过程,在这种探索过程中,我一次次惊奇地发现,有许多的事实证明,这种传载绝非无中生有!

　　一开始,我的动机十分单纯,不过是想把这种十分离奇的传说与记载公之于世,根本就没想到、也不可能会想到我会通过研究与探索《红楼梦》之谜来得到什么。因为这种传载看似十分荒谬,不仅别人不相信,连自己也怀疑。当初连一个小报也不愿登,更遑论著书立说,自成一派。

　　今日拙见已非一人所知,虽多为质疑与谴责者,但亦有志同道合者、支持者。这些都大大出乎我的意料。若《红楼梦》真的与谢家有关,我想我所作的一切应能使真正的始作者含笑九泉之下了。

　　也许我的考据还不充分,但毋庸置疑的一点是,《红楼梦》与湖湘文化的关系是不可否认的,这从《红楼梦》中的方言、民俗、风情、风物中可以看到与湖湘文化密切相关的内容,透过这隐隐约约的文化信息,我们会感到《红楼梦》中的一种浓郁的乡土乡情与湖湘文化的基因。每一个湖湘人都能从中感悟到湖湘文化底蕴的厚重,这也许是我这么多年艰辛探索的最大收获之一。

　　然而,《红楼梦》的谜仍然难解,有些史料早已遗失,一些传说被历史的长河所湮灭,有些则等待我们去探索与发现。也许,我们一时无法去破解《红楼梦》的所有谜团、去重现那过去的场景,但我坚信,通过广大红学专家与红学爱好者的不懈努力,《红楼梦》之谜迟早会云开雾散,水落石出。

  此作中有些观点肯定是很多人所不能接受的,而且,有些结论也是探讨性的,在没有其他新的证据的情况下,这些结论也许显得有些单薄,需要我们在今后的研究中进一步完善,这也是我在完成定稿后一直迟迟未出版的原因之一。这些过于大胆的推断与谬论也许还会得罪不少学术前辈,故要请诸位大家与读者海涵。

  我的妻子刘旭英一如既往地为我默默付出,替我打印、校稿,支持我的研究与出版,并坚强地承受着常人难以想象的委曲。拙作成稿,其中有她很大一部分的功劳。

  在我的研究与探讨过程中,得到了有关领导的关注与支持;得到了湖南清泉集团董事长颜文先生的支持与帮助。娄底市总工会的安敏主席、《脊梁》杂志主编吕多辉先生给予了我很大的支持与关注。拙作写作过程中得到了上海大学中文系原主任邓牛顿教授、中国人民大学校友办主任解红老师、校友肖楠先生、财政部驻湘办专员助理胡孝辉、湖南师范大学张文初教授、湘潭大学谢龙翔教授以及娄底市《红楼梦》学会专家与教授的指导与斧正,同时,得到了娄底市《红楼梦》学会其他同仁的关注与支持。贵州大学教授、中国红学会理事曲沐教授亦对我的研究给予支持与鼓励。他不仅支持我的探索与研究,而且,以非凡的勇气不计个人得失欣然为拙作作序,这让我感动不已。同时,还要感谢邓牛顿教授为拙作作跋。

  刘大观研究会会长邵福亮先生对拙作中有关刘大观先生的部分进行了勘校与注释,西南交通大学出版社的郭发仔先生为拙作的出版提供了热心的帮助,在此一并致谢。

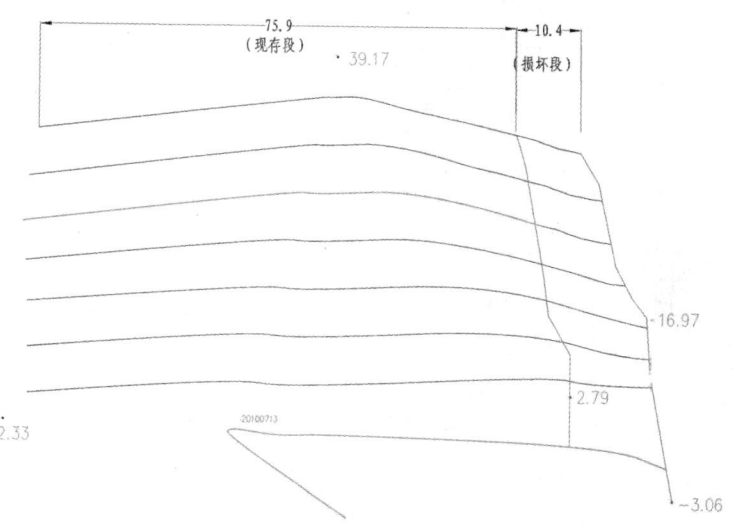

图一 石排子平面布置图

图二 乐恺堂里间墙壁中嵌有一块
"康熙三十九年谢置"的老砖

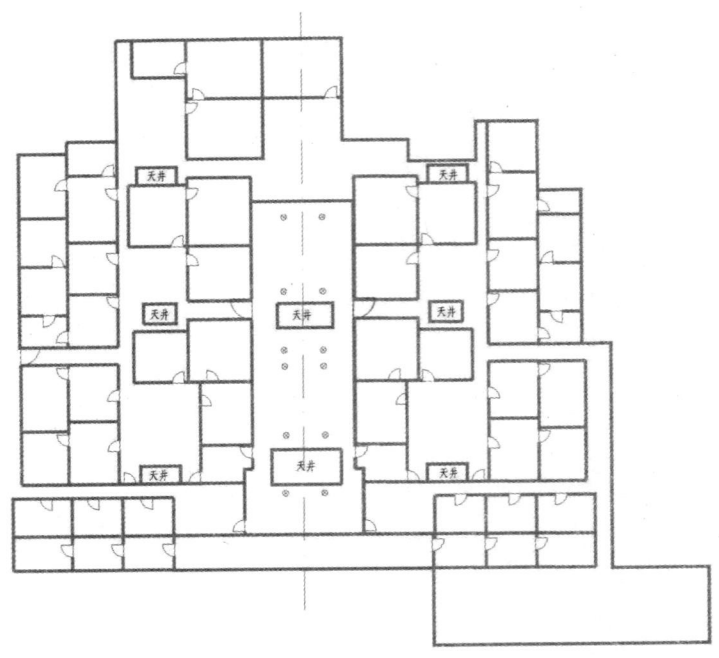

图三 乐恺堂平面复原图

图四 乐恺堂平面布置图

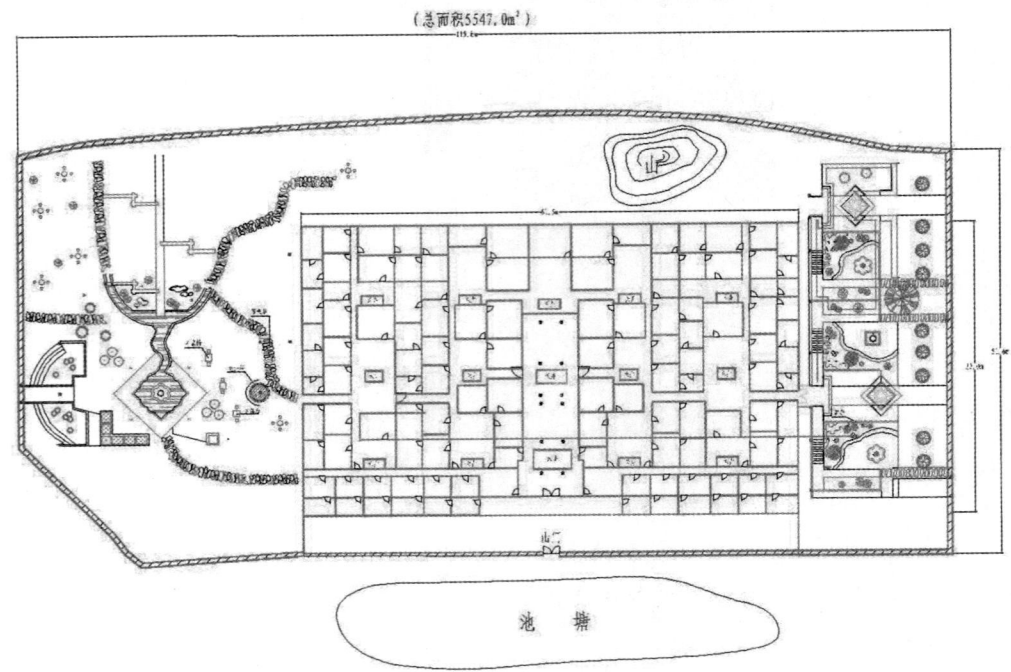

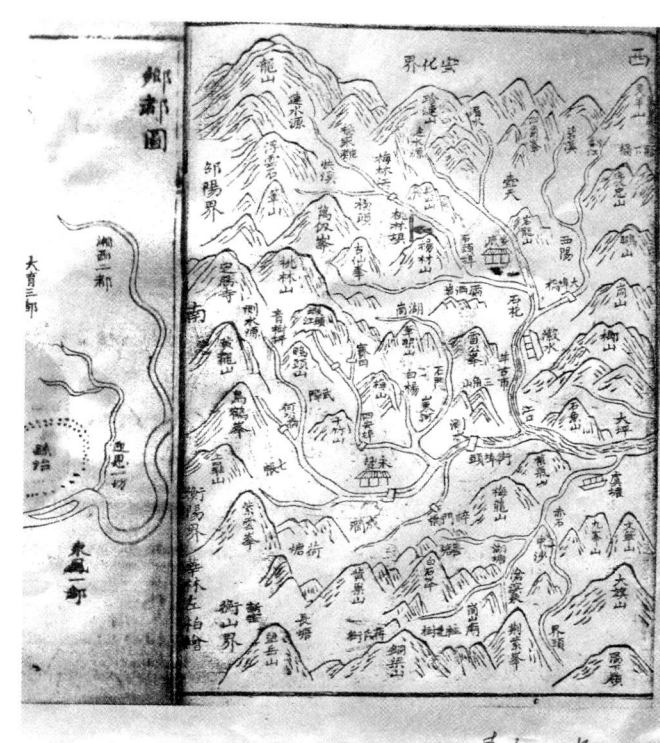

图五 湘乡县湘都图

图六 湘乡县湘都图

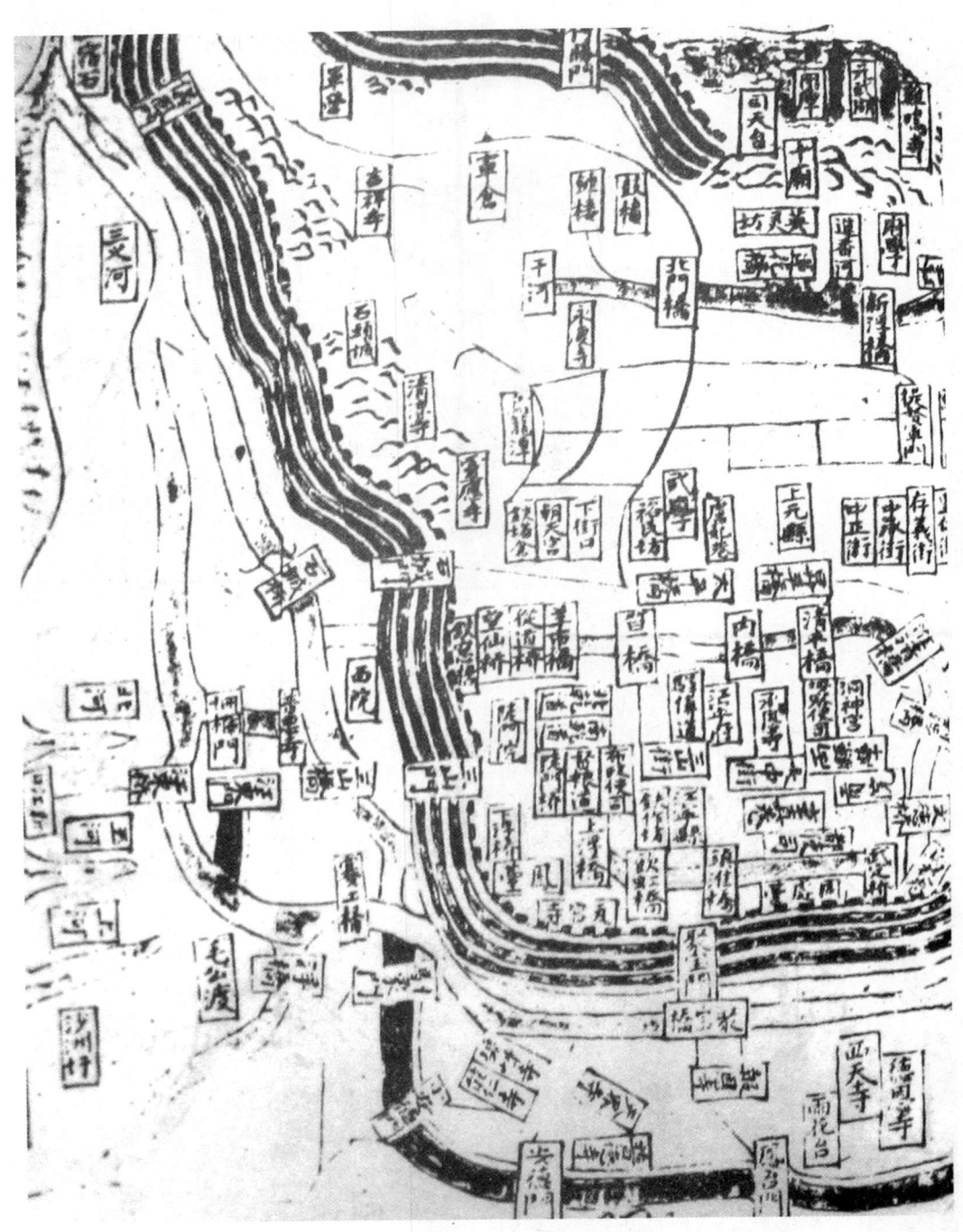

图七　清代南京地图

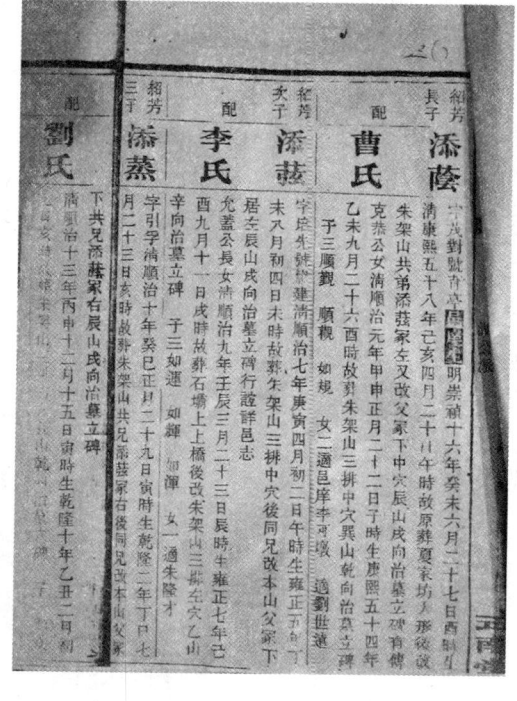

图八　　　　　　　　　　图九

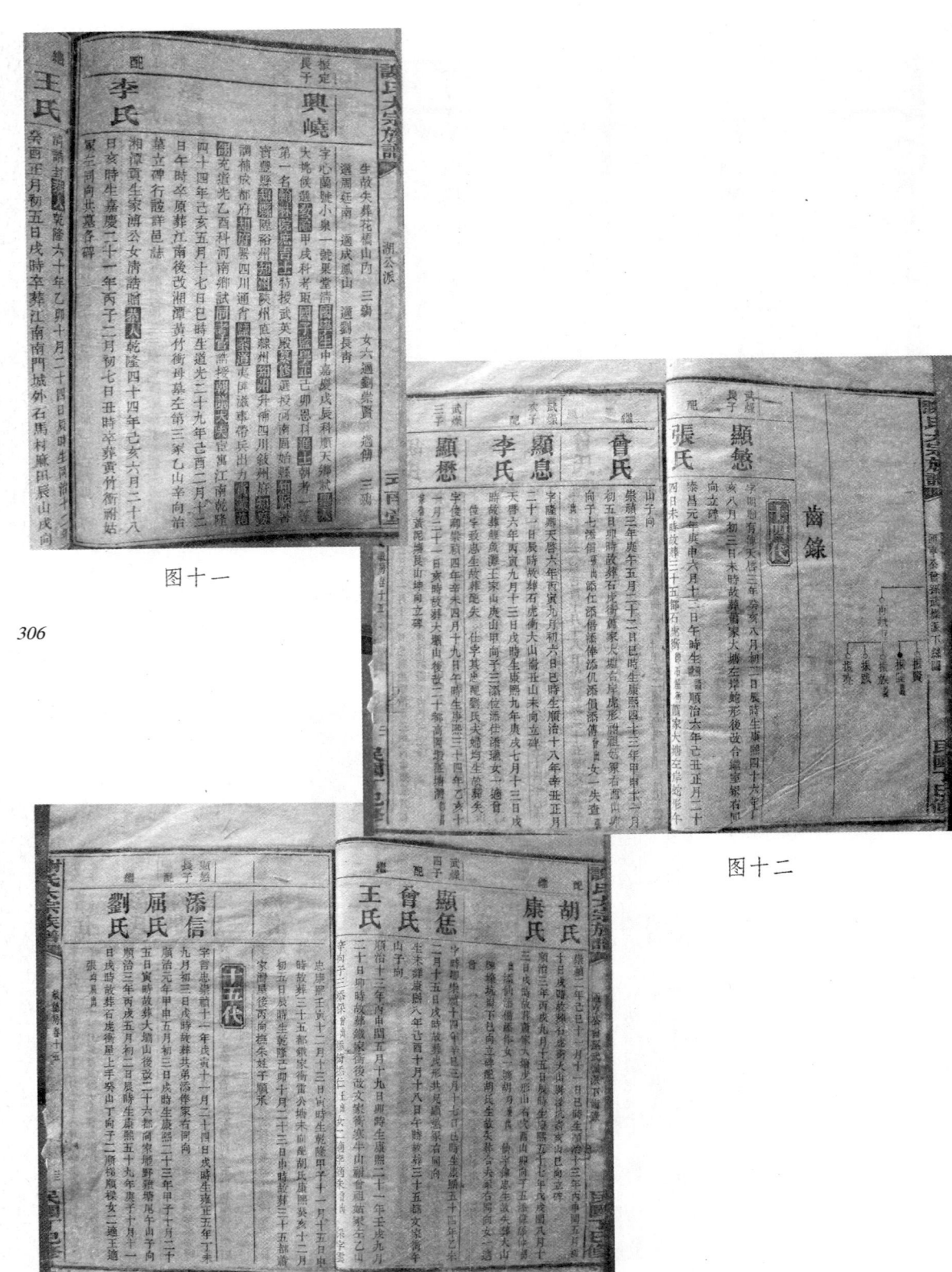

图十一

图十二

图十三